KB046556

아폴론 저축은행

아폴론 저축은행

차무진
단편집

요다

차례

그 봄

1

그 봄, 산은 '온통 보랏빛'이 아니었다.

보랏빛이긴 했지만 기대했던 진달래는 둔덕에서 봉우리까지 한참을 노려봐야 드문드문 찾을 수 있었다.

아닌 게 아니라 산은 작년 같지 않았다. 빛깔도 예년의 그 빛이 아니다. 아무리 눈을 흘겼지만, 먼 산 덩어리는 초록색으로밖에 보이지 않는다. 작년에는 대충 눈을 가늘게 만들고 그렁그렁 바라보면 저게 산인지 보라색 스펀지인지 분간이 안 갈 지경이었는데.

작년에는 그렇게, 올해는 또 저렇게 산에는 진달래가 뒤덮였다.

지지—직.

방 한 유리문을 통해 산을 바라보던 형은 인기척이 나자 얼른 고개를 반대쪽으로 돌렸다.

동생이 법당 바닥에 무릎을 비비며 저쪽으로 가고 있었다. 햇발에 달구어진 바닥으로 옮겨 가려는 것이다. 녀석은 인내심이 없다. 스님 뒤에 앉을 때부터 등을 옴죽대며 벼름벼름하더니 결국은 저러고 만다.

스님을 슬깃, 보았다.

스님은 석가모니 부처님과 협시한 문수, 보현보살이 계신 수미단에서 방향을 90도로 꺾어, 영가 사진 액자들을 늘어놓은 여섯 층 꽃단을 향해 앉아 있었다. 단 위에는 영가들이 생전에 좋아한 물건들이 놓여 있다.

정구업진언
수리수리 마하수리 수수리 사바하

스님은 영가들을 위한 정오 예불 중이다.

건너편 산에 진달래가 예년처럼 듬뿍 피지 않았다는 것도, 전기 히터의 타임 레버가 한참 전에 멎은 것도, 그리고 동생이 앉아 있어야 할 자리를 떠나 저쪽으로 향하고 있는 것도 눈치채지 못하는 스님의 등은 본존불보다 더 둥글고 커 보였다. 정말이지 동생이 붙인 별명대로 스님은 꼭 산적 같다.

백운암 봉우리에 새겨진 마애불만큼 커다란 몸.

우리 절에서 가장 어른이지만 가장 힘센 몸.

그리고 둔하디둔한 몸.

옴 아라남 아라다

산적 스님이 외는 경이 허공에서 고물거리다가 가라앉고 있었다. 스님 등에서 퍼져나간 그 소리는 신중도神衆圖가 걸린 그늘진 바닥에도, 쌀 포대를 쌓아둔 벽면 어미 기둥 아래에도, 꺼진 채 덜덜거리고 있는 대형 히터 앞에도 구불구불 잘도 굴러 나갔다.

저만치 간 동생은 스님이 아침저녁 예불드릴 때 깔고 앉으시는 말아놓은 금란金襴 방석에 척, 하고 앉았다.

야, 일루 안 와?

형이 멀어진 동생에게 눈을 흘겼다.

일루 와. 여기 엄청 따뜻해. 너두 일루 와.

이게. 스님 아시면 혼나. 어서 내 옆으로 안 와?

싫다고.

죽을래?

눈을 부라렸지만, 동생은 슬픈 눈으로 형을 바라볼 뿐 이쪽으로 올 생각이 없다.

형은 열두 살.

동생은 일곱 살.

형 이름은 도시원. 동생 이름은 도시율.

형제는 키만 다를 뿐, 매우 닮아 있었다.

동생 시율이는 작은 등을 동그랗게 말고 높은 곳의 석가모니 부처님을 올려다본다. 검지를 다른 주먹으로 숨기듯 감싼 지권인智拳印 손갖춤을 한 부처님도 알 듯 모를 듯한 눈매를 퍼뜨리며 녀석을 내려다보고 있다. 그 앞에 맑은 물을 담은 그릇과 봄꽃을 수북이 쌓은 바구니에서 아침 먼지가 피어오른다.

녀석이 부처님한테 혀를 한번 내밀었다.

시원이 화들짝 놀라 부처님을 힐끔거렸다.

부처님은 어허, 요놈 봐라, 하며 두 줄씩 꼬부라진 검은 수염이 옴직거리는 것 같다. 동생을 계속 거기에 두면 더 불손한 짓을 할 것 같아 시원이는 눈을 있는 힘껏 부라렸다.

빨리 이리로 안 와?

마지막 경고의 눈매였다.

이윽고 시율이가 기듯 무릎을 밀며 갈 때와 똑같은 모습으로 이쪽으로 왔다.

딱 내 옆에 앉아 있어.

두 형제는 경을 외는 스님 뒤에 다소곳이 앉아 있었다.

천수경을 다 왼 스님은 목탁을 서너 번 두드리더니 이내 다라니경을 외기 시작했다.

신묘장구대다라니 나모라 다나다라 야야

또 외우시는 거야? 그만하시지.

이번엔 시율이가 아닌 형, 시원이 모으고 있던 손을 풀었다.

보니 옆의 동생은 웬일인지 조막만 한 손을 오므린 채 가만히 눈을 감고 있었다. 동시에 두툼한 덜미를 접으며 스님이 뒤돌았다.

시원이 얼른 두 손을 모았다.

'들켰다.'

허연 거품이 고인 스님의 입가는 경을 달고 있었지만, 툭 웅두라진 이마가 두 배로 두꺼워지며 엄한 빛이 서렸다.

'이놈, 경이 끝날 때까지 참지 못하고!'

스님은 눈으로 말하고 있었다.

이럴 때 보면 동생은 타이밍은 참 잘 잡는다.

지겨워서 빙글빙글 법당 안을 기어 다니다가도 스님이 돌아볼 때를 어쩜 저렇게 잘 알고 얌전하게 부처님처럼 앉아 있는 건지.

이윽고 경이 끝났다.

스님이 돌아앉았다.

산적 스님의 어깨는 등을 돌렸을 때보다 더 커 보였다.

"이놈들아. 왜 이렇게 분답냐."

우렁우렁한 목소리.

"시율이가 자꾸 법당 바닥을 기어 다니잖아요."

스님은 동생을 물끄러미 보았다.

시율이는 방석 실을 뜨며 법당 바닥이 차가워서 따뜻한 곳에 앉으려 했다고 실토했다. 스님은 저쪽, 방한 유리를 통해 비끼는 햇발에 데워진 자리를 보았다.

"봄인데 춥다?"

"많이 춥다구요, 스님."

동생 대신 시원이가 투덜거렸다.

"땃땃한 곳만 찾으면 곰 되는 거다. 예불 때는 좀 추워야 정신이 바짝 들지. 안 그믐 잠충이 된다."

"곰 된다고 했다가 잠충이 된다고 했다가."

"어허."

4월 말, 이틀만 지나면 5월.

요사채 너머 벽오동 나무 사이로 은빛 볕이 새어 들고 있었지만 법당 안은 서늘했다.

작년에도 그랬지만 5월은 유난히 금방 간다. 며칠은 늦은 밤에 잠들고 또 며칠은 산을 뛰어다니다가 일찍 잠들면 어느새 중순이 된다. 그러다가 보면 사찰은 중요한 행사를 맞는다. 산 아래 구기동, 은평구, 멀리 강남에서 사람들이 몰려들어 부처님오신날 준비를 한다.

아닌 게 아니라 어제부터 보살 할머니들이 올라와서 요사寮舍를 구석구석 청소했다. 원래 스님 공양을 받드는 보살 할머니가 있지만 이맘때면 보살 할머니들이 여럿 늘어난다. 재작년, 또 작년에 겪은 모습 그대로이다. 어느덧 절에서 4년을 지낸 형제는 5월이 다른 달보다 빠르다는 것을 안다.

봄은 짧고 희미하며 삶에서 그 봄들을 다 합쳐봐도 과히 풍요로웠다고 느끼지 못할 만큼 빈한하다. 그래서 봄을 빠르다고도, 짧다고도, 아름답다고도 하는 모양이다.

스님은 목탁을 나주반 위에 놓아두고 영가들의 이름과 생년월일이 적힌 공책을 한쪽으로 놓아두었다.

으여차.

일어난 스님은 갈색 가사를 웨이터처럼 팔뚝에 걸고는 방향을 바꾸더니 본존불에 합장했다. 시원이도 일어서서 본존불에 꾸벅, 인사했다. 시율이는 저쪽, 햇발이 드는 자리까지 무릎으로 미끄러져 가서는 거기서 일어났다.

셋은 대웅전을 나왔다.

비봉이 보이는 북한산 동북쪽 능선 중턱에 자리한 이 절에는 바위가 골을 낸 갠소롬한 계곡을 사이에 끼고 총 여섯 동의 건물이 있었다. 다섯 채는 석교石橋 왼쪽 양지바른 터에 지어졌고 계곡 건너에는 지장전 한 채가 외떨어져 있었다. 절집 사람들은 그래서 지장전을 지장암이라고도 불렀다.

셋은 지장전으로 향했다.

집멸교集滅橋라는 이름의 이 화강암 석교는 각이 높아 걸을 때면 흡사 모노레일을 타는 듯하다. 20년 전 어느 거사가 굴착기를 끌고 와 혼자 손으로 쌓았다고 한다. 그런 만큼 첨두아치에서 드리워진 종석들의 표면은 햇살을 맞자 쌀처럼 오돌토돌한 손맛이 살아 올랐다.

지장전은 목조 팔작지붕 건물이었다.

스님이 걸쇠를 벗기고 당길문을 열자 두 아이는 신발을 풀풀 내던지고 들어갔다. 시율이가 달려가 히터를 켰다. 시원이는 방석 세 개를 가지런히 놓았다. 녀석들은 시키지 않아도 자동이다.

셋은 나란히 섰다.

산적 스님이 지장보살께 합장하자 시율이가 물었다.

"지장보살님 머리는 왜 초록색이에요?"

"……?"

"다른 부처님은 다 꼬불한 머리카락이 있잖아요. 그런데 지장보살 부처님은 빡빡이잖아요. 머리카락이 없잖아요. 초록색이고."

"지장보살님은 부처님이 아니 되려고 하셨으니까 그렇다."

두툼한 손을 모은 스님은 지장보살에서 눈을 떼지 않으며 말했다.

부처님이 아니라는 말에 시율이는 눈을 동그랗게 떴다.

"부처님 아니에요? 지장보살님이?"

"맞지. 부처님이 맞는데, 중생들이 전부 극락에 가기 전까지는 부처님 대우를 받지 않겠다, 이렇게 원을 세웠거든. 그래서 지장보살님을 대원본존大願本尊이라고 한다."

"지옥에 간 사람들 전부 다요?"

"그래. 전부 다. 지옥에 있는 죄인도, 지옥에 못 가고 이승에 떠도는 죄인도 전부. 그래서 저 부처님은 지옥에서 지내신다."

그 말은 형, 시원이도 처음 듣는 것이라 눈을 가늘게 찡그렸다.

시율이는 눈을 있는 대로 동그랗게 떴다. 그 표정은 궁금한 것이 많을 때 나오는 표정이다.

"그러면 지장보살님은 아무 잘못도 없는데 지옥에 있는 거예요?"

스님이 눈을 감은 채 고개를 끄덕.

"잠도 지옥에서 자고?"

스님이 그래, 하듯 또 끄덕.

"꿀꿀이 죽밥 찌꺼기도 먹어요?"

스님이 눈을 떴다.

"밥 남기는 죄인들이 지옥에서 먹는 꿀꿀이 죽밥 찌꺼기요."

산적 스님은 시율이를 마냥 귀여운 듯 내려다보았다. 시율이 머리 위로 커다랗고 두툼한 스님의 손이 덮이더니 볼링공 닦듯 빙글빙글 돌아간다.

"그럴 게다. 뭐든 맛나게 드실 게다."

셋은 지장전에서 나왔다.

시율이가 신발 사이에 손가락을 집어넣으며 물었다.

"지장보살님한테는 뭘 빌어야 하나요?"

그때 시원이가 시율이 입을 막았다.

"그만해."

"압, 치워."

"그만하라고."

노스님은 이미 질문을 들은 탓에 형의 저지에도 불구하고 질문에

답했다.

"음. 간절히 바라면 죽은 사람과 산 사람을 만나게 해주시지. 엄마를 만나게 해달라고 빌어보렴."

"형, 엄마를 만날 수 있대."

"시끄러워. 조용히 해."

"진작 말해주셨어야죠. 아까 빌걸."

스님이 껄껄 웃었다. 스님은 또 시율이 머리를 손바닥으로 감싸고 빙글빙글, 또 반대로 빙글빙글 돌렸다.

시원이는 문을 닫기 전 안을 들여다보았다. 천의 대신 붉은 가사를 입은 지장보살은 왼쪽 어깨에 석장을 기울이고 구슬을 손바닥에 내민 채 허공을 바라보고 있었다. 돌아보니 스님은 시율이 손을 잡고 걸어가고 있다.

망설였다.

다시 들어가긴 뭣하다.

단념한 시원이는 백일홍을 조각한 살대를 짜 맞춘 살문을 세게 당겨 닫았다.

기도 따윈. 흥.

지장전 앞마당은 이 절에서 돋을볕이 가장 잘 드는 곳이다. 오각 기둥 오층탑에 빛무리가 고였다. 세 쌍의 옥개 받침으로 단을 짜고 당초와 세 마리 사자를 석각한 탑신 받침석은 북한산에서는 보기 드문 신라식이었다.

산적 스님과 시율이는 그 석탑 옆에 쪼그리고 앉아 땅을 보고 있었다. 시원이가 다가가자 시율이가 고개를 들어 비키라고 말했고 시원이는 스님과 동생이 바라보는 바닥에 그림자가 드리워지지 않도록 다른 쪽에 옮겨 가 섰다.

둘은 개미를 보고 있었다.

산 개미는 자기보다 열 배는 큰 풀 나방을 이고 끼웃끼웃 어디론가 가고 있다.

"죽음이란 누구에게는 삶인 것이다."

스님이 툴툴 내뱉었다.

시율이가 나뭇가지로 땅에 선을 질질 그었다. 스님이 뭐 하는 거냐고 묻자 시율이는 개미가 자기 집에 갈 수 있게 길을 내주는 거라고 말했다.

"흥, 개미집이 어딘 줄 알고?"

머리 위에서 쏟아지는 형의 말.

그러자 동생은 작대기를 버렸다. 시율이는 오늘 형이 하는 짓마다 핀잔을 준다는 것을 분명하게 눈치챘고 그래서 슬금슬금 기가 죽었다.

스님이 석교 쪽으로 걸어갔다. 계곡은 말라 있었지만, 저쪽, 반으로 눕혀놓은 정병 모양의 화강암 약수대에서 들리는 물소리는 시끄러웠다.

"올해는 진달래가 드문드문이구나. 황사는 없고."

스님은 화강암 아치를 느릿느릿 걸었다. 시율이는 스님의 쥐색 바지를 잡고 나란히 걸었다.

시원이는 얼마쯤 떨어져서 스님을 따랐다.

스님이 노래를 불렀다. 두툼한 목에서 굵은 소리가 났다.

연분홍 치마가 봄바람에 휘날리더라

오늘도 옷고름 씹어가며 산제비 넘나드는 성황당 길에

꽃이 피면 같이 웃고

꽃이 지면 같이 울던

알뜰한 그 맹세에 봄날은 간다

"스님도 노래 불러요?"

시비를 걸자, 스님이 돌아보았다.

"왜? 중은 노래 부르면 안 되는 법이라도 있느냐?"

"불경을 외서야지 노래는 무슨⋯⋯."

시원을 보는 스님 눈썹 언저리가 흐려졌다가 바지를 잡아당기고 있는 시율이를 보자 온화해졌다.

"스님, 그 노래, 학교에서 배운 거예요?"

"방금 부른 노래?"

"네. 어디서 배웠어요? 학교에서? 아님 절에서?"

"어디서 배웠더라. 보자, 그 노래는 내가⋯⋯."

스님이 턱을 긁으며 어름적거릴 때 시율이가 또 묻는다.

"산제비가 뭐예요?"

시율이는 묻기만 할 뿐 답을 들을 생각이 없는 녀석이다.

"산제비?"

"네."

"⋯⋯제비가 아닐까?"

"날아다니는 제비요?"

"후후, 그럴 게다. 요즘 같은 봄볕에 제비가 구석구석 날지 않더냐. 후후."

"이렇게 추운데 무슨 제비가 있어요?"

노스님이 어허, 이 녀석이 또, 하며 시율이를 돌아본다. 시율이도 불안한 표정으로 형을 본다. 그랬다. 시원이는 동생에게뿐 아니라 스님에게도 뿌루퉁한 눈으로 말마다 콕콕 쏘아대고 있었다.

"그렇잖아요. 제비는 따뜻한 곳을 찾아다니는 새인데 이렇게 차가운 날씨에 어딜 날아요? 아직 남쪽에서 오지도 않았겠다."

"이놈아. 제비가 다 남쪽으로 날아가는 건 아니다. 버려진 채 갈 곳을 잃은 놈들도 있다. 그런 놈들은 산 바위 아래나 낙엽을 파고 악착같이 겨울을 나지. 그리고 이른 봄에 제멋대로 성황당 고개를 넘나든다."

"칫, 말도 안 돼."

부리부리한 스님 눈퉁이에 바짝 힘이 들어갈 때 아래에서 또 시율이가 스님 손을 잡아당겼다.

"스님. 행복한 왕자, 책에서요, 거기에 제비가 왕자님 동상의 무슨 부탁을 들어주느라고 남쪽으로 못 가서 겨울에 얼어 죽어요. 성황당 산신도 제비한테 무슨 무슨 부탁하면 제비는 그거 들어주느라 고개를 못 넘는다요.

그래, 그래. 옳지, 옳지.

노스님은 또 손으로 시율이 머리를 빙글빙글 돌렸다.

시원은 못마땅했다.

시율이의 말은 지금 엉망이다. 말을 막 배우기 시작한 유아들에게

서나 볼 수 있는 저 조리도 없고 이치도 맞지 않는 말들.

'흥, 학교에 가지 않으니 점점 멍청해지지.'

스님과 시율이는 집멸교를 건너 아래로 내려갔지만 시원이는 따라가지 않고 반대쪽으로 몸을 돌렸다.

개미 따위나 보는 스님이나 그 옆에서 작대기로 장난질하는 동생이나 전부 마음에 들지 않았다.

특히 스님.

왜 하필 그런 노래를 부르시는 거야?

……버려진 채 갈 곳을 잃은?

제비도 그렇고 사람도 그렇다는 거야?

시원이는 스님이 말한 제비가 자기와 동생을 빗댄 것이라고 확신했다.

"이번에도 안 오기만 해봐라."

봄이 오고 있었지만 엄마는 오지 않았다.

4년 전 형제는 엄마와 템플스테이 프로그램에 참여하기 위해 이 절에 왔다. 진달래가 온 산을 보라색 스펀지처럼 보이게 하던 즈음이었다.

아침에 엄마는 등교하는 시원이에게 시율이를 데리고 곧장 가게로 오라고 말했다. 학교 수업이 끝나면 집으로 가지 말고 정류장에서 기다리고 있다가 유치원 버스에서 내리는 동생을 데리고 엄마가 운영하는 꽃집으로 오라는 말이었다. 꽃집은 시원이 가족이 사는 아파트 정문 앞, 길 건너 상가에 있었다. 시원이가 다니는 영어 학원과 시율이가 다니는 미술 학원도 같은 건물에 있었기에 형제는 종종 학교와 유치원에서 곧장 꽃집으로 가곤 했다.

시원이는 아파트 정문 앞에서 유치원 버스를 기다렸다. 얼마쯤 기다리니 노란색 버스가 왔고 인솔자 선생님 손에 이끌려 내리는 동생을 만났다. 동생은 갈색 동복을 입고 있었다.

종종 시원이가 마중 나오는 것을 아는 유치원 선생님은 환한 웃음을 보이며 동생의 손을 건네주었다. 버스는 떠났고 둘은 길을 건너기 위해 횡단보도 앞에 섰다. 동생은 유치원에서 만든 수수깡 카메라를 형에게 보여주었다.

꽃집으로 가니 엄마 얼굴이 새하얘져 있었다. 아무래도 무슨 일이 생긴 것 같았다. 엄마는 암으로 아빠를 잃었을 때와 똑같은 표정을 짓고 있었다. 시원이는 엄마에게는 험하고 슬픈 일이 많다는 것을 알고 있었다. 아빠가 남겨둔 빚도, 임대료를 올리려는 건물주를 대행하는 부동산 아줌마도, 시원이와 시율이를 데리고 가려는 삼촌과 할머니도 엄마를 슬프게 하는 것들이었다. 그뿐이 아니다. 엄마에게 집적대는 남자도 많았다. 그럴 때마다 엄마는 이 악물고 악착같이 버텼다.

그날 가게로 들어왔을 때 엄마는 너무도 놀란 눈을 하고는 형제를 와락, 품에 안았다. 며칠 후 새벽, 엄마는 형제를 데리고 도망치듯이 이 절로 왔다.

산적 스님은 기다렸다는 듯 세 사람을 반겼다.

절에서 하룻밤을 잤다. 다음 날 점심을 먹은 엄마는 시율이에게 줄 젤리를 사러 산 아래 편의점에 내려간 후 돌아오지 않았다. 곧 알았다. 그 봄의 템플스테이도, 엄마가 다급하게 꽃집 문을 닫았던 것도,

젤리를 사 오겠다며 간 것도 전부 산적 스님과 짜고 한 짓이라는 걸.

사실 이틀 밤만 자면 집으로 가는 줄 알았다. 시원이는 닌텐도 게임기를 두고 왔을 만큼 경황이 없었다. 학교 가방을 그대로 메고 있었고 시율이는 유치원 동복을 입은 채였다.

진달래가 목화솜처럼 흐드러지게 피던 봄날, 4년 전 이맘때 엄마는 형제를 이 절에 맡기고 떠나버렸다.

'보고 싶지도 않나? 자식인데.'

이해할 수 없었다.

'나는 그렇다 쳐도 저 조그만 시율이는 보고 싶지도 않나? 내가 봐도 저렇게 귀여운데.'

시원이는 커다란 달마가 그려진 족자 아래에서 산적 스님에게 따진 적이 있었다. 어금니를 그적그적 갈며 살기에 가득 차서 물었다.

엄마가 진짜 우리를 버렸냐고.

스님은 코끼리 발 같은 손으로 검은색 천목다완을 감싸고 차만 홀짝일 뿐이었다.

"갈래요."

"어딜?"

"집에요."

"엄마는 온다. 그러니 얌전히 기다려라."

스님은 여기서 잘 지내고 있으면 엄마가 보러 온다고 말했다.

"엄마, 우릴 버린 거죠?"

"버리지 않았다. 너희들을 매일 생각하고 계실 게다."

"그럼 왜 보러 오지 않나요?"

"뭔 소리냐. 재작년에 왔지 않느냐."

"작년에는 안 왔어요."

"그건……."

사실이었다.

절에 맡겨진 이듬해 엄마는 형제를 찾아왔다. 또 그다음 해에도 보러 왔다.

엄마는 1년에 한 번씩, 이맘때 찾아왔다.

커다란 케이크와 화려한 백합꽃을 안고 시율이가 좋아하는 곰돌이 젤리와 시원이가 좋아하는 닌텐도 게임기를 가지고 절에 왔다.

스님은 엄마와 형제를 위해 지장전을 통째로 내주었고 절집 식구 누구도 들락거리지 못하게 했다. 아이를 버린 어미를 사람들에게 보이지 않게 하려는 배려이리라.

세 사람은 석교 건너 우뚝 떨어진, 녹색 대머리 지장보살이 내려다보는 지장전 안에서 종일 시간을 보냈다.

엄마 눈은 울고 있었고 입은 웃고 있었다.

시율이는 엄마 가슴께에 이마를 파묻었다. 엄마는 조금씩 자라 있는 둘째 아들의 정수리에 연신 입을 갖다 댔다.

시원이는 엄마 곁에서 닌테도 게임을 했다.

손으로는 꾹꾹 버튼을 누르고 있었지만, 안긴 동생 몰래 엄마 냄새를 슬쩍슬쩍 맡았다. 엄마는 닌테도 게임기만 보는 시원이 얼굴을 자꾸 들어 올렸다. 엄마는 자꾸 엄마를 보라고 했다. 시원이는 몇 번 눈을 쳐다봤고 얼른 시선을 게임기로 옮겼다.

안기고 싶었지만 동생 때문에 그러지 않았다. 꾹 참았다. 닌텐도

만 있으면 족했다.

셋은 거기서 밥을 먹었고 법당을 뛰어다녔고 누워 있기도 했다. 엄마는 낮게 노래를 불렀고 책을 읽었다. 사과를 깎았고 케이크를 잘랐다. 몇 시간이 흘렀지만 시율이는 여전히 흥분해 있었다. 이리저리 딴짓하며 놀다가도 생각나면 달려와 엄마의 양어깨에 두 손을 올리고 통통 뛰었다. 깎아놓은 사과를 발로 차고 먼지를 일으키며 방석 위를 뛰다가 단단한 법당 바닥에 줄덕, 미끄러지기도 했다. 시원이는 시율이가 설쳐대지 못하게 손을 꽉 잡았고 엄마 어깨로 올라타지 않도록 눈을 부릅떴다.

그럴 때마다 엄마가 말했다.

"그러지 마. 아직 아기잖아."

형제는 엄마를 사이에 두고 누워 팔을 뻤다.

동생이 잠든 것을 확인하고서야 시원이는 엄마 겨드랑이에 얼굴을 묻었다. 엄마가 안아줄 때 물큰한 향수 냄새가 났다. 시간이 흐를수록 엄마 냄새는 이 방에 가득 고인 저 지장보살님의 향내와 섞이지 않고 묘하게 달큰해졌다. 엄마는 시원이 이마에 입을 갖다 댔고 코를 만졌다. 이마를 내준 시원이는 눈을 감고 가만히 있었다.

엄마에게 붙어 있다 보면 시간이 다르게 흐르고 있음을 느낀다. 우주의 시간은 공간마다 제각기 흐르고 인간의 시간은 대상마다 제각기 흐른다. 지장전 안의 시간도 그랬다. 그것은 지장보살님의 향내와 엄마의 냄새만큼이나 구분 가능한 것이었다. 시원이는 저도 모르게 저 우주의 평온한 빛 속으로 빨려 들어가며 노곤히 잠들었다.

어둑발이 서리자 엄마는 일어나 앉았다. 엄마는 시율이를 안아 담요 위에 눕히고 잠든 시원이 머리에 베개를 단정히 끼운 다음 두 아이를 한참을 내려다보았다.

시율이도 그렇지만 시원이도 엄마가 언제 돌아간 것인지 모른다.

구기동 보살 할머니가 김이 모락모락 나는 공양 밥을 들고 들어오면 형제는 그제야 일어났다. 어두운 지장전에서 비몽사몽 눈을 비비며 엄마를 찾았지만, 떠나고 없었다. 꿈에서 왔다 간 것 같기도 하고 정말로 다녀간 것 같기도 했다. 엄마의 냄새가 남아 있는 것만으로 그것이 꿈이 아니었다고 믿을 뿐이었다.

엄마는 그렇게 1년에 딱 한 번 이곳에 왔다가 돌아갔다.

형제는 4년 동안 총 세 번 엄마를 만났다.

작년에는 보지 못했으니까.

"사정이 있다. 엄마한테도."

"무슨 사정요?"

"그럴 만한 사정."

"딴 사람이랑 결혼했죠? 그래서 우리를 절에다가 맡긴 거죠?"

"엄마는 너희들 보러 온다."

또 그 말.

정말이지 저 덩치 스님과 이야기할 때마다 속이 화끈거린다. 아무리 따져 물어도 스님은 같은 말만 되풀이한다. 그 우렁잇속을 들여다보고 싶었다.

"알려줘요!"

시원이는 스님이 감싸 들고 있던 천목다완을 팟, 하고 깨버렸다. 사방에 항아리 조각들이 흩어졌다.

"이눔이."

이건 중요한 문제였다.

형으로서 확실하게 물어봐야 했다.

밤마다 잘 때 옆에서 시율이가 물어오기 때문이다. 시원이는 동생한테 무엇이 진실인지 대답해줄 수가 없었다.

"안 오면 안 온다고 말해요. 그래야 우리도 엄마 생각 안 하고 살수 있지, 안 그래요? 우리도 모르는 거 아니거든요. 우리한테 희망을 주시면 힘들어요. 특히 어린 시율이한테는…….."

그러자 스님은 고함을 내질렀다.

"네 이눔! 잊히는 것에 매달리지 마라."

그 말에 시원이는 엉엉 울고 말았다.

그게 아이한테 할 소린가.

매일 밤 엄마를 찾는 동생을 지키는 형한테 할 소린가.

이불 속에서 손을 내주면 엄마 볼 대신 만지작거리다가 겨우 잠이 드는 동생을 바라보는 기분을 스님은 아시느냐고.

그리고—

내가 시율이보다 더 보고 싶다고.

엄마는 왜 우리를 이 절에 가두고 떠난 거냐고.

시원이가 벌떡 일어났다.

"이노옴! 한 발짝도 나갈 수 없다!"

스님은 펑펑 우는 시원이를 노려보며 핏빛 눈으로 할喝을 날렸다. 시원이는 스님을 미워하기로 마음먹고 미닫이문을 쾅, 닫았다.

동생 손을 잡고 산문 쪽을 향했지만 아무리 노력해도 한 발짝도 나갈 수 없었다. 당연했다. 갈 방법을 몰랐으니까.

작년, 엄마가 오지 않았던 봄날.

스님 앞에서 펑펑 울던 그 일이 있고부터 시원이는 엄마에 관해 일절 묻지 않았다. 엄마의 '엄' 자도 입 밖에 내지 않았다. 동생이 말을 꺼내면 입을 막았다. 다시는 아쉬운 소리를 하지 않겠다는 의지를 보인 것이었지만 한편으로는 스님이 진짜로 화내는 모습이 무서웠기 때문이다.

대신 부처님한테 빌기로 했다. 대웅전의 석가모니 부처님과 문수, 보현보살님은 알 것이다. 예불 때마다 간곡하게 비는 소원을. 그리고 부처님들 심기 거슬리지 않게 법당에서 장난치려는 시율이를 최선을 다해 막고 있다는 것도.

그런데 지장전의 지장보살님한테 빌어도 되는 줄은 정말이지 몰랐다.

'매일 석가모니 부처님한테만 빌었고만.'

알았으니 좀 기쁘기도 하다.

지장보살님은 석가모니 부처님보다 더 잘 아실 테다. 지장전에서 다 지켜보셨으니까. 초록색 머리를 하고 말이다.

이제 지장전에 들어갈 때면 신이 날지 모른다. 평소에도 지장전 문을 열 때면 기대감이 일고 흥분되었다. 엄마 냄새가 고여 있으니까. 시원이는 석가모니 부처님보다 지장보살님을 더 믿기로 했다.

봄볕에 정수리가 뜨끈하다. 시원이는 태양을 오래 보며 일부러 눈물을 냈다. 점점 시야가 뿌예지고 눈물이 나왔다. 눈물이 나온 참에 엄마 생각을 했다.

올해는 우릴 보러 오실까?

작년부터 오지 않기로 한 걸까?

마음에 걸리는 것이 있긴 하다.

작년 이맘때 시원이는 보살 할머니들이 수군거리는 소리를 들은 적이 있다.

엄마가 아기를 낳았다는 것.

그래서 몸조리하느라 오지 않았다는 것.

큰 무쇠솥 앞에서 국수를 삶으며 구기동 할머니가 평창동 할머니에게 그렇게 말하는 것을 시원이는 똑똑히 들었다.

사실일지도 모른다. 아니, 엄마는 새 사람과 결혼했고 작년 봄에 새 아기를 낳은 게 분명하다. 아이를 낳으면 움직이지 못하니까. 시율이가 태어났을 때는 아빠와 함께 살고 있었는데, 그때도 엄마는 집에 오지 않고 조리원에서 한참을 머물렀다.

엄마는 새로운 가정에서 새로운 아이와 살게 된 걸까?

화라지가 무성한 늙은 동백나무 근처 어딘가에서 되지빠귀와 호랑지빠귀 소리가 요란했다. 너무 시끄러워서 마치 봄 하늘을 긁어대는 것 같았다.

더 울려고 태양을 보았다.

아무리 뜨려 해도 눈이 감겼다.

태양은 겨우내 미뤄두었던 대지를 녹이려는지 맹렬하게 빛을 뿌리고 있었다. 초목들이 그 빛을 서둘러 받아먹느라 보이는 산등성이마다 한들거린다. 씨가 빠진 껍질만 달고 있었던 참죽나무도 녹빛의 지폐 같은 이파리를 펄럭거리고 있다.

다들 저렇게 행복하게 움직이는데.

우리만 왜.

시원이는 눈이 아파 고개를 숙이고 마구 비볐다. 눈물은 말라버렸고 기분만 나빠졌다.

돌아보니 스님과 시율이는 저만치 사라지고 없었다.

2

저녁에 비가 왔고 새벽 산은 가습기처럼 뿌옜다.

아침이 되자 세상은 눈이 아릴 만치 선명했다. 비가 지나간 바람에서 슬그머니 여름 냄새가 섞여 있었다.

시원이는 동생 손을 잡고 바위를 이리저리 넘고 뛰어 백운암으로 갔다. 절에서 10분 정도 올라간 정상에 솟은 백운암은 커다란 신이 산의 피부를 긁어놓은 듯 뭉툭하게 도드라져 있었다.

마애불은 높이 17미터의 암벽 덩어리인 백운암 상단에 석각되어 있었다.

선이 유려하고 뚜렷했지만, 발아래에 새겨진 연화대좌는 퍼진 석이와 이끼로 형태를 알아볼 수 없을 만큼 희미했다. 마애불 아래는 서너 명이 앉을 만한 작은 터였다. 초를 넣어두는 나무 단 아래에는 비닐로 덮어둔 요가 매트가 여러 장 접혀 있었다. 여기까지 올라오는 신도들을 위해 절에서 마련해둔 것이었다.

단 위에 누군가가 놓아둔 랩으로 싼 동그란 증편이 있었다.

시율이가 그것을 집었다. 시원이가 빼앗아 떡이 상했는지 확인했다. 시율이는 눈을 똘망똘망 굴리며 형을 지켜보았다.

"먹어도 괜찮겠네. 자."

시원이가 랩을 벗겨 건넸고 동생은 조그만 입으로 한입 베어 물었다.

시원이는 마애불 코언저리에 앉았다. 멀리 북악산이 보였고 그 너머로 남산타워가 손가락만 하게 솟아 있다. 따라 앉은 시율이가 조몰락거리던 떡을 무릎에 놓고 주머니에서 파란색 시계를 꺼냈다. 캡틴 아메리카가 그려진 플라스틱 시계였다.

"기린 스님이 나한테 줬어."

그 말에 시원이가 눈을 동그랗게 떴다. "그 멀대가?"

기린 스님은 산적 스님의 시자 스님이다.

어릴 때 맡겨져 내내 절에서 살았다고 한다. 그런 점에서 형제와 비슷하다. 기린 스님은 작년에 전역하고 정식으로 승적을 받아 다시 산적 스님을 모신다.

기린 스님 역시 시율이가 붙인 별명이었다. 목과 다리가 기린처럼 길고 구부정했다. 높은 코, 툭 불거진 광대, 깡마른 턱은 꼭 화난 사람처럼 단단하게 굳어 있다. 그 스님이 웃던 때를 딱 한 번 본 적이 있는데 바로 케이크를 먹을 때였다.

그는 참 구도자가 될 자질이 있었다. 젊은 나이였지만 늘 화두만 생각했고 깊이 참선했다. 기린 스님은 산적 스님으로부터 공부가 늘었다고 칭찬을 듣는 중이었다.

"공부가 늘면 안 보이는 것도 훤히 보인다. 그걸 깨달았다고 자만하면 큰일 난다. 부지런히 참구하거라. 납자衲子한테 제일 큰 적은 게으름이다."

제자를 가르치는 산적 스님의 눈에는 툴툴거리며 봄노래를 부르고 개미를 보던 흔적은 전혀 보이지 않았다.

"너한테 그걸 줬다고? 언제?"

"기린 스님이 부엌 뒤에서 장작 팰 때."

"너, 그 옆에 있었냐?"

"형, 미안."

"장작 패는데 옆에 가지 말라고 했잖아. 도끼에 찍힌다고."

"……형, 미안."

"그래, 스님이 뭐라고 하디, 너한테?"

"아무 말 없었는데."

"아무 말도 안 해?"

"응."

시원이는 부글거렸다.

"여전히 우릴 무시하는구나."

그 스님, 분명 봤으면서 모른 척한다.

기린 스님은 시원, 시율이 형제를 보아도 언제나 굳은 표정으로 쓱, 쓱 지나가버린다. 그 모습이 텔레비전에서 본 기린이 초원을 무심하게 지나가는 모습과 비슷했다. 시원이는 기린 스님은 자신들을 싫어한다고 생각했다.

절에 잡혀 중이 된 자신의 팔자를 따라가는 어린 녀석들의 모습이 가히 이쁘게 보이지는 않는 모양이다.

흥. 그렇게 될 줄 알고.

우린 이 절에서 나갈 거야.

사실 말이 나와서 하는 말이지만 이 절에서 시율이와 시원이를 따뜻하게 바라보는 이는 없다. 절집을 찾아오는 어른들도 그랬다. 그들은 부모 없는 형제를 본 척 만 척하거나 눈이 마주쳐도 무심하게 고개를 돌렸다. 구기동 보살 할머니도 은평구 보살 할머니도 혀만 끌끌 찰 뿐, 형제에게 별말 걸지 않는다. 그저 공양 밥이나 챙겨줄 뿐.

형제에게 따뜻하게 말을 걸어주는 사람은 오직 이 절의 대장인 산적 스님, 한 분이다.

산적 스님은 형제를 손자처럼 귀여워했다. 특히 시율이를.

시율이도 스님에게만 안긴다.

시율이가 형의 눈치에도 불구하고 스님 옷을 잡고 졸졸 따라다니는 이유는 또 있다. 산적 스님 주머니에서는 시시때때로 과일 맛 젤리가 술술 나오기 때문이다. 파이 과자나 츄파춥스 같은 것도 나온다. 전부 산신각이나 대웅전 영가 꽃단에 올려진 것들이다. 산신각의 것들은 등산객들이나 기도하러 오는 아줌마들이 갖다 둔 것이고 꽃단의 것들은 영가 가족이 망축 기도를 할 때 올려둔 것이다. 스님은 그것을 슬쩍해서 형제에게 주는 것이다. 아무튼, 노스님은 달콤한 것들을 많이 주신다.

뭐 당연하다.

산적 스님마저 형제를 못 본 척하면 안 된다. 스님은 지은 죄가 있으니까. 엄마를 달아나게 한 죄.

시율이가 캡틴 아메리카 시계를 오른쪽 팔목에 올리고 버클을 끼우려고 손을 꼼지락댔다.

"줘봐."

시원이는 동생 팔뚝에 시계를 채워주었다.

"……너한테 이걸 주더라는 거지?"

"응. 그냥 나무 장작 옆에 놓아뒀어."

"놓아둬? 그러면 준 게 아니네. 니가 함부로 가져온 거네."

"아니야. 날 보더니 이걸 나무 위에 올려놓았어."

"그거, 니 거 아니야."

"내 거야."

시율이는 울 듯 말했다.

"너 시계 볼 줄 알아?"

"……."

시율이는 올해 1학년이 될 나이다.

하지만 학교에 다니지 않는다. 산적 스님은 기린 스님 때처럼 형제를 학교에 보내지 않았다. 시원이는 동생이 시계도 볼 줄 모르고 맞춤법도 엉망인 것이 무척 아프다. 맞춤법뿐이랴. 젓가락질하는 법도 모르고 양치질도 혼자서 하지 못한다. 또래들은 전부 집에서 배우는 것들을 시율이는 모른다. 가르쳐주는 사람이 없다.

시원이는 밤마다 자기가 보던 책을 읽혀보지만 좀처럼 성과가 없었다. 게다가 앉혀놓아도 도통 공부하려 들지 않는다. 일곱 살 시율이는 왜 공부를 해야 하는지 이해하지 못한다.

시율이는 그림만은 기똥차게 잘 그린다.

학교에 다녔더라면 반에서 그림을 제일 잘 그린다고 칭찬받았을 것이 분명하다.

신고해야 하지 않을까?

초등학생을 학교에 보내지 않는 것은 잘못된 것이라고 일전에 학교에서 들은 기억이 있다. 교육청에서 누군가가 나와 학생들을 강당에 모아놓고 그렇게 말했다. 학교에 안 오는 아이들은 어두운 곳에서 학대받을 가능성이 크다고. 그래서 주변에 그런 친구가 있으면 바로 신고해야 한다고.

여긴 어두운 곳도, 스님이 학대하는 것도 아니지만 시원이는 학대받는 것만큼 기분이 나쁘다.

분하지만 어쩔 수 없었다.

어른들이 보내지 않으니 형제는 도무지 학교에 갈 방법이 없었다.

학교에 가지 않는 형제에게 하룻낮은 따분하기 그지없었다.

요즘 같은 미지근한 봄에는 손을 잡고 이 산, 저 산을 돌아다니고 꽃을 보러 다닌다. 여름에는 산봉우리에 앉아 있다가 더우면 나무를 탔다. 검고 키가 큰 귀룽나무 꼭대기에 올라서면 산 전체가 한눈에 보였다. 진액이 손에 묻어 기분이 나빠지면 계곡으로 내려가 손을 씻었다. 가뿐, 바위를 넘고 지날 때마다 물 그늘에 모여 있던 올챙이들이 달아났다. 가을에는 그 물에 떠 있는 낙엽들을 콩콩 밟고 싶어질 때가 많았다. 겨울이 되면 형제는 눈 비탈에서 썰매를 탔다. 등에 시율이를 기대게 하고 포대를 잡고 내려가곤 했는데 이제는 시율이도 내려가는 속도를 잘 견딜 수 있게 되었다.

어느 계절이든 오전 나절을 그렇게 놀다가 밥때가 되면 절로 돌아가 보살 할머니가 차려주는 공양을 했다. 그런 후 노스님 빙에서 텔레비전을 보거나 법당에서 책을 읽으며 보냈다.

법당에 있을 때 동생은 사주 스케치북을 찾았다. 스케치북은 꽃단 아래, 양초를 넣어두는 미닫이 반침 안에 가득 쌓여 있었다. 꺼내 주면 시율이는 엎드려서 그림을 그렸다. 동생이 혼자 무언가를 하게 되면 시원이는 그제야 마음이 편해졌다. 잠은 산적 스님 방에서 스님과 함께 잤다. 형제가 지내는 공간은 따로 없었다.

"엄마 왔을 때 기억나냐?"

"언제?"

시계 찬 손에 잡은 떡을 오물거리는 시율이는 형의 질문이 무슨 뜻인지 당연히 모른다는 듯 건성으로 답했다.

"언제긴, 재작년에 엄마 왔을 때 말이야."

"케이크 들고 왔을 때?"

"그래. 그때 기억나냐."

"기억나는 것도 있고 안 나는 것도 있고."

"엄마랑 종일 지장암에서 놀았잖아. 동화책도 읽고, 잠도 자고."

"엄마 어깨도 타고."

"그때 말이야. 엄마가 언제 돌아갔는지 기억나냐?"

시율이는 도리도리 고개를 저었다.

"그럼 그 전해는 엄마가 어떻게 돌아갔는지 기억나냐?"

시율이는 고개조차 젓지 않고 형을 본다.

시원이는 시율이 입에서 중요한 단서가 나오지 않을까, 기대하며 바라보았다. 시율이는 중편에 붙은 검은깨를 떼어내 입에 넣었다. 손에 달라붙은 끈적한 떡을 이로 긁어댄다.

"아아니."

쩝. 역시나다.

이 녀석한테 이런 이야기를 해봐야 알아먹을까.

그래도 유일한 동지는 시율이뿐이기에 시원이는 진지하게 생각을 털어놓았다.

"……엄마가 돌아갈 땐 우린 항상 자고 있었어."

시원이는 단단한 눈으로 멀리 북악산을 노려보았다.

"……우리는 엄마가 언제 왔는지, 또 언제 가는지 한 번도 본 적 없었고 알 수도 없었다고."

그랬다.

시원이는 엄마가 바람처럼 왔다가 바람처럼 사라진다는 것이 몹시 의심스러웠다.

"형! 나 알아. 엄마는 차 타고 와서 산길 따라왔지. 그리고 차 타고 집에 돌아가고."

이 자식. 또 맥락 없이 말하네.

"바보야. 니가 그걸 봤냐고."

시율이는 노려보는 형이 무서워졌다.

"우리는 엄마가 떠나는 걸 한 번도 본 적 없어. 엄마가 어떻게 이 절에 오는지 또 어떻게 사라지는지 전혀 모른다고. 그래, 안 그래?"

"……."

"여기 처음 왔을 그때도 봐. 스님은 엄마가 젤리 사러 간다고 하고 산에서 내려갔다는데 너, 엄마가 산에서 내려가는 걸 봤냐?"

시율이는 고개를 저었다.

여전히 이해하지 못하는 눈빛이다.

"혹시 말이야. 엄마는 우리와 다른 존재이지 않을까?"

"그게 무슨 말이야?"

"엄마는 우리한테만 보이는 게 아닌가 싶다고. 산적 스님이 엄마를 요술로 불러낼 수 있는 거지."

"왜?"

"그러니까 내 말은 엄마가 귀신이라고."

"엄마가 귀신?"

"그냥 그런 게 아닐까 싶다고. 그냥 내 생각이라고."

"엄마가…… 귀신이면 무서운데……."

"엄만데 뭘."

"근데 형. 엄마 왔을 때 엄마 머리도 만지고 그랬는데? 엄마 냄새도 났는데?"

그건 그렇다.

스님이 엄마와 둘을 지장전에 있게 하고 종일 엄마랑 시간을 보낼 때 시원이도 엄마를 만지고 대화하고 비벼댔다.

음, 아닌가?

또 아닌 것 같기도 하다.

엄마가 귀신이라면 엄마가 가지고 온 케이크를 평창동 보살 할머니가 꽃단에 올려놓는 일도, 기린 스님이 모처럼 웃으며 접시를 들고 케이크를 먹는 일도 불가능하다.

아, 모르겠다.

시원이는 엄마가 귀신이었으면 좋겠다고 생각했다.

귀신이면 새 아기를 낳은 것도, 새로 결혼한 것도 아니게 되니까.

"형. 엄마가 우릴 데리러 올까?"

"……안 와."

"온다고 했어. 스님이."

"엄마는 우리를 절에다 맡긴 거야. 우린 스님이랑 살아야 해."

"왜?"

"엄마가 돈을 내고 우리를 버렸으니까, 스님이 돈 받고 우릴 맡았으니까."

시원이가 시율이 눈앞에 검지를 세우며 무섭게 노려보았다.

"뚝, 울지 마."

시율이는 터질 듯 말 듯한 아미 아래를 일그러뜨리며 형을 보았다.

"……우릴 팔았다며."

"……판 게 아니고 버린 건데, 아니 맡긴 건데……."

아슬아슬하다.

"아무튼, 뚝! 울면 가만 안 둘 거야."

다시는 엄마를 볼 수 없다는 소리를 듣는 일곱 살 아이에게 울지 말라고 하는 것은 무척 가혹한 일이지만 시원이는 더욱 눈에 힘을 주고 동생의 감정을 제어하려고 노력했다.

시원이는 먼 산을 노려보았다.

사각사각 부서지는 햇살이 또 눈을 맵게 했다.

다 엄마 때문이야.

그때 나무가 흔들리고 저 아래에서 산적 스님이 나타났다.

스님은 두툼한 손을 퉁방울 같은 눈 위로 눕혀 그늘을 만들고는 이쪽을 살폈다. 스님은 이쪽을 한참 노려보았다. 그리고 형제를 확인하고는 큰 소리로 불렀다.

"이눔들아, 어서 내려와라. 니들 엄마 왔다!"

3

문을 열자 엄마는 지장전에 다소곳이 앉아 있었다.

국방색 담요를 무릎에 덮고 허리를 반듯하게 세우고 지장보살을 향해 합장하고 있었다.

엄마의 목은 무척 길었고 턱은 도드라지게 반듯했다. 짧은 머리를 뒤로 묶고 하얀 블라우스를 입었다. 엄마는 재작년보다 더 말라 있었고 더 어려 보였다.

담요 앞에는 시율이가 좋아하는 곰 젤리와 시원이의 하얀 닌텐도 게임기가 놓여 있었다. 구석에는 엄마가 가지고 온 커다란 케이크 상자가 있었다. 상자에는 붉은 리본이 곱게 묶여 있었다.

쿵 쿵 쿵.

시율이가 달려갔다.

엄마가 팔을 벌렸다.

시율이가 안겼다.

돌진하는 시율이 힘에 엄마의 반듯하고 가느다란 허리가 휘어청, 밀렸지만 엄마는 중심을 잃지 않고 시율이를 받아 세웠다. 시율이는 엄마 목을 감았고 엄마는 턱을 쳐들었다. 엄마는 긴 팔을 뱀처럼 꼬며 시율이 등을 쓰다듬었다. 시율이를 반듯하게 세우고 삐쳐나온 유치원 동복 상의를 쑤시고 바지를 올려주었다.

시율이가 미끄러지듯 앉고 엄마 가슴께로 파고들었다. 엄마는 시율이 얼굴을 찾았다. 코에 묻은 작은 피부 딱지를 떼고 이마를 쓸며 머리카락을 넘겼다. 시율이가 다시 일어서더니 두 팔로 엄마 목을 감았다. 엄마의 흰 얼굴이 점점 하얘져갔다. 시율이는 엄마 어깨 너머 저쪽을 보며 한참을 서 있었다.

시원이는 문 앞에 서 있었다.

시원이는 담요를 덮은 엄마의 무릎 아래가 실제로 존재하는지 살폈다. 엄마가 귀신이라면 발이 없을 터였다. 아무리 봐도 담요 안의 엄마 몸은 볼 수 없었다.

엄마는 귀신이어야 한다. 그래야만 오롯이 동생과 자신을 사랑해줄 수 있다. 자신들을 그동안 속였대도 좋으니 제발 귀신이었으면.

끼이익,

시원이 뒤로 지장전 문이 닫혔다.

산적 스님이 문을 닫아준 것.

지장전 내부는 가무스름해졌다.

엄마가 문 근처에 서 있는 시원이를 바라보았다. 시율이를 안으면서 내내 웃던 엄마의 눈에 물이 고였다.

시원이는 털털 그쪽으로 걸어갔다.

"큰아들, 잘 지냈니?"

엄마가 물었지만 시원이는 대답하지 않고 조금 떨어져 앉았다.

시원이는 닌텐도 게임기를 끌어와 전원 버튼을 누르고 게임을 골랐다.

동생에게 목이 감긴 엄마가 엉덩이를 움직여 다가왔다. 시원이는 엄마에게서 등을 돌렸다. 엄마가 시원이 어깨를 잡았다.

"잘 지냈어?"

시원이는 꾹꾹 버튼만 눌러댔다.

"스님 말씀 잘 듣고 있었니?"

"네."

형 대신 시율이가 대답했다.

엄마가 뒤에서 웃는 것 같았다. 엄마는 시원이를 당겨 뒷머리에 입을 맞추었다. 엄마는 시원이와 시율을 품에 안고 마음껏 흔들었다.

시율이가 뭐라 뭐라 제멋대로인 말을 했다. 엄마는 시율이 말에 정신없이 고개를 끄덕이면서도 다른 손으로 시원이 머리를 만졌다. 엄마 손은 그리운 움직임으로 다급했다. 손에서 감정이 하나하나 사라져갈 때쯤, 시원이는 와락, 고개를 돌리고 물었다.

"결혼하셨어요?"

엄마 입이 슬그머니 벌어졌다.

시원이가 엄마를 똑바로 바라보며 다시 물었다.

"결혼하셨냐구요."

"……누가 그런 말 하더니?"

"기억 안 나요. 그런데 진짜 결혼하셨어요?"

엄마는 벌어진 입을 단정하게 닫았다.

그것은 '그렇다'는 뜻이었다.

"그때 우리 가게에서 꽃을 사서 엄마한테 준 그 아저씨죠?"

"……."

"아이도 낳았어요?"

엄마 눈이 슬퍼졌다.

시율이가 끼어들었다.

"보살 할머니가 그랬다요. 엄마가 새로 결혼해서 아기를 낳았다고요. 몸조리한다고 작년에 안 온 거라고 그랬다요."

"정말이에요? 새로 결혼했고 새 아이를 낳으셨어요?"

"엄마, 아기 예뻐요?"

"야! 넌 가만있어! 내가 말하고 있잖아!"

엄마는 동생을 감추듯 안으면서 시원이한테서 눈을 떼지 않았다.

시율이가 씩씩댔다.

"시율이 질문부터 답해줘요."

엄마는 대답하지 않았다.

"시율이가 묻잖아요. 시율이는 묻는 말에 다 대답해줘야만 해요."

엄마는 시율이를 보며 고개를 끄덕였다.

"그래. 예뻐."

시원이는 할 말을 잃었다. 막상 듣고 보니 가슴이 푹 꺼질 듯 내려앉았다.

품에 안긴 시율이가 물었다. "나보다 작아요?"

"그럼. 시율이보다 작지. 아직 걷지도 못하는걸."

"내 동생이겠네요."

"그래. 우리 시율이 동생이란다."

"아니야!"

시원이가 소리쳤고 시율이가 시원이를 보았다.

시원이는 고개를 푹 숙이고 방석을 꾹 움켜잡았다. 시원이는 이를 바글바글 갈았다.

"니 동생 아니라고."

시원이가 일어섰다. 걸어가서 시율이 팔을 잡았다.

"일루 와."

"싫어."

"거기 있지 말고 일루 오라고."

"싫다고, 엄마한테 있을 거야."

엄마는 시율이를 빼앗기고 말았다. 시원이는 엄마를 덮고 있는 담요를 젖혔다. 파란색 주름치마 밖으로 드러난 복사뼈, 그 아래로 도화지처럼 하얀 양말.

그렇게 바랐는데 엄마는 귀신이 아니다.

엄마는 분명한 사람이다.

그렇다면 새로 결혼한 것도, 아이를 낳은 것도 전부 사실인 거다.

그것은 엄마는 이제 다른 누군가의 가족으로 살아야 한다는 뜻이고 오롯이 자신과 동생의 것이 아니라는 뜻이다. 또 절에서 나가 엄마 곁으로 갈 수 없다는 뜻이며 둘은 평생 기린 스님처럼 살아야 한다는 뜻이다.

시원이는 절망했다.

엄마는 이제 동생의 엄마가 아니었고 자신의 엄마가 아니었다.

엄마가 자신의 삶을 찾으려고 한 것을 보면 어지간히도 힘들었겠다고도 생각하지만 그래도 어떻게 그럴 수가 있냐고 묻고 싶었다.

'나는 그렇다 쳐도 시율이는 어떻게 해요? 내가 봐도 이렇게 귀여운데!'

이 말이 목 위까지 치올랐다.

그런데 시율이보다 더 작은 아기가 태어났다니.

'시율이는 학교에도 가야 한다구요.'

'시율이는 시계도 볼 줄 모른다구요.'

시원이는 외치지 못하고 울먹였다.

이제 엄마는 시율이보다 더 작은 아기에게 저 애처로운 눈을 내줄 것이다. 지금은 저렇게 아스라이 시율이를 바라보고 있지만 저 표정은 이제 시율이 것이 아니다.

엄마가 두 손으로 얼굴을 가렸다. 소리는 나지 않았지만 울고 있는 것 같았다.

시율이가 눈물을 닦아주려고 엄마 손을 젖혔고 엄마는 번들거리는 광대를 드러냈다. 엄마는 미안하다는 말 대신 우는 웃음을 지었다. 그 연한 웃음에서 형제를 포기했다는 마음이 분명하게 느껴졌다.

엄마가 시율이를 안았고 시원에게 손을 내밀었다.

시원이는 뿌리치고 불단 위로 튀어 올랐다. 높은 곳에서 웅크리고 엄마를 노려보았다. 입술은 울긋울긋 닫혀 있었고 코에서 물이 줄줄 흘렀고 이마 사이에 깊은 골이 팼다.

내년부터는 엄마가 오지 않을 것이다. 그렇다면 엄마를 이렇게 보내면 안 된다. 시원이는 지장암에서 엄마가 나가지 못하게 막아야 한다고 생각했다.

양초 불이 꺼졌다. 쌀이 줄줄 흘러내렸다. 줄이 툭툭 끊기며 탱화가 기울어졌다. 지장보살이 들고 있던 육환장 고리가 결국 끊어지더니 챙그랑, 챙그랑 바닥으로 떨어졌다. 물그릇이 창, 깨졌다.

닥치는 대로 던졌다.

불단의 이것저것이 떨어지자 흡사 지장전이 내려앉는 것 같다.

엄마는 시율이를 안은 채 겁먹은 듯 바라보았다.

시원이는 있는 힘껏 두 눈에 힘을 주었다. 시원이 주변으로 지장보살 머리카락 색 같은 초록빛 기운이 슬금슬금 피어올랐다.

진짜로 전각을 무너뜨릴 심산이었다.

그때 뒤에서 나는 소리.

"그만해라, 이눔아!"

산적 스님이었다.

"내 동생은 학교도 못 갔다구요!"

"닥쳐라!"

할喝.

스님의 커다란 몸에서 차가운 선기禪氣가 화살처럼 사방으로 뻗었다. 그 기운은 지장전에 고인 귀기의 어둠을 삽시간에 빨아들이며 주변을 환하게 했다.

"엄마가 언제까지 죽은 네눔들 때문에 아파해야 하냐. 5년이 지났으면 충분하다. 너희 엄마도 행복해질 때가 되었다!"

4

여인은 지장전 석돌에 놓인 흰 운동화를 신은 다음 스님을 바라보았다. 산적 스님은 무뚝뚝하게 먼 곳을 바라보고 있었다. 여인은 합장하며 고개를 숙였다.

"해마다 천도제를 지내주셔서 감사합니다."

"내년부터는 오지 마시오. 백중날에 쌀만 보내시오."

여인은 불이문 쪽으로 걸어갔다.

산문 아래에는 검은색 세단이 기다리고 있었다. 차 옆에는 여인이 새로 맞은 시부모인지 아니면 아이들의 외조모인지 모를, 나이 든한 여자가 포대기에 싼 갓난아기를 안고 있었다. 그는 지천으로 핀 꽃을 보이며 아기를 어르고 있었다.

여인은 지장전을 돌아보았다. 해가 서쪽으로 가라앉았지만, 경내는 되레 밝아지고 있었다. 비끼는 노을의 잔해가 산이고 돌이고 계단이고 나무고 전부 노란색으로 물들었다.

여인은 몸을 돌리고 내려갔다.

나무 타는 냄새가 가득했다.

보살 할머니가 지장전에서 케이크를 들고 나왔다. 할머니는 그것을 아궁이가 있는 건물의 부엌으로 가져가 반을 가르고 또 반을 갈랐다. 큰 접시 두 개에 커다랗게 자른 케이크를 하나씩 담고 작은 접시두 개에 작게 자른 케이크를 하나씩 담았다. 할머니는 큰 접시 하나를 산적 스님의 차 마시는 방에, 다른 접시를 기린 스님이 공부하는 방에 넣어주었다. 그리고 작은 접시 두 개를 들고 대웅전으로 갔다.

대웅전 왼쪽 벽에는 영가들을 위한 꽃단이 있었다.

할머니는 케이크 접시 두 개를 꽃단에 올렸다. 거기에는 두 아이의 사진이 놓여 있었다. 5년 전 함께 길을 건너다가 교통사고로 죽은 형제의 영가였다. 그날은 큰아이의 생일날이었다.

큰아이 사진 앞에는 하얀색 닌텐도 게임기가, 작은 아이의 사진 앞에는 곰 젤리와 스케치북이 놓여 있었다. 할머니는 아이들의 물건을 행주로 닦으며 중얼거렸다.

"이제 이것들을 치울 때도 되었는데."

매해 기일이 되면 찾아오던 이 아이들 엄마는 작년에 오지 않았다. 그래서 올해는 치울 때가 되었다 싶었는데 오늘 다녀갔다.

원래 3년을 두기로 한 위패였지만 주지 스님은 5년째 두 아이 사진을 치우지 않고 망축 기도를 올렸다. 그동안 절에서 일하는 보살들은 아침 점심 저녁으로 꼬박꼬박 잿밥을 올려야 했다. 할머니는 행주로 아이들 사진 액자까지 마저 닦고는 미련 없이 뒤돌았다.

경내가 파래지고 있었다.

봄밤이 시작될 참이다. 아이들은 법당에 엎드려 책을 보고 스케치북에 그림을 그리며 놀 것이다. 작은아이는 여전히 아무것도 느끼지 못할 것이고 큰아이는 엄마의 시간과 자신의 시간과 우주의 시간과 봄의 시간을 가늠할 것이다.

봄은 짧고 사람들은 미련에 뒤엉켜 울음을 삼킨다. 그것은 비단 속세에서만 일어나는 일은 아니었다. 봄은 그렇게 지나간다.

어디선가 노스님이 흥얼거리는 노랫소리가 들려왔다.

열아홉 시절은 황혼 속에 슬퍼지더라

오늘도 앙가슴 두드리며 뜬구름 흘러가는 신작로 길에

새가 날면 따라 웃고

새가 울면 따라 울던

얄궂은 그 노래에 봄날은 간다.

마포대교의 노파

1

"저기 아디다스 반바지 입은 사람, 보이지?"

"조깅하는 남자요?"

"그래. 조깅하는 남자."

"음. 외국인 같은데요."

"5분 안에 다리에서 뛰어내릴 거야."

그 말에 김 순경은 고개를 돌려 박 경사를 보았다.

운전석에 앉아 있는 박 경사는 양미간을 터질 듯 짜내며 앞 유리 너머만 노려보고 있다.

"……뛰어내리다니요?"

박 경사는 입안에서 굴리던 은단을 꿀꺽 삼키기만 했을 뿐, 더는 설명하지 않는다.

선배가 만든 무거운 공기가 어두운 순찰차 내부를 짓누르자, 김 순경은 작성하던 순찰 일지를 선바이저 사이에 끼워두고는 본격적으로 조깅하는 남자를 응시했다.

독일인일까? 미국인일까?

해말갛고 삐쩍 마른 50대가량의 외국인이다. 그는 마포대교 북단쪽에서 교량으로 진입해 난간 안쪽 자전거 도로를 달리고 있었다. 하얀색 애플 에어팟을 끼고 스마트폰을 꽂은 암밴드를 찼다. 대교를 따라 이어진 가로등 빛에 갈가리 젖은 외국인의 머리카락이 주황색이 되다가 푸른색이 되기를 반복한다.

김 순경은 특이점을 찾지 못했다.

아무리 뜯어봐도 인근 여의도에서 일하는 사람의 일상적인 모습이다.

외국인은 달리는 것에 집중하고 있었다. 규칙적인 반동, 같은 높이로 오르락거리는 두 팔, 숨을 먹으며 성큼성큼 놀리는 발에서 삶의 의미를 단단하게 다지려는 의욕 같은 게 보인다.

저런 사람이 다리에 왔다고? 죽으러?

하나 박 경사는 김 순경의 의문은 안중에 없는 듯 초조한 얼굴이었다. 운전대를 안듯 어깨를 웅크린 그는 외국인을 보는 것인지 외국인 어깨너머로 뿌옇게 퍼진 밤 구름을 보는 것인지 모를, 불안정한 시선을 그쪽을 향해 마구 쏘아대고 있었다.

간혹 탄식 같은 숨을 내뱉기도 한다.

그게 김 순경의 귀에는 욕설처럼 들렸다.

"선배님, 저 사람이 투신한다는 말씀이세요?"

"쉿!"

박 경사가 김 순경의 말을 제지했다.

보니 외국인이 멈춰 서 있었다.

어라? 김 순경도 숨을 삼켰고 박 경사의 눈은 더 가늘어졌다.

외국인은 마포대교 한가운데에 우뚝 선 채 높은 코를 벌렁거리며 한동안 앞을 바라보고 있었다. 살짝 멍해진 것 같고, 조종당한 듯 무표정하다.

박 경사는 안전띠를 풀기 위해 오른손을 어깨로 사셔갔다.

여차하면 순찰차에서 튀어 나갈 태세다.

외국인은 뒤를 한번 돌아보더니……

고개를 숙여 왼팔에 찬 스마트폰의 시간을 조작하고는 다시 달리기 시작했다. 잠시 숨을 고르기 위해 섰을 뿐이었다.

김 순경은 고개를 갸웃거렸다.

"아닌 것 같은데요."

"뛰어내릴 거야. 반드시."

박 경사는 빡, 짜내듯 마른 방귀를 한번 뀐 후 안주머니에서 은단 케이스를 꺼냈다. 은단 케이스가 작은 양주 병같이 생겨서일까, 케이스 입구에 입술을 댄 채 은단 한 알을 입에 넣는 모습에서 마치 오래된 중독자의 냄새가 났다.

그는 담배를 피웠지만 늘 은단을 먹었다. 그리고 몸에서 나는 냄새를 지우려는 듯 입안의 은단 향을 손바닥과 어깨에 대고 햐―햐― 하고 내뿜는 버릇이 있었다. 지금처럼.

김 순경은 그런 고참을 불안한 눈으로 바라보았다.

"괜찮으세요?"

"날 보지 말고 저길 보라고, 자식아."

고참은 여전히 자신이 한 말을 믿는 눈빛이었다.

주변 만류에도 자청한 것은 김 순경이었다.

아무도 박 경사와 한 조가 되려 하지 않았다.

김 순경은 오늘 처음으로 박 경사와 한 조가 되어 순찰차에 올랐다. 두 사람의 임무는 새벽 4시까지 마포대교에서 벌어지는 이상 상황을 관찰하는 것이다. 합을 맞추고 서로의 신병을 챙겨야 하는 사이가 된 건데, 이 사람은 시작부터 누군가가 다리에서 뛰어내리려 한다는 소릴 하고 있다.

소문이 맞았던 걸까?

자꾸 손바닥 냄새를 맡고 다리와 손목을 달달 떠는 그를 보며 김순경도 점점 자신이 없었다. 아니길 바랐는데. 역시.

40대 중반의 박 경사는 일찌감치 마포서로 들어갔어야 하는 짬밥이었다. 경위를 달고 계장 자리에 앉아 굵직한 사건을 책임져야 할 호봉이었지만 그는 여전히 지구대의 경사였다. 무슨 일인지 몇 년째 승진에서 누락되었고 지구대에서 호봉이 제일 높은 경찰관으로 남아 피곤한 현장 일을 하고 있었다. 마포서의 윗분들은 박 경사를 영원히 지구대에 처박아둘 작정인 듯 그의 보직 이동에는 관심이 없었다.

더 신기한 것은 박 경사도 자신의 진급을 대수롭지 않게 여기고 있다는 것.

그는 떠돌 듯 출근해 지구대 팀원 누구와도 말을 섞지 않는다. 아니 지구대 후임들이 그를 그림자 보듯 한다는 게 옳다.

젊은 경관들이 그를 피하는 이유는 분명했다.

무얼 생각하는 것인지 모를, 멍한 눈빛으로 늘 벽 같은 구석을 바라보고, 또 허공에 대고 이상한 소리를 지르기 때문이다. 어쩌다 말을 걸기라도 하면 대답하지 않고 쓰윽, 일어나 자리를 피한다.

그랬다. 박 경사는 외톨이었다. 경찰서라고 왜 왕따가 없겠는가. 그렇다고 직장 밖에서 그를 따뜻하게 대하는 누군가가 있지도 않았다. 그는 가정도 없이 늙어가는 노총각이다.

누구는 박 경사가 종교에 빠져 이상한 주문을 외웠다고 수군댔고 누구는 그가 여의도 주식에 손을 대다 재산을 왕창 날렸다고도 했다. 전과도 있었다. 과거에 일면식도 없는 여대생을 따라다니다가 스토킹 현행범으로 체포되었는데 당시 그는 탐문 중이라고 변명했지만, 곧 서장이 그에게 대학생을 미행하라는 임무를 준 적이 없었던 게 밝혀졌다.

미약하게 정신 이상 증상이 있는 건 분명해 보이지만 드러나게 주변에 피해를 주는 것이 아니었기에 윗선도 어쩔 수 없이 그대로 두는 것이리라.

마포서 용강지구대에 전입한 지 얼마 안 된 김 순경의 눈에 박 경사는 소문만큼 이상한 사람으로 보이지 않았다. 박 경사는 수칙을 분명히 알고 있으며 행정 업무도 번듯하게 처리했다. 무엇보다 전근 후 자신에게 가장 먼저 말을 걸어준 사람이었다.

처음 전근 온 날 제일 먼저 다가와 자기와 팀이 되면 어떻겠냐고 물은 사람이 박 경사였다.

"어이, 초짜. 혹시 마포대교 전담, 생각 있어?"

그때 김 순경은 무척 곤혹스러웠다.

인스턴트커피를 내밀며 부드럽게 어깨를 만지던 그의 둥그런 얼굴이 죽은 형을 너무도 닮았기 때문이다.

하마터면 눈물이 날 뻔했다.

성북서에서 마포서로 전근 온 김 순경이 용강지구대에 배속받은 것은 한 달 전이었다. 마포 쪽 근무는 이전과 다를 게 없었다. 하루

평균 100건 정도의 신고를 받고, 주취자를 데리고 오고, 택시 기사와 실랑이하는 취객을 인계받거나 출동한 119 대원의 사건 공조 입회를 하는 것이다. 물론 하루 여섯 번 관내 정기 순찰은 기본이다.

이전에 근무했던 성북1치안센터와 다른 게 있다면 이곳은 대교가 있다는 것.

용강지구대 경찰관들은 서강대교, 마포대교, 원효대교에서 일어나는 투신자살 사건을 막기 위해 하루에 수십 차례씩 다리를 살펴야 했다.

특히 마포대교는 용강동과 여의도동을 잇는 1,390미터 왕복 10차선 다리로 서울에서 투신자살률이 제일 높았다. 여의도에 증권사가 많다 보니 주식에 실패한 사람이나 배상 책임을 물게 된 증권사 직원들이 그러한 행동을 하는 것이라고 했다.

지구대 반장의 설명에 따르면 마포대교가 순찰 필수 지역으로 선정되고 야간 전담반이 생긴 것은 2년 전, 한 중년 남자의 투신 사건 때문이라고 한다.

여의도를 드나들던 개미투자자였다. 물에 빠진 그는 죽지 않았고 곧 자신의 행동을 후회했다. 수영 중에 간신히 구조 전화를 했는데 119 대원의 귀에는 그 목소리가 다급하게 들리지 않았던 모양이다. 장난 전화라고 생각한 대원이 뭉그적거리는 동안 몸에 힘이 빠진 남자는 결국, 사망한 채로 발견되었다.

선뜻 이해되는 부분도 있다. 다리에서 투신하면 대부분 골절과 내장 파열, 심장마비가 온다. 게다가 상당히 오랫동안 물속에서 헤엄쳤다면 체온 저하가 왔을 터인데도 투신자의 목소리는 마치 옆자리에 앉은 친구와 대화하듯 선명했다고 한다. 남자의 스마트폰은 구형 3G 폰이었고 젖은 그것이 작동하는 것도 의아한 부분이 있었다.

그러나 모든 것은 분명하게 일어났으며 내용이 어찌 되었든 명백하게 119 대원의 잘못이었다. 그 일은 크게 보도되었고 여러 명의 관계자가 옷을 벗었다. 그 사건 이후 마포서는 투신자 방지를 위한 순찰 전담팀을 운용하고 있었다.

마포서장은 마포대교를 용강지구대에 할당하고 낮에는 한 시간에 한 번씩, 저녁에는 아홉 시부터 다음 날 네 시까지 외근 경찰관을 상근시키는 계획을 세웠다.

"어이 초짜. 내 팀에 들어와. 똘똘하게 생겼는데 내가 잘해주마."

전담자는 박 경사인 듯했다.

공덕 시가지 쪽은 이런저런 사건 사고가 많은 지역이라 용강지구대는 평일에도 정신이 없다. 그리고 늘 인력이 부족하다. 하지만 박 경사는 거기서 빠져 있었다. 지구대 반장은 소통하지 못하는 박 경사를 마포대교 순찰로 완전히 빼버리는 게 좋겠다고 결정한 듯하다.

척 보고 김 순경은 느낌이 왔다.

'누구도 팀이 되려 하지 않는구나.'

허공에 대고 이상한 소릴 하며 피식피식 웃는 고참 경관을 감당하려는 후배는 없다. 게다가 한번 팀이 되면 최소 1년은 함께할 특수 상근직이다. 보조할 인원 한 명이 더 있어야 했지만, 어떠한 연유인지(그러한 연유가 맞겠지만) 박 경사는 2년째 혼자 순찰차를 몰고 나와 마포대교에서 상근했던 모양이었다.

"네. 그렇게 할게요! 많이 배우겠습니다!"

형의 모습을 닮아서일까, 형이 보고 싶어서였을까.

김 순경은 박 경사의 제안을 수락했다. 반장에게 대교 순찰을 자진했고 승인을 얻었다.

그리고 이번 주, 박 경사와 대교 순찰을 처음 나왔다.

꾸무럭한 4월의 첫날 밤.

갓길에 주차한 순찰차에 들어앉은 두 사람은 벌써 두 시간 40분째 마포대교의 인도를 지켜보고 있었다.

요즘 부쩍 투신자가 많아졌다.

원래는 명절을 앞두고 그런 일이 많다고 들었지만, 지금은 명절도 아닌데 그런 일이 많다. 4월의 아름다운 날이 계속되어서 그런 것일까? 어두운 겨울이 지나면 죽음을 참았던 사람들이 더 자주 하늘을 보게 되고 그럴 때마다 자신의 초라함을 크게 인식하는지도 몰랐다.

"저놈, 반드시 떨어질 거야!"

조깅하는 외국인을 가리킨 박 경사는 목을 쭉 앞으로 내밀고 날벌레라도 후려치는 듯 자신의 목덜미를 이리저리 쳐댔다. 김 순경은 그를 진정시켜야 했다.

"선배님, 차를 돌리시죠. 편의점에 들러 박카스나 한 병씩 마시고 와요."

"가만, 가만. 어?"

무엇을 보았는지 박 경사가 갑자기 눈을 동그랗게 떴다.

그는 이제 다리 중간쯤 달리고 있는 외국인을 주시하며 뜻 모를 말을 중얼거렸다.

"나타났다. 저거. 저거, 또 저러네."

"선배님!"

"아, 씨팔. 저거, 저거 또 시작한다. 저것이 또 지랄하는 거야. 아, 젠장맞을."

그는 누구에게 하는 말인지 모를 욕지거리를 상스럽게 해대기 시작했다. 김 순경이 다리에 또 누가 있나 싶어 찬찬히 살폈다. 그러나 보이는 것은 달리는 외국인뿐이다. 김 순경은 멀찍이 대고 욕설을 내지르는 박 경사의 모습에 덜컥 겁이 났다.

"진정하세요. 대체 왜 이러세요?"

"어. 어. 어! 안 돼!"

박 경사가 소리치더니 화들짝 순찰차 문을 열고 밖으로 튀어 나갔다.

혼자 남은 김 순경은 앞 유리 너머로 달려가는 박 경사를 멀거니 바라보았다. 박 경사는 외국인을 부르며 달려가고 있었다. 한 손에는 꺼내 든 수갑을, 다른 손에는 은단을 줄줄 흘리며 허둥대는 모습은 마치 광대가 시장에서 춤추는 것처럼 보였다.

그 순간.

저만치 뛰던 외국인이 박 경사를 돌아보더니, 뛰던 몸을 기역 자로 틀고는, 1미터 높이의 회전 핸들형 추락 방지 난간을 원숭이처럼 기어오르기 시작했다.

허헛.

김 순경이 숨을 토했다.

박 경사가 손을 휘저으며 그에게 뭐라고 소리를 질러댔다.

외국인은 달려오는 박 경사에게 빙긋이 웃음을 보이고는 난간을 넘어 허공 너머로 사라졌다.

뛰어내린 것이다!

김 순경도 차 문을 열고 달렸다.

박 경사는 외국인이 사라진 난간 너머 아래를 바라보고 있었다.

김 순경도 고개를 내밀었다. 구름이 가득 낀 밤인지라 강은 깊은 어둠에 싸여 있었다. 넓고 판판한 수면으로 어떤 파닥거림이 보이다가 이내 잠잠해졌다. 강은 작은 돌멩이 하나를 삼킨 듯 곧 아무렇지 않았다.

김 순경의 폐가 부풀어 올랐다. 미끈한 바람이 밀려와 목덜미를 감싸자 저도 모르게 부르르 몸서리쳤다.

멀쩡하게 달리던 사람이 강으로 몸을 던지다니.

더 놀라운 것은 옆에 있던 미친 고참이 그것을 예언했다는 것이다.

보지 않고는 말할 수도, 믿을 수 없는 일이었다.

그러나 그 일이 정말로 일어났다.

세상에.

멍하게 수면을 내려다보는 김 순경에게 박 경사가 고함쳤다.

"뭐 해, 새끼야! 어서 지원을 요청해. 구조정을 보내라고 하라고!"

2

파슬리가 뿌려진 두툼한 오겹살이 솥뚜껑에 오르자 기름이 튀는 요란한 소리가 났다.

김 순경은 소주병을 흔들고 마개를 열었다. 박 경사는 잔을 받을 생각을 하지 않은 채 자글거리는 고기를 보기만 했다.

김 순경이 박 경사의 잔을 가져와 술을 채우고 자신의 잔에도 술을 채웠다. 김순경은 차가운 술을 대뜸 넘겼다.

"……저기, 말이지."

"네, 말씀하세요."

"아니다."

"말씀하세요."

"돼지고기 말고는 없나?"

"왜요? 삼겹살 안 좋아하세요?"

"그건 아닌데. 냄새가 밸까 봐."

"뭘로 드시겠어요? 저기 메뉴판이 걸려 있으니 골라보세요."

"간을 좀 시켜줘."

"네?"

"생간."

김 순경은 박 경사의 취향대로 생간을 주문했다.

박 경사는 생간을 남김없이 먹어치웠다.

"한 잔 따라주세요."

김 순경이 당돌하게 말했다.

오늘은 연배 높은 박 경사에게 그 정도의 말을 할 수 있는 자리였다. 따져 물을 게 있었기 때문이다. 박 경사는 죄지은 사람처럼 김 순경의 잔을 채웠다.

김 순경은 들이켰고 다시 잔을 내밀었다. "한 잔 더요."

박 경사는 이번엔 잔을 채우지 않고 납작스름한 이마를 손으로 긁었다.

"하고 싶은 말이 있으면 어서 해. 나한테 묻고 싶은 게 있잖아."

"좋습니다. 단도직입적으로 여쭐게요. 그 사람이 뛰어내린다는 걸 어떻게 알았나요?"

박 경사의 눈꺼풀이 빠르게 껌벅거렸다.

"노파를 봤기 때문이지."

"노파요?"

"검은 옷을 입은 노파."

"저는 보지 못했는데요."

"김 순경 눈에는 보이지 않아."

"내 눈에는 안 보인다구요? 선배님 눈에만 보이고?"

박 경사는 지친 눈으로 고개를 끄덕였다. "그래."

"어떻게 선배님 눈에만 보인다는 거죠?"

"나는 귀신을 보거든."

김 순경은 들고 있던 빈 소주잔을 툭, 내려놓았다.

이해할 수 없었다. 하고많은 말 중에 이런 말이 나올 줄은 몰랐다. 너무 갑작스러운 전개에 무슨 말을 해야 할지 입이 막혔다. 그는 고개를 삐딱하게 기울이고 박 경사의 정신 상태를 가늠했다. 박 경사는 팔짱을 낀 두 팔을 탁자에 걸치고 정수리가 보일 만큼 고개를 숙이고 있었다.

"……그 다리에는 노파 한 명이 돌아다니고 있어. 그 노파가 점찍은 사람은 무조건 다리에서 떨어진다고. 어제도 노파가 있었어. 그 외국인 옆에……."

박 경사가 고개를 들었고 거기서 입을 닫았다.

자신을 보는 김 순경의 눈에서 어느 동료들과 같은 시선을 느꼈기 때문이다. 그것은 평소 박 경사가 허공을 보며 중얼거리는 것을 두고 간단히 분열증 혹은 착란증이 일었다고 빈정거리는 시선이었다.

박 경사가 스마트폰을 챙겼다.

"이쯤에서 일어나지."

"선배님이 팀이 되어달라고 하셨을 때요, 저는 아무 조건 없이 따랐습니다. 그것으로 된 것 아닙니까?"

박 경사는 엉거주춤하게 서서 김 순경을 노려보았다. 진심을 찾는 눈빛이었다.

"저는 선배님을 믿는다구요."

"날 믿는다고?"

"그렇습니다. 그러니 앉으시고 계속 말씀해보세요."

박 경사는 몇 초간 더 김 순경을 살폈다.

"좋아. 단, 조건이 있어."

"뭡니까?"

"그건 이야기의 맨 끝에 하지. 내 조건을 지킬 수 있겠나?"

"아니, 들어보지도 않고 무슨 조건을 지키란 말입니까?"

"일단 듣게 되면 지켜야만 하네. 지킬 수 있겠어? 없겠어?"

"좋습니다. 뭔지는 모르겠지만 그 조건, 지키겠습니다. 그러니 말씀해보세요. 전부."

그제야 박 경사는 자리에 앉았다.

자신의 소주잔을 비우더니 빈 잔을 탕 하고 소리가 나게 탁자에 내려놓았다.

1년간 혼자서 지켜보았네. 그리고 확신했지.

검은 코트를 걸친 그 늙은 여자는 마포대교를 돌아다니며 죽일 사람을 고르고 있는 게 분명했어.

80대까지는 아니었고 60대 후반에서 70대로 보였어.

노파라고 해서 등 굽은 꼬부랑 할머니로 상상하면 안 돼. 꽤 잘 꾸민 차림이야. 왼쪽 가슴에 귀해 보이는 장미 브로치도 달았으니까. 마치 부잣집 사모님 같은 모습이랄까, 헤어스타일도 막 미용실에서 나온 듯 잘 다듬었고 근사하게 웨이브졌지. 토끼털이 달린 자줏빛 가죽 장갑도 끼고 말이야. 처음에 나도 진짜 사람인 줄 알았어.

아, 먼저 이 이야기부터 해야겠군.

지구대 사람들이 나를 돈 놈으로 보는 거 잘 알아. 자네도 일정 부분 그렇게 여겼을 테고. 내가 사람들과 말을 섞지도 않고 어딘가를 바라보며 멍하게 중얼거릴 때가 많았으니 당연해.

하지만 아니야.

난 평범한 사람이야.

진급은 크게 관심 없었고 그저 취미가 있다면 적은 돈으로 주식하는 게 전부인 사람이야. 뭘, 그렇게 보나? 그래, 실토하지. 적은 돈은 아니었어. 한 번 말아먹은 적이 있지. 별건 아니고. 얼마나 크게? 음. 집 한 채 정도였나. 그래, 알아. 그게 보통 사람에게는 별게 아닌 게 아니라는 걸. 아무튼, 그래서 조직에서 신망을 잃은 것도 사실이야. 하나 미치거나 돌지는 않았다고. 주식을 크게 하다가 어머니 재산까지 탕진한 여파가 몇 년 가는 바람에 근무지에서 의기소침해진 것뿐이었지.

마포대교를 전담하기 전까지는 귀신 따위는 보이지도 않았고 믿지도 않았다고.

그때나 지금이나 내 정신은 온전해.

그동안 혼자 대교 전담 업무를 하면서도 불평 한마디 하지 않았네. 난 순순히 받아들였지. 뭐 그게 편했으니까. 밤공기를 마시며 나 자신을 돌이켜보는 시간도 가지고 뭐. 나쁘지 않아. 주식이란 게 인간의 욕심 본능을 자극하는 거라서 그 시간에 혼자 있으면서 충혈된 마음을 다스리기에 딱 좋았지.

자네가 불안해할까 봐 한 말이니 내 정신 상태는 이쯤에서 그만 피력하겠네.

어쨌든 다시 이야기로 돌아가지.

그 노파가 처음 나타난 날은 내가 상근하던 두 번째 날이었어.

여의도 쪽에서 나타난 노파는 마포 방향으로 다리 끝까지 걸어가더니 곧 몸을 틀더군. 그리고 여의도 쪽으로 되돌아 걸어갔어.

그렇게 계속 다리를 왔다 갔다 하더라고.

처음에는 다리에서 누굴 기다리는 줄 알았어. 꽤 묘한 곳에서 산책하는군 심드렁했지. 아까도 말했지만, 그즈음 난 주식에 실패한 상태여서 날카롭지도 분명하지도 않았어. 삶의 의욕을 잃어버리고 있을 때여서 노파를 크게 주시하지 않았던 걸세. 젊었을 때라면 단박에 수상함을 느꼈겠지만 말이야.

그런데 다음 날도 그다음 날도 노파가 서성이는 거야. 다리에서. 같은 장소였고.

멍한 내 눈에도 이상하다 싶었지. 몹시 수상하다, 범죄의 냄새가 난다, 해서 나는 조금 집중했다네. 저 여자가 다리에서 매춘을 하나 의심도 했지만 그건 너무 나간 생각이었지.

사흘째 되는 날이었어.

반대쪽에서 중년 남자가 마포대교를 건너오는 것을 보았을 때 나는 노파가 그 남자에게 말을 걸 것만 같다는 예감이 들었어. 중년 남자는 그날 한 시간째 서성이던 노파 앞에 처음으로 나타난 사람이었거든.

아니나 다를까, 노파는 다가가더군.

남자는 노파가 눈앞까지 올 때까지도 보지 못한 것 같았어. 지금 생각하면 당연한 일이지. 노파는 귀신이고 남자는 산 사람이었으니까. 노파가 남자의 가슴에 손을 딱 대자 남자는 그제야 노파를 쳐다보더라. 소스라치게 놀라는 눈도 분명히 보았네.

노파는 장갑 낀 손으로 자신의 입을 가리며 남자의 귀에 뭔가를 속삭였어. 남자는 키를 낮추고 한참이나 그 속삭임을 들었지. 그러곤 남자가 가방을 뚝 떨어뜨리더라고. 멍하게 눈동자가 풀리기 시작했고 말이야.

비로소 나는 무언가 잘못되고 있다는 것을 느꼈어. 혼자서 왔다 갔다 하던 노파가 지나가던 남자를 불러 세웠고 어떤 말을 속삭이자 남자는 큰 충격에 빠진 듯 제자리에서 멍해졌으니 당연하지.

몇 초가 지났을까.

순찰차 안에서 지켜보던 나는 비명을 내지르고 말았어.

중년 남자가 천천히 난간에 오르는 게 아닌가.

난간에 위험하게 선 그는 노파를 한번 돌아보았어. 남자는 '이러면 될까요?' 하듯 허락받는 표정을 짓더군. 노파는 고개를 끄덕였고 장갑을 벗어 흔들며 잘 가라는 듯 인사를 하더라고.

중년 남자는 즐거운 표정을 지었고 그대로 뛰어내렸어. 저 강물에.

아래로 쑥 빨려 들어갔다고 해야 하나. 아무튼, 너무 쉽게 사라지더군.

뒤꿈치를 들고 난간 아래를 바라보는 노파의 눈에서 묘한 미소가 퍼지더라. 그 눈매를 자네가 봤어야 했어. 노파는 장갑을 끼고 다시 아무렇지도 않게 다리를 서성거리더군. 다른 누군가를 찾는 거야.

어제 자네가 본 외국인까지 합하면 내가 본 예순네 번째 투신자살 사고였어. 자네도 알다시피 마포대교는 서울에서 자살자가 가장 많은 곳이야.

지난겨울 동안만 50명이 넘었지.

전부 그 노파의 짓이었어.

김 순경은 맥주 한 병을 더 시켰다.

갈증을 부르는 이야기였다. 목이 탄다고 독한 소주를 들이켜다간 정신을 잃을 것만 같았다. 박 경사도 갈증이 일었던 모양인지 유리 컵을 내밀었다.

두 사람은 맥주 한 병을 나눠 마셨다.

세상에는 설명할 수 없는 일이 있긴 있나 보다.

김 순경은 문득 마포대교가 자살 대교로 유명하다는 도시 전설이 떠올랐다.

누가 그런 말을 했었지? 그래, 동아리 후배들이었지. 마포대교에는 귀신이 한 마리 살고 있는데 지나가는 사람들을 유혹해서 투신하도록 한다, 그래서 다리를 건널 때는 혼자 건너지 말아야 하고 또 귀신이 말을 걸면 대답하지 않아야 한다는 내용.

그것은 자유로에 여자 귀신이 보인다는 괴담이나 닭고기꼬치는 비둘기고기로 만든다는 괴담처럼 어느 대학생의 여름 술자리 안줏거리 중 하나일 뿐이었다.

경찰공무원 시험에 합격하고 이쪽으로 전근 와서 지구대 반장에게 마포대교가 한강 다리 중 투신자살률이 가장 높다는 말을 들었을 때 그런 괴담이 떠돌 만한 이유가 있긴 했군, 이라며 웃어버렸는데.

노파라니.

"못 믿겠지? 못 믿을 줄 알았어."

"아뇨, 아뇨. 다 옳다고 쳐요. 선배님이 귀신을 본다는 것도, 그 노파가 지나는 사람들을 투신하게 만든다는 괴담도 사실이라고 쳐요. 그렇다면."

"어허, 괴담이 아니라니까."

"다 좋습니다. 그렇다면 선배님은 왜 지켜보기만 하셨나요? 어제도 그랬어요. 알았다면 외국인이 다리로 진입할 때부터 손을 쓰셨어야 했어요."

김 순경의 타박에 박 경사는 그런 말을 할 줄 알았다는 듯 눈을 내리깔았다.

"부질없는 짓이거든."

"사람 목숨이 사라질 판에 부질없다니요? 일찌감치 피해자를 돌려보냈어야 했어요!"

"두 번째 희생자는 자전거를 끌고 걸어오는 어린 중학생이었어. 나는 노파가 그 학생에게 다가가는 것을 알아차리고 달려갔지. 그 학생이 노파와 대화해선, 아니 홀려서는 안 된다고 생각했어. 그 이유는 묻지 마. 본능이었을 거야. 어쨌든 지나던 중학생을 막고 다짜고짜 불심검문을 했어. 교량이 통제될 거니까 돌아가라고 말했던 것 같아. 그 학생은 내 표정을 보고 겁을 먹었지. 나는 막무가내로 그 아이의 자전거를 돌려세웠어. 어서 돌아가라고. 노파는 멀찍이 서서 우리를 노려보고 있었어. 그런데 학생은 나를 너머 노파와 눈이 맞았던 것 같아. 자꾸 내 어깨 너머를 보며 네? 네? 하며 반문하는데 그건 나한테 하는 말이 아니었지. 뒤에 있던 노파가 하는 말에 대답하는 것이었어. 물론 나는 노파가 하는 말을 들을 수 없었어. 어쨌든 멍해진 학생의 뺨을 때리며 반대쪽으로 돌려보냈지. 나도 무섭게 노려보는 노파를 모른 척하고 순찰차로 돌아왔고 말이야."

"그 중학생은 살았습니까?"

"아니."

"세상에."

"사흘 뒤 그 자리로 와서 뛰어내렸더군. 대낮에."

박 경사는 맥주컵을 부술 듯 움켜잡았다.

"그 외국인을 돌려세웠다면 어제는 죽지 않았겠지. 하나 곧 다시 다리로 찾아와서 떨어졌을 거야. 노파가 점찍은 사람은 언젠가는 돌아와서 떨어진다고. 이것 봐, 김 순경. 내가 그 외국인을 다음 날, 그다음 날도 매일같이 따라다니면서 떨어지지 않도록 감시해야 하나? 나는 말이지, 두 번 다시는 스토킹 범죄자로 몰리고 싶지 않네."

순간, 김 순경은 박 경사가 스토킹했다는 여대생 사건이 떠올랐다.

"……그럼 그 여대생 사건도."

박 경사는 고개를 끄덕였다.

그 대학생은 세 번째 피해자라고 했다.

그는 돌려보낸 대학생의 신분증에 적힌 주소를 알아내 따라다니며 며칠 동안 안전을 살폈다고 했다. 그러나 소용없었다. 외려 스토킹 범죄자로 곤욕만 치렀다. 역시 대학생도 몇 주 후 그 장소에서 투신했다.

이후의 일은 김 순경도 충분히 예상되었다.

그는 혼자 고민했을 것이고 지구대나 마포서에 보고할 수도 없었을 것이다. 안 그래도 정신 파탄자로 인식된 마당에 그의 말을 올곧게 들어줄 사람은 없다. 그는 더욱더 팀원들과 멀어져갔다.

"지박령이라고 들어봤겠지. 노파는 마포대교의 지박령이야."

김 순경은 길바닥에 은단을 뿌린 이유를 물었다.

은단 이야기가 나오자 박 경사는 민망해했다.

그는 귀신에 관해 조사해보았는데 지박령은 은장식이 있는 곳은 머물지 않으며 강한 냄새를 싫어한다는 것을 알았다고 했다. 혹, 다리에서 노파와 맞닥뜨렸을 때 은단을 뿌리는 것으로 제령*이 통할까 싶어서 가지고 다닌다는 것.

"어제 외국인이 다리로 접어들 때부터 노파는 점찍고 있었네. 외국인은 노파의 어깨를 치며 지나갔지. 내 눈에 노파가 외국인의 등에 대고 뭐라고 고함을 지르는 것이 보였네. 그러자 시계인지 스마트폰인지 그가 지닌 기기들이 멈추었고 그는 멈춰 섰던 거야. 그때 노파가 잽싸게 그의 곁으로 다가왔지. 외국인은 그때 노파가 하는 말을 들었어. 그 후 다시 달렸던 거야. 그 모든 게 딱 10분 상간이야. 그 시간 안에 뛰어내려."

그 장면은 김 순경도 기억하고 있었다.

외국인은 멈추었고 뒤를 돌아보았고 스마트폰 시계를 작동시킨 후 달렸다.

하나 노파가 보이지 않는 그로서는 운동 중에 일어나는 자연스러운 행동으로밖에 보이지 않았다.

"노파가 그 외국인 등에 대고 무어라 소리치자 나는 또 걸려들었구나, 싶어서 차에서 내려 그쪽으로 달리기 시작한 거야. 은단으로 노파를 위협해서 피해자가 강으로 투신하지 못하도록 완력을 쓰는 길밖엔 없었어. 그 외국인에게는 수갑을 채울 생각이었지. 하지만 늦었어. 순식간에 난간을 기어오르더군."

●除靈. 귀신을 물리는 일.

이번엔 김 순경이 낙담했다.

"소용없다면서요. 그래 봤자 다른 날 투신을 시도할 텐데."

"……그렇지."

"그런데도 그러셨다는 거예요?"

"다른 방법이 있었겠어?"

"……아니요."

박 경사의 툭 불거진 공막은 젖어 있었다.

"내가 할 수 있는 게 아무리 찾아봐도 없어. 그건 내 권한 밖이라고……."

그의 피곤이 김 순경에게 고스란히 전해졌다. 사막을 걸어온 순례자처럼 초췌한 눈동자에 물이 고였다.

"난 그렇게 생각하기로 했어. 보았을 때만이라도 최선을 다하자. 내가 할 일은 그것뿐이다……."

두 사람은 한동안 말이 없었다.

한 점도 건드리지 않은 고기는 꾸덕꾸덕 말라가고 있었다.

"그러니까 1년 전부터 귀신이 보이기 시작했단 말이죠?"

"그래. 1년 전부터. 내가 대교를 전담할 때부터라고 해야겠지."

"선배님만 보게 된 이유가 뭘까요?"

"모르겠어. 나한테 왜 이런 일이 일어났는지……. 솔직히 너무 힘들다. 김 순경, 나 이제 어떻게 해야 하지?"

박 경사는 울듯 어금니를 갈았다.

"선배님. 이제 말씀해주세요."

그는 그게 무슨 뜻이냐는 듯 김 순경을 보았다.

"이야기 초반에 저에게 지켜야 할 조건이 있다면서요."

"이미 말했잖아."

박 경사는 남은 잔을 비웠다.

"귀신의 말에 반응하면 안 된다는 것. 희생자들은 전부 노파의 말에 반응해서 그리 된 거야. 노파가 다가와 말을 걸면 못 들은 척해야 해. 그리고 그 외국인처럼 노파와 몸이 닿아서도 안 되고. 그건 말을 듣는 것과 같아. 교류가 된 거지. 무슨 일이 있어도 그것을 지켜야 해."

그 말이었군.

김 순경이 묻지도 따지지도 않고 지켜야 할 조건이란 건 박 경사가 그간 노파를 관찰하며 알아낸 금기를 말하는 것이었다.

김 순경은 한숨을 쉬었다. 도시 전설 괴담이 사실이라니. 어떻게 받아들여야 할지 감감했다. 충격보다 당혹감이 먼저였다. 하나 사람이 뛰어내릴 거라는 선배의 예언은 들어맞았고 지금 그 예언을 설명하는 모습에서 꾸밈은 추호도 없어 보인다.

"쩝. 길 가는 사람들에게 부적이라도 나눠 줘야 하나요?"

김 순경의 한탄에 박 경사는 지갑을 열어 보였다.

지폐를 넣은 공간에 누런 부적이 두툼하게 접혀 있었다.

"이게 50만 원짜리야. 부적을 사서 길 가는 사람마다 지라시 돌리듯 나눠 준다고? 너 돈 많아?"

그 순간, 김 순경은 박 경사를 불렀다. 탄성을 질렀다고 할까.

옆 테이블의 두 여자가 째려보았고 리모컨을 돌리며 드라마를 찾던 주인도 돌아보았다.

"깜짝이야. 왜 소릴 지르고 그래?"

"……저기, 이 방법은 어떨까요?"

"무슨?"

김 순경은 갑자기 고개를 절레절레 흔들었다.

"아, 아니에요. 선배님, 내일 뵙죠."

"왜 말을 하다 말어?"

"조금만 더 생각해보고 말씀드릴게요. 일단 내일 뵙죠."

3

노을이 스케이트 타듯 수면으로 미끄러진다.

서쪽.

빌딩에 걸린 태양은 커다란 접시 같았다.

강은 점차 물들고 있다. 소멸 직전의 태양이 뿜어내는 노을빛의 편광이 켜켜이 쌓인 공기의 층절에 저며가자 수면에서 붉은 기운이 마구 피어올랐다. 곧 동쪽에서 어둠이 뒤틀리듯 밀려왔고 삽시간에 수면의 붉은 기운을 잡아먹었다. 강은 기다렸다는 듯 금속성 수면 위로 바람을 끌기 시작했다. 수면은 깃털처럼 조밀한 굴곡을 내며 일렁거렸다.

마포대교의 등이 일제히 켜지자 김 순경은 순찰차 옆 유리를 올렸다.

"더 주세요."

박 경사는 김 순경 손바닥에 은단 몇 알을 떨어뜨려 주었다.

김 순경은 그것을 입안에 넣고 난간 쪽, 도보 구역을 노려보았다.

두 사람은 벌써 한 시간째 난간을 살피고 있었다. 이따금 대교를 걸어가는 사람이 있었지만, 박 경사는 흥분하지 않았다. 그것은 노파가 나타나지 않았다는 뜻이다.

"아직은 보이지 않는다만 어느 틈에 나타나 서성이고 있을 거야."

박 경사는 노파가 보이면 바로 알려주겠다고 했다. 노파를 볼 수 없는 김 순경은 박 경사의 신호를 기다려야 했다. 김 순경은 저물어 가는 노을을 보며 죽은 형을 생각했다.

경찰공무원 시험을 준비하던 형은 저렇게 노을빛이 퍼지던 오후에 아파트 베란다에서 발견되었다. 윗집 파이프 수로관에 허리끈을 걸고 목을 맨 채였다.

다섯 살 많았던 형은 그림을 잘 그렸고 게임을 좋아했다. 속칭 오타쿠 기질이 있었지만, 그는 따뜻한 사람이었다.

김 순경은 어릴 때부터 '형님바라기'였다. 초등학교에 입학했을 땐 1년 동안 매일 형의 교실에 찾아갔다. 친구들과 노는 것은 재미없었고 집에서 그랬던 것처럼 학교에서도 형이랑만 놀고 싶었다. 교실 앞 복도를 기웃거리노라면 문이 열리고 형이 나왔다. 수업 도중 허락을 받고 나온 것이었다. 형은 말없이 손을 내밀었다. 그는 형의 손을 잡고 1학년 교실로 되돌아갔다.

형의 공무원 준비는 아버지의 강력한 의지가 반영된 처사였고 연약한 형은 그 압력을 견디지 못했다.

형이 죽자 아버지도 같은 선택을 했다.

아들을 매몰차게 몰아붙인 것에 속죄한다는 유서를 남긴 채.

김 순경은 자신이 그 시험을 보겠다고 나섰다.

죽은 형에게 아버지 잘못을 대속하고 싶었다. 아버지는 완고했을 뿐 형을 사랑했다. 따지고 보면 아버지가 심하게 대한 게 아니다. 이 나라에서 자식에게 그것보다 더 심한 강요를 행사하는 부모는 많다. 단지 형이 너무 섬약했기 때문이다. 그러나 슬픔은 두 사람의 몫이 아니었다.

경찰공무원 시험에 합격하는 것으로 그는 형의 한을 풀었다고 생각했다. 한동안 잊은 것도 사실이다.

그런데 박 경사에게서 마음속 한가득 짐을 진 남자의 고뇌를 보았다.

그건 실패한 형의 모습이었다.

"그런데 자네가 말한 그 아이디어, 통할까?"

"일단 해보는 수밖에요."

"역시 자네한테 말하길 잘한 것 같아. 고맙네."

박 경사의 눈에 온기가 돌았다.

역시 이분은 좋은 사람이었어.

박 경사는 미치지 않았다. 형이 미치지 않은 것처럼. 그는 수리하면 금방 돌아가는 보일러처럼 오랫동안 침잠했을 뿐이다. 또 누구에게도 말할 수 없는 짐을 고스란히 떠안은 채 고군분투하고 있었을 뿐이다.

김 순경은 박 경사에 대한 자신의 믿음이 옳았다는 것에 감사했다.

김 순경은 퉁방울 같은 눈을 껌뻑이며 피로를 토로하는 선배를 도와야 했다. 하지만 자신이 생각해낸 이 아이디어가 과연 문제를 해결할 수 있을지는 자신 없었다. 그 아이디어란……

박 경사가 김 순경의 어깨를 툭, 쳤다.

"왔다."

박 경사가 가리키는 곳은 영등포 쪽, 대교가 시작되는 부분이었다.

아무리 눈을 비벼도 김 순경 눈에는 노파가 보이지 않는다.

하나 박 경사는 세상에서 제일 더러운 것을 보는 사람처럼 눈을 가늘게 떨고 있었다.

"역시 전 안 보여요."

"내 손을 잡아."

박 경사의 두툼한 손을 잡았다.

세상에나.

김 순경은 놀라고 말았다.

영등포 쪽에서 대교의 고동색 자전거 도로를 따라 작은 사람이 걷고 있는 게 보인다.

검은색 코트, 치마 아래로 스타킹 신은 짧은 종아리, 검은 구두. 새빨간 장미 브로치, 자줏빛 장갑까지 박 형사가 묘사한 모습 그대로였다.

김 순경은 저도 모르게 박 경사 손을 뗐다. 동영상을 조작한 것처럼 노파는 팟, 사라졌다. 박 경사가 김 순경 팔목을 덧잡았다. 홀로그램처럼 노파가 점점 선명해진다.

영매의 몸을 통해서 영혼을 보기도 한다던데 이것이 바로 그것일까?

"놀랄 일이군요. 선배님을 잡으니 보여요."

"어쨌든 보인다니 다행이다."

노파는 마치 꽁꽁 언 것처럼 몸을 잔뜩 웅크린 채 앞을 노려보며 걷는다. 몹시 화난 표정이고 어딘가를 노리며 집중하는 눈빛이었다. 김 순경은 노파가 바라보는 다리 반대편, 마포 쪽 진입로로 시선을 돌렸다.

그쪽에서 한 사람이 걸어오고 있다.

야구 모자를 쓴 긴 머리 여성. 컨버스 운동화에 청바지 차림이다. 막 입학한 대학생? 아니, 에코백에 그려진 커다란 학원 마크를 보니 고등학생이다.

노파는 그 학생을 노려보며 그쪽으로 걸어가고 있었다.

"저 학생을 찍었죠? 그런 거죠?"

"분명해."

노파와 학생의 거리는 120미터 정도.

점점 빨라지는 걸음을 보니 노파는 몹시 흥분하는 것 같았다.

김 순경은 박 경사의 손을 던지고 차에서 내렸다.

뒤에서 박 경사가 부르는 소리가 들렸지만 무시했다. 곧장 학생 쪽으로 달렸다. 슬쩍 눈을 놀리니 노파가 있던 지점에는 아무도 보이지 않는다. 박 경사의 손을 놓았으니 당연하다.

"잠깐, 학생."

김 순경은 노파가 오던 방향을 등지고 선 채 다가오는 학생을 세웠다.

학생은 키가 큰 김 순경을 올려다보았다.

"학생, 지금 껌 뱉었지?"

일부러 말을 놓았다. 좀 윽박지르는 편이 나을 것 같았다.

"아닌데요?"

"아니긴 뭐가 아니야. 내가 봤는데."

"저, 껌 안 씹었어요."

"지금 어딜 가는 길이지?"

"네?"

그는 어깨에 찬 무전기를 몇 번 찌지직거리고 조끼에 넣어둔 수첩을 꺼낸 다음 스마트폰을 꺼내 들며 일부러 복잡한 시늉을 보였다.

"어딜 가는 길이냐고."

학생은 집으로 가는 길이라고 말했다. 좁은 어깨가 오들댔다.

"이쪽으로 와요. 잠시 이야기 좀 합시다. 똑바로 서요."

주소를 물었고 전화번호와 이름도 녹음했다.

학생은 과외를 마치고 돌아가는 길이며 보통 과외 선생님이 차로 집까지 데려다주는데 오늘은 차가 고장 나서 혼자 돌아가는 길이라고 말했다.

"좋아. 좋아. 그랬군."

학생은 김 순경의 눈을 바라보고 있었고 김 순경 또한 학생의 시선이 다른 곳으로 옮아가지 않도록 노력했다.

"과외 하던 곳이 어딘데?"

과외 장소는 마포역 앞 오피스텔이며 자신의 집은 여의도 국회의사당 앞 아파트라고 했다. "학교는 어디?" 학생의 말이 끊길라치면 재빨리 질문했다. 등 뒤에서 노파가 학생에게 말을 걸고 학생이 노파의 말에 반응하면 큰일이기 때문이다.

"남자 친구 있어?"

"네?"

젊은 경찰의 막무가내 질문에 학생 눈이 조금씩 흔들리기 시작했다. 순종하던 얼굴이 살짝 일그러졌다.

"그런데 왜 그러세요?"

"신발 사이즈는?"

학생은 더는 순순하지 않은 표정을 짓는다.

"아저씨 진짜 경찰 맞아요?"

김 순경은 목숨이 달린 일이니 이유는 묻지 말아, 라고 말하고 싶었으나 어디에 있을지 모를 노파가 그 말을 들을 것만 같았다. 김 순경은 학생이 신고 있는 컨버스 운동화를 가리켰다.

"이거, 레어템인 것 같은데? 이런 색상은 구하기 힘들잖아."

"뭐래. 이 아저씨. 미친 거 아냐?"

"색 있는 끈으로 묶지 그랬니? 노란색? 아니, 보라색도 괜찮겠다."

"저리 꺼져요. 아, 씨팔, 재수 없어."

이쯤이면 어느 정도 시간을 번 것 같았다. 그는 스마트폰을 주머니에 넣었다.

"함께 걸읍시다. 저기까지 데려다줄게."

"내가 아저씨랑 왜요?"

"어서!"

학생이 주섬주섬 망설이자 김 순경은 학생의 어깨를 이끌었다.

"고3이면 벡터 잘하겠네? 정시 준비? 모자 이쁜데, 어느 야구팀 좋아하니?"

학생은 내내 불편한 표정을 지었지만 김 순경과 함께 여의도 방향으로 걸었고 이윽고 다리 끝에 이르렀다.

마포대교의 영역에서 완전히 벗어나는 지점까지 왔을 때 김 순경은 딱지를 내밀었다.

"3만 원짜리니까 가까운 은행에 납부하면 됩니다."

학생은 눈이 동그래졌다.

"제가 뭘 잘못했는데요?"

"받아요! 껌 뱉었잖아. 받아요. 아니면 강제 집행 들어갑니다."

벌금 딱지를 받아 든 학생은 울기 직전이었다.

김 순경은 학생의 귀에 대고 차갑게 속삭였다.

"반드시 내야 해. 절대로 버리면 안 돼!"

김 순경은 학생을 돌려보내고 대교를 지나 순찰차가 있는 곳까지 천천히 걸었다. 보이지는 않지만 이 어디쯤 노파가 있을 것이다. 혹 옆에서 함께 걷고 있을지도 모른다.

무심히 걷자. 모른 척하자.

차에서 학생을 노려보는 노파의 눈을 기억했다. 박 경사가 '점찍었다'는 표현이 무슨 뜻인지 분명히 알 것 같았다. 학생은 노파의 제물로 찍힌 게 분명했다. 그렇다면 돌려보낸 저 학생은 언젠가 돌아와 투신할 것이다.

그래서 그녀에게 딱지, 즉 범칙금 납부 영수증서를 건넸다.

이것이 바로 김 순경이 생각해낸 아이디어였다.

술자리에서 박 경사의 부적을 본 순간, 김 순경은 경찰공무원 시험을 준비할 때 노량진 학원 강사가 한 이야기를 떠올렸다.

국사 과목 담당이었던 그 강사는 수업이 지루해질 때마다 오래된 이야기로 분위기를 환기하곤 했다. 경범죄 처벌법 시행규칙에 관한 내용을 설명하던 강사는 일제 강점기 때만 해도 민간에서는 관청 도장이 찍힌 서류를 구하려고 노력했다는 이야기를 한 적이 있었다.

강사는 조선 민속학을 연구했던 일본인 학자 무라야마 지준이 쓴 책을 인용하며 조선인들은 관부官符의 도장이 찍힌 우표, 학교장의 이름이 적힌 상장, 임금이 내려주는 관리 임명장 등이 근본 없는 무당 부적보다 귀신을 제압하는 데 훨씬 큰 효과를 발휘한다고 믿었다고 했다.

강사는 그것들이 환영받은 이유를 다음과 같이 설명했다.

나라의 직인, 나아가서 임금의 도장은 보장이 확실하다는 것이다. 임금은 귀신보다 높은 존재이며 죽은 귀신이라도 지존의 임금을 받들어야 하기에 임금이 발급한 도장은 큰 서류이든 작은 서류이든 효과를 본다는 것이 그의 해석이었다. 그래서 일자무식 백성들은 비싼 무당 부적 대신 관청의 서류를 부적처럼 지니고 있었다는 것.

관부의 상징이 귀신을 제압하는 부적이 된다.

관청의 문서가 귀신을 막는 데 효험이 있다면—

벌금 딱지는 어떨까?

박 경사의 지갑 속 부적을 본 순간 김 순경은 그 생각을 했다. 범죄금 딱지를 발급하는 경찰청도 관부다. 노파가 노린 사람들에게 벌금 딱지를 주면 부적이 되지 않을까? 어차피 답이 없는 문제였다. 일단 해보는 수밖에.

그래서 학생에게 강제로 범칙금 부과 영수증을 건넸다. 제일 싼 3만 원짜리로.

순찰차로 돌아오자 운전석에 앉아 있던 박 경사는 반쯤 넋이 나가 있었다.

"정말 딱지를 끊었어?"

"네. 효과가 있을지는 모르겠어요."

"어쨌든 그건 기발한 생각인 것 같아. 학원 강사의 농담을 거기에 적용하다니."

"쭉 지켜보셨죠? 노파가 어떻게 움직이던가요?"

박 경사는 자신이 본 내용을 말했다.

김 순경이 학생을 불러 세우자 노파는 순식간에 두 사람 옆으로 다가왔다고 한다. 예상대로 노파는 두 사람의 얼굴을 번갈아 보며 이야기를 듣고 있었다.

"니 옆에 딱 붙어 있었어. 턱을 쳐들고 널 빤히 쳐다보면서 손가락을 오물거리는데. 우와, 니가 그 눈을 보았다면……."

"우리가 반대편으로 걸어가니까 어떻게 하던가요?"

"너희 뒤를 졸졸 따라갔어. 틈을 노리는 것 같았지만 네가 계속 그 학생에게 말을 걸고 있으니 좀처럼 어찌하지 못하더라. 아무래도 귀신은 인간의 대화에 끼어들지 못하나 봐. 인간의 입에서 입으로 기가 흐르니까 그럴지도."

"그리구요?"

"다리 끝에서 네가 딱지를 꺼내니 흠칫 놀라며 떨어지더라. 너를 죽일 듯 노려보더라구. 새빨간 혀를 날름거리면서. 욕하는 것 같기도 했고 이놈을 어떻게 할까 중얼거리는 것 같기도 했어. 으, 입에서 나오는 기다란 거. 그거는 사람의 혀가 아니었어."

"음. 그렇다면 범칙금 딱지에 겁을 먹었단 이야기네요."

김 순경은 그날 서너 명의 사람들에게 같은 방식으로 딱지를 끊었다.

난발했다는 표현이 정확할 것이다. 침이나 껌을 뱉었다고 막무가내로 우겼다. 몇몇 남자한테는 노상 방뇨를 적용했다. 사람들은 화를 내거나 억울한 표정을 지었지만 대부분 건네는 딱지는 받아들였다.

낮 동안 김 순경은 스마트폰에 녹음한 사람들의 신상을 문서로 정리하고 그들에게 일일이 전화를 걸었다. 범칙금을 납부했는지를 묻는 실없는 통화였지만 그에게는 그들의 안전이 중요했다. 사람들은 전부 무사했다. 전화를 받지 않거나 종적이 묘연한 사람도 없었다. 다시 마포대교로 와서 투신하는 일도 벌어지지 않았다.

이런 벌금 따윈 낼 수 없다고 항의하는 소리가 김 순경에게는 외려 나 살아 있어, 라는 환호 같았다.

그랬다. 범칙금 딱지는 효과가 있었다.

둘은 밤마다 순찰차 안에서 손을 꼭 잡고 노파를 지켜보았다.

노파가 점찍은 사람들을 박 경사가 가리키면 김 순경이 달려 나갔다. 그리고 쓸데없는 질문을 하며 사람들을 다리 끝까지 인도했다. 안전한 지점에 이르면 여지없이 범칙금 영수증을 건넸다.

서울지방경찰청장 직인이 찍힌 범칙금 영수증을 꺼내는 순간 노파는 자신의 먹이에서 슬그머니 떨어져 나갔다. 관부의 힘.

김 순경은 아예 다리에서 서성였다.

노파의 움직임을 볼 수 있는 박 경사가 순찰차 안에서 노파가 점찍은 행인을 무전으로 알려주면 김 순경은 곧장 그 사람을 막아섰다. 그런 식으로 움직인 두 주 동안 마포대교에서 투신한 사람은 한 명도 없었다.

두 경관은 오랜만에 즐거운 마음으로 소주를 들이켰다.

"딱지를 이렇게 난발해도 되는지 모르겠다."

"어쩔 수 없죠. 당분간 이 방법을 쓸 수밖에요."

너무 깊이 생각해서는 안 된다고 생각했다.

"건배하자, 김 순경."

4

여의도벚꽃축제가 시작되던 날은 두 사람이 새 문제를 발견하는 날이었다.

다리를 건너는 사람이 한 사람이 아니라는 게 문제였다. 그 기간 주변 교통이 혼잡해지자 마포대교를 이용해서 돌아가는 인파가 많았다.

노파는 그날도 여지없이 사람들을 노렸다.

김 순경이 한 사람을 맡으면 노파는 이내 그 사람을 포기하고 다른 사람을 골랐다.

대교 길이는 1,340미터.

길이가 길고 사람이 많은 만큼 노파의 선택권은 넓어졌고 김 순경의 반경이 미치지 못한 지점에서 노파는 자신의 먹이에게 쉬 접근할 수 있었다.

박 경사가 순찰차에서 나와 다가왔다.

그는 다리를 반으로 나누자고 했다.

"이쪽은 내가 맡을 테니 영등포 쪽은 자네가 맡아. 만약 그쪽에서 오는 사람들을 점찍으면 내가 무전으로 알리마."

"사람이 많아서 그래야겠어요."

두 사람은 다리 양쪽을 하나씩 맡아서 노파가 찍는 사람들에게 범칙금을 발부했다. 두 사람이 양쪽에서 살피는 동안 노파는 교묘하게 빈틈을 노렸고 점점 술래잡기하듯 두 경관과 사투를 벌였다.

명동 거리처럼 사람이 많았던 그날 새벽.

결국, 희생자가 나타났다. 그것도 여섯 명이 동시에 뛰어내렸다.

전부 박 경사가 지키던 마포역 방향에서 오던 사람들이었다.

주변은 아수라장이 되었고 경비정 다섯 척이 떴다. 대교는 아침까지 통제되었다. 박 경사의 말에 따르면 노파는 망연자실한 자신을 노려보며 이겼다는 듯 새빨간 혀를 내밀었다고 했다.

행렬 같았던 벚꽃축제 날만큼은 아니었지만, 평일에도 같은 일은 심심찮게 벌어졌다. 점점 날이 따뜻해지자 늦은 시간까지 다니는 사람이 많아진 탓이었다. 이제 불특정 간격으로, 양쪽에서 서너 명씩 사람들이 나타난다.

그런 사람들을 지키기 위해 두 경관은 정신없이 움직였다.

"그쪽에 가방 든 남자. 노파가 찍었다."

박 경사가 알려준 40대 남자에게 범칙금 영수증을 내밀고 돌아섰을 때였다.

김 순경은 하마터면 주저앉을 뻔했다.

바로 앞에 노파가 우뚝 서 있었다.

허헛.

박 경사의 손을 잡지 않았는데 노파가 보이다니.

노파는 뒷짐 진 채 자기를 방해하는 김 순경을 빤히 쳐다보고 있었다.

'……그렇다면.'

노파가 보인다는 것은 노파가 김 순경을 점찍었다는 뜻이다.

'맙소사. 내가 뛰어내리게 되는 걸까?'

그 시선이 너무도 뚜렷해서 김 순경은 마치 자신의 이마에 붉은 레이저 표적 점이라도 찍히는 것 같았다. 정신을 차려야 했다. 노파에게 홀리는 기분, 다리에서 뛰어내리고 싶어지는 기분이 어떨지 궁금해지기는 했지만 절대로 홀려서는 안 된다.

김 순경은 헛기침하고 짐짓 못 본 척했다.

걸었다.

형형하고 튀어나올 듯 날카로운 노파의 눈동자는 김 순경의 턱을 따라 돌아간다.

외면하고 지나려던 김 순경에게 노파가 입을 열었다.

"나 보이지?"

"……"

"보이면서 못 본 척하는 거지? 대답해봐."

"……"

"너, 조심해라. 산 자는 영적 존재를 모른 척해야 해. 귀신이 거는 말을 받으면 반드시 귀신한테 구속된다."

박 경사는 멍해진 채로 돌아온 김 순경의 어깨에 야근용 담요를 두르고 머리에 은단을 두두두, 쏟아냈다.

김 순경은 한참 동안 몸을 떨었다. 떨리는 기운을 주체할 수 없었다. 사시나무 접신이라는 게 이런 걸까? 허벅지와 복사뼈, 양어깨가 몸서리칠 만큼 움직인다.

그는 순찰차 보닛에 손바닥을 대고 서럽게 토했다. 나오는 건 허연 거품뿐이었다.

박 경사는 그 과정을 전부 지켜보고 있었다.

"순찰차 안에서 쉬어. 이제 나 혼자 한다."

"그러기엔 지나는 사람들이 너무 많아요."

김 순경이 침을 뱉으며 입을 닦았다.

"다 살릴 순 없어. 무엇보다……"

그의 눈이 김 순경을 불안하게 훑었다.

"……네가 제일 위험해."

사실 김 순경도 다리로 돌아갈 자신이 없었다.

노파가 묻는 말에 대응하지 않았지만, 보이지 않아야 할 노파가 보였다는 것만은 필시 위험한 지경에 이르렀다는 뜻이다.

박 경사 말대로 언제 어떤 식으로 훌쩍 난간을 뛰어넘을지는 아무도 모를 일이다.

"……말해주려고 했는데 요새 너 얼굴 장난 아니다."

아닌 게 아니라 김 순경은 부쩍 체력이 떨어지고 있다는 것을 실감했다. 며칠 휴가를 내고 싶다는 생각도 들었지만, 박 경사 혼자 노파를 상대하게 둘 수는 없는 노릇이었다.

그날 김 순경은 담요를 덮고 순찰차에 앉아 있었다.

박 경사가 홀로 다리를 돌아다녔지만 갈수록 노파의 악기가 강해지는 것인지 그날도 한 사람이 뛰어내렸다.

"노파는 피해자들에게 무슨 말을 하는 걸까요?"

김 순경은 소주잔을 기울이며 박 경사에게 물었다.

박 경사는 생간을 우물거리며 고개를 저었다.

"글쎄. 네가 노파의 말을 들은 유일한 사람이야."

"아직 살아 있는?"

"재수 없는 소리 마라."

"그저 경고의 말을 했던 것 같아요. 하지만 투신자들에게는 다른 말을 했을지도 몰라요. 사람들을 뛰어내리게 하는 결정적인 말. 우린 그 말을 알아야 해요."

"그러면 좋겠지. 그것만 알면 대교 초입에 입간판을 세울 수도 있어. 어떠어떠한 말을 주의하시오, 라던가 그런 말을 하는 노파를 만나면 곧장 갓길의 순찰차로 와달라, 뭐 그런 것도 좋고."

"그러니까요. 그렇게만 된다면 일은 훨씬 수월해지겠죠."

"이후 노파가 보인 적은 없었지?"

"네. 그날만 보였어요."

"조심하는 게 좋아. 다리는 이제 나에게 맡기고 넌 경찰차에 남아."

"만약…… 노파가 선배님에게도 말을 건다면……."

김 순경은 말을 마저 잇지 못했다.

"건다면?" 잔을 채우던 박 경사가 김 순경을 노려보았다.

"……선배님."

김 순경은 박 경사에게 노파와 대화해보면 어떻겠냐고 물어보고 싶었다.

노파를 볼 줄 안다는 것으로도 선배는 보통 사람과 다른 기력이 있지 않을까? 그게 아니더라도 무당의 기질, 물론 그는 이런 능력이 처음이라지만, 어쨌든 영매 능력이 존재하는 건 분명하다. 그렇다면 귀신과도 대화할 수 있지 않을까. 그의 손을 잡으니 노파가 보인 것은 분명했으니까.

박 경사는 김 순경이 무슨 말을 하고 싶은지 꿰뚫고 있었다.

그는 술잔을 털고 입을 닦았다.

"걱정하지 마. 만약 말을 건다면 받아줄 작정이야."

김 순경은 괜한 생각을 했다 싶었다.

이 선배는 그저 노파를 볼 뿐이다. 영가인 노파가 저주한 것처럼 '귀신이 거는 말을 받으면 안 된다'는 조건은 박 경사에게도 그대로 적용될 터였다.

"그러지 마세요. 절대로 대답하지 마세요. 선배님도 위험해져요."

"아니야. 내가 뛰어내리는 한이 있더라도 노파가 사람들을 유혹한

92

말만은 반드시 너한테 전해주마."

그는 각오하고 있었다.

아니 오히려 말을 걸어주기를 바라는 눈초리였다.

이후로도 박 경사는 혼자 다리로 나갔고 김 순경은 차에서 주변을 감시했다. 사실 감시랄 것도 없다. 노파가 보이지 않는 김 순경으로서는 박 경사가 지나는 사람을 막고 대화하거나 딱지를 끊는 모습만 관찰할 수밖에 없었다.

다리를 지나는 사람들을 박 경사 혼자 감당하기엔 무리였다.

박 경사는 누군가를 안내하다가 바쁘게 저쪽에서 오는 다른 사람을 본다. (아마도 노파는 반대쪽에서 그 사람을 점찍고 움직이고 있었을 터다.) 그는 안내하던 사람을 버리듯 딱지를 쥐어 주고 그쪽으로 달려갔다. 그러면 딱지를 받은, 먼저 인도받던 사람이 훌쩍 난간을 기어오르려 했다. 어린 시절 놀이터에서 하던 다방구 놀이도 아니고 박 경사는 정신없이 이 사람에게, 저 사람에게 왔다 갔다 하며 분주했다.

그럼에도 불구하고 하루에 한 명 이상은 투신했다.

박 경사와 함께 무사히 다리를 건넌 사람도 이튿날 찾아와 투신하는 일도 있었다. 딱지의 효과가 점점 미약해지는 것일까? 아니면 노파의 악기가 강해지는 것일까? 이쪽저쪽에서 벌어지는 일들에 관해 박 경사는 누구도 보호하지 못하고 있었다.

박 경사는 지쳐갔다.

노파와 두 경관의 싸움은 결국 노파의 승리로 끝나는 것 같았다.

5

"할 만해?"

지구대 반장이 김 순경에게 범칙금 영수증 보관철을 던지며 물었다.

"네. 최선을 다하고 있습니다."

책임자인 그에게 지구대에 있는 대원들을 지원해달라고 사정하고픈 마음이 굴뚝같았지만 김 순경은 꾹 참았다.

옆에 있던 박 경사는 스윽, 일어나더니 나간다.

"근데 경범죄 딱지가 너무 많은 거 아냐?"

"봄이라서 그런가 사람들이 좀 그러네요."

반장은 자리를 피하는 박 경사의 등을 밉다는 듯 보더니 김 순경의 어깨를 토닥였다.

"그동안 대교 전담반 운용이 원활하지 않아 걱정했는데 자네가 지원해줘서 얼마나 든든한지 몰라. 고생 좀 해줘."

"잘하겠습니다."

"자네만 믿네. 무슨 일이 있으면 나한테 재깍 보고하고."

"네."

박 경사의 업무 능력이 미덥지 않은 반장은 김 순경에게 좋은 시선을 던졌다.

6

눈을 떴다.

무전기에서 잡음이 강했다.

존 것을 깨달은 김 순경은 채널 스위치를 돌려 잡음을 조정한 다음 순찰차 밖으로 멀찍이 눈을 돌렸다.

박 경사가 다급하게 달리고 있다.

달리는 방향으로 50미터 떨어진 곳, 다리 중간쯤에 노숙인으로 보이는 추레한 남자가 신발을 벗고 있었다. 소주병이 건빵 주머니에 박혀 있다. 그는 곧 펜스를 붙잡고 올라섰다.

박 경사는 노숙인을 향해 전력 질주하고 있었다.

소리를 지르며.

노숙인은 자신에게 오는 박 경사를 보자 더 분주하게 움직였다. 펜스 중간까지 올라간 그는 술에 취한 탓인지 난간 상부로 올라서지 못하고 자꾸 미끄러져 내렸다.

박 경사가 몸을 날려 노숙인의 한쪽 다리를 잡았다.

노숙인 몸이 팔 길이만큼 낮아졌다. 박 경사는 고래고래 고함을 질렀다. 박 경사를 내려다보는 노숙인의 눈은 공포로 휘둥그레져 있었다. 순찰차 안에 있던 김 순경 귀에 그 소리는 들리지 않았다. 둘은 서로에게 무슨 말을 하는 것 같았다.

갑자기 노숙인이 품에서 소주병을 꺼내 박경사에게 휘둘러댔다. 박 경사는 머리 위로 다가오는 위협을 피하면서도 계속 설득하고 있었다. 난간 상단에 매달린 노숙인은 소주병을 쥔 팔을 휘저으며 박 경사에게 떨어지라고 외치고 있었다.

김 순경 눈에 박 경사의 눈이 보였다. 물이 고여 있었다.

박 경사는 사정하고 있었다.

노숙인이 벗어놓은 낡은 등산화를 본 김 순경은 갑자기 정신이 번쩍 들었다.

맙소사.

'이건 노파의 짓이 아니다!'

김 순경은 저 투신이 노숙인의 자의임을 깨달았다. 정확하게 설명할 순 없었지만 노숙인의 움직임에는 더는 세상을 살기 싫다는 의지가 뾰쪽하게 배 있었다. 그건 누구에게 홀려서 몸을 버리려는 것이 아니라 스스로 분명하게 지긋지긋한 몸을 버리려는 움직임이었다.

이 다리에 홀림에 투신하는 사람만 있는 건 아닐 터, 저 노숙인은 본인의 의지로 다리를 찾은 사람이다. 죽기 위해.

김 순경은 차에서 내려 그쪽으로 달렸다.

도로 쪽 난간을 넘고 보도 안으로 들어선 김 순경은 노숙인과 박 경사가 실랑이하는 곳까지 80미터가량을 달렸다.

들리지는 않았지만 보인다.

노숙인 다리를 부여잡은 채 사정하는 박 경사의 얼굴이 이전과는 달랐다. 인력으로 살릴 수 있다는 희망이 묻어 있었다.

'저 사람은 다르다. 홀린 게 아니니 설득할 수 있다!'

선배님, 조그만 더 버텨요. 김 순경은 정신없이 뛰었다. 그가 갈 때까지 노숙인이 떨어지지 않도록 박 경사가 붙잡아주길 바랐다.

다가가니 박 경사 이마에 피가 줄줄 흐르고 있다. 노숙인은 박 경사를 떨쳐내려고 그의 머리를 노리며 소주병을 휘둘러댔다.

"학, 학. 김 순경, 저쪽 다리를 잡아라!"

김 순경이 노숙인의 다른 다리를 잡았고 박 경사는 잡고 있던 다리에서 손을 떼고 몸을 끌어내리기 위해 노숙인의 허리춤을 돌려 잡았다.

"저리 가. 저리 가! 떨어져, 떨어져! 내 몸에 손대지 마."

김 순경은 노숙인의 허둥대는 뒤꿈치에 턱을 맞고 그만 다리를 놓고 말았다.

김 순경이 바닥으로 나동그라지는 사이, 노숙인의 몸은 마치 용수철처럼 위로 솟구치더니 난간 너머 아래로 사라졌다.

순식간에 일어난 일이었다.

분명 둘이 잡아당겼는데 잡힌 몸은 반동받은 듯 솟구친 느낌이었다. 살다 보면 그런 이해할 수 없는 역학적 느낌을 받을 때도 있는 모양이었다. 두 사람의 의지와 달리 노숙인의 몸이 풍선처럼 튀어 올랐다고 할까. 아래에서 노숙인이 으아아, 불안한 비명을 질렀고 이내 파도 소리 같은 둔탁한 물소리가 들렸다. 노숙인이 검은 강에 삼켜진 것이다.

김 순경이 난간 아래를 내려다보았고 박 경사는 미끄러지듯 그 자리에 주저앉아버렸다.

"노파는요? 노파가 지금 어디에 있는지 보이세요?"

"으아아아아."

박 경사는 머리를 부여잡고 흐느끼기만 했다.

밤하늘에 퍼지는 그의 울음은 고통 그 자체였다.

그는 패닉 상태였다.

7

노숙인은 죽지 않았다.

물에서 건져졌다.

복부에 찰과상을, 오른쪽 발목과 왼쪽 어깨가 부러졌지만 생명에는 지장 없었다. 신원을 조사하니 그는 퇴직한 초등학교 교장이었다. 말기 대장암을 비관한 나머지 한 달 남짓 공덕 인근에서 노숙하다 그날 투신을 결심했다고 했다. 알코올 중독 증상은 없었다. 그는 가족이 마련한 종합병원에 입원했다.

박 경사는 병가를 냈다.

8

일주일 후, 김 순경은 노숙인이 입원한 병원을 찾았다.

노인은 어깨와 다리에 두꺼운 보호대를 차고 누워 있었다.

이렇게 보니 깨끗한 이마에 맑은 얼굴이었다.

잘 꾸며진 특실은 넓었다. 별도의 응접 공간이 있었고 커다란 벽걸이형 TV도 있었다. 한평생 능력을 발휘하며 살아왔던 모양인지 쾌유를 비는 난과 여러 꽃다발이 구석 선반에 수북이 쌓여 있었다.

의사는 10분간 면회를 허용했다.

가족들은 자리를 비워주었지만, 30대가량의 딸만은 계속 남아 있겠다고 했다. 김 순경은 그래도 좋다고 고개를 끄덕였다.

김 순경은 노인에게 다가가 몇 마디 쾌유를 비는 말을 했고 자신이 다리에서 투신을 막았던 경관이라고 설명했다.

노인이 눈을 떴다.

그 일을 기억하지 못하는 듯했다. 산소 호스가 끼워진 콧등을 찌푸리다가 금세 눈을 감는다.

"아버지는 지금 말씀이 힘드세요." 딸이 말했다.

"들으실 수는 있는 모양이니 빨리 물어보고 끝내겠습니다."

김 순경은 노인의 귀에 대고 또박또박 질문했다.

"어르신, 다리에서 검은 옷을 입은 할머니를 보신 적 있습니까?"

노인은 눈을 감은 채 대답하지 않는다.

다시 김 순경이 투신한 이유를 물었고 딸이 이미 경찰에 진술했다며 질문을 막았다. 꽉 다문 그녀의 입에서 그날의 충격을 환자에게 전하지 않으려는 의지가 배어 있었다.

"어르신, 다리로 들어오셨을 때 만난 사람이 없었나요?"

"……."

딸이 끼어들었다.

"아버지는 암을 비관하셨어요. 유서도 쓰셨고. 그러니 그런 질문이라면 그만 물었으면 좋겠네요."

반박할 도리가 없었다. 노인도 대답할 의지가 없는 듯했다.

조사를 허락받고 온 것이 아니었다. 어쩔 수 없이 나가려고 등을 돌렸을 때 희미한 소리가 났다.

"그 노인네…… 봤어."

김 순경이 몸을 돌렸다.

노인은 비스듬하게 기울어진 얼굴로 김 순경을 바라보고 있었다.

김 순경이 다가왔다.

"검은 옷을 입은 할머니죠? 보셨다구요?"

"……봤지."

노인의 목소리는 거의 들리지 않을 만큼 약했지만 흐무러지지 않았다.

"어르신께 말을 걸던가요?"

"……그랬지."

김 순경은 스마트폰의 녹음 버튼을 눌렀다. 아니, 생각을 바꾸고 녹화 버튼을 눌렀다. 노인의 목소리가 빈약해 거의 들리지 않았기 때문이다.

지켜보는 딸이 이맛살을 찌푸렸지만 김 순경은 개의치 않았다.

"무슨 말을 하던가요?"

"밥은…… 먹고…… 다니냐."

"네?"

"밥…… 먹고 다니냐."

"……먹었습니다만."

"……밥은 먹고 다니냐."

"아, 노파가 밥은 먹고 다니냐는 말을 했다구요? 어르신께?"

노인은 눈을 껌뻑였다. 그렇다는 것이다.

김 순경은 큰 숨을 쉬었다.

의아했다. 그런 말에 지나는 사람이 투신하다니.

"그래서 어르신께서는 뭐라 대답하셨습니까?"

"……먹었다……고…… 했지."

"그러니요?"

노인은 숨을 가쁘게 몰아쉬었다.

한마디 한마디 내뱉을 때마다 어깨에 통증이 오는 모양이었다.

딸이 베개를 낮추고 김 순경과 노인 사이를 등으로 막았다. 김 순경은 몇 발짝 물러났지만, 끝까지 노인의 입을 보기 위해 기웃거렸다.

"그 노파가 다른 말은 하지 않았습니까?"

노인은 이미 눈을 감고 있었다.

이제는 정말 도리가 없었다. 그래도 큰 수확이다. 노파의 말을 알 수 있었기 때문이다.

"실례가 많았습니다."

스마트폰 녹화 완료 버튼을 눌러 화면을 저장하고 병실 문 쪽으로 걸어갔다.

그때 딸이 "잠깐만요"라고 그를 불렀다.

돌아보니 딸은 노인의 입에 귀를 대고 있었다.

"……뭐라구요? 아버지?"

딸은 노인이 속삭이는 말을 찬찬히 들었다. 그리고 김 순경을 본다.

"떨어져 죽으라고 말했다는데요."

김 순경은 다가오지 않은 채 재차 물었다.

"노파가 어르신한테 그 말을 했다는 거죠?"

노인이 다시 무언가를 속삭였고 딸은 다시 아비의 입에 귀를 대고 들었다.

노인의 말을 다 들은 딸이 김 순경을 보며 말했다.

"아니요. 노파 말고 다른 귀신이 그렇게 말했대요."

9

수화기 저편의 박 경사가 놀라 소리쳤다.

"귀신이 한 명 더 있다는 게 무슨 소리야?"

"노숙자. 아니 그 할아버지는 분명 그렇게 말했어요. 자신에게 떨어지라고 유혹한 귀신이 있었다고."

"그게 노파가 아니라고?"

"네. 아니었대요."

"그렇다면 사람을 죽이는 존재가 따로 있단 말이야?"

"그런 것 같아요."

"……내 눈에는 그 노파만 보였는데."

"네. 저도 그 노파만 보여요. 선배님 손을 잡고 볼 수 있었죠. 하지만 그 다리에는 노파 말고 귀신이 하나 더 있는 게 분명해요. 그래서……."

"……그래서 뭐?"

"선배님, 아무래도 전 이런 생각이 들어요. 그 할머니, 혹시 사람들에게 죽지 말라고 말하려던 게 아닐까요?"

"음. 노파가 사람을 살리려 하고 있다?"

"해코지하려는 귀신에게 홀리지 않도록…… 제가 괜한 생각을 하는 걸까요?"

"아니다. 김 순경 말, 일리가 있다. 우리 눈에는 노파만 보였으니 노파를 나쁜 쪽으로 의심했지만, 이제 확실해졌다. 사실 노파는 투신을 막으려는 좋은 귀신이었던 거다."

"저도 그렇게 생각해요. 문제는 보이지 않는 귀신이 또 있다는 거죠."

"하."

박 경사는 탄식했다. 그는 한시름 놓은 듯 숨을 연발했다. 그간 자기와 대적했던 상대가 악이 아님에 안도하며 홀로 분투한 일들이 그리 서러운 일이 아니었다는 자위가 숨 속에 들어 있었다.

김 순경이 생각해도 이 추리가 옳은 것 같았다. 또한 박 경사와 대화하면서 자신의 추리에 확신이 생겼다.

"앞으로 어쩔 셈이지?"

"노파가 지박령이라고 하셨죠? 그렇다면 노파도 마포대교에서 투신했을 가능성이 커요. 지박령은 자기가 죽은 자리에 머무는 법이니까요. 저는 내일 마포서로 들어가서 대교에서 투신한 사람들 명단을 하나하나 살펴볼 생각이에요. 그중 노파의 나이쯤 되는 사람들을 추려본다면 뭔가 나오지 않겠어요?"

"좋은 생각이군."

"그런데 선배님은 언제 출근하시는 거예요?"

"나는 며칠 더 쉴 생각이야."

"그러세요. 그간 너무 과로하셨어요. 이쪽은 저에게 맡기세요. 새롭게 알아낸 게 있으면 바로 전화할게요."

"그러자구. 수고해줘."

10

안방에서 어머니는 검은 정장 상의와 치마를 덮고 있는 세탁소 비닐을 뜯었다. 거울 앞에 서서 그 옷을 몸에 대보았다.

김 순경은 다 먹은 밥그릇을 들고 식탁 의자에서 일어났다. 밥을 우물거리며 잔반을 싱크대 음식물 쓰레기통에 담았다. 설거지하기 위해 고무장갑을 끼었을 때 안방에서 어머니가 나왔다.

검은 정장 차림이었다.

어머니는 거실 바닥에 신문지 두 장을 깔고 검은색 구두를 신고 올라섰다.

"어떠냐? 뚱뚱해 보여?"

김 순경은 어머니를 힐끔 한 번 본 후 설거지를 계속했다. 밥그릇과 반찬 그릇들을 선반에 쌓아두고 고무장갑을 탁탁 털었다.

"그거 작년에도 입으신 옷이잖아요."

"1년 새 살이 더 쪘나 보다. 치마가 안 맞네."

돌아오는 금요일은 형이 죽은 지 3주년이 되는 날이었다.

어머니는 매년, 장례식에서 입었던 저 검은 정장을 차려입고 양평에 있는 공원묘지에 갔다. 거기에는 아버지도 계셨다.

"똑같아 보이는데요, 뭐."

"잘 좀 봐."

"그리고 이제 편안하게 입고 가셔도 되잖아요. 산 중턱까지 올라가야 하는데 그 구두는 좀 불편하지 않으세요?"

"지 아버지를 닮아서 꼭 저런 식으로 말한다니까. 그러고 보면 지욱이가 참 다정했는데."

지욱은 형의 이름이다.

어머니가 또 그리워하는 말을 꺼내자 미안해진 김 순경은 보리차가 든 물컵을 들고 앞으로 걸어와 정장을 살펴보는 척했다. 어디 봐요. 울 엄마 살찌셨나, 안 찌셨나.

"어, 그런데. 엄마."

"왜? 뚱뚱해 보여?"

김 순경은 기겁한 얼굴이었다.

어머니는 왼쪽 가슴에 붉은 장미 브로치를 달고 있었다.

"이 브로치, 뭐예요?"

"뭐긴 뭐야, 장미 브로치지."

"아니 상복에 왜 이걸 달고 계시냐구요?"

어머니는 구두에서 내려와 말없이 신문지를 접기 시작했다.

그러다 그것마저 멈추더니 한을 쓸어내리려는 듯 한 손을 브로치에 대고 씁쓸히 말했다.

"그런 말이 있지. 부모를 먼저 보낸 자식은 봉양하지 못한 죄를 세상에 부끄러워해야 하지만, 자식을 먼저 보낸 부모는 세상에 부끄러워하지 말아야 한다는."

"······."

"사실 자식놈을 먼저 죽이고 숨 쉬는 것만큼 뻔뻔하고 부끄러운 일이 어디 있겠니? 세상 눈이 두려워 감히 한숨, 편하게 틔울 수 있을 거로 생각하니? 그 고통을 알기에 세상 사람들이 그렇게 말해주는 거란다. 부끄러워하지 말아라, 예쁘게 입어라, 라고······."

"······."

"자식을 먼저 보낸 부모는 검은 옷을 입되, 장식 하나는 허락해준단다. 주로 조그만 꽃 장식을 달지. 상복에 꽃을 달면 자식을 먼저 보낸 부모가 되는 거야. 우리나라 사람들은 잘 그러지 않지. 유교 풍습도 강했고. 외국에서는 흔한 일이란다. 요즘은 화사한 정장도 입는 모양이던데 나는 그렇게까지는 못 하겠고 장미꽃 하나만 선택했다. 이 브로치, 작년에도 달고 있었는데, 몰랐니?"

김 순경은 머금은 보리차를 채 삼키지 못하고 멍하게 붉은 브로치를 바라보고 있었다.

11

마포경찰서 서고에는 사건 파일 상자가 연도별로 보관되어 있었다.

투신자살자 파일이 든 편람 상자를 챙겨 온 김 순경은 2년 전인 2016년부터 시작하기로 했다. 박 경사가 노파를 본 것은 1년 전. 노파가 투신했다면 최소 2년을 넘지 않았을 것이다.

2016년의 투신자 211명이었고 사망자는 107명이었다. 사망자 중 60대 이상은 열일곱 명. 2017년의 투신자는 150명이었고 사망자는 아흔일곱 명, 그중 60대 이상은 일곱 명이었다.

김 순경 2016년과 2017년 60대 이상 사망자 스물네 명의 명단을 조사했다.

여성은 여덟 명이었다.

그 여덟 명의 신상을 모두 출력했다.

모두 70을 넘긴 나이에 투신했다.

그중 자식이 이미 사망한 사람은 세 명이었다.

세 명 중 투신 당시 CCTV에 찍힌 사람은 단 한 명.

노파의 투신 장면은 2017년 5월 1일 자 필름에 찍혀 보관되어 있었다.

12

노파의 호적 주소는 망원시장 내에 있었다.

커다란 채소 가게 옆으로 이어지는 모퉁이 골목 첫 건물. 방앗간
과 기름집을 겸하는 가게였다. 오래된 가게처럼 보였고 손님이 많았
다. 가게 밖에 설치된 매대에 다양한 떡들이 진열되어 있었다. 방앗
간에서 만든 떡인 듯했다.

김 순경은 형의 기일에 바칠 만한 떡을 몇 개 골랐다. 어머니께 드
리면 기뻐하시겠다 싶었다. 생전에 형은 떡을 좋아하기도 했다.

"그 할머니 모르면 간첩이지."

주인은 이전 할머니를 기억하고 있었다. 그는 망설임 없이 묻는
말에 시원시원하게 대답해주었다.

"아, 재작년까지 이 가게에서 장사하셨어. 한자리에서 40년을 했
으니 망원시장 터주였지. 시장에서 떡 파는 노인네라고 무시하면 안
돼. 억척스러운 모습은 아니었어. 양품점 하는 사람처럼 곱고 기품
있었지. 할머니 돌아가시고부터 할머니 때 손님들은 이제 안 와. 떡
맛이 예전 같지 않다나. 쯥. 그럴 수도 있겠지. 사람이 다르니까. 지
금 손님들은 다 내가 만든 사람들이야."

"왜 돌아가셨습니까?"

"그 할머니한테 금지옥엽 키운 외동아들이 있었는데, 나이 50이
넘도록 장가도 못 가고 죽었어. 은행 빚만 잔뜩 지고. 할머니도 1년
뒤 아들 따라갔어. 아들 기제사를 지낸 직후였지. 쯧쯧."

"스스로 목숨을 끊으신 겁니까?"

주인은 고개를 끄덕였다.

"저기 마포대교에 투신했어. 아들처럼."

김 순경은 떡집 주인에게 작년 5월 1일에 투신한 자살자의 CCTV 사진을 내보였다. 주인은 고개를 끄덕이며 동일 인물임을 확인해주었다.

그는 마포서로 돌아가 노파 아들에 관한 자료를 모두 출력했다.

노파의 아들은 노파가 투신하기 1년 전, 그러니까 지금부터 2년 전인 2016년 5월 1일에 마포대교에서 투신했다. 삶을 비관한 자살이었다. 김 순경은 노파와 아들의 인적 사항이 적힌 호적등본, 아들의 투신 사망 검시서, 아들의 직장에 관한 정보를 모두 출력했다.

마지막으로 그는 한 달 동안 마포대교에서 일어난 투신 장면이 녹화된 CCTV 영상을 하나하나 전부 체크했다.

13

김 순경이 명단을 펴놓고 자신과 박 경사가 발부한 범칙금 납부 영수증을 하나하나 대조하고 있을 때 스마트폰이 울렸다. 지구대 반장이었다.

불려 간 김 순경은 반장의 호통에도 담담했다. 예상보다 조금 늦었다고 생각했을 뿐이다. 김 순경과 박 경사가 난발한 범칙금 영수증 때문이었다.

마포대교를 건너다 그들에게 검문당한 사람들은 경찰이 불합리하게 범칙금 딱지를 발부했다고 민원을 넣었다. 하루에 열 건 이상 똑같은 민원이 들어왔다고 한다. 청와대 게시판에도 글이 실렸다고 했다.

용강지구대 반장은 김 순경의 징계 문서를 흔들며 잡아먹을 듯 눈을 부라렸다.

"상부에서 난리 났다고! 서장님은 너 잡아 오라고 고래고래 소리를 지르고 계셔. 야, 이 미친놈아. 대교 순찰하랬더니 왜 지나가는 사람들 붙잡고 딱지를 뿌리냐? 처음엔 좀 많다 싶더니 한 달 새 이게 몇 장이냐? 니가 무슨 연예인이야? 그렇게 사인하고 싶었어? 그것뿐인 줄 알아? 경찰이 시민을 성추행한다는 신고까지 접수되었다고! 지나가는 대학생 신발 사이즈는 왜 물어보고, 남자 친구 있는지는 왜 물어봐? 니가 그게 왜 궁금한데?"

"……죄송합니다."

반장은 마포경찰서장에게서 내려온 징계 서류를 김 순경 얼굴에 내던졌다.

"정직이야. 너 이 새끼, 당장 시말서 써. 내일 마포서에 불려가면 한동안 거기서 있어야 할 거야!"

주차장으로 나오니 박 경사가 순찰차에 기대서 있었다.

며칠 휴가를 내고 쉰 탓인지 그의 얼굴은 생기가 돌았다. 구부정하던 어깨도 넓게 펴져 있었고 치아도 유난히 하얬다.

박 경사는 털레털레 걸어오는 김 순경에게 커피가 든 종이컵을 건넸다.

"여. 야단맞은 거야? 반장이 뭐라고 하디?"

김 순경은 말없이 순찰차에 올라탔다.

박 경사가 운전석에 앉았다.

"각오한 일이었잖아. 반장 말은 신경 쓰지 마."

김 순경은 대답하지 않았다.

둘은 한동안 말이 없었다. 먼저 입을 연 쪽은 김 순경이었다.

"우리, 열심히 사람을 구한 거 맞죠?"

"그랬지."

"아니면…… 구한다고 믿었던 건 저뿐이었나요?"

박 경사는 그 말의 의미를 이해하지 못하고 김 순경을 쳐다보았다.

김 순경은 뇌를 잃어버린 사람처럼 조수석 목 받침대에 뒤통수를 기대고 앞만 보고 있다.

"뭔 소리냐?"

김 순경은 안고 있던 백팩을 열어 두꺼운 서류 뭉치들을 꺼냈다.

그동안 조사해온 문서철이었다. 그는 명단 서너 장을 박 경사에게 건넸다.

"뭔데, 이게?"

"한 달 동안 마포대교에서 투신한 자살자 명단입니다."

박 경사가 문서를 넘기는 사이 김 순경은 또 다른 문서를 내밀었다.

"그리고 이것은 그 한 달 동안 저랑 선배님이 발부한 범칙금 영수증 사본이구요. 거기 보시면 신기한 게 있더군요."

"신기한?"

"제가 발부한 사람들은 죽지 않았는데 선배님이 발부한 사람들은 뛰어내렸어요. 우리 둘이 함께 딱지를 발부했는데 제 쪽은 무사하고 선배님 쪽만 투신했다는 말입니다."

박 경사는 눈을 슴벅였다.

그는 김 순경의 말을 좀처럼 이해하지 못하겠다는 표정을 지었다.

"조깅하던 외국인이 투신한 직후부터 저는 선배님의 사건에 끼어들었어요. 사실 선배님을 돕고 싶었거든요. 선배님이 우리 형과 너무 닮아서."

박 경사는 주섬주섬 은단을 꺼내기 시작했다.

"우린 딱지를 이용했고 성공했어요. 선배님이 차에 계시고 제가 딱지를 나눠줄 때까지만 해도 투신자는 없었으니까요. 그런데 투신자가 다시 생긴 시점은 제가 노파와 대화한 이후였어요. 선배님 손을 잡지 않았는데도 제 눈에 노파가 보였고 노파가 저에게 경고했던 그날 말이에요."

"……."

"투신자가 다시 생긴 것은 겁먹은 제가 순찰차에 남고 선배님이 다리로 나갔을 때부터였다구요. 그날 투신한 사람들은 선배님에게 딱지를 받은 사람 중 일부였어요. 우리 둘이 정신없이 다리 양쪽을 맡았을 때도 마찬가지예요. 투신자는 전부 마포 방향에서 진입하던 사람들, 즉 선배님이 맡았던 지점을 지나던 사람들이었어요. 거기 서류가 증거예요."

박 경사는 입에 은단을 한 알 넣고 굴리기 시작했다.

"마포대교에 설치된 CCTV를 전부 돌려보았어요. 저와 선배님의 활약이 고스란히 담겨 있더군요. 그리고 저는 알았죠."

거기까지 말하고 김 순경은 잠시 박 경사를 노려보았다.

"……사람이 아니라는 것을."

김 순경은 박 경사에게 신문 기사 조각을 내밀었다.

'현직 경찰관 주식실패로 투신, 119 대원의 늑장 대응으로 결국 사망'이라는 제목이 보인다.

"2년 전, 마포대교에서 중년의 남자가 투신한 사건이 있었어요. 여의도를 드나들던 개미투자자였죠. 물에 빠진 그는 바로 죽지 않았고 구조를 요청했는데 장난 전화라고 생각한 대원의 미숙한 행동으로 그만 사망했죠. 시신은 강화도 유역에서 발견되었구요. 선배님께서는 2년 전 주식 투자로 많은 돈을 날리셨죠. 그리고 모친께서 40년 동안 일구신 가게까지 탕진했어요."

날벌레도 없는데 박 경사는 목덜미를 손바닥으로 툭툭 치기 시작했다. 불안한 듯 퉁방울 같은 눈알을 이리저리 굴린다.

두툼한 입술에 고인, 은단 녹은 침이 뚝뚝 배에 떨어진다.

"선배님은 재작년 5월 마포대교에서 투신하신 겁니다. 현직 경찰관이 투신했다고 해서 마포서는 난리가 났었다더군요. 그 일 때문에 마포서와 용강지구대는 대교에 전담반을 운용하기로 한 거고요. 그런데 무슨 일인지 제가 오기 전까지 전담반은 운용되지 않았어요. 동료가 죽은 영역을 맡기에 꺼림칙했다기보다는 공덕 쪽 업무가 바빴기 때문이었을 거예요. 제가 대교 전담을 지원하니 반장이 무척 좋아하던 이유가 그거였어요. 2년 동안 비어 있던 보직을 자원했으니. 지구대 동료들은 선배님을 터부시한 게 아니라 선배님을 볼 수 없었던 거예요. 왜냐하면 선배님은 귀신이니까요."

박 경사는 이제 눈을 비비고 있었다.

자르르르, 머리를 흔들기도 했다.

"그 노파가 누군지 감이 오시죠? 그 기사 뒷장에 선배님 모친 사진이 있을 거예요."

기사는 한 장짜리였고 클립으로 노파의 사진과 노파의 호적 증명서가 첨부되어 있었다.

"우리가 본 노파입니다. 선배님의 어머니. 그분은 선배님이 돌아가신 1년 후 그 자리에서 투신하셨어요. 그분은 선배님이 사람들을 해코지하는 걸 일일이 막고 계셨던 거예요. 때로는 스스로 죽으러 오는 사람들에게 밥은 먹었는가, 세상이 그렇게 서러웠던가를 되물으며 마음을 돌리려 하기도 했어요."

반장과 지구대 순찰대원 몇 명이 밥 먹으러 나오다가 경찰차 안에서 혼자 중얼거리고 있는 김 순경을 바라보며 지나갔다.

김 순경은 그들의 시선을 알고 있었지만 개의치 않았다.

"그분, 그 할머니가 저에게 한 말, 저는 기억해요."

산 자는 영적 존재를 모른 척해야 한다, 귀신이 거는 말을 받으면 안된다, 그러면 귀신에게 복속된다.

"성북서에서 마포서 용강지구대로 전입 왔을 때 저에게 처음 말을 걸어준 사람이 선배님이셨죠. 지금처럼 믹스 커피가 담긴 종이컵을 내밀며 팀이 되자고 제안하셨어요. 저는 그 말에 대답하고 말았던 겁니다. 선배님에게 복속된 거죠. 제 말 맞나요? 제가 대교 순찰에 합류하기 전까지 선배님은 혼자 대교를 지나는 수많은 사람에게 말을 걸어 투신하게 했어요. 노파가 선배님 짓을 막자 선배님은 저를 합류시킨 거예요. 왜일까요? 사실 잘 모르겠어요. 아무튼 제가 생각해낸 딱지 때문에 노파가 선배님의 먹이에게 접근하지 못한 것도 사실이죠. 저는 같은 귀신이면서도 딱지가 노파에게는 먹히고 선배님에게는 안 먹히는 이유가 궁금해요. 선배님이 경찰이어서 범칙금 부적은 먹히지 않았던 걸까요? 우리는 노파의 악기가 더 강해졌다고 생각했지만 그건 노파의 짓이 아니었던 거예요. 전부 선배님의 짓이었어요. 노숙인이 말한 또 다른 귀신은 선배님이었단 말입니다. 조깅하던 그 외국인을 처음 보았을 때도 그랬어요. CCTV를 확인해보니 선배님이 그에게 달려갈 때 무언가를 외치셨더군요. 인간은 귀신의 말에 돌아보거나 대답하면 여지없이 복속되는 겁니다. 외국인도 선배님의 의지대로 뛰어내린 거죠."

박 경사는 한마디도 하지 않았다.

목덜미를 삼겹살같이 두툼한 손으로 툭툭, 칠 뿐이었다.

"선배님. 왜 그런 짓을 하셨어요? 왜 사람들을 죽이시나요? 선배님이 구조받지 못했던 한을 푸는 겁니까? 그게 지박령의 본성입니까? 아니면 혼자 뛰어내린 게 억울해서 지나가는 사람들을 마구 떨어뜨리고 싶었나요?"

박 경사는 빙긋이 웃었다.

그 웃음은 김 순경의 말 전부가 맞다는 것 같기도 했고 그 전부가 아니라고 말하는 것 같기도 했다. 또 그 웃음의 일부는 김 순경이 이미 자신에게 속해 있다는 뜻 같기도 했다.

김 순경은 이제 죽은 자의 의도나 욕망 따위는 궁금하지 않았다. 귀신의 악행은 분명치 않아도 귀신의 선행은 분명하다는 것을 깨달았기 때문이다.

"더는 그 할머니를 대교에 나타나게 하지 마세요, 선배님."

박 경사는 김 순경의 상의 주머니에 꽂힌 종이를 힐끔 바라보았다.

"그 종이는 뭐냐?"

"제 징계 서류 사본이에요. 저, 3개월 정직 처분을 받았습니다. 생각해보니 전 부적도 없이 선배님을 만나고 있었더라구요. 서장님이 제 이름으로 발부한 관부이니까 이것도 부적이 될 수 있을까 해서요."

김 순경이 징계 서류를 내보이자 박 경사는 흠칫 놀라 어깨를 숙였다.

김 순경은 그 서류를 찢었다.

"선배님한테 부적 따윈 사용하고 싶지 않아요."

그러자 박 경사는 몸에서 나는 냄새를 지우려는 듯 입안의 은단 향을 손바닥과 어깨에 대고 햐— 햐— 내뿜었다.

박 경사는 느릿느릿 입을 열었다.

"은단 줄까?"

14

복직한 김 순경은 서울시 자살예방센터로 파견 근무를 지원했다.

그는 마포대교에 자살 방지 문구를 걸자고 제안한다. 김 순경은 투신자 중 생존한 사람들의 증언들을 모았다. 그들은 한결같이 노파의 목소리를 들었다 증언했다. 김 순경은 그 증언들을 난간에 새겼다.

지금도 서울 시내 자살률 1위 장소인 마포대교 난간에는 자살 방지 문구가 있다. 밤이 되면 난간의 그 문구는 사람들이 지날 때마다 환하게 불이 켜진다.

밥은 먹었어? 잘 지내지?

바람 참 좋다. 오늘 하루 어땠어? 별일 없었어?

많이 힘들었구나. 말 안 해도 알아.

기분이 꿀꿀할 땐 기지개 한번 켜고 커피 한잔 어때? 좋지?

산책이나 할까?

아이러니하게도 이 아이디어는 박 경사의 머리에서 나온 것이었다.

아폴론 저축은행

1

"음악 틀어도 돼?"

"……그러든지."

"틀지 말까?"

"……뭐 안 틀어도 되고."

"틀게."

그는 식탁에서 일어나 거실로 갔다.

오라 노트 리시버에 전원을 넣었다. 2년 전 택시에 탄 손님과 이야기하다가 뭐가 쓰였는지 곧장 그의 집으로 가서 중고로 사버린 올인원 리시버였다. 선반에 빼곡하게 꽂힌 CD에 눈을 돌렸다. 이럴 땐어떤 음악이 좋을까, 그는 냉정하게 생각했다. 검지로 CD들을 하나하나 건드리듯 훑다 긁듯 뽑아낸 것은 지네트 느뵈였다.

3번 트랙을 재생했다.

간곡한 바이올린 선율로 쇼팽 〈녹턴 20번〉이 퍼졌다. 녹턴은 피아노곡으로 유명하지만 느뵈는 희한하게도 바이올린으로 연주했다. 그리고 그 곡은 쇼팽 연주의 또 하나의 명곡이 되었다.

돌아가 식탁에 앉았다.

그를 맞이하듯 바라보는 아내의 이마는 우울감이 완전히 가신 상태였다. 아니 빛나고 있다고 할까.

식탁에 놓인 키 높은 유리잔 두 개에는 얼음 섞인 커피가 가득 차 있다.

잔잔하던 바이올린 소리가 귀를 찌르듯 퍼지기 시작했다. 그것이 신호라도 되듯 아내는 작은 손가방에서 둥근 용각산 통을 꺼냈다.

그는 그것을 노려보았다.

그 옛날, 외할머니 집에서 본 상자가 떠올랐다. 약들을 모아두는 철로 된 상자였는데 거기에는 할머니가 일제 강점기 시대부터 챙겨두신 병들이 많았다. 대부분 걸쭉하거나 거무레한 내용물이 묻어 상표조차 알아볼 수 없는 것들이었다. 병 외에도 비닐로 싼 고약 덩어리, 병마개가 굳어 잘 열리지 않던 명안수 안약, 소화제로 유명했던 영신환 등도 있었다. 어린 그의 눈엔 그것들을 만지기라도 하면 다리 하나가 단번에 잘릴 것 같은 기분이 들었다. 특히 허옇게 감겨 있는 커다란 붕대와 둥근 은색 용각산 통이 몹시 무서웠다. 그것은 외할머니가 건드리기만 해도 죽는 약이라고 말했기 때문이다. 아마도 둘둘 감아놓은 붕대나 입자가 연기처럼 고운 가루는 어린아이가 호기심에 쉬 만질 수 있는 것이기에 할머니는 그렇게 말했으리라.

그는 외할머니의 약상자 보듯 아내 손에 들린 용각산 통을 노려보았다.

통에 든 가루는 용각산이 아니다.

그것은 아내가 이태원에서 구한 복어 난소로 만든 가루였다.

아내는 통에 든 내용물을 두 커피잔에 태웠다. 베이지색 고운 가루가 검은 커피 액 속에 결을 뿌리며 성기게 퍼졌다.

아내가 잔을 내밀자 얼음이 달그락, 위치를 바꾸며 움직였다.

독은 무취, 무미하다고 한다.

단숨에 마시면 끝이다. 몸 안에 묵직한 마비가 전해지겠지만 쨍하게 차가우면 나쁜 느낌이 덜할 것 같아 아내는 잔에 얼음을 가득 담았다.

그는 습기 찬 컵을 잡으며 물었다.

"재민이는?"

"안방에서 자."

"깨워야지."

"깨울 거야."

"……재민이는 뭐로?"

"빵 사놨어."

"일어나자마자 바로 먹을 수 있나?"

"바로 먹을 거야. 빵 좋아하니까."

그는 고개를 끄덕였다.

순서는 이렇다.

자신이 먼저 마시고, 아내가 재민이에게 독약을 묻힌 빵을 먹인 후 마지막으로 그녀가 커피를 마신다.

아내가 마지막 순서가 된 건 재민이 때문이다. 여덟 살 아이가 자칫 고통스러워하거나 토해버리면 아내는 적극적인 조치를 할 참이었다. 아무래도 자신보다 손이 맵고 야무진 아내가 처리도 정확할 것이다.

그는 다른 것을 물었다.

"수민이는?"

큰아들 이름을 듣자 아내 표정이 조금 무너졌다.

"우리 수민이, 그렇게 돼도 괜찮을까?"

"그렇게 하기로 했잖아."

"그래. 그랬었지."

"그렇게 하기로 했으면 더는 생각하지 말자."

"그래."

이럴 때 보면 아내는 매우 침착하고 호기롭다. 자신과 아내와 둘째 아들은 집에서 가고, 첫째 아들은 제명대로 살다가 가족을 뒤따라올 것이다. 그래 봐야 몇 달 상간일 테지만.

열두 살 수민이는 지금 서울대병원 어린이 병동 중환자실에 누워 있다.

몸에 많은 호스를 꽂은 채.

숨을 기계에 맡긴 채.

그는 번들거리는 얼음을 띄운 검은 액체를 노려보았다.

어제 두 사람은 새벽까지 대화했다. 그리고 챙길 것들을 꼼꼼하게 체크했다.

그는 연기보다는 액체를 선택했다.

이 방법이 최선이라고 생각했다. 아내도 고개를 끄덕였다. 수긍한 것. 아니 환영하는 것 같았다.

일말의 저어함이 없던 아내 모습에서 외려 배신감을 느꼈지만 그건 그의 이기심일 뿐이다. 결혼 15년 동안 그는 언제나 실패했고 아내는 언제나 옳았다.

부부는 혈액암을 앓고 있는 수민이를 살리려고 어제까지 최선을 다했다. 그리고 오늘은 숨을 돌렸다. 오늘은 둘 다 쉬어도 되는 날이었다.

그는 가난했다.

주식을 하거나 사업에 실패해서 이렇게 망가진 게 아니었다. 돈을 벌 줄 몰랐고 경제 관념이 없었다. 시나리오 작가였지만 시나리오를 팔아본 적은 없었다. 냉정히 말해 그는 작가가 아니라 택시 운전사였다.

아내는 그보다는 영리했다. 수완도 좋았다. 하나 아내는 큰아들이라는 영어圈圍에 갇힌 몸이었다. 아내는 집집을 방문해서 정수기를 청소한다. 청소하면서 정수기를 팔기도 한다. 다단계 시스템이었는데 하나를 팔면 아내에게 월 3만 원이 떨어졌다.

큰아들 수민이의 병은 집안 곳곳에 곰팡이를 피게 했다. 병원비와 약값이 엄청났다. 외국에서 사 와야 하는 약만 해도 소형 오토바이 값이었다.

그는 그 돈을 마련해본 적이 없었다.

전부 아내가 마련했다. 그는 늘 돈 때문에 고민했다. 어디에 가서라도 필요한 금액을 마련한 것은 늘 아내였다. 하지만 수완으로 돈을 빌리는 것에는 한계가 있다. 아내가 마지막으로 돈을 마련해 온 것은 작년 여름이었다. 그 돈은 약값과 생활비로 몇 달 만에 사라졌다.

두 사람이 행복해지는 방법은 하나뿐이었다. 형 없이 혼자 지내는 재민이에게 밝게 웃어주는 것. 외로운 둘째는 오직 형만 찾았다. 둘째는 형이 아픈지 모른다. 아무것도 모르는 둘째 아들과 아무것도 모르고 싶은 부모가 나누는 맞웃음은 신기하게도 아무 걱정 없는 상태가 되는 것 같은 착각을 만들었다. 올해 초등학교에 입학할 둘째는 형이 두고 간 가방을 자기가 들고 가겠다며 메고 좋아했다.

꽤 잘 버티고 있다고 생각했다. 그때가 바닥이라고 여겼다. 다시 올라갈 일만 있을 거라고 믿었지만, 그들은 아직 한참을 더 아래로 내려가야만 했다.

몇 달 전 그는 모르는 동네의 골목에서 택시를 돌리다가 마이바흐를 세차게 들이받고 말았다. 술 취한 채 달려오는 여자를 피하려고 고급 빌라의 경사진 지하 주차장으로 급하게 핸들을 꺾을 수밖에 없었는데, 브레이크가 아닌 액셀러레이터를 밟는 통에 주차된 첫 번째 차와 충돌했다. 아내가 정수기 백 개를 팔아도 그 차의 안개등 한 알을 복구하지 못한다.

시간이 흘러 이제, 큰아들의 병원비도 정산할 수 없는 지경이 되었다. 두 사람은 끝없이 하수 터널 아래로 미끄러져 내려가는 기분이었다.

평온이 고팠다.

죽음이란 것은 어쩌면 신이 주는 최고의 선물일지도 몰랐다. 그렇게 생각하니 정말이지 가벼워졌다. 가진 것 전부를 누구에게 입금해 버린 기분이었다.

그는 어젯밤 그 시간이 아른거렸다. 대화를 나눌 때 아내는 눈빛이 몹시 맑아졌다. 그 눈은 지금 이 시각까지 그대로 영롱하다. 그래, 몹시 목말랐던 거야. 다 버리고 함께 떠나자는 말을 기다렸던 거다. 아내도 죽음이 살길이라는 것을 알고 있었다. 미안함을 느꼈다.

두 사람은 어젯밤, 계획을 꼼꼼하게 점검한 후 모처럼 맥주를 마셨다. 그리고 잠든 둘째 아들을 옆으로 밀어내고 격렬하게 몸을 부대졌다. 취기 때문인지 아니면 간만의 흥분 때문인지 두 사람의 몸은 누구에게 맞은 것처럼 붉게 상기되었다.

부엌도 아니고 거실도 아닌 좁은 공간은 어느새 쇼팽의 녹턴이 끝나고 라벨의 〈치간〉이 퍼지고 있었다. 일품인 연주. 그는 역시 느뵈를 잘 골랐다고 생각했다.

"내가 먼저 마시면 되는 거지."

눈앞에는 어젯밤의 맥주처럼 차가운 독약이 놓여 있다.

아내는 고개를 끄덕였다.

"금방 따라갈게."

"마음 바뀌면 안 해도 된다."

"아니. 따라갈 거야. 그러니 걱정하지 마."

그는 잔을 입가에 가져갔다.

달그락거리는 얼음 하나를 입안에 넣고는 딸려 들어오는 액체를 머금었다. 눈을 감았다. 삼키면 된다. 슬프지 않았다. 이제 어떻게 될지 궁금하지도 않았다. 그저 시선이 눈처럼 하얗게 변하고 마음이 평온해졌으면 좋겠다고 생각했다.

액체를 머금은 채 꾹 감은 눈을 떴다. 그를 보고 있는 아내 눈이 흔들리고 있었다. 아내를 보자 눈물이 왈칵 솟았다. 차마 삼키지 못하고 그만 뱉어버렸다. 그러자 아내가 벌떡 일어났다.

"무슨 짓이야!"

아내는 바람처럼 식탁을 넘어와 잔을 잡은 그의 손을 잡아 들더니 그의 입에 도로 갖다 댔다.

아내의 의지는 강했다.

이렇게 살 수 없다는 눈빛.

되돌아가면 다시 결심하기 힘들어진다는 입술.

그럴 줄 알았어. 당신 혼자는 무리야. 참아. 참아야 해. 마셔, 마셔야 해. 제발 참고 다 마셔. 금방 끝날거야.

아내는 마른 눈으로 그렇게 외치고 있었다.

그는 두려워졌다.

그렁그렁한 눈이 된 채 자신의 입에 힘을 밀어 넣고 있는 아내. 아내의 힘을 밀어내지도, 또 받아내지도 못한 채 울먹이는 자신.

챙강, 컵이 깨졌다.

아내가 주저앉았다.

그는 싱크대에 목을 늘리고 캑캑, 토악질해댔다.

식탁 아래에서 아내는 입술을 질경였다.

"……이러면 안 되는 거잖아. 나도 힘들어진다고. 당신 때문에 간신히 결심한 건데."

그는 질퍽한 얼굴로 무릎을 꿇었다. 아내를 얼싸안았다.

"……다시 살자. 살아보자."

"어설프게 살면 더 비참해지기만 할 뿐이라고!"

아내는 펑펑 울었다.

"소연아, 나 겁나."

"나도! 나도 겁나!"

아내는 저쪽에 누워 있는 둘째가 뒤척일 정도로 큰 소리로 울었다. 단단한 것이 한번 무너지면 이렇게도 모래알 같을까.

"그러니 살자. 내가 잘할게."

둘은 서로 부둥켜안고 엉엉 울었다. 그의 등을 움켜잡은 아내의 주먹이 바르르 떨렸다. 그는 가느다란 아내 빗장뼈에 코를 박고 숨을 들이켰다. 이렇게는 죽지 않겠노라고 맹세했다. 죽음이란 사는 것이다. 살아서, 살아가는 것이 쌓여서 죽음이 되는 것이다. 사는 것이 다 되어야 죽는 것이다.

이렇게 단숨에 끊어버린다는 것은 죽음에 이르는 길이 아니다.

그는 살겠노라고 다짐했다. 그때였다.

어딘가에서 부스럭거리는 소리가 들렸다.

아내가 번쩍 고개를 들었다. 그의 어깨 너머로 무언가를 본 그녀는 그를 밀치고 바람처럼 저쪽으로 기어갔다.

안방 입구. 재민이가 앉아 있었다.

언제 깬 건지, 일곱 살짜리 녀석은 자기가 좋아하는 크림 빵을 찾아 들고는 웃고 있었다.

"뱉어!"

아내는 크림빵을 씹은 재민의 뒤통수를 손으로 쳤다. 너무도 빨라서 그는 아내가 휘두른 팔이 오른손인지 왼손인지 기억하지 못했다.

빠각.

제법 큰 소리가 나며 재민이는 입에 든 것을 뱉었고 맹렬하게 울었다.

때마침 〈치간〉이 끝났다.

2

그 노신사는 2월의 밤 11시가 지난 시간, 창덕궁 옆 현대 사옥 앞에서 택시에 올랐다.

노신사는 타자마자 담배를 피웠냐고 따졌다. 그는 몰랐지만, 택시 안에 담배 쩐내가 가득한 모양이었다. 이 택시는 교대용 택시였고 낮에 몰았던 기사가 냄새를 남겼을 터였지만 그는 대신 죄송하다고 사과했다. 뒷좌석 창을 조금 내려주었다. 노신사는 한남동으로 가자고 말한 뒤 입을 닫았다.

뒷거울로 흘끔거렸다.

검은 코트를 입은 백발의 신사였다.

날카로운 눈가에 굵은 주름 서너 개가 가지를 펴고 있었다. 가죽 장갑을 움켜쥔 두 손을 독수리 대가리를 조각한 지팡이 손잡이 위에 겹쳐 올리고 매섭게 창밖을 노려보는 모습이 뭔가 불만이 가득한 듯했다.

안국역을 지나자 차가 막혔다. 도로 공사를 하는 바람에 세 개의 차선이 하나로 이어지고 있었다.

택시를 멈추고 서 있을 때.

뒤에서 말했다.

"멍청한 놈은 방황하고, 똑똑한 놈은 여행하는 법이지."

거울로 손님을 보았다.

노신사 역시 거울을 보고 있었다.

"돈 때문에 모든 게 어긋났구먼."

"무슨 말입니까?"

"사는 건 원래부터 비참해. 그러니 여행한다 생각하란 말일세. 돈 때문에 목숨을 버리는 짓 따윈 다신 말아."

턱하고 숨이 막혔다.

"어르신은 누구신지?"

"누구긴, 손님이지."

"저를 아세요?"

"내가 자네를 어떻게 알아?"

뒤차가 빵빵거렸다. 어서 가게. 그는 차를 몰았다. 노란 가로등 꽃 잎이 번들번들 택시 유리창을 어른거렸고 사방은 고요했다.

택시는 광화문 광장을 지나 시청 옆 대기 선에서 신호를 받고 다시 정차했다.

"돈이 필요한가?"

대답하지 않았다.

"돈이 필요한가 말이다."

희한하게도 그 말이 몹시도 달콤하게 들렸다.

문득 외할머니가 동화책을 덮으며 했던 말이 떠올랐다. 세상은 자 정 작용이 있어서 어떤 자는 어떤 자를 돕기 마련이고 도움을 받는 자는 또 다른 이를 돕게 된단다. 크리스마스는 한참 전에 지났지만 영화 같은 일이 벌어지려는 것이 아닐까. 수상한 밤에 신이 사람으 로 활현하여 불쌍한 주인공을 도와주는 크리스마스 같은 이야기. 영 화 〈브루스 올마이티〉에서 주인공 앞에 나타난 청소부 모건 프리먼처럼.

"필요합니다."

대뜸 큰 소리로 그렇다고 말했다.

노인은 그럴 줄 알았다는 듯 곧장 말했다.

"차를 돌리게."

큰 소리로 대답한 것이 옳았던 것일까.

"목적지를 바꾸세."

차를 돌렸다.

한 명도 돌아다니지 않는 명동의 어두운 골목을 지나 노신사가 걸음을 멈춘 곳은 허름한 6층짜리 건물이었다. 노신사는 들어가 5층으로 올라갔다. 그는 70년대에 지어진 건물에서나 볼 수 있는 황동으로 끝을 마감한 길고 넓은 계단을 밟으며 노신사를 따라갔다.

아폴론 저축은행.

입구에 중요 부분을 가린 커다란 그리스 석상이 서 있었다. 그리스신화에 나오는 아폴론 신인 것 같았다. 허옇고 길쭉한 다리에는 누가 구둣발로 차댔는지 검은 고무 자국들이 꼬질꼬질 묻어 있었다.

들어가자 환하고 넓은 실내가 펼쳐졌다.

쭉 늘어선 창구가 있고 자리마다 담당자가 고객을 하나씩 맡아 상담하고 있었다. 뒷벽에 걸린 실내용 현수막에는 '신용대출 상담'이라는 글자가 뚜렷했다.

분명 은행이었다.

사람이 많았다.

주식 시장과 경마장 중간쯤 되는 분위기랄까, 아니 야간 작전하는 어느 국가의 정보부 사무실 같기도 했다. 밤낮이 바뀐 지구 반대편 나라의 다른 시간 속에 와 있는 것일까.

그들은 저마다 종이에 무언가를 쓰고 누군가에게 전화하며 서성 거렸다. 잡지꽂이 옆 긴 의자에도 많은 이들이 줄지어 앉아 있다.

"이 시간에 영업하는 은행도 있나요?"

"우리가 모르는 시간에도 세상은 바쁘게 돌아가지."

"뭐 하는 사람들이죠?"

"대출받으러 온 사람들이지. 자, 받게."

노신사는 번호표를 뽑아 그에게 건넸다.

그가 자신은 신용불량자여서 대출이 불가능하다고 하자 노신사는 눈을 찡그리며 말했다.

"행운을 비네."

혼자 앉아 20분쯤 기다렸고 차례가 오자 주섬주섬 번호표를 챙겨 창구로 갔다.

창구 담당자는 뿔테 안경을 쓴 두툼한 볼을 가진 사내였다.

담당자는 제 앞에 앉은 그에게 눈길을 돌리지 않고 무언가를 쓰고 있었다.

번호표를 접시에 넣었다.

옆자리 창구 직원이 뿔테 안경을 쓴 창구 담당자에게 도장을 얻어 갔고, 다시 서류 몇 장을 보이며 이것저것을 물어댔다. 뿔테 안경은 동료가 묻는 말에 능숙하게 답을 준다. 꽤 호봉이 높은 사람 같았다.

뿔테 안경은 그제야 얼굴을 들었다.

"기다리게 해서 죄송합니다. 무엇을 도와드릴까요."

"……그, 그게."

"우선 신분증 주시구요."

대뜸 요구에, 지갑에서 운전면허증을 꺼냈다. 뿔테 안경은 그것을
자판기 위에 올려두고 주민등록번호를 입력했다. 유리막 건너편에
서 또각또각 자판을 두들기는 소리가 날 때마다 가슴이 콩닥거렸다.

뿔테 안경이 모니터를 보며 말했다.

"9억 5천만 원, 가능합니다."

9억 뭐? 얼마라고?

잘못 들었나?

"전부 찾으실 거죠?"

9억이라니, 이게 무슨 소리지? 주민등록번호 입력을 잘못했겠지.
그는 고개를 몇 번 흔들거렸다. 귀도 돌려 팠다.

"고객님?"

"네?"

"전부 찾으실 거냐구요."

"……전부 찾아야 하나요?"

"9억 5천만 원 전부 찾으셔도 되고 일부만 찾으셔도 됩니다."

"전부 찾을게요."

얼떨결에 그러겠다고 했다.

뿔테 안경은 상체를 옆으로 기울여 자신의 맨 아래 서랍에서 서류
넷 장을 꺼내더니 길이와 형태가 다른 도장 서너 개를 콕콕 찍고는

그에게 내밀었다.

"그 서류에 동그라미 친 부분에만 사인해서 주세요."

뿔테 안경은 유리막 너머로 태블릿 PC도 내밀었다.

"그리고 이 태블릿은 아직 건드리지 마시구요. 서명하는 난을 제가 알려드릴게요. 펜은 고객님 옆에 있습니다."

진짜다.

진짜 돈을 빌려주려는 것이다.

한 손에는 볼펜을, 한 손에는 태블릿 펜을 잡은 그는 서류에 눈을 두지 않고 그저 뿔테 안경만 바라보고 있었다.

"……어, 얼마가 대출된다구요?"

뿔테 안경이 바쁜 손을 멈추었다.

그의 눈이 흔들리는 것을 본 뿔테는 짜증스러워하는 표정을 지으며 모니터에 시선을 두었다.

"이자 5퍼센트를 제외하고 대출 가능 금액은 9억 5천만 원입니다."

"제가 9억까지 대출할 수 있단 말인가요?"

"아니요. 9억 5천만 원까지."

"그러니까 그 돈을 빌릴 수 있다?"

"가능합니다."

"담보는 없는데."

"담보는 필요하지 않습니다."

90만 원도, 900만 원도, 9천만 원도 아닌 9억이라니. 그것도 무담보로.

"대출하시겠습니까?"

바쁘니까 빨리 결정하라는 표정.

당장 고개를 끄덕였다.

그는 확신했다. 전산 착오가 있는 게 분명하다고.

자신의 신용 등급을 알면 저 뿔테 안경은 방금 한 말을 철회할 것이 뻔하기에 그는 재빨리 처리하고 싶었다. 돈이 생기는 것이 중요했다. 설사 그게 불법적인 돈이라도, 아니 남의 돈이라도 좋았다. 누가 그 돈을 주며 간을 빼 달라면 흔쾌히 내줄 작정이었다.

자신을 살리고 아내를 살리고 무엇보다 아픈 아들을 살려야만 했다.

서류에 정신없이 서명했다.

그러는 동안 뿔테 안경은 주민등록증을 들고 복사기로 갔다. 신분증을 복사한 뿔테 안경은 더욱 부산하게 움직였다.

그와 뿔테 안경은 함께 태블릿 화면을 보았다. 태블릿 펜으로 뿔테 안경이 가리키는 지점마다 사인했다. 느긋한 담당자의 손놀림과 다급한 고객의 손놀림이 태블릿 액정 위에서 춤을 추었다.

"저희 은행 계좌를 하나 만드셔야 하는데요."

뿔테 안경은 그에게 통장을 개설해야만 입금 절차가 진행된다고 말했다. 뭐가 문제랴. 당장 신규로 통장을 만들었다.

뿔테 안경은 여러 번 자판을 두들기며 모니터에서 뭔가를 확인했다. 그러는 내내 신용 거래 정지 상태인 자신의 신용도가 들키지 않을까 그는 조마조마했다.

20분쯤 뒤.

뿔테 안경은 플라스틱 접시에 그의 신분증과 통장을 올려서 내밀었다. 표지에 아폴론 석고상이 그려진 통장의 첫 면에는 그의 이름이 반듯하게 새겨져 있다. 한 장을 더 넘기니 맨 위에 깨끗한 한 줄의 내역이 보인다.

9억 5천만 원이 들어 있는.

서둘러 등을 돌렸다. 빨리 이곳을 벗어나야만 했다.

나가는 문은 왼쪽에 있었다.

"헛, 잠시만요."

뒤에서 뿔테가 그를 불렀다.

눈을 질끈 감았다.

뿔테 안경은 뒤에서 "허 참, 어허 참" 하는 소리를 연거푸 냈다.

젠장맞을. 들켰구나.

뿔테 안경은 돈을 빌릴 수 없는 자에게 대출이 나갔다는 것을 뒤늦게 깨달은 모양이었다.

"고객님."

간신히 몸을 돌려 창구 유리판 너머를 바라보았다.

"본사에서 서비스 품질 설문 문자가 오면 잘 좀 부탁합니다. 여기……."

뿔테 안경은 명함을 내밀며 비굴하게 웃고 있었다.

받았다.

"그리고 이것도."

뿔테 안경은 서류 봉투를 내밀었다.

"드리는 걸 깜박했네요. 대출 약관입니다. 돌아가서서 꼭 읽어보세요."

받았다.

나가려다 그는 다시 앉았다.

결국은 크게 복잡해진다고 생각했다. 나락에서 더 깊은 나락으로 갈 게 뻔했다. 금융 사기범으로 고소당할지도 모른다.

"이 돈, 저에게 왜 주시는 건가요?"

작성한 서류들을 한쪽으로 정리하던 뿔테 안경은 그의 질문에 자세를 바로잡았다.

두꺼운 뿔테 안경 속 담당자의 두툼한 눈두덩이가 납작해졌다.

"모르고 오셨어요?"

"모릅니다. 아무것도."

"신분증, 다시 줘보세요."

담당자는 처음부터 다시 시작하겠다는 표정을 지었다.

신분증을 받은 뿔테 안경은 그의 주민등록번호를 입력하고 한참 동안 모니터를 보았다.

이번에는 좀 성의 없는 어투였다.

"고객님이 보유하신 시중 은행 통장은 마이너스 통장까지 총 다섯 개네요. 오늘 이 시각, 현재, 잔고는 400만 원 정도이고요. 정확히 432만 4천 530원."

그렇다.

그가 대학을 졸업하고 사회에 첫발을 디딘 후 만들어놓은 통장은 총 다섯 개였다. 대학교에서 만든 통장 하나, 첫 회사에서 만든 월급 통장 하나, 신혼 초에 주식에 빠졌을 때 만든 계좌 하나, 마이너스 통장 하나, 그리고 택시 회사에서 급여를 입금하는 통장. 첫 회사에서 만든 통장과 택시 회사 통장을 제외하면 전부 휴면 계좌였다. 잔고도 그럴 것이다.

지난달까지 잔고는 400만 원 언저리였다가 저번 주에 회사에서 월급이 입금되어서 600만 원 정도가 있을 것이다. 내일 오전이 되면 거기서 월세로 115만 원이 나간다. 그러면 다시 400 얼마의 잔고가 남을 터였다.

그 돈이 두 아이와 아내를 둔 그의 전 재산이었다.

"모르시고 오셨다니까 설명해드리는 건데요, 우리 아폴론 저축은행은 3개월 단위로 고객님의 미래 잔액을 추적합니다."

뿔테 안경은 그렇게 말하고 입을 닫았다.

또각또각.

그는 검지만으로 화살표 키를 간헐적으로 두들겼다. 남의 일기를 검사하는 교장 선생님처럼 모니터에 보이는 무언가들을 확인하며 커서를 옮기고 있었다.

이윽고 안경을 벗어 넥타이로 닦으며 문제없다는 표정을 지었다.

"대출 가능합니다. 고객님 통장에는 곧 10억이 들어옵니다."

"곧?"

"네. 곧."

"곧 언제요?"

"올해 안에요."

그는 눈을 몇 번 슴벅였다.

"올해 안에?"

"규정이라서 더는 말씀드릴 수 없습니다. 금액 확인 이외 미래의 구체적인 일은 제공할 수 없습니다."

"지금이 2월인데, 대체 올해 언제요?"

"말씀드릴 수 없습니다."

"그러니까 올해 안에, 제 통장에 10억이 있다?"

"네. 올해 안에."

설마, 공모전에 당선되나?

그러고 보니 5월 22일은 공모전 발표 날짜이다. 그는 얼마 전 틈틈이 써온 원고를 거액이 걸린 시나리오 공모전에 투고했다. 물론 아내 모르게 해치운 일이다.

1등이 된다면 시상하고 이것저것 서류를 제출하면 얼추 6개월 뒤 상금이 입금될 수 있다.

그런데 공모전 상금이 10억이나 되던가?

아니면,

조 편집장이 자기 출판사의 메인 작가인 정수정 작가의 신작 장편소설을 미국 넷플릭스 담당 바이어한테 세일즈할 때 내 장편소설도 요약해서 보내겠다는데 그게 팔리나?

넷플릭스 본사에서 최종 계약 승인이 나고 계약 서류들이 오가고, 변호사의 공증을 받고, 자금이 집행되고, 그것이 출판사로 갔다가 작가 통장으로 입금되면 얼추 6개월쯤 걸리나?

"어느 통장인가요? 10억이 입금된다는 제 통장이? 두 개 외에는 전부 안 쓰는 통장일 텐데."

"그것도 말씀드릴 수 없습니다."

그는 아폴론 석고상이 그려진 통장을 흔들었다.

"이 통장 안에 든 돈…… 그러니까 제가 미래의 돈을 빌린 거라구요?"

"그렇습니다."

"미래에 돈이 들어온다는 것을 어떻게 알 수가 있죠? 미래의 일은 알 수 없는 거잖아요."

"바로 그겁니다. 그 어려운 것을 우리가 해낸 것입니다. 아폴론 신 아시죠? 사람들이 '태양의 신'이라고 하는 그 신 말입니다. 사실 그건 나중에 붙여진 이름이구요, 원래 아폴론 신은 신탁의 신, 그러니까 예언의 신입니다. 우리 아폴론 저축은행은 고객님의 미래 잔액을 파악하고 총 잔액 중 원하시는 만큼, 선이자 5퍼센트를 떼고 미리 당겨쓸 수 있도록 지원합니다. 돈이 아쉬울 때 자신이 벌 미래의 돈을 미리 이용할 수 있지요. 어때요? 아주 매력적이죠? 은행 이름도 딱 좋죠? 다시 말씀드리지만 어떻게 잔액을 파악하느냐고는 묻지 마세요. 그건 규정상 어긋나는 일이어서 말씀드릴 수 없습니다."

아폴론 저축은행이 고객의 미래 잔고를 어떻게 확인하는 것인지, 왜 그런 좋은, 아니 그런 매력적인 일을 하는지, 전혀 알고 싶지 않았다.

올해 안에 그의 통장에는 누군가, 혹은 어딘가에서 보낸 거액이 입금되어 있단다. 그는 그 돈을 지금 미리 당겨쓸 수 있단다. 아니, 돈이 입금된 통장을 이미 받았다.

그는 안도했다.

급한 불을 끌 돈이 생겼다. 그것도 거액이.

조금씩 신이 났다.

남의 돈을 빌리는 것도 아니고 신장을 파는 것도 아니다. 어차피 내 돈을 내가 쓰는 것. 5퍼센트라는 이자가 나가는 것이니 이들에게 감사할 일도 아니다.

그는 영화 시나리오 쓰던 때가 떠올랐다.

작업한 비용이 입금되는 날짜와 집 월세를 내는 날짜가 어긋나 몹시 괴롭던 날들이었다. 영화사는 월말에 작업비를 지급하겠다고 하고, 당장 15일에 월세를 내야 하는 상황이 오면 그는 시간과 돈의 이격에 머무르게 된다. 그 보름 동안 일명 보릿고개를 치르는 것이다. 그때마다 선배에게 후배에게 몇십만 원씩 꾸고 월말에 도로 갚았다. 그럴 때면 월말에 받을 돈을 보름만 미리 당겨 받으면 얼마나 좋을까, 하고 늘 상상했다. 정신적으로 힘들었다. 그런 비루함이 싫어 글 쓰는 일을 그만두고 택시를 몰았다.

고객님, 제 말 듣고 있어요? 뿔테 안경의 짜증 섞인 목소리에 퍼뜩 정신을 가다듬었다.

마지막으로 확인 사살 한 번 더 하고.

"계좌에 얼마가 있다고 했지요?"

"10억입니다."

"올해 안에 10억?"

"고객님, 그만 물으시죠."

뿔테 안경은 그에게 신분증을 돌려주고 버저를 눌러 다음 번호 손님을 불렀다.

일어나니 노신사가 잡지를 접고 다가왔다. 문틈으로 들여다본 사람처럼 히숙대는 얼굴이었다.

"10억이라, 자네는 곧 좋은 일이 벌어질 운명이었구먼. 목숨을 버렸다면 큰일 날 뻔했어."

"이런 은행이 있는 줄 몰랐네요."

"표정이 왜 그런가? 자네한테 좋은 일이 생긴 게 아닌가."

"……."

"왜? 중이 머리끄덩이 잡고 싸운 이야기 같은가? 손에 쥔 통장을 눈으로 보고도 그러나? 미래에 받을 돈을 미리 쓸 수 있다는 건 꽤 도움이 되지."

"이 돈을 써도 되는지 모르겠습니다."

"안 쓸 건 또 뭐고?"

"1년 만에 그런 큰돈이 내 통장에 꽂힐 리가 없잖아요."

"인생은 모르는 것이지. 미래를 단정 짓지 말게."

"이 통장…… 진짜 돈이 들어 있나요?"

"의심 나면 확인해보게."

노신사가 ATM을 가리켰다. 막 만든 통장을 밀어 넣고 만 원을 인출해보았다.

드륵.

출금 공간이 열리며 빳빳한 만 원이 나왔다. 수수료 700원이 빠지고.

"오호호."

그와 노신사는 얼싸안고 환호했다.

껴안은 노신사는 그에게서 떨어지려 하지 않았다.

"헙, 답답하네요. 어, 어르신. 그렇게 세게 안으시면……."

노신사는 그의 귀에 대고 속삭였다.

"밥값은 줘야 하지 않겠나."

그가 노신사를 떼어내려 했지만, 노신사는 더욱 그를 자신의 가슴에 달라붙도록 힘을 주었다.

늙은이의 본심을 알게 되자 씁쓸했다.

"놔주셔야 돈을 드리죠……."

다시 ATM에 통장을 넣고 10만 원을 꺼내 내밀었다.

노신사는 얼굴을 붉히며 몹시 화를 냈다. 노신사는 그의 코앞에 대고 손가락질하며 대놓고 고함을 질렀다. 주변 사람들이 돌아보았다. 창구 끝에 서 있던 경비원이 벨트에 손을 걸고 슬슬 걸어왔다.

100만 원을 인출해 건네자 노신사는 다시 인자한 표정이 되더니 그의 어깨를 두들기며 어디 가서 소주나 마시자고 제안했다.

"택시를 함부로 주차해놔서요. 이만 가볼게요."

기분이 나빠진 그는 건물을 빠져나왔다.

3

수술은 성공적이었다.

게다가 매번 영국에서 사들여 와야 했던 비싼 약보다 성능을 업그레이드한 국산 신약의 임상 피험자로 선택되었는데 그 약이 효과가 있었다.

큰아이는 완치 판정을 받았다.

병원은 당장 퇴원해도 좋다고 했다. 그도 어리둥절했지만, 병원도 마찬가지였다. 난치병 환자가 몇 달 새 이런 차도를 보인 적은 없었다는 것. 그는 일련의 일들에 그저 멍했다. 깨니 영화가 끝나 일어나는 기분이었다. 2년 전 실려서 들어갔던 큰아이는 걸어서 병원을 나왔다.

9억 5천이란 돈은 단비와 같았다.

사채와 은행 빚을 전부 갚고 아들 수술비와 입원비도 전부 해결했다. 신용불량자 딱지도 뗐다. 가족이 탈 작은 준중형차도 장만했다. 둘째 녀석 입학식 가방도 당연히.

그들은 반지하 원룸 월세에서 벗어나 노원구의 깨끗한 24평 아파트 전세를 얻었다. 아파트 다용도실 세탁기 앞에서 쪼그리고 앉아 엉엉 우는 아내 등을 바라보며 미소를 지었다.

'여보. 그동안 힘들었지? 이제 고생 그만해도 돼.'

그간 고생의 무게를 벗은 탓일까. 아내의 여린 등은 유난히 서럽게 흔들렸다.

비록 자신 이름의 집 한 채는 장만할 수는 없었지만 그게 뭐가 문제인가. 서울에서 집 없는 사람이 어디 한둘인가. 아들이 건강해졌고 다시 삶의 수면 위로 고개를 내밀게 된 것만으로 충분했다.

열심히 글을 쓰고 살면 족하다고 생각했다.

지금은 9월 중순.

그즈음 그에게는 나오지 않는 트림처럼 불편한 게 있었다.

뿔테 안경이 말한 올해 안에 반드시 들어온다던 그 돈은 아직 들어

오지 않았다. 당장 내일 들어올 수도 있고 두 달 뒤 연말에 들어올 수도 있다. 그것도 아니라면 올해의 마지막 날인 12월 31일일 수도.

공모전 예심은 일찌감치 떨어졌다. 넷플릭스에 보낸 시놉시스는 거절당했다. 지금 그에게 들어올 예정인 돈은 고작 SF 잡지에 실린 단편을 판 금액 70만 원이 전부이다. 게다 현재 소일거리 없이 놀고 있다. 생활비는 아내가 번다. 아내는 여전히 정수기를 팔고 있다. 대체 어떻게 올해 안에 10억이 생긴다는 거지? 처음에는 기대감에 하루하루를 보냈지만, 시간이 흐를수록 기분이 이상했다.

며칠이 지났다.

그는 우편함에서 무언가를 발견하고 주저앉을 뻔했다. A4 규격 봉투. 그것은 아내가 큰아이 명의로 든 사망보험금을 갱신한다는 증서였다.

"이게 뭐야?"

"수민이 보험증서."

"언제 든 건데?"

"작년에."

"이런 걸 왜 들었어?"

아내는 그를 노려보았다.

"그럼 안 들어? 그땐 다들 죽는다고 생각했잖아. 병원에서도 그렇게 말했고!"

"이런 우라질! 그래서 애가 죽기를 바랐던 거냐?"

"수민 아빠!" 아내 눈이 이글거렸다.

아내 심정을 이해하지 못하는 게 아니었다. 그들이 지옥에서 살던 당시, 아내가 그러지 않았다면 그가 그랬을 터였다. 치료할 수 없는 병이라면 첫째의 목숨값으로 남은 셋이 살아야 했다.

하나 지금 그가 이렇게 화를 내는 것은 다른 문제였다.

증서 내용의 주요 골자는 큰아들이 죽으면 보험금 10억을 받게 되어 있었다.

아폴론 저축은행에서 알아낸 정보, 자신의 통장에 들어온 그 거액의 돈은 혹시 수민이의 목숨값일까?

그렇다면 올해 안에 수민이가 죽는다는 뜻?

아닐 거야.

병원에서는 큰아이의 병이 완치되었다고 말했다. 수민이는 지금 뛰고 걷고 웃을 수 있다. 오늘도 친구들과 아파트 놀이터에 나갔다. 이젠 약도 먹지 않는다.

그런 아이가 죽는다고?

암이 재발하는 것일까.

저번 달, 병원에 갔을 때 의사는 건강에 아무런 문제가 없다고 말했다. 그래, 그 병이 몇 달 새 죽을 만큼 나빠지는 병이 아니야.

설마, 수민이한테 교통사고가?

살펴보니 사망보험증서는 암보험이었다. 교통사고에 관한 특약은 없었다. 아내가 든 보험은 오직 큰아이가 앓았던 그 희귀암으로 사망할 시에 10억이 지급된다는 내용이었다.

그럴 리가 없어. 그래서는 안 돼.

은행에서 말한 미래의 10억은 수민이가 죽어서 받는 돈이 아닐 거야. 공교롭게도 아내가 든 이 사망보험금과 금액이 일치할 뿐이야.

요즘 보장 좋은 보험 상품들은 지급액이 높다고. 물가가 얼마나 올랐는데. 10억 정도는 어떤 보험이든 너끈히 보장해. TV를 보면 다들 10억, 10억 하잖아. 그러니 꼭 이거라고 할 수 없지.

그는 미래의 10억과 아들의 보장금 10억이 같지 않다고 되뇌었다.

그는 정신없이 생각하고 생각했다.

맞아. 로또!

내가 올해 안에 로또에 당첨되는 거야. 그래서 세금 떼고 10억을 받는 거야. 그것밖에 없어.

당장 가자.

그는 로또를 사기 위해 신발을 신었다. 서랍에 아내가 넣어둔 현금 80만 원을 모조리 챙겼다.

'씨팔, 이 돈으로 전부 사버릴 거야. 서울 시내를 다 돌아다니며 사야겠어!'

아파트 앞 로또 방으로 가는 동안 그는 몇 번을 주저앉았다. 걸을 수가 없었다. 다른 생각을 하고 싶었으나 자꾸 아들로 귀결되었다.

'수민이한테 안 좋은 일이 생겨서 들어오는 돈이 분명한데……'

다리가 후들거려서 로또 사는 걸 포기하고 단지 안 이팝나무 그늘이 드리워진 벤치에 앉았다. 안전모를 쓴 아이 서너 명이 자전거를 타고 벤치 앞으로 훅훅, 지나갔다.

그 아이들을 보니 수민이, 재민이 생각이 나 울컥했다.

그때 반대쪽에서 그를 부르는 소리가 들렸다.

큰아들 수민이가 자전거를 타고 이쪽으로 오고 있었다. 뒤처진 채 먼저 간 아이들을 따라가고 있었다. 수민이는 아팠던 동안 멀어졌던 친구들과 치열하게 가까워지는 중이었다.

수민이는 친구들을 따라가는 것을 그만두고 아빠 쪽으로 시선을 고정했다.

"아빠, 나 타는 거 봐요!"

아이는 자기도 자전거를 탈 수 있다는 것을 아빠한테 보여주고 싶은지 이쪽으로 오면서 핸들에서 두 손을 놓았다.

"야, 야. 똑바로 타!"

역시였다. 수민이는 왼쪽으로 기울어질 듯하다가 요령껏 중심을 잡고 자전거를 멈췄다.

"헤헤."

그의 시선은 수민이 너머에 있었다. 저쪽, 택배 트럭이 슬슬 움직이기 시작했다.

302동 3, 4 라인 앞에 뒷문이 열린 채 세워져 있던 택배 트럭이었다. 트럭은 기어가 풀렸는지 바닥에 잔뜩 내려놓은 상자들을 짓뭉개고 경사면 아래로 움직였다.

수민이는 가속도가 붙어 내려오는 트럭을 뒤로한 채 자전거 위에서 환하게 웃는 중이었다.

달려갔다. 안고 굴렀다.

수민이 자전거가 트럭 뒷바퀴로 빨려 들어갔다. 트럭은 압출 기계처럼 자전거를 반쯤 잡아먹고서야 정지했다. 트럭 기사가 달려와 괜찮냐고 물었다.

그는 큰아들을 안은 채 콘크리트 바닥에 이마를 대고 벌벌 떨고 있었다.

'분명해!'

암이 아니어도, 교통사고가 아니어도 큰아들의 목숨이 위태롭나는 것을 직감했다. 올해 안에 10억이 들어온다는 것은 올해 안에 아들이 위험하다는 뜻이다.

'이놈이 죽는 거야. 이놈 운명을 바꾸어야 해!'

집으로 돌아간 그는 아들의 보험증서를 갈기갈기 찢었다.

미친, 아들의 목숨값으로 차도 사고 집도 구하고 잔치를 벌였단 말인가?

그때 스치는 어떤 생각.

'입금자가 누구인지 확인하면 되잖아!'

방법은 그것뿐이다.

지갑을 뒤졌다.

뿔테 안경이 주었던 명함을 찾았다.

왜 진즉 그 생각을 하지 못했을까.

아폴론 저축은행 대출 창구의 뿔테 안경한테 물어보면 될 터였다. 돈을 빌리던 그날, 뿔테 안경은 그의 어느 한 통장에 10억이 입금되어 있다고 분명히 확인해주었다. 그렇다면 뿔테인경은 누가 그에게 돈을 입금했는지도 알 터다. 통장에는 입금자가 표기되는 게 당연하니까.

명함에 찍힌 070으로 된 창구 전화번호를 눌렀다. 신호만 갈 뿐 받지 않았다.

직접 만나는 게 옳았다.

주차장으로 달려가 시동을 걸었다. 명동으로 가야 했다.

뿔테 안경은 자기네 규정상 잔고 외는 알려줄 수 없다고 했지만, 다시 만나도 그렇게 말하겠지만, 사람이 하는 일은 규정 외의 일이 더 많은 법. 번호표를 뽑고, 신분증을 제시하고 마주 앉아 처지를 설명하자. 아이가 아팠다고 말하자. 그 돈이 아이 사망보험금인지 확인해보자. 뿔테 안경은 특유의 무표정한 얼굴로 모니터를 읽으며 자판을 두들기다가 결국 뚱하게 대답해줄 거야.

명동의 한 관광호텔 주차장에 차를 대고 허겁지겁 나왔다. 노신사를 따라갔던 골목은 쉽게 찾을 수 있었다. 허름한 6층짜리 건물은 그대로 있었다. 5층으로 올라갔다.

더럽던 그리스 석상이 보이지 않았다. 문은 사슬에 걸려 잠겨 있었다.

틈으로 안을 들여다본 그는 두 다리를 허적대며 정신없이 몸을 흔들었다.

사람들로 북적대던 그 깨끗하고 환했던 공간은 텅 빈 채 휴지 조각만 뒹굴고 있었다.

아폴론 저축은행은 사라지고 없었다.

4

비가 내리고 있었다. 그는 계단에 쪼그리고 앉았다. 네온등을 머금은 명동의 더러운 바닥에는 구정물이 춤추듯 튀기고 있었다.

머리카락을 쥐어뜯었다. 그는 하루 사이에 달라져 있었다. 눈 밑에 시커먼 멍울이 생기고 광대가 툭 불거져 있었다. 이따금 무언가를 노리는 쥐처럼 이를 갈았다.

이곳 말고 다른 지점은 없나?

아니 뿔테 안경 놈이 사는 주소라도 알 방법이 있을까?

소용없다. 은행이 파산했다고 자신의 통장에 들어올 10억이 사라지는 것은 아니었다. 10억을 보낸 주체는 아폴론 저축은행이 아니다. 은행은 그의 계좌에 입금될 돈을 미리 파악하고 돈을 빌려주는 일만 했을 뿐이다. 그리고 미래의 어느 날, 예정된 돈이 고객에게 입금되면 빌려준 돈을 돌려받을 뿐이다.

이러고 있을 때가 아니었다.

수민이를 데리고 당장 병원에 가야 했다. 수민이의 몸 상태를 확인하고 재발하기 전에 조처해야 했다.

차를 둔 관광호텔 주차장으로 뛰어가는데 저쪽에서 낯익은 사람이 보였다. 흰 바지와 양복을 입은 노신사가 흰 우산을 접으며 스타벅스로 들어가고 있었다. 곧장 그쪽으로 달려가서 노인의 덜미를 와락 움켜잡고 안으로 들이밀었다.

"어허. 이거 왜 이러나?"

"헉, 헉. 나 좀 봐요."

4개월 전, 택시에 올랐던, 자신을 미래의 돈을 대출해주는 은행으로 데리고 간 그 영감이었다.

그의 말을 찬찬히 들은 노신사는 스타벅스 계산대 쪽에 붙은 메뉴를 흘끔거리더니 딸기 피치 블렌디드를 톨 사이즈로 주문해달라고 했다. 해달라는 대로 해주었다. 노신사는 굵직한 빨대를 쪽쪽 빨며 물었다.

"아들이 죽는다는 보장은 없지 않은가."

"저도 처음에는 그렇게 생각했습니다. 그런데 시간이 갈수록 미치겠어요. 우리 집에 그런 큰돈이 들어온다면 그건 큰아이 때문입니다."

"아니지."

"아니라니요?"

"미래를 단정하지 말라고."

"영감님, 벌써 이 말을 열 번 넘게 하고 있는데요, 아무리 생각해도 그거 외에는 돈이 들어올 구석이 없어요. 아이에게 안 좋은 일이 일어나고 그 대가로 들어올 돈이라고요. 생각해보세요. 10억이란 돈이 어디 엽서 날아오듯 들어오는 돈입니까?"

깨끗한 빌딩의 스타벅스 안에 들어와 있는데도 어디선가 양철 지붕을 때리는 요란한 빗소리가 들렸다.

노신사가 티슈로 입을 닦으며 등을 폈다.

"내일 자네 택시에 탄 손님이 거액의 돈 가방을 두고 내릴 수도 있잖나?"

"저는 택시를 몰지 않습니다. 이제는요."

"그렇다면 한강에 빠져 허우적거리는 대기업 회장님 손자를 자네가 뛰어들어 구해준다면?"

"수영 못 합니다."

"이번 주에 과천에 갈 생각은 없고?"

"경마 따위······."

"코인은 안 해? 요즘 그게 대센데."

"영감님!"

그는 부들부들 떨며 노인을 바라보았다.

"방법을 알려주세요."

"내가 왜?"

그가 테이블을 밀치고 노인의 넥타이를 움켜잡았다.

"씨팔, 당신이 나를 그리로 데리고 갔잖아."

"그건 다른 문제지. 아폴론 저축은행이나 나는 자네 통장에 입금되는 거액의 원인과 아무런 관계가 없어. 그걸 왜 나한테 해결해달라고 하는가?"

그건 그렇다.

이 노인은 10억과 아무런 상관 없다. 또 10억이 들어오는 이유와도 상관없다.

그들은 미래를 보여줬을 뿐이다.

그가 벌떡 일어났다.

"그 요망한 은행을 고발해야겠어! 세상천지에 미래에 돈이 들어올지 나갈지를 어찌 알아내는가 말이오! 사기가 분명해!"

노신사는 서슬 퍼렇게 눈을 부라리는 그를 달랬다.

"앉게. 신이 인간에게 미래를 보여주실 그날까지 인간은 오직 두 단어만 기억해야 하네. 기다려라! 그리고 희망을 품어라!"

그는 노신사를 물끄러미 보았다.

뭐지?

이 노인, 설마.

그런 요망한 곳을 안내한 것부터가 수상했다.

신……인가?

역시 난데없이 주인공 앞에 나타나 인생의 의미를 알려주는 현자, 텔러, 정신적 스승, 전령관 같은 건가?

그는 신이 저 노인으로 분해 자신에게 인생의 교훈을 깨닫게 해주려는 것이 아닐까 생각했다.

"알렉상드르 뒤마……가 말했지. 아마?"

이 미친 노인네.

영감탱이 목을 비틀어버리고 싶었다.

"어허, 흥분하지 말라고. 사실 매우 단순한 일일세. 그냥 '렛 잇 비' 하게. 좋은 운일지도 모르잖아. 남은 기간 자네가 10억이 걸린 나쁜 일만 하지 않으면 되는 거지. 약관은 받았나?"

"저는 그런 운이 없어요."

"운은 계획에서 비롯되는 법일세. 약관을 받았냐고."

약관이란 말을 그제야 들은 그가 되물었다.

"약관? 무슨 약관요?"

"아폴론 은행에서 계좌를 틀 때 증서 같은 거 주지 않던가?"

주었다. 그것은 자신의 방 서랍에 있다.

그는 스마트폰을 꺼냈다. 혹시 몰라 페이지마다 내용을 하나하나 찍어놓은 게 있었다.

노신사는 안주머니에서 돋보기를 꺼냈지만, 약관을 보지 않은 채 그의 얼굴만 바라보았다.

"오늘이 9월 20일이니까 올해가 끝나려면 석 달 남짓 남았군."

"아직 안 들어왔으니까 오늘부터 12월 31일 사이의 어느 날입니다. 그 사이에 돈이 들어와요. 어느 계좌인지는 몰라요."

"'레이즈Raise 법'을 사용하게."

"레이즈 법?"

"포커 해봤나? 상대가 배팅하면 그 돈을 수락한 후 더 배팅하는 걸 레이즈라고 하지. 흔히 내 패가 좋아서 상대가 건 돈에서 판돈을 더 키울 때 쓰지."

"레이스 감는 거요? 콜 받고?"

"에허, 그 말은 잘못된 말이고. 레이스가 아니고 레이즈야."

"아무튼, 그래서요?"

"자네, 연말이 오기 전에 아폴론 저축은행 대출 통장에 10억을 채워 넣게. 그러면 자네가 걱정하는, 무슨 일일지 모를 그 일은 없었던 게 되네."

그는 무슨 말인지 몰라 노신사의 얼굴을 한참 바라보았다.

"지금 저한테 방법을 알려주고 계신 거죠?"

"그렇다니까."

그는 노신사에게 차근차근 설명해달라고 부탁했다.

"예를 하나 들어보자구. 이해하기 쉽게 금액을 좀 낮추세. 지금 이 시각을 기준으로 삼으세. 오늘부터 일주일 뒤, 자네 통장에 만 원이 입금될 예정이야. 이유는 그래, 작년에 연말정산 했지? 생길 만 원은 작년에 한 연말정산 환급금이라고 치세. 자, 이제 자네가 이 시각, 아폴론 저축은행에 가면 일주일 뒤 입금될, 작년에 한 연말정산으로 발생 예정인 만 원을 빌릴 수 있네. 물론 이자 5퍼센트를 떼고. 그렇지?"

"그렇죠. 제가 그렇게 돈을 빌렸으니까요."

"그런데 국세청이 환급한 만 원이 들어오기 전에 아폴론 저축은행 대출 통장에 만 원을 미리 넣어두라는 거지."

"그러면요?"

"아폴론은 그 돈이 대출 상환금인 줄 알고 싹 가져간단 말일세. 때가 되지도 않았는데 상환 완료로 처리해버린다고. 왜 그러냐고? 그건 나도 몰라. 아폴론 저축은행 계좌는 잔고가 있으면 무조건 잔고를 끌어가네."

"그렇게 되면요……?"

"자네가 작년에 세금 신고한 일 자체가 없어지는 거지."

"맙소사."

"어때?"

"소거消去된다는 말이군요."

"그렇지."

"좀 매력적인데요?"

"잘 생각해야 하네. 그 10억이 좋은 일로 들어와도 마찬가지야. 소거되네. 10억이 만약 자네의 로또 당첨금이어도 당첨 사실이 사라진다는 거야. 자넨 아예 로또를 사지 않은 게 될 걸세."

"으흠."

"부자들은 그 은행에서 이런 방법으로 미래에 좋지 않은 일을 소거하네. 부도덕한 방법으로 일을 벌인 후 곧바로 아폴론 저축은행에 가서 계좌를 트고 돈을 빌리지. 사람이란 예측하는 동물. 벌인 일이 아무 문제가 되지 않으면 그냥 미래의 돈이 들어올 때 대출금을 갚고 땡이지. 하지만 어떤 불길한 문제가 감지되면 대출 계좌에 자기 돈으로 냉큼 미리 채워 넣는 거야. 검찰 조사라던가, 신문에 날 만한 일, 그런 거 말이야."

"그러면 대출 발생이 사라지면서 부도덕한 일 또한 사라지는군요."

노신사는 고개를 끄덕였다.

"그렇지. 나쁜 짓을 하는 부자들은 그렇게 자기의 죄를 소거하지."

노신사는 고개를 끄덕였다.

"그러니까 생길 예정인 돈과 같은 금액을 미리 넣어두면 현상이 소거된다?"

끄덕, 끄덕.

그의 눈이 번쩍 뜨였다.

듣고 보니 정신이 맑아지는 것 같았다.

그는 스마트폰을 챙기고 일어났다.

"가려고? 비도 그쳤는데 나가서 뭐라도 좀 먹자고. 요 옆집이 머릿고기를 참 잘하는데."

나가려다 노신사 쪽으로 몸을 돌렸다.

이 노인,

아무리 생각해도 모건 프리먼 같았다.

"어르신은…… 그 내용을 어떻게 아시는 거죠?"

노신사는 탁자를 쾅쾅 쳤다.

"이 사람아. 약관에 그렇게 쓰여 있잖아!"

5

"딴 데 가서 알아보소."

"부탁합니다. 제발 좀 처리해주십시오."

"어허, 이 양반이 처돌았나. 이런 전세 계약서랑 자동차 등록증은 안 된다고. 10억이 무슨 얼라 이름인 줄 아나."

얼마간 정적이 흘렀다.

사채업자는 본인도 다소 심한 소리를 했다고 느꼈는지 말을 누그러뜨렸다.

"그만 가소. 안 되는 건 안 되는 거니까."

사채업자는 종이컵에 인스턴트커피를 붓고 정수기에서 더운물을 쪼르륵 받았다. 상표를 보니 아내가 파는 것과 같은 브랜드의 정수기였다. 정수기 외 집기는 전부 낡은 것들이었다. 베이지색 매트 재질 장판에는 검은 담배 빵이 얼마나 많은지 마치 바퀴벌레 수십 마리가 밟혀 죽은 것처럼 보인다.

그는 꼼짝도 하지 않은 채 테이블 건너 사채업자를 노려보기만 했다. 일어날 생각이 없다는 뜻을 단단히 전했다.

결국, 사채업자는 물고 있던 전자담배에서 다 피운 타바코 스틱을 뽑아내 화투장 꽂듯 바닥에 버렸다.

"와, 이 사장님, 고집이 으마으마하네."

사채업자 입에서 흐르는 담배 연기에서 수건 삶을 때 나는 비린 냄새가 풍겼다.

아내가 다녔던 다단계 정수기 회사 동료 언니의 시동생의 처남이 운영한다는 세차장은 논현동 네거리 영보빌딩 뒤 주차장에 있는 간이 컨테이너 건물이었다. 아내는 4개월 전 그가 10억을 가지고 온 것에도, 지금 10억이 필요하다는 것에도 이유를 묻지 않았다. 그 큰 돈을 빌렸으니 갚을 때가 온 것이라고 믿는 것 같았다. 아내는 어디로 가면 그 큰돈을 빌릴 수 있을지만 고민해주었다.

얼굴에 오래된 칼빵이 있는 주인은 세차장을 차려놓고 사채업을 하는 폭력배였다.

사채업자는 커피 봉지로 종이컵 안에 든 내용물을 저으면서 씩 웃었다.

"하도 그카이 어쩔 수 없네. 좋씀다. 대신 사장님과 우린 '이자제한법'대로 하면 안 돼요. 알지예?"

"상관없습니다."

"선이자 10퍼센트 떼고 복리 적용 40퍼센트 연이자라요. 중도 상환 수수료도 동일하고. 그카고 기일 내 상환하지 못하면 우린 추심 들어갑니다. 아시지예? 추심은 불법이라는 거?"

"다 괜찮습니다. 입금액은 정확하게 10억이어야 합니다."

"그라입시다. 야들아! 서류가 온나."

그는 자기 또래로 보이는 이 경상도 말을 쓰는 사채업자 폭력배가 은근히 마음에 들었다. 눈매가 서글서글했고 내뱉는 사투리도 시원시원했다. 몇 번 거절하다가도 흔쾌히 양보하는 스타일도 유쾌했다. 꽤 잘생긴 미남이었고 머리숱도 많았다.

'저런 놈 스타일을 알아. 은근 고집이 없는 놈이지. 혹 크게 사기당해도 칼을 꺼내서 몇 번 겁주다가 계속 기한을 연장해주지. 사람을 죽일 배짱이 없거든.'

그는 도장을 찍고 필요한, 아니 저들이 필요하다고 내미는 서류에 전부 서명했다.

서명한 서류는 사채업자 부하들이 가져갔다.

칼빵은 스마트폰 녹음 기능을 틀어놓고 그에게 이것저것 불합리한 내용을 설명했다.

그는 숙지하셨습니까, 라고 묻는 칼빵 말에 자신의 목소리가 녹음될 수 있도록 큰 소리로 예, 라고 여러 번 말했다. 칼빵은 그에게서 서류의 내용에 전부 동의한다는 녹음을 받았다.

연말까지는 근 두 달이 남았다.

칼빵이 돈을 보내주면 아폴론 저축은행 대출 통장에 10억을 넣어두어야 했다.

노신사 말대로 해야 했다.

10억이 불행한 일 때문에 생기는 돈이라면, 예를 들어 아내가 든 아들의 사망보험금 같은 거라면, 막을 방법이 존재한다.

레이즈.

감아야 한다.

미래의 10억이 입금되기 전에 대출금 통장에 빌린 금액을 똑같이 넣어두고, 그 빚어먹을 은행이 가져가게 하는 것이다. 그렇게 되면 그 돈과 관계된 과거는 전부 소거된다. 수민이의 죽음은 없었던 일이 되는 것이다.

레이즈 법을 듣기 전에는 아이에게 어떤 일이 일어날지 걱정되어 안절부절못했지만 레이즈 법을 안 지금은 오히려 쾌재를 불러야 했다.

미리 돈을 넣어두면 큰아들을 잃는 것이 아니라 아이가 병을 앓았던 일 자체가 없던 것이 된다. 병이 완전히 사라지게 하는 것이니 재발의 위험도 제거된다.

대신 10억이라는 사채를 지게 된다. 그는 이 칼빵 사채업자에게 빌린 10억을 떼먹을 생각이 없었다.

묘안이 있었다.

그에게는 연말까지 10억이 들어온다. 그 돈이 들어오면 갚을 생각이었다. 한 달 정도의 고이자는 감당할 수 있다.

지금부터 두 달 사이에 어떠한 일로 10억이 생긴다면 좋은 일로 생기길 바라야 했다.

기다려라!

그리고 희망을 품어라!

노인이, 아니 뒤마가 한 말을 믿어야만 했다.

"내일까지 입금해야 합니다."

하루라도 빨리 상환해야 했다. 미래의 10억이 언제 들어올지 알 수 없다. 내일, 아니 당장 돈이 들어온다면 레이즈 법은 물 건너간다.

안 이상 바로 돈을 채워 넣어야 한다.

"내일 바로 넣어드릴께예."

162

조폭 사채업자는 그러겠노라 약속했다.

6

일주일이 지났지만 사채업자는 돈을 보내지 않았다. 처음에는 즉각 돈을 마련할 수 없는 모양이라고 생각했다. 은행이 아닌 사채니까 딱딱 일자를 맞출 수 없나 보다 생각했다. 두렵고 초조했다. 하루하루 불안감이 커져만 갔다. 연말이 가까워지는 지금, 오늘 당장 그 미래의 돈 10억이 들어와도 전혀 이상하지 않았다.

그는 매시간 계좌들을 확인했다. 미래의 돈이 들어오기 전에 돈을 메꿔 넣어야 하는데 칼빵 새끼는 돈을 보내지 않았다.

칼빵은 전화를 피하지 않았다. 아니 걸 때마다 그는 시원스레 받았다.

— 아, 예. 알고 있심더. 안 넣는 게 아니고예, 넣어드립니다. 이번 주말 전에는 들어갈 낍니다. 걱정하지 마시고예.

그는 언제나 내일 줄 것처럼 대답했다.

어느새 11월이 되었다.

정말이지 이제는 입금되어야만 했다.

약속한 주말이 왔지만 입금되지 않았고 그는 또 복잡한 심경으로 토요일과 일요일을 보내야 했다.

그날은 월요일이었다.

무슨 일이 있어도 오늘은 돈이 들어와야만 했다. 눈뜨자마자 느낌이 좋지 않았다. 아무래도 미래의 돈, 10억이 들어온다는 날이 오늘인 것 같았다.

그는 칼빵에게 전화를 걸었다. 칼빵은 오후에 입금될 거라고 말했다.

"당신, 지금 나한테 장난치는 거 아니지? 씨팔, 당장 안 넣으면 이자제한법 위반으로 신고해버릴 거야."

— 아이고, 사장님. 흥분하지 마이소. 서류 다 썼는데 지급 안 할 이유가 뭐가 있습니까. 하하. 이따 돈 들어갈 낍니다.

기다렸다.

아내는 두 아들을 데리고 여주에 있는 친정에 가겠다고 말했다. 그러라고 했다. 오늘은 가족이 없는 편이 나았다. 아내는 아이들 옷가지를 챙기고 현관을 나서면서 일이 해결되면 전화하라고 말했다. 현관문이 닫히기 전 두 아들이 그를 보았다. 불안한 눈이었다. 아이들은 피골상접한 아빠의 모습이 몹시 낯선 모양이었다.

수민아, 네 병을 완전히 없애줄게.

재민아, 건강해진 형과 평생 우정을 나누렴.

그는 덩그런 거실에 앉아 라면을 끓여놓고 소주 한 병과 열무김치를 둔 채 스마트폰만 바라보고 있었다.

오후 4시.

소파에 누웠다.

그제야 칼빵 놈이 그동안 장난치고 있었다는 것을 깨달았다. 그

새끼는 애초에 돈을 입금할 생각이 없었던 거다.

그때,

놓아둔 스마트폰이 울렸다.

벌떡 일어나 확인하니 자신의 기업은행 계좌에 10억 원이 입금되었다는 문자였다.

입금자는 '논현세차장'.

사채업자 칼빵이 돈을 입금했다. 드디어.

그는 안도의 숨을 내쉬었다.

다행이다. 정말 다행이야.

그는 당장 10억 원을 아폴론 저축은행 대출 통장으로 이체했다.

5분쯤 지났을까,

아폴론 저축은행은 그 돈을 출금해 갔다. 마치 생선을 삼키는 왜가리처럼. 손바닥을 뒤집는 타짜처럼.

잔고를 남기지 않는다는 노신사의 말이 옳았다. 아폴론 저축은행의 잔고는 거짓말처럼 0이 되어 있었다.

모든 게 끝났다.

큰아들의 죽음은 제거되었고 그의 가정에 나쁜 일로 돈이 들어올 일은 그가 아는 한 없다.

한바탕 연극 같은 시간이었다.

연말까지 한 달이 남았다.

그 기간 안에 정체 모를 돈 10억이 들어올 것이다.

이제는

기다리면 된다.

희망을 품고.

뒤마가 그렇게 말했다면 좋은 일로 돈이 들어오겠지.

그는 울컥하는 마음에 소주를 남김 없이 들이켰다. 긴장 풀린 그의 위장은 독한 소주가 들끓으면서 높은 열을 뿜어냈다.

그는 소파에 모로 기울어졌다.

7

눈을 뜨니 컴컴했다.

그는 잠시 귀를 기울이며 누워 있다가 소파에서 벌떡, 일어났다.

시계를 보니 저녁 8시 20분.

비몽사몽인 그는 아직 칼빵의 돈이 입금되지 않았다고 생각했고 덥석, 스마트폰을 잡고 앱을 확인했다.

아니었다.

그토록 속 썩이던 사채 돈은 들어왔고 그 돈으로 아폴론 은행한테 빌린 대출금을 미리 갚았다. 레이스, 아니 레이즈는 잘 감겨 있었다.

"다행이야. 꿈이 아니었……."

말이 끝나기 전에 뒤에서 얼굴 아래로 감기는 밧줄.

그는 무참하게 목이 졸리고 있었다.

켁. 켁.

울대 아래가 깊게 패고 살과 줄이 맞닿은 곳에서 피가 배어 나왔다. 줄은 PP로프였다. 발버둥 치다가 테이블에 놓인 라면 그릇과 김치 접시를 찼다.

턱을 치켜들고 상대의 얼굴을 보려고 애를 썼다. 어둑하고 설핏해서 볼 수는 없었지만, 누군지 단번에 알 수 있었다.

훅, 하고 끼치는 수건 삶은 비린 담배 냄새.

가죽 장갑의 큼큼한 냄새.

칼빵이었다.

칼빵이 소파 등받이 뒤에서 그의 목을 조르고 있었다. 그는 칼빵의 얼굴을 잡으려 허우적대던 손을 자신의 목으로 가져가 감긴 PP로프에 밀어 넣으려 했다. 살갗이 부풀 만큼 깊게 패어 좀처럼 틈이 열리지 않았다.

허리를 곧추 들어 올려 소파 등받이 너머로 몸을 넘기고 싶었다. 바닥에서 함께 뒹굴면 막을 재간이 생길지도 몰랐다.

그때 옆구리로 뭔가가 쑥 들어갔다 나갔다.

"어?"

입고 있는 흰색 면티가 자몽주스를 엎지른 것처럼 순식간에 붉게 변했다.

또 들어오는 칼날.

날을 손으로 잡았다. 손바닥에서 가늘고 기분 나쁜 통증이 신경을 타고 어깨까지 전해졌다. 날을 놓을 수 없다. 놓으면 완전히 죽는 거라고 생각했다. 칼을 몇 번 더 먹으면 쭉 힘이 빠지는 거다. 손바닥과 손가락뼈가 완전히 망가져도 이 칼을 놓을 수 없었다. 피로 미끈대는 인조가죽에 뒤꿈치가 요란하게 허우적거렸다.

그에게 칼빵을 먹일 생각이었던 사채업자 놈은 생각을 바꾸어 칼을 버렸다. 놈은 줄을 도로 잡고 당기며 그의 등을 발로 밀기 시작했다.

그는 칼을 돌려 잡고 정수리 위로 숨을 거칠게 뱉고 있는 놈의 얼굴을 향해 휘둘렀다. 커튼 치듯 마구잡이로 휘두르는 격이었지만 이 자세에서는 그 행동밖에 할 도리가 없었다. 뒤에서 용을 쓰고 앞에서도 용을 썼다.

점점 시야가 가뭇해졌다.

피를 많이 흘렸는지 목이 심하게 졸렸는지 차츰 둔해졌다.

무척 희한한 일이었는데 한순간, 어두운 거실이 점점 선명하게 보였다. 마치 눈두덩에 환한 LED 등을 달아놓은 것 같았다.

당신은 나의 영원한 사랑

사랑해요 사랑해요

날 믿고 따라준 사람

고마워요 행복합니다

왜 이리 눈물이 나요

그때 어디에선가 임영웅이 부르는 〈별빛 같은 나의 사랑아〉가 흘러나왔다. 칼빵의 전화기가 울린 것. 칼빵은 두 손으로 로프를 잡고 있었기에 전화를 받지 못했다. 몸을 비틀면서 뒷주머니에 넣어둔 스마트폰 액정이 엉덩이에 눌린 모양인지 통화가 연결되었다.

스피커폰으로 나오는 소리.

―아직 안 끝났어? 자기야, 전화 받아봐.

윽. 윽.

헉. 헉.

― 그 사람 죽었어? 지금 뭐 하고 있어? 제대로 한 거 맞니? 끝났으면 어서 전화 받아.

윽. 윽.

헉. 헉.

아내 목소리였다.

아내가 칼빵한테 전화를 걸어서 상황이 끝났는지 묻고 있었다.

목이 졸리고 산소가 줄어들면 뇌는 짧은 순간 예지력을 발휘하는지도 몰랐다. 그 찰나에 그는 세상 모든 이치에 통달했고 자신의 인생이 주마등처럼 보이며 삶을 정리했다.

아내는 정수기 보험을 하면서 저 칼빵을 만났을 것이다. 둘은 그를 제거하고 보험금을 노리기로 계획했다. 아내의 생각이었을 것이다. 아내는 불륜남에게 남편을 죽이라고 사주한 것이다.

그는 떠올렸다.

복어 독이 든 커피를 마구 먹이려 했던 아내 모습을. 남편 죽이기가 실패하자 아들 입에서 빵을 뺏게 하던 아내 모습을.

그가 전셋집을 마련했을 때 세탁실에서 원통하게 울던 아내 모습을. 10억을 빌릴 만한 곳이라며 칼빵의 명함을 내밀던 아내의 모습을.

조각이 맞춰지는 느낌이었다.

아폴론 저축은행에서 말한 미래의 돈 10억은 바로 오늘 칼빵이 입금한 돈이었다.

그게 그런 거였구나.

저 멀리서부터 다가오는 백광이 몸을 감싸는 것 같았다.

그는 눈을 감았다.

그리고—

눈을 번쩍 떴다.

조각 하나가 여전히 맞춰지지 않는다.

칼빵은 왜 10억을 입금했을까?

이렇게 죽일 거라면 굳이 돈을 입금할 필요가 없다. 칼빵은 보란 듯 입금 날짜를 지키지 않았고 개겼다. 곧 죽을 사람에게 10억을 보낼 이유가 없었기 때문이다. 자칫하다간 경찰에 의심만 사게 될 터이다. 그러다가 오늘 그 돈을 입금했다.

그 순간 그의 뇌에 스파크가 일며 어떤 생각이 비껴 들어왔다.

'아내는 병원비를 그동안 어떻게 감당했던 것일까?'

그는 그간 아내가 어디서 병원비를 빌려왔는지 의구심이 들었다. 그가 아폴론 저축은행에서 돈을 가지고 오기 전에도 부부는 매달 큰돈이 나가고 있었다. 작은 병 여섯 개가 든 상자 하나가 소형 오토바이 한 대 값인 영국제 약을 대체 무슨 돈으로 사왔던 것일까? 무능력한 그는 한 번도 병원비를 마련한 적이 없었는데.

만약에,

오래전에,

아내도 아폴론 저축은행에서 돈을 빌린 거라면?

그 돈으로 그간의 삶을 살아왔던 거라면?

그녀에게 들어올 미래의 돈은 지금 남편을 죽인 사망보험금이라면?

그래서 자신이 죽어야 한다면?

그녀가 아폴론 저축은행의 시스템을 알고 있었다면 내연남인 칼빵에게 남편한테 돈을 보내라고 재촉할 수 있었다. 남편은 필사적으로 레이즈 법을 사용해서 큰아들 수민이의 병을 소거하려 했으니까.

수민이는 그의 아들이기도 하지만 그녀의 아들이기도 하다. 그녀는 남편을 죽이기로 했지 두 아들을 죽일 생각은 추호도 없었다. 독 넣은 빵을 문 재민이의 조그만 머리를 필사적으로 때리는 모습을 보지 않았던가.

칼빵은 애인인 아내 강요에 어쩔 수 없이 10억을 입금했을 것이다. 칼빵은 나중에 아내에게서 돈을 찾을 수 있을 거로 생각했을 터.

— 자기야! 왜 대답이 없어? 자기야!

칼빵은 대답할 겨를이 없었다.

그는 아내가 자기에게 한 번도 '자기야'라고 부른 적이 없었다는 사실을 떠올렸다.

스르륵, 칼을 놓았다. 살갗에 줄이 패어 들어왔다.

한편으로는 매우 안도했다.

큰아들 수민이에게 아무 일도 생기지 않는 거구나.

둘째 아들 재민이도 형과 행복하게 놀 수 있겠구나.

아내도 자신이 살고 싶은 여생을 보내겠구나.

우리 가족에게 더는 불행한 일이 생기지 않는단 말이지?

나만 죽으면 다 행복해진단 말이지?

그게 확실한 거지?

그는 목이 졸리면서 마지막으로 이렇게 생각해보기로 했다.

기다리자.

희망을 품고.

상사화당

相思花堂

1

깨끼 날이 위로 아래로 넘늘거리자 해진 바지 속 노인의 성기가 빳빳해졌다. 바위만 한 고작대미* 앞에 다리를 벌리고 앉은 노인은 수굿하게 기울인 목에 주름을 피워가며 양손에 잡은 깨끼 날을 열심히 움직였다.

혹, 혹.

흙덩이가 참외 껍질처럼 끊어져 나왔다. 노인은 끊어내는 차가운 질(흙)이 몹시도 마음에 들었다. 이 정도면 매를 잘 맞았다. 이렇게 매끈하고 찰지게 끊어지는 질이어야 한다. 베일 때 늘컹늘컹 떨어지면 수비질**을 한 번 더 해야 한다.

도려진 고작대미 면에서 간혹 박힌 잔돌이 보이면 검지로 후벼파내 저쪽으로 던지고 노인은 깨끼질***을 반복했다. 벌써 세 번이나 깎고 펴고 뭉친 흙덩이지만 이런 불순물이 나왔다. 이번 깨끼질이 흙을 다듬는 마지막 작업이어야 했다. 그런 만큼 세심하게 들여다봐야 한다.

혹, 혹.

노인이 가래 끓는 소리를 낼 때마다 날카로운 깨끼 날이 오르락내

● 채굴한 질(흙)을 물에 걸러 대충 불순물을 제거하고 말린 후 뭉쳐놓은 흙덩어리.
●● 흙에 물을 타서 흙탕을 만들고 다시 건조해 불순물이 제거된 흙덩이를 만드는 일.
●●● 긴 깨끼 날로 고작대미의 흙을 적당히 끊어내는 작업.

리락 춤을 추었다.

두꺼운 토벽으로 만든 움에는 둥근 창들이 여럿 뚫러 있었다. 빛은 거기서 새어 들어왔다. 그 빛들은 제각기 다른 굵기의 기둥처럼 보였고 저마다 빼곡한 먼지가 고여 돌았다. 움에는 방도 여럿 있었다. 그중 동쪽으로 만든 대림질칸이 가장 밝았다. 노인은 지금 그 칸에서 옹기를 빚을 흙을 만들고 있었다.

심심한 계집아이는 노인이 베어놓은 흙덩이 하나를 잡고는 반의 반을 뜯어내 물바가지에 담고서 두 손을 찔러 넣었다. 손가락 사이로 삐져나온 흙은 찰기가 넘치다 못해 입에 넣고 싶어질 만큼 쫀득거린다.

저리 가라. 훅, 훅.

노인이 깨끼 날을 세우며 거친 숨으로 말했다.

아이는 흙이 아까우냐고 물었고 노인은 아까워서 그런 게 아니라 베일까 봐 그런다고 말했다. 아이는 노인한테 자신을 베려고 하냐고 물었다.

노인이 멈추고 아이를 물끄러미 바라보았다.

"내가 널 베는 게 아니라 니가 내 날 밑으로 빨려 들어갈까 봐 그런다."

계집아이는 노인이 들고 있는 깨끼 날을 한번 쳐다보았다. 노인의 품, 긴 날과 오톨도톨한 노인의 갈빗대 사이는 자기가 빨려 들어가기엔 너무 좁다고 생각한 모양인지 고개를 몇 번 갸웃거렸다.

아이는 입을 닫고 갈색 물이 밴 작은 손을 난지락거렸다. 노인이 다시 날을 움직였다.

여섯 살짜리가 그것을 이해할 수 없지. 암, 없다. 하나 대답은 해주마.

빨려 들어갈 수 있다.

네가 내 등 뒤에 있더라도, 아니 나한테서 멀찍이 떨어져 저 움 입구 언저리에 있다면 넌 베인다. 이 천장 낮은 움 안에 머리카락 하나만 들어와 있더라도 베일 소지가 있다. 내가 연신 오르락거리는 이 낫 바람에 훅 빨려 들어와 네가 잘릴 수 있단 말이다.

이 깨끼 칼은 말이다,

옹기가 될 질덩이를 도려내라고 만든 것이지만, 아니다. 내, 이 두 손이 날을 꼭 잡고 있지만서도, 내가 손목에 바짝 힘을 주고 위아래로 날을 흔들지만서도, 이 날은 말이다, 자꾸 무언가를 불러내려고 한다. 알겠니?

그 힘이 얼마나 강한가 하면 말이다, 제멋대로 퍼지고 퍼져서 70 먹은 내 좆도 빳빳하게 만들지 않느냐. 어린 네가 그 무서운 기운을 알 리가 없지. 내가 내 힘으로 오르락내리락 다루며 질을 베지만, 이 깨끼 날은 내 것이 아니란 말이다.

날이 일으키는 그 바람은 멀찍이 떨어져 있던 사람을 혹하게 만들어서 순식간에 머리를 들이밀게 할 수도 있고 장난겁게 만들어서 넙적다리 한쪽을 날 아래로 들이밀게 할 수도 있다.

날이 작정하고는, 마음먹고 앉아설랑은, 옆에 있던 누군가를 끌어당겨 몸 하나를 쓱싹 베어내는 것을 내 숱하게 봐왔다. 옹기쟁이가 혼신의 힘을 다하는 깨끼질 기운에는 그런 게 있다.

벨 것을 찾는 힘.

벨 것을 부르는 힘도.

너도 크면 알겠지만서도 세상 모든 날에는 기운이 있다. 그게 크고 작을 뿐이지 전부 욕을 부린다. 날이란 그렇다. 날을 쓰는 사람 놈 마음도 그렇지만.

이 깨끼 날도 당연히 그렇다.

제깟 놈도 날이라고, 질덩이를 매끄럽게 도려내는 것에만 만족하지 않고 더 꾸덕한 것을 베려는 욕이 있다.

귀기를 뿌리며 앉아설라무네.

새끼 멧돼지만 한 너는 말할 것도 없지. 단번에 끌려간다.

노인은 속말로 말했고 입말로는 다르게 말했다.

"아, 글쎄, 거치적거리니 움 밖으로 나가 놀아라."

노인은 끊어놓은 흙들을 모아 빨래질하듯 뭉쳤다.

낡삭은 손이 구무럭거리자 흙덩이들이 순식간에 하나로 섞였다. 그것들은 다시 고작대미만 한 덩이가 된다. 뭉툭한 덩이를 안고 어기적어기적 움 밖으로 나갔다. 쏟아지는 빛에 어지럼증이 왔다. 판판한 마당에 나무 널빤지가 있었다. 흙덩이를 거기에 던지듯 놓았다.

판장질이다.

본래 이 작업도 움 안에서 하는 것이지만 오늘은 마당에서 하기로 했다. 흙도 머금을 게 많다. 수분 다음에는 빛이다. 좋은 빛을 질 알갱이 곳곳에 스며들게 해야 한다.

빛뿐이랴.

땀도, 침도, 눈빛도 전부 머금고 치대야만 100년 가는 옹기를 만들 수 있다.

그리고 눈물도.

옹기를 만들어 온 지 60년.

육이 빠져나간 노인의 쪼그라든 몸 안에는 이제 지혜와 감각만 남아 있었다. 그것만으로도 옹기를 구울 수 있었다. 아니 그것만이 최고의 옹기를 구울 수 있다고 믿는다.

노인은 머리에 두르고 있던 흰 천을 풀어 나무 기둥에 걸어놓고 섶을 풀어 가슴과 배를 드러냈다. 손바닥에 침을 묻히고 곧매*를 쳐들어 내리쳤다. 때릴수록 흙이 습기를 잃고 투박한 빛을 냈다. 한참 만에 노인은 신경통으로 불뚝한 무릎을 내보이며 앉아 흙덩이를 움켜익었는지 가늠했다. 노인의 눈은 승냥이처럼 빛나고 있었다. 다시일어서 몇 번 더 곧매를 휘둘렀고 곧매를 던지고 흙의 감촉을 또 느꼈다.

움에서 따라 나온 계집아이가 쪼그리고 앉았다.

흙을 누르며 노인은 아이를 노려보았다.

계집아이는 그 눈을 보지도 않은 채 질덩이를 반갑게 바라보았다. 아이는 떡 같다고 말했다. 아이 눈에 익은 흙덩이가 먹고 삼킬 수 있는 떡 덩어리로 보이는 모양이었지만 노인의 눈에는 떡보다 더 귀한 것이었다.

던져놓은 곧매를 더듬어 잡으며 노인이 계집아이를 밀쳤다. 아이가 돌아앉았지만, 작은 손에는 이미 진흙을 얻어낸 후였다.

매를 쳤다.

* 흙을 내리쳐 부드럽게 만드는 방망이. 떡을 치는 메와 닮아 있다.

그래, 네가 보는 게 맞을지도 모른다.

네 눈에는 그렇게 보이는 게 옳다.

그 아이도 입에 가져가려고 했으니까.

너보다 조금 더 작았겠구나.

노인은 매를 휘두르며 손녀를 생각했다.

쿵. 쿵.

이순신이 죽은 지도 5년이 지났지만 왜란은 끝난 느낌이 없었다.

남쪽에서는 정유년에 재침했던 왜들과는 다른 왜들이 나타나 활개를 치고 다닌다는 소문이 돌았지만, 경기 지방은 잠잠했다. 봄이 가고 여름이 가고 추석이 지나도록 그들을 본 적이 없었다.

그러다가 빈풍貧風이 불던 정월 초에 그들은 느닷없이 나타났다. 놈들은 예전처럼 사람을 죽이지 않았다. 여자도, 관군도 찾지 않았고 불도 지르지 않았고 나무도 베지 않았다. 대신 온 천지를 뒤지고 다녔다. 이번 이유는 임진년이나 정유년처럼 조선을 길 삼아 명을 치려고 온 게 아니었다.

그들은 가지러 온 게 분명했다. 아닌 게 아니라 놈들의 눈은 시뻘겠다.

놈들은 가지러 왔다.

버려진 절의 나한상을 등에 멘 놈들도 있었고, 어느 가난한 집의 쌀 항아리나 밥그릇 따위를 챙기는 놈들도 있었다. 심지어 붕어를 빚은 깨진 기와 조각도 모조리 챙겨 갔다. 그것들이 그들한테는 귀하게 보이는 모양이었다. 들리는 말로 저 나라 양반들은 조선에서 굴러다니는 아기 밥그릇을 집 한 채 값을 내고 산다고 했다. 청자도 아닌 철화 백자 사발 따위를.

　가마터에 온 왜놈들은 금을 본 것 같은 눈빛이었다. 노인의 가마터는 질 좋은 백자를 굽는 곳이 아니었지만 놈들은 독과 자기를 구별할 줄 몰랐다. 놈들은 이곳에서 나흘을 묵었고 초병이나 절독은 물론 버려진 물두멍이나 질동이까지 싹 챙겨 갔다. 놈들은 오랫동안 노인과 함께했던 두 명의 건아꾼•과 두 명의 태림꾼, 옹기쟁이••도 데리고 갔다. 노인의 며느리도 데려갔다.

　노인은 다 줄 수 있었다. 그릇쟁이, 옹기쟁이한테는 섬나라가 조선보다 살기 좋다는 말도 있었다. 여기 있어 봐야 양반놈과 관군의 개가 될 뿐이다. 다만 손녀를 잃은 것이 쓰렸다. 며느리는 그 나라에서 제 삶을 살 것이지만, 핏덩이는 아쉬웠다. 여기를 전혀 기억하지 못한 채, 이 산천을 잊고, 제 조상을 잊고, 다른 말을 제 말로 여기고 살 핏덩이의 모름이 안쓰러워 마음이 저렸다.

　아이는 바람처럼 자랄 터. 아이는 세월보다 빠를 터. 할애비와 이 가마터에서 산 기억들이 술잔만큼이라도 남아 있을까. 하나뿐인 핏줄이었기에 노인은 손녀만은 남겨두고 싶었다.

　왜놈들은 노인의 말을 알아듣지 못했고 알려고도 하지 않았다.

　노인은 말려둔 함백초 더미까지 모조리 가져가버린 왜군들을 배웅했다. 노인은 멀리 며느리 손에 잡혀 사라지는 손녀의 뒤를 바라보았다. 다리가 꼬여 기우뚱할 때마다 어미가 팔을 쳐들었고 손녀가

• 흙을 다듬는 일을 하는 옹기쟁이.
•• 흙을 물레에 올려 형태를 빚는 사람.

공중에 붕 떴다. 겨우 걸음마를 뗀 아기. 저 어린것이 칼 들고 창 든 사람들을 따라가서 뭘 할꼬.

왜군들이 떠난 가마터는 고라진 배추밭 같았다.

노인은 밥도 입에 대지 않은 채 함백초 연기에 취해 늘어져 있었다. 살기 싫었다. 모가지도 몇 번 매보았다. 하나 여태 숨이 붙어 있다.

쿵, 쿵.

노인은 눈알을 굴리며 곧매를 내리쳤다.

옹송그린 이 계집아이의 등과 지난날 공중에 붕 뜬 채 걸었던 손녀의 등을 비교하며 무참하게 매를 휘둘러댔다.

흙덩이는 습기를 버리고 잘 익어갔다.

매질하는 노인 옆에서 계집아이는 고요한 손으로 무언가를 빚기 시작했다.

어린나무들 사이로 내려온 볕이 아이 정수리에, 갈라놓은 머리카락 속에 스며들어 습기를 뿌렸다.

아이 정수리가 기생이 부르는 노래를 흥얼거렸다.

— 기러기, 산 채로 잡아 정들이고 길들여서, 에혀.

계집아이는 토우를 바닥에 놓고 요리조리 고개를 갸웃댔다. 빚은 토우들은 소꿉들이었다. 노인의 엄지발톱만 한 그릇과 접시 등에는 동글동글한 것과 뾰쪽한 것들이 담겨 있었다. 아이는 그것들을 제 신발 사이에 두고 검지로 톡톡 치며 무언가를 만들었다. 흥얼거리면서. 중얼거리면서. 봉숭아 물이 든 손가락을 옹그릴 때마다 작은 소꿉 그릇에는 동글동글하게 만 흙 알갱이가 톡톡 떨어졌다. 정수리의 볕은 아이의 귀밑머리로 옮겨 가 앉았고 토실한 아이 볼이 넝날아 환해졌다.

쿵, 쿵.

— 임네 집 가는 길을 소상히 알려주고, 에혀.

쿵, 쿵.

— 한밤에 임 생각날 제, 소식 전해달라 할까, 에혀라 에혀.

쿠덕 쿵, 쿵.

아이가 노래를 멈추고 고개를 들었다.

"할아버지, 오줌 마려워요."

노인은 매를 멈추고 저쪽 초막을 받치고 있는 들살●을 가리켰다.
아이는 일어나 제 발보다 큰 짚신을 질질 끌며 그쪽으로 갔다.

계집아이 어미는 궁궐의 비자였다고 한다. 비자는 천비다.

궁궐 복이처에서 일하는 노비한테서 어찌 아이가 생겼는지 알 리
는 없지만 그런 일은 종종 있었다. 모르긴 몰라도 어미는 낳자마자
빼앗겼을 터이다. 몰래 낳은 아이는 나인의 지시하에 일찌감치 궐
밖으로 버려진다.

아이는 이곳에 올 때부터 깃과 끝동, 고름에 붉은색 포를 덧댄 회
장저고리를 입고 있었다. 궁중에서 쓰는 천이다. 어미가 이맘때쯤
자랄 때까지 입으라고 챙긴 옷일 터. 포대기 삼아 넣어놓았을지도
모른다. 아이는 저 나이가 될 때까지 저 옷만 입었을 터이다.

아이는 주막에서 살았다고 한다. 노름꾼들의 물심부름을 하기도
하고 잔칫집 기생의 신을 들어주기도 하며 여섯 해를 보냈다고 한다.

● 기울어가는 집을 괴어 받치는 지렛대.

계집아이는 밀봉이 데리고 왔다.

저 옹기 가마 옆에 기울어진 토벽 안에서 곯아떨어진 밀봉은 이 아이를 노름꾼한테서 샀다고 한다. 노인은 아이가 어쩌다가 노름꾼에 속하게 되었는지 물어보지도 않았고 들을 기분도 아니었다.

곤매를 던지고 쪼그리고 앉았다.

이윽고 빚을 만한 것이 되었다고 판단한 노인은 덩어리를 석 되 정도 무게로 나누었다. 다섯 덩어리가 나왔다.

이제 바닥의 힘으로 흙을 매질할 차례다.

아이가 만든 토우들을 저리 치우고 자리에 광목을 깔았다. 그 위에 백토 가루를 뿌렸다.

노인은 타래미질*을 했다.

흙덩어리는 광목 바닥에 내리칠 때마다 모루랄까, 목침이랄까, 아무튼, 그런 것을 닮아갔다.

쓱, 쓱.

노인의 입에서 휘파람 소리가 났다.

시간이 갈수록 흙은 점점 길어졌고 납작해졌다. 길이가 어린아이가 펼친 두 팔 길이쯤 되자 노인은 그것을 떡가래처럼 말았다. 그렇게 만든 여러 개의 타래미들을 물레에 올리고 그릇벽 쌓기로 모양을 만들면 점차 옹기가 된다.

"할아버지, 아저씨를 깨워야 하지 않을까요?"

아이는 밀봉을 걱정했다.

●흙덩이를 땅에 내리쳐 네모나게 만들며 다지듯 펴는 작업

노인은 토벽을 바라보았다.

토벽 근처에는 여태 함백초 냄새가 나고 있었다. 밀봉은 함백초를 들이마신 후 여태 깨어나지 않고 있다.

"밤새 연기를 마셔댔어요."

"흰색 연기더냐 검은색 연기더냐?"

"흰 연기요."

"토벽 안에서 검은 연기가 나면 나한테 말해야 한다."

함백초를 태운 흰 연기를 마시면 몽롱해진다. 몸이 뜨는 기분이 들고, 아랫도리도 힘이 생긴다. 그리고 대여섯 품의 나무쯤이야 안아서 뽑을 수 있을 것 같은 기운이 돈다. 그러다가 깊은 잠에 빠진다. 깨어나면 구토를 몇 번 해야 할 것이다. 하지만 그런 후에는 몸이 몹시 상쾌하고 가벼워진다. 이 깊은 산에서 함백초 씨를 가지고 있는 것은 오직 노인뿐이다. 노인은 함백초도 키웠지만 쓰리나리도 키웠다.

쓰리나리와 함백초는 똑같이 생긴 풀이지만 효과는 반대다. 쓰리나리의 검은 연기 역시 맡으면 기운이 솟지만 그 기운은 악기惡氣다.

쓰리나리는 잘못된 환각을 일으킨다. 취하면 주변 사람들을 보는 족족 죽이려 들고, 닥치는 대로 휘젓게 된다.

어젯밤 밀봉한테 말린 함백초를 너무 많이 준 게 아닌가 하고, 노인은 후회했다.

노인은 하늘을 한번 보고 또 토벽 집을 한번 노려본 다음 타래미질을 계속했다. 아이는 토우를 몇 개 더 만들었다.

어디선가 냄새가 났다.

유황 태우는 냄새 같기도 하다.

산줄기 아래, 마을에서 나는 냄새다.

가마터에 있으면 옹기 굽는 냄새 외에도 온갖 냄새들이 나곤 했는데 그것들은 밤과 낮이 따로 없었다. 그 냄새를 일일이 알아맞힐 순 없었지만 좋은 냄새인지 아닌지는 구분할 수 있었다. 지금 저 냄새는 시신을 태우는 냄새였다. 시신들은 왜놈들한테 죽지 않았다. 조선인들한테 죽었다.

달아난 임금은 돌아왔지만 백성들은 아직 전란 중이었다. 전란 이전과 달라진 가장 큰 변화는 사람을 죽여 쓸개를 빼내 파는 자들이 생겨났다는 것이다. 처음에는 천포장*에 걸린 자들의 소행이라고 소문났지만, 아니었다. 개중 문둥병자들이 없었던 것은 아니었지만 지금 유행은 멀쩡한 치들의 짓이었다. 노인뿐 아니라 백성들은 그들이 훈련도감의 포수砲手들임을 안다. 관의 포수들은 당을 지어 횡행하면서 사람을 죽이고 쓸개를 빼내어 중국에 팔았다. 인간의 간은 고가에 팔렸다. 웅담이나 우황보다 더 비쌌다.

버려진 사람들이 많아서 그런 것이다. 아무튼, 길거리에 걸인들이 싹 사라졌다. 아이들, 아녀자들은 물론 멀쩡한 남자도 해 질 녘, 밤길을 걷다가, 새벽 논에서 쥐도 새도 모르게 죽임을 당했다. 포수들은 왜놈들은 잡지 않고 백성들을 잡아댔다. 그들은 흉악했다. 산 나무에 내장 없는 시신을 주렁주렁 걸어놓고 달아났다. 관리들은 모른 척했다. 아무도 돌보지 않은 사람들, 아무도 돌보지 않는 땅, 아무도

●나병, 한센병.

186

돌보지 않는 야만성.

저 냄새는 산 밑 사람들이 쓸개 없는 시신들을 수습해서 태우는 냄새였다.

끼룩거리는 소리가 나자 노인이 타래미질을 멈추고 하늘을 보았다. 산 위로 매 한 마리가 바람을 타고 떠 있었다. 하늘은 회색빛을 띠었다. 방금까지도 좋았던 빛이 사라지고 동쪽으로 구름이 밀려오고 있었다.

빌어먹을.

비가 오기 전에 서둘러 독을 만들고 잿물을 쳐야 했다.

"부엌에 가 있거라. 이따가 밥 차려줄 테니까."

"제가 지금 할아버지 밥 차려드리는 거예요."

아이 발밑에는 제법 많은 소꿉이 모여 있었다. 노인의 침침한 시야에 국, 과일, 찌개 그릇이 보였다. 아이가 조막만 한 손으로 빚어낸 고르지 못한 작은 토우 하나를 들어 올렸다. 받아먹으라는 눈.

"국부터 드세요."

노인은 물끄러미 그것을 바라보았다.

노인은 차갑게 젖은 손으로 몇 오라기 없는 턱을 긁었다. 회백색 눈동자가 세로로 길게 조여졌다. 손녀가 떠난 후 노인은 누구한테도 밥상을 받아본 적이 없었다.

노인이 물었다.

"내가 이 흙으로 무엇을 만들지 너 아니?"

"네."

"안다고?"

"네. 내가 들어갈 항아리요."

계집아이는 시원하게 대답했다.

2

통가마는 경사진 비탈을 내려오는 이무기처럼 마디마디 기울어져 있었다.

노인은 쪼그리고 앉아 가마를 바라보고 있었다. 가마 안에는 노인이 만든 옹기들이 켜켜이 쌓여 있었다. 가마 안 불길이 요동을 치는 모양인지 공기가 새 나가지 않게 단단히 메꾼 흙에서 북을 치듯 둔둔, 소리가 났다. 노인이 넣은 돈군불은 내일 저녁까지 타야 하고 이 불이 사그라들 때쯤이면 반대편 화문에서 피움불을 넣어서 맞불이 서게 해야 한다. 그래야 비로소 옹기는 익는다.

노인은 마치 불이 꺼지기를 기다리는 사람처럼 앉아 있었다.

밀봉이 걸어왔다.

눈에 물이 고였고 지친 기색이 가득했다. 아까부터 산천을 휘감듯 괴롭게 속을 게워내더니 이제 겨우 진정된 모양이었다. 함백초에서 깨어나면 늘 속이 불편해진다.

"하두 게워냈더니 노랑 물만 나오네. 그 풀은 다 좋은데 다음 날 꼭 이렇게 괴롭다니까."

밀봉은 노인 옆에 앉아서 마른세수했다.

밀봉은 곰처럼 큰 사내였다.

굵은 어깨에서 아직도 함백초 찌든 냄새가 났다.

"가마를 언제 여오?"

묻는 입에서 더러운 진흙 냄새가 났다.

"이제 지폈으니까."

"그니까 언제?"

"늘 해오던 대로야. 일주일 뒤."

"평양에나 다녀올까 하는데."

밀봉은 그렇게 말하다가 고개를 저쪽으로 돌리고 또 구역질하려는 듯 입을 멍하게 벌렸다. "으 씨. 그놈의 풀."

"올 때쯤이면 열겠지. 속이 괴로우면 다시마 국물이 좀 있는데."

"됐소."

둘은 말없이 가마를 바라보았다. 밀봉이 지푸라기를 씹으며 저쪽을 바라보았다. 초막 뒤쪽에서 계집아이가 어디론가 달려가고 있었다. 밀봉은 굵은 목을 접으며 아이한테 소리쳤다.

"야 야. 멀리 가지 마라."

아이는 그 말을 들은 것 같지 않았다. 아침에 말한 대로 비탈에 난 꽃을 꺾으러 가거나 묘하게 생긴 돌을 찾으러 다니는 것일 터이다.

밀봉은 표범 털로 만든 상의 안에서 개가죽 주머니를 꺼내 노인의 가랑이 사이에 던졌다. 스무 냥쯤 되는 무게가 멍석자리에 철렁 소리를 냈다.

노인은 가마만 바라보고 있다.

밀봉은 짧게 자른 정수리를 손바닥으로 쓸었다. 허연 비듬이 풀풀 날렸다. 노인의 며느리한테서 머리를 꿰맨 후부터 밀봉은 저런 머리 형태를 고수했다.

밀봉이 일어났다.

"필요한 거 없수? 올 때 사 오지."

노인은 대답하지 않았다.

"갔다 올 동안 아이 잘 보시오."

밀봉은 저쪽으로 가버렸다.

"어이."

노인의 등이 불렀다.

저쪽에서 밀봉이 섰다.

노인 등은 움직이지 않았다.

밀봉은 다음 말을 기다렸다.

노인 등은 아무 말 하지 않았다.

밀봉은 돌아서 제 갈 길을 갔다.

3

밀봉은 1년에 한 번, 가을이면 노인이 만드는 가마터에 와서 며칠을 묵고 갔다. 그는 무언가를 부탁하러 찾아오는 것인데, 노인이 스무 냥을 받고 그의 부탁을 들어준 지 벌써 4년째다.

노인이 밀봉을 위해 하는 일은 바로 장군을 만들어주는 것이다.

장군이란 옹기로 만든 큰 항아리이다. 거기에 술을 담아 잔칫집으로 옮기면 술장군이 되고, 똥오줌을 담아서 밭으로 가면 거름장군이 된다. 보통 장정 하나가 지게에 짊어지면 겨우 일어날 수 있는 크기다.

밀봉은 해마다 찾아와서 장군을 새로 구워달라고 했다.

신묘한 자 같으니라구.

노인이 밀봉을 처음 본 것은 5년 전 백사 계곡에서였다.

통발을 거두러 갔다가 노인은 바위에 누워 있는 사내를 발견했다. 어마어마하게 큰 사내였다. 바위와 색만 달랐을 뿐 바위보다 더 커보였다. 그는 하늘을 바라보고 누워 있었는데 드러낸 배에는 죽인 돼지의 그것처럼 수십 개의 칼질이 나 있었다. 허연 비계 속으로 피를 머금은 속살. 그런 것들이 빗살무늬처럼 붙어 있었다. 배뿐이 아니었다. 목이고 볼이고 가슴이고 팔이고 전부 상처가 나 있었다.

훗날 밀봉은 곰이랑 싸웠다고 말했지만, 그것은 고문당한 흔적이었다.

아무튼, 사내는 바위 위에 그렇게 누워 있으면 상처가 자연스레 아무는 양 염소처럼 숨을 고르고 있었다. 미련한 것인지 신령한 것인지 노인은 가늠할 수 없었다. 사람을 그렇게 둘 수 없었던 노인은 돌아가 노새 수레를 끌고 왔고, 그를 싣고 자갈밭을 건넜다. 수레와 노인은 가마터로 돌아왔다. 노인은 가족이 사는 초막 옆에 따로 지어놓은 장작을 말리는 토벽에 사내를 눕혔다.

함백초를 피우고 사내 옷을 전부 벗겼다.

굵은 몸은 그야말로 누군가가 장난친 것처럼 수백 개의 벌어진 상처가 있었다.

노인의 며느리는 바늘을 잘 사용했다.

노인은 물을 데웠고 며느리는 소독한 바늘로 사내의 벌어진 피부를 전부 꿰맸다. 머리를 깎기고 두피도 전부 꿰맸다. 찢어진 잇몸도 꿰맸다. 배와 허벅지에 벌어진 틈이 유독 많았는데 어느 고얀 자가 일부로 장난친 것 같기도 했다. 며느리는 옆구리 쪽에 삐져나온 누런 내장을 꼼꼼히 집어넣었다. 사내의 성기도 무언가에 찍혔는지 반쯤 물커져 있었는데 그것도 정성껏 성형해주었다.

노인은 멀찍이 앉아서 며느리의 등을 바라보았다. 며느리는 모처럼 집중하고 있었다. 노인은 아들이 죽고 난 후부터 며느리한테 옹기 굽는 일을 시키지 않았다. 산속 가마터에는 사내들이 여럿 있었지만 전부 노인이었다.

사내는 며칠 동안 깨어나지 않았다.

그는 나흘 만에 깨어나 버럭 화를 냈다. 내버려두면 스스로 살 수 있는 몸인데 이렇게 꿰매버리니 몸에 흉터만 남았다고 투덜거렸다. 고약하네. 고맙단 인사는 안 하고. 당신이 무슨 민달팽이요? 혼자 재생하게? 노인이 퍠씸해했다. 사내는 토벽 천장에 노인이 말려둔 함백초를 보더니 스무 냥이 든 개가죽 주머니를 던졌다.

"더 있겠소."

밀봉은 가마터에 반년 정도 머물렀다.

아무 일도 하지 않았다.

그저 낮에는 종일 자고 해가 떨어지면 토벽의 쪽마루에 앉아서 하늘을 보다가 다시 안으로 들어가곤 했다. 무엇을 보느냐고 물어보면 시원하게 설명하지 않고 중양성을 찾는다고만 했다. 며느리는 끼니 때마다 토벽에 상을 넣었고 이따금 밤에도 들어갔다. 노인은 내버려두었다.

어느 날, 노인은 밀봉이 손녀를 물끄러미 보고 있다는 것을 깨달았다. 손녀가 아장아장 걸어 그쪽으로 가려 하자 노인은 손녀를 안아서 초막에 던져 넣고 짚과 불을 잡아 들었다. 손녀를 바라보는 거대한 사내의 눈질이 마음에 들지 않아서였다. 노인은 밀봉의 토벽으로 갔다. 토벽 안에서 며느리가 등을 보이며 얼른 일어나 앉았다. 노인은 토벽에 불을 바르려다가 벗은 며느리의 힘에 밀려 초막으로 쫓겨갔다. 밀어내는 며느리의 손바닥은 몹시도 차가웠다. 며느리는 자신의 남자를 지키려고 노인을 가열하게 내몰고 있었다. 남자가 오래 머물지 않을 거란 걸 잘 알고 있다는 듯이. 그러면 다시 노인한테 속해진다는 것을 잘 알고 있다는 듯이. 그러니 새 남자가 있을 때만이라도 얼쩡거리지 말라는 원망스러운 기운이 며느리의 손바닥에 고스란히 녹아 있었다.

밀봉은 다음 날 사라졌다.

노인은 그날부터 며느리한테 옹기 빚는 일을 시켰다.

이듬해, 며느리와 손녀와 일꾼들이 전부 왜놈한테 잡혀간 그해 가을. 함백초에 취해 널브러져 있는 노인의 발을 툭툭 쳐서 깨운 이는 다름 아닌 밀봉이었다.

며느리는 이제 없다고 말했지만 그는 노인을 손목을 잡아 일으키며 방에 앉았다.

그는 스무 냥이 든 주머니를 내밀며 옹기를 구워달라고 했다.

"옹기라면 두 냥이면 충분한데."

"돌을 던져서 깨지지 않아야 하오."

"그런 옹기는 없다."

"그러면 발로 차도 깨지지 않을 정도라면?"

"어떤 사람이냐에 따라 다르지."

"요만한 아이 정도면?"

된다고 눈으로 말했다.

"최대한 강하게 만들어주시오."

"내 옹기는 강하다."

"오줌장군처럼 생기면 되는데. 그것보담 커야 하오. 붓 좀."

밀봉은 노인한테 그림을 그려 형태를 가르쳤다.

"두 개의 독을 이어 붙인 것처럼 이런 모습으로. 우선 독을 하나 만들고, 그만한 형태의 뚜껑을 만드는 식으로. 독에 뚜껑을 덮으면 밖으로 나올 수 없게 단단히 밀봉해야 하오. 뚜껑의 주둥아리 꼭지에는 내 주먹이 들어갈 만한 구멍만 내야 하고."

그림을 보니 독은 호롱박 형태였다. 장독처럼 입이 넓으면 안 되었다.

"안에 뭘 넣을 건데?"

"아이."

"뭣이라?"

"여섯 살 정도."

빚는 것은 수월했다.

단단한 독을 만들고 그 입을 덮을 그만한 모양의 독을 만들면 된다. 덮개 독 크기는 딱히 규정하지 않았지만, 밖에서 안으로 공기가 통할 수 있도록 긴 주둥아리 꼭지를 길게 뽑아 숨구멍이 있으면 된다.

그렇게 형태를 내니 그가 부탁한 장군은 꼭 거인이 마시는 호롱박 술병처럼 보였다.

커다란 호롱박 옹기.

아이가 들어갈 만한 크기의 옹기.

그것을 만들면 스무 냥을 준다.

해마다 밀봉이 데리고 온 아이들은 여섯 살, 일곱 살짜리였다. 가장 많은 아이가 열두 살이었다. 전부 사내였고 전쟁 통에 어미 아비를 잃은 고아들이었다. 그 아이들이 노인이 만든 호롱박 형태의 옹기에 들어갔다.

해마다 갓 구운 장군을 만들고 그 안에 아이가 들어간다.

해마다 가을, 노인은 스무 냥을 받는다.

그것이 최근 3년 동안 밀봉과 노인의 계약이었다. 조건은 또 있었다.

아이에 관해 절대로 묻지 말 것.

저쪽 느릅나무 아래 옹송그리고 앉아 돌을 줍는 계집아이가 올해 옹기에 들어갈 존재였다. 밀봉이 계집아이를 데리고 온 것은 처음이었다.

가마를 바라보는 노인은 메마른 이마를 쓰다듬었다. 밀봉이 저쪽에서 뉘엿뉘엿 사라지고 있었다. 그가 평양으로 가기 전에 말한다면 수가 날지도 몰랐다. 밀봉은 그래도 씨가 먹히는 자다. 수상하고 귀기鬼氣를 부리지만 인간미가 있었다. 곰 같지만 노인한테는 다정했다. 평양에 간다니 지금 말하면 다른 아이를 구해 올 수도 있다. 말린 함백초를 듬뿍 싸주겠다고 말하고, 앞으로 5년간 스무 냥을 받지 않겠다고 말하자. 아니 5년이 아니라 평생 옹기를 만들어 바칠 테니 저 계집아이를 살려달라고 말하자. 지금 말하지 않으면 저 계집아이의 시간은 고작 일주일이 전부일 터.

노인의 등은 가만히 있었다.

시간은 가마 속 불처럼 흐르기만 했다.

저 장군을 꺼내자마자 박살 내버릴까.

에이, 그런 짓을 하면 분명 아이가 그림이 사라졌다고 슬퍼할 게 분명하다. 가마에서 옹기들과 섞여 활활 익고 있는 장군은 그간의 것들과는 조금 달랐다.

건조된 장군에 잿물을 흘려 입히고 이를 송침* 밑에 옮겨놓았을 때 계집아이는 자신이 들어갈 장군의 둥그스름한 표면에 무늬를 그려달라고 부탁했다.

원래 옹기에 잿물을 입히고 나면 손톱으로 죽엽문竹葉文이나 대칭초화문草花文을 그리지만, 밀봉의 이것은 옹기가 아니라 아이가 들어갈 귀매 감옥이기에 노인은 무늬 따위를 넣지 않으려 했다. 그런데,

계집아이는 꽃무릇을 그려달라고 했다.

---

* 소나무로 지붕을 이은 응달. 유약(잿물)을 바른 옹기나 독을 말리는 곳.

꽃무릇은 시월, 절간에서 피는 꽃이다.

노인은 꽃무릇을 그릴 줄 몰랐다. 계집아이는 느릅나무 아래에서 꽃무릇을 꺾어 와 들이밀었다. 노인은 그 꽃을 유심히 한번 본 후 죽엽문을 변형해 우산대처럼 말린 꽃줄기를 치렁치렁 그렸다. 아이는 이곳에 와서 가장 크게 눈을 떴다. 그렇게 좋아할 줄은 노인도 미처 몰랐다.

노인은 저 가마 속에서 익고 있는 호롱박 모양의 장군을 상사화당相思花堂이라고 이름 지었다. 꽃무릇의 다른 말은 상사화이다. 상사화당이란 상사화의 집이란 뜻이다. 계집아이를 위해 특별히 그렇게 이름 붙인 것이다.

아무튼, 저 익어가는 꽃무릇 옹기를 깰 순 없다. 아이가 그렇게 좋아하는 그림이 붙은 독인데. 노인은 주먹으로 몇 번 기침하고 다시 가마를 바라보았다.

웅웅.

불이 휘감아 도는 소리가 들렸다.

노인은 계집아이를 살리고 싶었다.

노인이 벌떡 일어나 몸을 돌렸다.

밀봉은 이미 사라지고 없었다.

4

돌아온 밀봉은 기름종이에 싼 것들을 던졌다.

명태, 고등어, 상어, 쇠고기와 닭이었다. 상어고기와 고등어, 명태는 마르지 않고 촉촉했다. 밀봉은 또 흰 자루에 화염火鹽을 한가득 사왔다. 황해도 연백에서 나는 질 좋은 소금이었다. 80냥은 족히 주었을 터. 밀봉은 숯은 일부러 사 오지 않았다고 말했다. 숯은 가마터에 쌔고 쌨다. 방에서 밀봉과 계집아이가 꿀과 설탕을 섞어 튀긴 쌀과자를 먹고 있는 동안 노인은 부엌에서 도적을 만들었다. 어적, 육적, 계적을 한 적대 위에 쌓아 만든 음식인 도적은 밀봉의 행사에 반드시 필요한 것이었다.

노인은 아래로부터 명태, 고등어, 상어고기를 놓고 그 위에 쇠고기를, 맨 위에 닭을 층층이 쌓았다. 닭은 등이 위로 가게 쌓았다. 그런 다음 그것들을 흐트러지지 않게 짚 매끼로 묶었다. 숯덩이 몇 개를 끼우고 그것을 노인이 만든 젓독 안에 꾹꾹 눌러 재듯이 두었다. 맨 위에 숯을 가득 쌓고 뚜껑을 닫았다.

노인은 남은 쇠고기를 편편하게 도려내 육포를 만들었다. 간장과 꿀, 소금을 표면에 섞어 바르고 광주리에 펴서 응달에 두고 파리가 꼬이지 않게 키로 덮어두었다.

이틀 뒤 밀봉은 꾸덕하게 마른 포 하나를 집어 씹었다. 건네주자 옆에 있던 계집아이가 입에 넣고 오물거렸다. 밀봉은 이에 낀 고기를 긁어내며 노인을 보곤 고개를 끄덕였다.

계집아이가 손을 뻗어 육포를 더 집으려 하자 밀봉은 손등을 돌리고 아이를 어깨에 태웠다.

"대추를 좀 주워 오자."

계집아이를 무동 태운 밀봉은 돌아보며 노인한테 말했다.

"내일이 말날이니 내일 새벽에 들어갑시다."

말날은 오일午日을 말한다.

말날이 오면 노인의 조상들은 팥으로 시루떡을 만들어 외양간에 갖다 놓고 말의 건강을 빌었다. 말날이라도 병오일丙午日은 기피했고 무오일戊午日은 반드시 챙겼다. 병오일이 나쁜 이유는 말이 병이 드는 것을 꺼리는 것이고 무오일이 좋은 이유는 말이 무성하게 자라라는 뜻이다. 내일은 어김없는 무오일이었다.

말날 말한테 떡을 바치는 풍습을 따르는 집은 이제 없다. 대신 집마다 조상단지에 넣어둔 쌀을 햅쌀로 갈았다. 새 쌀은 단지에서 또 1년 동안 집을 돌보는 귀신의 양식이 된다. 밀봉은 아이가 옹기에 들어가는 날을 반드시 말날로 택했다.

밀봉은 저쪽으로 걸어갔다. 무동 탄 계집아이는 돌아보며 노인한테 손을 흔들었다.

그제 가마에서 꺼낸 상사화당은 먼 헛동막에 서늘하게 보관되어 있었다. 노인은 헛동막 그늘에서 그것의 표면을 헝겊으로 깨끗하게 닦았다.

그날 밤 노인은 불 앞에 꼿꼿하게 앉아 있었다. 노인은 구석에 누워 있는 계집아이의 등을 한참 바라보았다. 두 손등을 귀밑에 넣고 모로 웅크린 아이는 몹시도 새근거렸다. 무슨 꿈을 꾸는지 입을 몹시도 오물댔다. 아이는 모든 게 작았다. 작은 손, 작은 발, 작은 허리. 그렇다면 숨도 작을 것이다.

방이 후텁지근했다. 일부러 구들을 데운 것은 노인이었다. 이런 열기는 오늘이 마지막일 테니. 빨아서 네모나게 개켜놓은 아이 비단 옷이 푸슬푸슬 말라가고 있었다. 노인이 다가가 아이를 똑바로 눕혀 주었다. 아이는 잠기 어린 눈으로 노인을 한번 보더니 다시 감았다. 노인은 아이 숨이 고단해지지 않기를 바라며 밤을 지새웠다.

다음 날, 새벽에 비가 왔다.

거적을 깐 마당에 기울어 누인 커다란 상사화당이 놓여 있었다. 밀봉이 뚜껑을 돌리자 상사화당은 독과 뚜껑으로 분리되었다. 뚜껑에는 길쭉한 주둥아리가 달려 있어 몸체와 쉬 구분이 되었다.

밀봉은 아이를 독 안으로 들어가게 했다.

노인의 손을 놓은 아이는 노인한테 작은 손을 흔들었다. 아이는 독 앞에서 몸을 돌려 한 번 더 손을 흔들었다. 아이는 기어서 들어갔다. 밀봉은 뚜껑을 굴려 닫았다. 이음새는 꼭 들어맞았다. 밀봉은 이음새에 덕지덕지 생질(찰흙)을 발랐다. 안에서 아이는 노인이 만들어놓은 길쭉한 주둥아리로 숨을 쉴 수 있었다.

상사화당 안의 아이는 한 번도 내벽을 치지 않았다.

밀봉은 방으로 들어갔고 노인은 얼마쯤 마당에 서 있었다. 노인은 아이가 닫히는 틈으로 흔들던 자그만 손바닥을 생각하며 침을 한번 삼켰다.

비는 오후까지 내렸다. 멀리 노인의 가마가 시뻘건 불김을 뻗대고 있었고 세상은 차가운 냉기로 가라앉았다. 공기를 타고 흙 굽는 냄새가 이리저리 떠돌았다. 한참 만에 노인은 초막으로 들어갔다. 마당에는 누운 듯 덩그러니 놓인 커다란 상사화당이 혼자 비를 맞았다.

5

저녁, 노인은 물에 만 밥과 탁주 병을 들고 상사화당 옆에 기대앉았다. 노인은 그릇에 든 밥을 마셨다. 달그락거리는 소리를 내자 독 안에서도 인기척이 났다. 표면을 툭툭 두드리는 소리. 아이의 기미였다. 마치 독 안의 아이가 독에 기댄 채 앉은 노인의 등을 간지럽히며 장난하는 것 같았다. 노인은 남은 밥을 훌훌 마저 마시고 그릇을 저쪽으로 던졌다.

안에서 아이 숨이 들렸다.

할아버지.

대답하지 않았다.

밥 먹고 있어요?

냄새가 나는 모양이었다. 당연했다. 아이를 가두고 하루 반나절째 독 안에 먹을 것을 넣어주지 않았다. 음식 냄새가 그리울 시점이다.

노인은 술을 꿀꺽였다.

물 마셔요?

"목마르냐?"

계집아이는 괜찮다고 말했다.

옹기 옆에서 밥을 먹는 이유는 안에 있는 아이의 후각 상태를 확인하기 위해서였다. 밀봉이 그렇게 지시했다. 옹기에 갇힌 아이는 날이 갈수록 물에 만 밥 냄새에 민감하게 반응한다. 그렇다고 아이가 전혀 먹지 않는 것은 아니었다. 노인은 하루에 두 번씩 옹기의 작대기처럼 튀어나온 긴 주둥아리로 물을 흘려 넣어주었다. 표면을 톡톡 때려 기미를 알려주고.

물 마셔요?

"술이다."

아이는 아무 말도 하지 않았다.

등을 기댄 노인은 하늘을 바라보았다. 안의 아이가 독 안 어디쯤 있는지 가늠할 수 없었지만, 상사화당 벽을 사이에 두고 자신과 등을 맞기대고 있으리라 믿었다.

"심심하냐?"

할아버지, 심심해요.

얼마쯤 힘이 빠진 소리.

노인은 말주변이 없어 저 파란 밤하늘을 설명해주지 못했다. 이럴 줄 알았으면 저것이 만지며 놀 수 있도록 질이라도 좀 넣어줄걸. 노인은 후회했다.

밤이에요?

다행히 이번 목소리는 맑았다.

"그래, 밤이다."

할아버지, 밀봉 아저씨가 그러는데요, 젓말은 제 서래요.

"첫말이 네 거?"

네. 첫말만은 제 소원을 말할 수 있대요.

"그러냐."

그다음부터는 저, 남한테만 쓰이는 거래요.

"그러면 니 소원을 잘 생각해두라."

할아버지 소원은 뭐예요?

"내 소원?"

네.

"잡혀간 손녀를 꼭 한 번 보는 거."

몇 살인데요?

"너보다 두 살 어리다."

네 살?

"그래. 그쯤 되었다. 여기 살았다."

여기 있었으면 나랑 찰흙으로 놀았을 텐데.

"그랬을지도."

노인은 술병을 입에 대고 하늘을 바라보았다. 아이가 콧소리로 술 냄새가 난다고 말했다. 그간 노인과 방을 썼던 아이는 노인이 방귀를 뀔 때마다 코를 막고 작은 이마를 찌푸렸다.

술 냄새도 그렇게 맡고 있는가.

노인은 어린 아이여서 섬세할지도 모른다고 생각했다. 그러니 이 산속에 흔한 풀 냄새, 바람 냄새, 짐승 냄새, 나무 냄새, 흙냄새도 아닌 술 냄새에 코를 막지.

아이는 밀봉이 뭐 하냐고 물었다.

노인은 말해주지 않았다. 아이는 밀봉이 자기를 때리는 노름꾼에게서 구해줬다고 말했다. 아이는 밀봉이 은인이라고 말했다. 아이는 할아버지도 좋지만 밀봉이 더 좋다고 말했다. 밀봉의 목소리를 듣고 싶다고 말했다. 노인은 혀를 한번 찼다.

"평생 그놈 말을 들어야 할 테니 그딴 소리는 내 앞에서 그쳐라."

평생은 아니다.

쓰고 얼마 안 가 버려질 것이다.

귀매 혼은 오래 데리고 다닐 수 없다. 강한 기운을 써버리면 언젠가는 가맛불에 피어나는 연기처럼 흩어질 테다. 아이는 흩어질 때까지 그놈 말을 들어야 한다. 토끼를 쫓는 사냥개처럼. 꿩을 쫓는 매처럼.

안에서 아이가 기침을 몇 번 했고 노인은 그제야 뒤를 돌았다.

"안에 춥냐?"

아이는 노인이 만든 옹기는 하나도 안 춥다고 말했다. 아이는 피곤하다고 말했고 노인은 입을 닫았다.

"내일이면 물과 함께 씹을 것도 들어갈 게다."

씹을 것이라야 손톱만큼의 육포 정도였다. 아이는 독 안에서 죽으면 안 되었다. 그래서 겨우 죽지 않을 정도만 먹어야만 했다.

밀봉은 토벽에서 내내 잠만 잤다. 노인이 밥을 차리면 일어나 배를 채우고 다시 잤다. 꼭 죽은 사람처럼 잤다. 자신이 죽지 않는 몸을 가졌다고 허풍을 치더니 어떨 땐 그 말이 맞나 싶었다.

다음 날, 노인은 밀봉의 밥상을 차린 후 마당으로 나갔다. 톡톡, 표면을 두드리니 아이가 주둥아리 입구에 입을 댔다. 먼저 물을 흘러 넣어주고, 잘게 찢은 육포를 떨어뜨려주었다. 아이는 맛있다고 웃는 것 같았다. 노인은 그날 밤, 분신과 같은 깨끼 날을 옆에 세워두고 아이와 함께 거적에 앉아 잠을 잤다.

닷새부터 아이는 말하지 않았다.

육포를 넣어주면 달그락 움직이는 소리만 났다. 아이는 살이 쏙 빠지고 삐쩍 말라 있을 터였다. 흘려준 물을 손가락으로 찍어 입술을 적실 테고, 떨어진 육포를 간신히 끌어당겨 입에 넣고 녹여 먹을 것이다. 아이가 싼 오물은 옹기의 작은 구멍으로 흘러나왔다.

밀봉은 내내 잠만 잤다.

아흐레째도 노인은 물과 육포를 넣어주었다. 밤이 되자 노인은 헛 동막에서 지붕으로 쓸 이엉을 가지고 왔다. 그것을 옹기에 덮어주고 등을 댄 채 하늘을 바라보았다. 마당에는 장작불이 타고 있었지만 그래도 습기가 많았다. 노인은 축축한 거적에 앉아 이슬을 맞으며 한뎃잠을 잤다.

열흘째 되던 날, 밀봉이 마당으로 나왔다.

밀봉은 옹기에 대고 아이 이름을 불렀다. 대답이 없었다. 밀봉이 돌출된 주둥아리 구멍으로 직접 육포를 넣었다. 안에서 덜그럭거리는 소리가 났다. 후다닥거리는 소리. 마치 커다란 개가 정신없이 빙빙 도는 것처럼 내부가 덜그럭거렸다.

"여느 아이와 다르군. 더 활발해."

노인은 아이 상태를 일찌감치 알고 있었다.

갇힌 지 일주일쯤 되었을 때 물을 흘려주거나 육포를 넣어주면 이전 아이들보다 더 요동쳐댔다. 작은 냄새에도 심하게 반응했다. 아이는 캉캉 짖기도 했다. 그렇다고 해서 사내아이들처럼 독을 깨려고 노력하지 않았다. 안에서 그저 빙빙 돌며 정신없이 움직이기만 했다. 점점 독기에 절어 음식이나 소리 등 외부 자극에 민감하게 반응하는 것이다.

밀봉은 꽃무릇이 그려진 상사화당 표면을 톡톡 치며 이만하면 되었다는 표정을 지었다.

밀봉은 탕개톱을 들고 숲으로 들어갔다. 비탈 너머 침식지를 건너면 무성한 대나무 숲이 있었다. 한참 만에 밀봉은 말 대가리만 한 둘레의 대나무 토막을 등에 지고 나타났다.

밀봉은 도끼로 대나무 토막을 깎아 통으로 만들었다. 뚜껑도 만들었다. 지니고 있던 밀랍을 녹여 표면에 발랐다. 뚜껑에는 사슴 기름을 발랐다. 그날, 밀봉은 마당에서 깨끼 날을 품에 안고 졸고 있는 노인을 깨웠다. 아직 동이 트지 않는 밤이었다.

"도적을 꺼내 와야겠는데."

시작할 모양이다.

젓독 안에 재어둔 고기 적은 열흘 만에 시루떡처럼 작아져 있었다. 함께 넣은 숯 때문에 그것은 썩지도, 그렇다고 익지도 않은 상태였다. 기름기가 질척거렸고 끈적하고 누릿한 냄새를 고약하게 피워댔다. 노인이 어깃어깃 젓독을 들고 나오자 마당에는 펄펄 횃불이 튀고 있었다. 거적 위 상사화당 옆에는 밀봉이 황해도에서 가지고 온 소금 보자기도 놓여 있었다.

안에서 그것이 또 정신없이 덜그럭거렸다.

적 냄새를 맡고 빙글빙글 도는 것이리라. 그것은 몹시 굶주려 있었고, 노린내에 환장하는 중이었다. 노인은 젓독을 밀봉 앞에 내려 놓았다. 밀봉은 젓독 속 미끄덩거리는 고기들을 꺼내 대나무 통에 깊숙이 욱여넣었다. 뚜껑은 닫지 않았다. 고기 썩은 시큼한 악취가 주변을 떠돌며 횃불을 춤추게 했다.

밀봉은 상사화당을 안았다. 옹기 뚜껑을 비틀어서 열려는 것이다.

끄여차, 힘을 주자 독과 뚜껑의 이음새에 발라놓은 흙들이 부스러져 떨어졌다. 안에서는 아이가 정신없이 돌고 있었다. 노인은 밀봉의 커다란 등과 널찍하게 벌린 두 다리 뒤에서 우물쭈물 서 있었다.

혀를 이로 긁으며 분신과도 같은 깨끼 날을 잡았다. 밀봉이 뚜껑을 열기 전에 해치워야겠다고 생각했다.

깨끼 날로 밀봉의 등을 퍽 찍었다. 노인은 몇 걸음 물러났다.

날이 박힌 등은 커다란 등지느러미를 단 갈치를 연상시켰다. 밀봉이 맥이 불뚝 솟은 목덜미를 부여잡으며 이쪽을 돌아보았다. 섬뜩한 이마였다.

노인은 실패를 깨닫고 주춤거렸다.

상체가 하도 두꺼워 베어지지 않은 모양이다. 어쩌면 당연했다. 저놈의 몸은 수비질한 찰진 고작대미가 아니니. 여기서 나한테나 얌전하지, 세상에 나가면 미혹을 불러일으키는 술사의 고약미가 가득하니.

밀봉은 등에 박힌 날을 빼내려 팔을 뒤로 꺾고 이리저리 허우적거렸다. 몸통이 워낙 커서 그의 팔은 짧게 보였다. 간신히 길쭉하고 얇은 날을 뽑아낸 밀봉은 그것을 바닥에 던지고 노인을 노려보았다.

깨끼 날이 온갖 벨 것을 다 부른다 해도 저놈은 부르지 못하는 모양이다.

"……그 아이를 죽이지 마."

밀봉의 눈이 횃불 빛에 서리며 뙤록거렸다.

"부탁일세."

밀봉은 오랫동안 노인을 노려보기만 했을 뿐 다른 말은 하지 않았다.

눈으로 충분히 경고한 밀봉은 상사화당의 독과 뚜껑을 마저 분리하기 위해 등을 돌렸다. 독을 안고 비틀어댔다. 밀봉의 등은 퍼진 피로 온통 붉게 변해 있었다.

노인은 비치적비치적 부엌으로 돌아가 도끼를 찾았지만 횃불에 감 잃은 눈이 주변을 어둡게 했다. 나무 물통에 걸려 넘어진 노인은 놋대야를 뒤집고 간신히 아궁이 옆에 세워놓은 오지솥을 그러잡고 마당으로 나왔다.

마당에서 밀봉은 엉덩이를 쳐들고 한참 힘을 주고 있었다.

노인은 오지솥을 들어 밀봉의 머리를 내리쳤다. 밀봉은 그제야 털썩 무릎을 꿇었다. 동물 뼈를 고는 데 제격인 이 흑도 오지솥은 황해도 바닷바람을 먹은 황토에 가장 높은 무화武火로 익히기에 구워놓으면 그 어떤 것보다 강하다. 노인이 다시 솥을 들어 올릴 때 밀봉의 팔이 노인 멱을 잡았다. 밀봉은 노인을 멀리 있는 잿물탕으로 던졌다. 첨벙, 세워놓은 물레와 매 따위가 쓰러지며 노인은 기절했다.

결국 뚜껑을 주먹으로 깼다.

꽃무릇 문양이 서너 개의 금으로 갈라졌다. 독 안에서 아이가 쏜살같이 튀어나와 대나무 봉에 머리를 박았나. 동의 폭이 쐐 짚있기에 아이는 생고기를 씹을 수 없었다. 대나무 통에 머리를 박은 아이는 땅을 긁으며 자꾸 통 안으로 들어가려 했다. 아이는 개감스레 움직였다. 아이 피부는 오랫동안 깊은 산을 헤맨 듯 시커멨다. 도톰하던 손은 거미의 그것처럼 비틀어져 있다. 노인이 빨아 입힌 비단옷은 질흙처럼 축축했다. 밀려 올라간 저고리 틈 사이로 드러난 아이의 골반은 비틀릴까 겁날 만큼 홀쭉했다.

잿물탕에서 노인은 흐르는 물에 눈을 껌벅이며 이쪽을 보고 있었다. 무언가를 질질 흘리는 둔부를 쳐들고 대나무 통에 머리를 박은 채, 붉거진 뼈가 훤히 보이는 뒷꿈치로 땅을 함부로 차며 이리저리 움직이는 생명체를 보며 노인은 탄식했다. 밀봉은 대나무 통을 밟았다. 아이의 머리가 이 밀봉의 발아래에서 딱 멈췄다. 깨끼 날이 비틀리며 올라갔다.

밀봉은 한 번의 바람으로 아이 목을 자른 다음 서둘러 소금을 채우고 뚜껑을 닫았다. 아이 머리가 냄새나는 고기와 함께 대나무 통에 단단히 밀봉되었다.

그렇게 귀매통이 만들어졌다.

동녘이 푸르스름해지고 있었다.

6

종이에 말아 싼 아이 시신을 노새에 싣고 산으로 들어간 밀봉은 저녁때가 되어서야 돌아왔다. 노인은 가마 위 젖은 낙엽에 쪼그리고 앉아 굽잇길을 바라보고 있었다. 부엌에서 밀봉은 스스로 물을 끓였고 몸을 씻었다. 며느리가 집어놓은 흉터들이 지렁이처럼 춤추는 그의 등판에 노인이 박은 깨끼 날 자국은 감쪽같이 사라져 있었다. 노인은 밥을 주지 않았고 밀봉은 굶었다.

초막에서 밀봉은 대나무 통에 부적을 붙이고 소금물로 표면을 닦았다.

노인이 문 앞에 섰다. 노인은 취해 있었다.

"어디에 묻었는가?"

"만월사에 갖다 주었는가?"

"아니면 옥녀봉 아래 달래뜸에?"

밀봉은 듣기만 했다.

굵은 홍사紅絲로 통 둘레를 단단히 이어 묶고 갈래를 늘여서 어깨에 멜 수 있도록 끈을 만들었다. 노인은 삐뚜름한 눈으로 노려보았다. 저렇게 끈으로 동여매는 것은 해마다 본다. 볼 때마다 세상에 나쁜 것을 풀어놓았다는 생각이 든다. 실은 가둔 것인데 말이다. 저것들은 저길 벗어날 수 없다. 귀매통 뚜껑을 열면 아이의 혼이 피어오르지만, 부적 때문에 달아나지 못하고 부리는 자 주변에 맴돌게 된다.

노인이 이를 앓고 다시 물었다.

"묻은 곳을 대. 정월에 술이라도 부어주게."

"혼이 통 안에 살아 있으니 복 빌 필요 없소."

노인도 안다.

이렇게 만들어진 귀매통이 어떤 일을 하는지를.

귀매는 귀신을 가두어 부리는 행위다.

잔뜩 굶긴 아이를 먹을 것으로 꾀어서 빈 우물이나 광에 가둔다. 먹을 것을 주지 않고 닷새 정도 굶기다가 허기가 극에 달했을 때 맛난 것으로 홀리고 단번에 죽여 그 혼을 통에 가둔다. 그것을 귀매통이라고 한다.

그렇게 되면 통 안의 혼령은 영험한 귀술을 부리는데 오직 부린 자의 말만 듣게 된다. 병자를 낫게 하고 사라진 물건을 찾기도 하며 중요한 일을 예언하기도 한다. 또 부린 자가 명령하면 남을 위해하기도 한다.

팔도에 귀매통을 들고 다니는 자가 없지는 않았다. 하나 전부 가짜였다. 귀매통이라고 열어서 보면 정체를 알 수 없는 사체가 굳어 있고 그것이 정말 효력을 부리는지도 알 수 없었다.

아주 드물게 밀봉처럼 진짜가 있었는데 대부분 나쁘게 부렸다. 남의 아이를 유괴해서 귀매혼을 만든 후 여러 사람에게 병이 생기도록 하고, 돈을 받고 다시 병자를 낫게 했다. 밀봉은 아니다. 밀봉은 귀매통을 악하게 사용하지 않는다. 많은 돈을 준다 해도 자신이 아니다 싶은 것은 하지 않았다. 조선 땅 곳곳의 허약한 지점, 사람들이 앓고, 죽고, 버려지는 것을 치유하는 게 밀봉의 뜻이었다. 통 안의 귀신을 부려서.

통 안의 혼은 오래가지 못한다. 혼은 술사가 부릴수록 기가 망가진다. 자신을 갉아먹으며 신묘를 행하는 것이다. 하나 혼은 고통을 모르고, 자기가 무슨 짓을 하는지 모른다. 오직 욕에 사로잡혀서 부린 자의 욕심을 채워줄 뿐이다. 그러다가 통 안의 혼은 흩어진다.

큰 사술을 부리면 한두 번 만에 흩어지고, 잔사술을 부리면 그보다는 오래간다. 그래 봐야 한 해 정도다. 아이를 구하기 힘든 술사들은 고양이를 사용하기도 했다. 통에 같은 방식으로 고양이 혼을 넣으면 효력은 약하지만 내성은 더 오래간다. 노인은 그 모든 것을 밀봉한테 들었다.

술사 밀봉은 아이를 유괴하지 않았다. 반드시 돈으로 샀고 그에게 아이를 판 집은 가세가 살아났다. 밀봉은 4년째 귀매혼으로 훈련도감의 포수들을 잡고 있었다. 아이 하나를 죽여 아이 열을 죽일 자들을 응징하는 것이다. 따지고 보면 밀봉의 짓은 훌륭했다. 죄 없는 백성들이 포수들에 의해 쥐도 새도 모르게 죽어나간다고 아무리 고해도 관과 임금은 모른 척했다. 활개는 왜놈들이 아니라 포수들과 관군들이 쳐댔다.

한양에서는 수배가 내려졌다. 하나 전국에서 밀봉을 돕는 자들이 많았다. 밀봉은 팔도를 자유자재로 돌아다녔고 관군들을 또 포수들을 잡아댔다. 크고 작은 사찰에서 그를 재웠다. 평양에 그의 보신을 돕는 부자가 있다고도 했다. 밀봉이 필요한 것을 구하러 한양보다 면 평양으로 가는 이유가 거기에 있었다.

밀봉은 짐을 꼼꼼하게 쌌다.

노인은 예전처럼 말린 함백초 뿌리, 참깨, 북어 대가리 가루, 콩기름을 내주었다. 밀봉은 그것들을 말없이 챙겨 넣었다. 노인은 밀봉이 내년 가을에나 다시 올 거라는 것을 안다. 그는 기껏해야 방문자일 뿐이었다.

그날 밤, 노인은 쪽마루에 걸터앉아 밀봉이 노새를 끌고 가마터에서 멀어지는 것을 바라보았다.

그가 산에서 내려가면 제일 먼저 가는 곳은 수원 요릿집이리라.

부린 자의 명령을 따르는 귀매혼일지라도 첫 주술은 자기를 위해 사용할 수 있었다. 밀봉은 정직한 자이기에 귀매혼이 부탁하는 첫말은 반드시 들어주었다. 밀봉은 귀매혼에게 그간 심하게 굶었으니 먹을 것을 첫말로 사용하라고 제안했다. 푸짐하고 귀한 요리를 실컷 먹게 해달라 말하라고. 아이들 대부분은 밀봉의 제안대로 첫말을 그렇게 사용했다. 밀봉은 요릿집에서 자기 종에게 진미를 실컷 먹였다.

노인은 계집아이가 첫말로 자기를 해방해달라고 부탁하면 밀봉이 그렇게 해준다는 것을 그땐 말하지 않았다. 노인은 계집아이가 이렇게 죽을 것이라고 생각하지 않았기에 애초에 그런 이야기를 꺼내지 않았던 것이다. 밀봉이 평양에서 다른 아이를 데리고 오게 할 수 있으리라 생각했다. 계집아이는 죽었고 노인은 이제 그 말을 해주지 못한 게 한스러웠다.

노인은 기듯 초막으로 들어가 몸을 말고 잠들었다.

7

사내의 배를 쓰다듬는 기생은 사내한테서 풍기는 큼큼한 냄새를 꾹 참고 있었다. 올해도 거르지 않았다. 이 손님은 해마다 찾아와 스무 첩 반상을 주문하고 이틀 정도 놀다가 돌아가는 귀한 손님이었다.

문이 열리고 일곱 개의 호족반이 들어왔다. 한 상에 음식이 올려진 접시가 네 개씩 놓여 있었다.

사내가 눈짓하자 기생은 하인들한테 수저는 한 벌만 남기고 전부 걷어 가라고 말했다. 그러니까 이 스무 첩 상은 수저 한 벌이 먹는 것이다. 하인들이 나가자 기생은 사내 배를 쓰다듬기를 멈추고 수저를 들어 국에 밥을 말기 시작했다. 사내가 기생더러 음식에 손대지 말라고 했고 기생은 수저를 놓았다.

"술은? 올릴까?"

사내는 반응하지 않았다. 필요 없다는 뜻.

"선달님은 이 음식들, 안 먹는다, 그치?"

사내는 음식들을 하나하나 노려보았다. 주문한 음식들 중 냄새가 강한 건 없었다. 백설기, 해삼초, 칠계탕, 귤병, 생복죽, 편육, 수정과, 약반, 증병 등.

사내는 붉은색이 감도는 다식과 강정을 내가게 했다. 대신 사탕이랑 꿀에 절인 황률●을 가지고 오게 했다.

● 깎아 말린 밤.

"선달님 드실 만한 것도 들여올까? 그제 개 한마리 잡아둔 게 있는데."

사내는 응이**를 가지고 오라고 했다. 그릇을 들이자 사내는 산해진미를 앞에 두고 멀건 응이를 달그락거리며 다 마셨다.

그릇을 내려놓고 사내는 구석에 놓아둔 커다란 대나무 통을 자기 앞으로 끌어와 두었다. 기생은 통을 물끄러미 바라보았다.

"이번에는 어떤 아이가 들어 있수?"

"알 거 없어."

"저 귀신이 전부 먹겠네? 사람도 못 먹는 이 귀한 음식들을."

"어허, 재수 없게."

"진짜 그 안에 있긴 한 거유? 귀신이?"

"보고 싶나?"

"보면 뭐 보이긴 하남? 그냥 제사 지내듯 귀신이 먹는다, 다 먹었다, 끝났다 그러면 그냥 그런갑다 하는 거지 뭐."

"귀신이 먹으면 음식에서 냄새가 나지 않지."

뭐 대나무 통 귀신이 음식을 먹으면 냄새가 싹 사라진다고 하니 또 그런가 보다 싶었다.

"잠깐요. 지금 그 통을 열 거우?"

"곧."

"그럼 술을 들일게. 냄새 좀 가리게."

기생은 대통에 든 시커먼 것 같은 것에서 나는 냄새가 늘 고약했다

●● 녹말을 물에 푼 죽.

고 말했다.

"그래서?"

"선달님이 한번 다녀가면 이 방은 며칠 못 쓴다고."

"그럼 다른 집에 갈 수밖에."

기생은 입을 다물었다. 뭔 섭한 소릴 해대고 있수.

쉰 냥 중 스무 냥만 받은 상태였다. 이 난리 통에 이만한 돈을 던져주는 객도 드물다. 그래도 냄새는 참을 수 없었던 기생은 막무가내 하인을 불렀다.

"솔잎으로 담근 좋은 게 있어. 향은 또 솔 향이지. 보오, 그거 좀 가지고 오오."

사내가 빼꼼히 머리를 내민 하인한테 도로 문을 닫게 했다.

하인이 사라지자 기생은 뾰로통해졌다.

"제발 술 좀 들여요. 냄새가 너무 고약하단 말이야. 그 뚜껑을 열면. 술 향이 사라지면 내 믿어줄게. 작년에도 믿는다고는 말했지만 사실 아니었어. 흥. 돈을 그렇게 쓸 데가 없나? 먹지도 않을 음식을 잔뜩 시켜놓고."

사내는 정좌한 채 눈을 감았다.

기생이 애교를 피웠다. 섶을 헤치고 사내의 젖을 꼬집고 손을 넣어 가랑이 사이를 꽉 잡았다. 기생이 바지를 벗기려 했지만 사내는 꼼짝하지 않고 임금처럼 앉아 있었다. 그는 시간을 기다리는 것 같았다. 기생은 재미가 없었다. 자시가 되어야 그 행사를 시작한다는 것도 알고 있었다.

"나는 그냥 옆방에 가 있갔소."

기생은 옆방에서 동백기름을 꺼내고 머리를 풀었다.

해마다 보아온 사실로는 통 안에 든 귀신이 음식을 먹는다는 두 시간 동안 사내는 그 자리에 있지 않았다. 방을 나와 뜰을 서성일 때도 있었고 마당에 쪼그리고 앉아 못에 돌을 던지며 기다릴 때도 있었다. 기생은 그런 사내를 자기 방에 데리고 갔다. 둘은 함백초를 피우고 서로를 만졌다. 기생은 그가 꽤 마음에 들었다. 하체는 통나무 같았고 어깨도 천장을 가릴 만큼 굵다. 말도 많지 않다. 해마다 돈을 뿌리러 오는 것도 그렇고.

하인한테 몇 가지를 지시하고 머리에 기름을 바르고 있을 때 문이 다시 열리더니 하인이 나타났다. 다시 들어오라는 전갈을 받은 기생은 사내가 있던 방으로 갔다. 사내는 나갈 때와 똑같은 자세로 앉아 있었다.

그는 아까와 달리 이마에 불 화자 형태로 주름이 깊게 패어 있었다.

"왜요? 음식이 상했나요?"

사내는 다짜고짜 화로를 가지고 오라고 했다. 기생은 문을 열고 하인을 불렀다.

"화로를 가지고 와. 목탄도 쓰던 거 말고 동백나무로 만든 백탄으로 가지고 오고."

화로가 들어왔고 기생이 불을 지폈다.

사내는 그때까지도 굳은 채 앉아 있었다. 기생은 벌써 함백초를 피운다는 사실에 흥분했지만, 한편으로는 뭔가 일이 잘못되었다고 직감했다. 사내가 귀신이 음식을 먹는 방에서 함백초를 피울 리는 없었다. 음식은 전부 차갑게 식은 것 같았다. 귀신이 이미 먹어치운 것일까?

기생은 조심스레 귀식鬼食 행사가 끝났냐고 물었다.

"안 먹는다고 하는데."

사내는 그렇게만 말했다.

안 먹는다고? 귀신이 이 음식들을 안 먹겠다고 했다?

왜냐고 물어봐야 알 리 없지만 그래도 물었다. 사내는 이미 음식에 관심을 끊은 상태였다. 저 아까운 음식을 어쩔 거냐고 묻자 사내는 원래도 귀식한 음식을 다른 방으로 내가지 않았냐며 화를 냈다.

"왜 나한테 화를 내시나."

밀봉은 이해가 가지 않았다.

혼들은 하나같이 첫말로 배부르게 해달라고 요구했다. 하지만 이 계집아이는 첫말을 다르게 사용할 거라고 말했다. 밀봉은 그 말이 몹시 꺼림칙했다. 혼의 첫말은 오직 혼의 것, 부리는 자가 관장할 수 없다. 저 계집아이의 첫말도 밀봉이 관장할 수 없다. 하나 이렇게 진수성찬을 차려놓고 그 유혹을 떨쳐낼 귀매혼이 있을까? 당연히 받아들일 줄 알았던 밀봉은 당황했다. 당돌하기도 했다. 첫말은 제 거니까 지가 알아서 사용하겠지.

"다만 내일부텀은 일을 시작해야 하니 어서 빌고 치워라."

밀봉은 짐 보따리에서 노인이 챙겨준 함백초 가루가 든 주머니를 풀었다. 함백초를 화로에 줄줄 부었다. 기왕 온 거, 하루 반나절 쉬고 갈 작정이었다.

방 안에 스멀스멀 잿빛 연기가 일었다.

기생은 함백초가 그리웠다.

218

오랜만에 맡아보는 독한 연기. 발가벗고 누워 이 연기를 마실 때 그 황홀함을 잊을 수 없지. 1년에 한 번 찾아오는 이 사내를 오직 자신이 맞이하겠다고 떼를 쓴 것도 사내가 선물처럼 피워주는 귀한 함백초 때문이다.

기생은 흥에 겨워 저도 모르게 노래를 불렀다.

— 기러기, 산 채로 잡아 정들이고 길들여서, 에혀.

화로에 함백초 가루를 태우고 있는 사내 등 뒤에서 기생이 줄줄 옷을 벗었다. 나체가 된 기생은 상들을 밀어내고 자리를 폈다. 기생은 함백초의 양을 가늠하려고 집중하는 밀봉의 등을 벗겨 올렸다.

— 임네 집 가는 길에 소상히 알려주고, 에혀.

둘은 누웠다.

기생은 눈을 감았다.

사내는 몸을 주무르지 않았다. 그래, 그냥 이렇게 있자고. 이 연기에 빠져들자고. 오입은 시시해. 내일 아침에 하자고.

기생은 열 살 때 도박 빚으로 팔렸다. 팔릴 줄 알았기에 별로 슬프지 않았다. 그녀는 한때 궁궐에 드나들던 신분이었다. 기골이 장대하고 몸이 아름다웠지만 여악*이 아닌 침비**가 되어 궁에서 살았다. 그러다가 몰래 씨를 가진 환관한테 겁탈당해 아이를 하나 낳았다. 원래 궁궐에서 기생이 임신하면 쫓겨나야 했다. 태어난 아기도 빼앗겨 산 채로 매장되었다. 계집아이라고 했다. 그녀 아이도 법에

• 女樂. 궁궐에서 음악을 담당하는 여자. 주로 기생이 맡는다.

•• 針婢. 궁에서 재봉직을 담당하는 여자. 주로 기생이 맡는다.

따라 죽임을 당했고 오작인°을 통해 궁 밖에 매장되었다고 들었다. 하지만 들리는 말에 오작인은 아이를 죽이지 않고 어딘가에 팔았다고 했다. 그녀는 생존을 알 길이 없고 찾을 길 없기에 갓난쟁이는 죽은 것으로 여긴다. 그게 6년 전의 일이다.

궁에서 나온 기생은 봄과 여름에는 바다에서, 겨울에는 절에서 몸을 팔았다. 머물던 절의 주지가 불상을 팔아버리고 달아나자 그녀는 여사당패로 들어갔다. 낮에는 가면극을, 밤에는 광대 백정 들한테 몸을 팔았다. 그러다가 눈 밖에 나 염소 한 마리 값에, 쌀 몇 되에 이리저리 팔렸다. 해남에도, 군산에도, 평양에도 몇 년간 살았고 수원까지 왔다. 이곳 수원집은 세종 시절 어느 양반이 살았다던 4척 화강석 기단 위에 축조된 40칸짜리 아름다운 집이었다. 그녀는 이곳에서 평생 몸을 묻기로 했다.

기생은 잊힌 사람들을 떠올렸다. 자기를 버린 부모, 가죽으로 등을 치던 상궁, 매일 밤 자신을 껴안고 서서 엉엉 울던 환관, 한번 안 아보지 못한 핏덩이.

— 한밤에 임 생각날 제, 소식 전해달…….

기생은 점점 황홀해졌고 침이 감돌았다.

이 풀을 맡으면 몸 깊은 곳들이 간질간질하고 피부 아래가 울퉁불퉁해지는 것 같다니까. 그리고 온몸에 잔털이 솟고 이마 속이 아득해지고, 그리고 또 어떤 느낌이냐믄…….

그런데 좀 이상한데. 예년에 맡았던 함백초랑 냄새랑 다른데. 연

° 作作人. 관리가 현장에서 사체를 검안할 때 사체를 다루는 하인.

기 끝맛이 더 시큼한데. 쓰다고나 할까. 함백초는 끝까지 달달했다고. 그런데 이번 냄새는 뭐지? 양은 정확하게 쟀을 텐데. 그간 이런 일이 없었는데.

그때 옆에서 씻씻거리는 소리가 났다.

기생이 몽롱한 눈을 떴다.

밀봉이 서 있었다.

방상시 탈처럼 입을 크게 벌리고 있었다. 입에서 주체하지 못한 침이 줄줄줄 흘러내렸다. 화로에서 퍼지는 거무레한 연기가 그의 턱을 헤치며 마구 피어오르고 있었다. 밀봉은 지금 정신과 몸을 가늠하려고 필사의 노력 중이었다.

발기된 성기를 몽둥이처럼 세우고, 널따란 가슴에 잔근육을 울긋불긋 피워댔다. 이리저리 노려보는 눈은 짐승의 것과 다름없었다. 기생은 영리한 여자였다. 풀가루의 부작용이 자기보다 이 사내에게 먼저 왔다는 것을 알아차렸다. 화로에 가루를 넣을 때부터 연기를 너무 많이 마신 탓일까? 아니다. 이젠 그녀도 좀 알았다. 이 풀은 예년까지 마시던 풀이 아니다. 비슷하지만 다른 풀이다.

기생이 상체를 일으키자 밀봉은 젓가락으로 기생의 눈을 찔렀다. 무언가가 툭 터지는 것 같았고 기생의 얼굴이 꽃무릇처럼 붉게 변했다. 기생은 원래대로 누웠다. 기생이 턱을 당기고 일어나려고 했고 밀봉은 통나무만 한 무릎으로 기생의 푹신한 가슴을 밟았다. 기생은 온전하게 남은 한쪽 눈으로 사내를 올려다보았다. 사내의 아랫배가 마구 울렁거리고 그 아래, 낭심이 주머니처럼 늘어져 있었다.

기생은 두 가지를 깨달았다. 하나는 연기가 저놈을 미치게 했다는 것과 또 하나는 저놈이 자신을 죽이려 한다는 것을!

밀봉이 기생의 눈에서 젓가락을 뽑았다. 기생의 허벅지가 한번 팅기듯 솟았다가 바닥으로 떨어졌다. 기생이 눈에서 피를 뿜어냈다. 자리가 미끈거려 올라탄 커다란 밀봉이 기울어졌고 한쪽 눈만 뙤록 뜬기생은 그 틈을 놓치지 않고 일어나 밖으로 뛰쳐나갔다.

벌거벗은 몸으로 달려 나오던 기생은 누마루에서 제 피로 한번 줄떡 미끄러졌다. 쿵 하는 낯설고 찰진 소리에 마당에 있던 하인 다섯이 멀뚱하게 바라보았다. 기생의 가슴과 배와 굵은 허벅지에는 핏줄기가 난초처럼 흘러내리고 있었다. 하인들이 달려가 기생을 일으켰다.

밀봉은 그 방에서 기생집 하인 대여섯에 깔리고서야 간신히 난동을 멈출 수 있었다. 이미 배와 목에는 칼이 수십 차례 박힌 상태였다.

"잘 죽였어. 술사 놈들은 전부 죽어야 해."

밀봉의 시체는 하수구에 버려졌고 그가 가지고 있던 돈은 기생집 하인들이 전부 나눠 가졌다. 하인들은 밀봉의 짐에서 찾아낸 말린뿌리와 풀가루를 논에서 태웠다. 며칠 꼼짝하지 않고 몸을 가눈 외눈박이 기생은 몇달 후 수원집에서 나왔다. 기생은 승려가 되겠다며인근 사찰로 갔다.

대나무 통을 두고 하인들은 갑론을박했다. 하인들 역시 그 안에들어 있는 것이 무엇인지 알고 있었다. 부적을 붙인 지 만 하루가 된대나무 통은 시퍼런 귀기를 뿌리고 있었다.

하인들은 그 귀매통을 기생이 들어갔다던 사찰에 맡겼다.

8

산 아래 멀리 연기가 군데군데 피어오르고 있었다.

어스름한 노을빛으로 몇 명이 가마터 쪽으로 걸어오고 있었다. 왜놈들한테 끌려갔던 두 명의 건아꾼과 두 명의 태림꾼, 그리고 며느리와 손녀였다. 며느리의 손을 잡은 손녀는 제법 당차게 걸을 줄 알았다. 가마터는 망가져 있었다. 토벽은 시커멓게 탄 채 무너져 있었고 초막에는 종이 뭉치만 뒹굴고 있었다. 가마는 무너졌고 옹기들도 모조리 깨놓았다.

네 명의 가마꾼과 며느리는 부엌 서까래에 목을 맨 노인의 시신을 보며 서 있었다. 허공에 떠 있는 노인의 발아래는 커다란 옹기가 놓여 있었다. 아마도 머리와 몸이 분리되면 몸이 옹기 안으로 떨어지도록 둔 것 같았다.

옹기 표면에는 꽃무릇이 그려져 있었다.

노인의 손녀는 저쪽, 움 옆에 쪼그리고 앉아 누군가가 빚어놓은 소꿉 토우들을 만지고 있었다.

손녀는 저를 제 할애비 품에 보내준 귀매혼이 했던 것처럼 소꿉 그릇들을 신발 사이에 두고 작은 손을 옹그리며 하늘하늘 노래를 웅얼거렸다.

서모라의 밤

1

서모라(제주도).

먼 하늘로부터 먹구름이 찐빵처럼 부풀며 밀려오는 바닷가. 돌을 던지면 여섯 숨을 쉬어야 겨우 사라지는 까마득한 낭떠러지 절벽 끝에 쓰러져가는 초막 한 채가 걸려 있다.

등이 푹 꺼진 지붕을 억새와 뺑대로 둘러쳐놓고, 휘몰아치는 바닷바람을 겨우 맞서고 있는 초라하고 키 작은 겹집이다.

저 아래에서 치받이를 따라 젊은 남자가 초막으로 걸어오고 있다. 긴 대나무 낚싯대를 들었고 갈모를 썼다. 망태 안에는 갓 잡은 옥돔 한 마리가 입을 뻐끔거린다.

뺑댓문을 닫고 마당으로 들어온 청년은 섬돌 위에 놓인 커다란 가죽신을 보자 몸을 움츠렸다. 초막 마루에 서서 조심스레 어닫이문을 잡고 열었다.

40 중반의 사내가 앉아 있다. 사내 옆에는 더럽고 커다란 보따리, 오동나무 함, 사슴 가죽으로 둘둘 감은 청동검, 여행자들이 지니는 나막신이 놓여 있다.

청년은 생각한다.

'자객이구나.'

자객은 자신의 사타구니를 북북 긁더니 그 손을 코에 대고 킁킁거리며 말한다.

"조용히 들어와."

청년은 초조하게 입술을 훑는다.

"뉘…… 뉘신지?"

자객은 고구마 덩어리 같은 손을 허공에 긁으며 잔말 말고 방 안으로 들어오라고 시늉한다.

문고리를 잡은 채 안을 보는 청년의 낚싯대 끝, 초릿대가 심하게 대롱거린다. 청년이 어깨를 한번 흔들었고 앞으로 몸을 숙이려 하자, 자객이 대뜸 소리친다.

"가만히 놓아두라. 그거."

곰처럼 둥실한 몸이었지만 그는 청년의 낚싯대가 위험한 무기가 되리라는 걸 알고 있었다. 밉광스레 가늘어진 눈에는 한 치의 몸놀림도 가만두지 않겠다는 경계가 서려 있다.

청년 등 뒤로 꽁무니바람이 휘몰아쳐 들어온다.

자객 옆에 둔 등잔의 불이 고일 듯하다가 납작하게 퍼졌다.

"낚싯대는 두고 몸만 들어와."

사내가 시키는 대로 청년은 낚싯대를 두고 들어섰다.

"메고 있는 그 망태는 일루 갖고 오고."

청년이 망태를 건네자 자객이 낚아채 저쪽에 던진다.

"앉아."

"……우, 우리 집에는 훔쳐 갈 만한 게 없어요."

청년이 주섬주섬 앉으며 말한다.

"문 닫고. 바람 들어오잖아."

청년이 문을 닫고 앉는다.

"날 봐."

자객은 청년을 유심히 살피기 시작한다.

청년은 부끄러운 듯 고개를 옆으로 돌린다. 콧김을 푹푹 내쉬는 자객의 날카로운 시선이 청년의 얼굴에 꽂힌다.

"그렇게 빤히 보시면 좀 부끄러운데……."

"쉿!"

자객은 청년의 인중에 검지를 대며 가만히 있으라는 신호를 보인다.

"날 똑바로 봐. 눈동자 움직이지 말고."

부라린 자객 눈이 반질반질한 청년의 얼굴을 요리조리 뜯어본다. 마치 소가 여물을 핥듯이.

둘은 한동안 마주 앉아 있다.

철썩철썩.

파도치는 소리가 움막을 때린다.

이윽고 자객은 이마의 세로 주름을 풀었다. 확인할 것은 확인했다는 표정이다. 그는 다시 이마를 찌푸리며 좁은 움막 안을 훑어본다.

"방 안에 뭔 냄새냐? 너 여기서 오줌 끓였냐?"

"……."

"사는 꼴이 지랄 방정이구만. 저 옷들, 말리지도 않고 짐짝에 처넣어두면 쉰내가 나는데. 저건 또 뭐냐? 미역이냐? 미역을 방에서 말리냐? 원."

"그런데…… 뉘신지요?"

"누구긴 새끼야. 너 죽이러 온 사람이지."

"주, 죽이러? 저기 존함이 어떻게……."

"알아서 뭐 하게? 내 존함을?"

자객은 다짜고짜 청년의 망태를 연다.

막 잡은 옥돔이 아가미를 벌렁거리며 꿈틀거리고 있다.

"오홋, 크다. 오늘 잡은 거야?"

자객은 방 안을 두리번거린다. "보자. 석판 같은 게……."

시렁 아래에 생선 굽는 석판이 걸려 있다. 자객은 밝은 표정이 되더니 으여차, 하고 일어난다.

키가 방 천장에 닿을 만큼 크다. 청년은 그 기개에 눌려 옴짝달싹할 수 없다.

자객은 석판을 향로에 올리고 재에 부싯돌을 켠다. 다소곳이 꿇어앉은 청년은 이방인이 하는 짓을 물끄러미 볼 뿐이다.

석판에 올려진 옥돔이 고소한 연기를 뿜는다. 연분홍빛 등이 바짝바짝 즙을 내며 익어간다.

자객이 아쉬운 듯 쩝쩝 입맛을 다신다.

"생선구이에는 술이 있어야 하는데 말이야."

"……있는데."

청년의 말에 자객은 낡은 찬탁 위에 놓인 단지들을 본다.

"오, 저것들이 다 술이었구나."

열어보니 단지마다 백사주, 좁쌀주, 매실주가 있다. 꿀단지도. 자객은 매실 단지를 안고 온다. 사타구니 앞에 껴안듯 놓고는 표주박으로 덜어 벌컥벌컥 들이켠다.

"아따, 새콤하다!"

수먹으로 입을 닦고 그 손으로 지글지글 익는 무드러운 생선 살을

230

뜯어 호호거리며 입안에 가져간다.

쩝, 쩝, 쩝.

말 궁둥이만 한 옥돔 한 마리를 순식간에 먹어치운 자객은 손가락을 쪽쪽 빨고 트림을 길게 한다.

자객은 화로에 주전자를 올린다.

물이 끓자, 자신의 짐 보따리에서 작은 향합 단지를 꺼낸다. 안에는 검은 찻잎이 들어 있다. 그는 찻잎을 주전자에 폴폴 넣고 우리기 시작한다.

골, 골, 골.

물 끓는 소리가 났을 때 청년이 용기 내어 묻는다.

"······공께서는 진나라 사람이오?"

"공?"

"아. 아니, 어르신, 아니 자객님, 아니, 아저씨······."

"지랄."

그러자 청년도 오기가 생겨 역정을 낸다.

"아, 묻는 것도 잘못입니까? 날 죽이러 왔다는데 그 정돈 물을 수 있는 거 아닙니까?"

자객은 청년의 표정이 재미있다는 듯 두 손으로 받쳐 든 잔을 호호거리며 빙긋 웃더니 결국 그렇다는 뜻으로 고개를 끄덕인다.

"그럼······ 황제가 보냈습니까?"

자객은 역시 고개를 끄덕이며 수염이 북슬북슬한 입술에 잔을 댄다.

무언가를 깨달은 청년은 그제야 푹, 고개를 숙인다.

이방인은 옆에 놓아둔, 자신이 가지고 온 오동나무 함을 툭툭 치며 말한다.

"황제가 니 머리를 이 안에 담아 오라고 했어. 이 상자에."

청년은 비단에 싸인 오동나무 함을 흘깃 본다. 사람 머리 하나가 거뜬히 들어갈 상자다. 잔을 내려놓은 자객이 누런 이를 쩌억, 드러내 보인다.

"네 머리를 이 상자에 담아 바친 후, 이 상자는 다시 돌려받을 거야. 이건 황제께서 쓰던 함롱이거든. 엄청 귀한 거라서 내 딸내미가 시집갈 때 가보로 물려줄 거야."

청년은 이제 포기한 얼굴이다.

막 울 것 같기도 하다.

자객이 턱으로 잔을 가리켰다.

"너도 한잔 마셔. 향이 좋은 군산 차야."

청년이 부복하며 울부짖는다.

"죽이시오. 나, 서복은 무황지죄*를 저지른 대역죄인이오. 황제를 속인 죄, 황제의 황금을 낭비한 죄, 황제의 여자들을 빼돌린 죄, 모두 인정합니다."

자객은 발가락 사이에 낀 때를 긁어내며 중얼댄다.

"무황지죄 같은 소리 하고 있네."

청년은 비장하다.

"……언젠가는 자객이 올 줄 알았소."

●無皇之罪. 황제를 능멸함.

"니가 살던 집은 이미 우물이 되었어. 알아? 어디 겁대가리 없이 그런 짓을 하냐?"

"존함이 무엇이오?"

"알아서 뭐 하게? 새끼야."

"내 목을 베는 사람 이름 정도야 알고 죽어야 하지 않겠습니까?"

자객은 처음으로 얼굴을 굳혔다.

"그렇기도 하겠군."

자객은 조나라 한단 출신으로 이름은 왕전이다. 올해 봄을 넘기고 마흔셋이 된 왕전은 원래 조나라 북산에서 근거하던 평원군의 호위 무사였다.

조나라는 8년 전 젊고 패기로 똘똘 뭉친 영정(진시황제)이 다스리는 진나라에 먹혔다. 조나라뿐 아니라 중원을 호령하던 여섯 개의 나라들이 모두 진에게 흡수되었다. 그러자 왕전은 망설임 없이 조나라 장군 지위를 버리고 진나라 황궁을 지키는 수문장이 되었다.

"조나라 사람이 어찌 진나라를 따르고 있소이까?"

동문수학한 손빈이 그렇게 힐난했을 때 왕전은 가차 없이 비웃었다.

"흥, 나라 따위가 뭔 소용이야?"

망한 조나라를 위해 투쟁하는 손빈 같은 놈들이 가소로웠다. 그런 짓은 호수를 만들겠다고 사막토에 양동이 물을 붓는 격이다. 세상은 다 살아가는 방식이 있는 법. 나라나 조국 따위는 망상이다. 그에게는 정치 의리 따윈 없다. 신봉하는 의리가 있다면 오직 하나뿐, 딸을 잘 먹여 시집보내는 것이다. 그래서 뜨는 해, 진나라로 찾아가서 스스로 무릎을 꿇었다.

조나라 군복에서 진나라 군복으로 바꿔 입은 왕전은 복위 운동을 일으키는 각 나라의 잔당들을 거침없이 베고 눌렀다. 주머니의 못은 언젠가 드러나는 법. 시황제는 사람을 죽일 때 전혀 흔들림이 없고 손놀림이 빠르고 지치지 않는 그를 눈여겨보았고 곧 자신의 신변을 보호하는 순마장군에 발탁했다. 의탁한 지 꼭 5년 만에 일궈낸 성과다.

하나 호사다마라고 했던가.

함양 도성에 모래바람이 몹시 불던 가을날 황제는 왕전의 딸을 가두고 왕전을 부복시켰다. 황제가 추상같이 뱉은 말은 다음과 같았다.

"서복의 목을 가져오지 못하면 네놈 딸을 죽이겠다. 네가 무슨 잘못이 있어서가 아니다. 반드시 놈을 찾아오란 뜻이다."

하나 왕전은 안다. 그가 황제에게 밉보였다는 것을. 왕전은 자신이 언제부터 황제 눈에서 멀어졌는지 알 수 없었다. 회복의 길은 임무를 완수하는 길 밖에 없다.

서복은 황제에게 불로초를 찾아오겠다고 공언한 사악한 자로, 바로 이 청년의 이름이다.

황제는 놈을 믿었고 놈에게 보기 좋게 당했다.

"동해 너머 진국辰國(지금의 한반도)에는 세 개의 신성한 산이 있습니다. 봉래산, 방장산, 영주산이 그것인데 그 산들이 바다 건너 있습니다. 60척의 배와 거기에 가득 실은 금, 5천 명의 일행, 3천 명의 동남동녀童男童女, 각각 다른 분야의 장인들을 동반해야 합니다. 그리고 동남동녀들에게 삼위의 선을 익히게 하고 신의 제단 앞에서 성스러운 교접 행위를 보이며 예를 올려야 합니다. 그래야만 삼신三神이 감복하실 것입니다."

"좋다. 황금 1천 량도 가져가라. 배는 스무 척 더 가져가고."

그렇게 서복은 황제로부터 엄청난 돈과 5천 명의 일꾼들, 3천 명의 여자와 남자 아이들을 받고 함양(진나라 수도)을 떠나 동쪽으로 출발했다고 알려졌다.

그리고 돌아오지 않았다.

왕전이 난하를 넘고 숙신의 땅을 지나 개주와 복주(요동)의 해안을 따라 동국 땅에 도착하는 동안 삼신은커녕 신선이 싸놓은 똥 한 자락도 본 적이 없었다.

한수漢水(한강) 북쪽의 나라들은 율령조차 만들어지지 않은 부족체 수준의 연맹국들이었다. 그들은 고작 땅에서 캔 돌조각들을 온몸에 치장하고 자기들끼리 우가우가, 하며 사는 고약한 원시 민족이다. 물론 한수 남쪽에 근거한 진국은 그럭저럭 나라 모양이 서 있지만 말이다.

어쨌든 서모라까지 와서야 놈을 찾았으니 다행이다.

왕전은 자신의 이름을 묻는 서복을 본다.

"내 이름이 뭐냐고 물었나?"

"네."

"안 알려줘, 새끼야. 알아봐야 지옥 불에 빰을 비벼대면서 원怨만 세우겠지. 그나저나 발에 바르는 고약 같은 거 있나? 여기까지 오느라 개고생하다가 발이 곪아버렸다고."

서복이 팔을 뻗어 구석에 놓인 대나무 상자를 더듬으려 하자 왕전은 다시 매의 눈이 되었다. "어허. 움직이지 마."

"……고약이 필요하다면서요."

"그냥, 있는 곳을 말해."

놈이 어딘가에 칼이라도 숨겨놓으면 안 되니 직접 뒤지려는 것이다.

서복은 손으로 대나무로 짠 상자를 가리킨다. 왕전은 칼집을 뻗어 상자를 끌어당긴다. 열어보니 이것저것 잡다한 것이 들어 있다.

"거기 호리병 안에 고약이……."

왕전은 호리병을 막아놓은 밀랍을 뽑는다. 냄새를 쿵쿵 맡은 다음 내용물을 손바닥에 흘려 살핀다. 걸쭉하게 흐르는 기름은 호랑이 간을 짜서 만든 동국산 고약이 분명하다.

왕전은 발목을 싼 더러운 헝겊을 푼다. 뒤꿈치에 수오전(진나라 동전) 한 개 크기의 멍울이 나 있다. 여기까지 걸어오면서 생긴 변옹便癰이다.

그는 발그대대한 상처에 고약을 바르며 지나가는 말처럼 묻는다.

"그나저나 당신. 영지초(불로초)는 찾았나?"

서복은 왕전이 호리병을 꺼냈던 대나무 상자를 본다.

왕전 눈이 가늘어진다.

냅다 대나무 상자를 엎는다. 고약이 번질거리는 손으로 돗자리에 쏟아진 바늘, 침향, 조그만 대나무 피리 등을 헤치며 살피는 왕전.

풀떼기나 말린 약초 따윈 보이지 않는다.

"이 새끼가."

탁, 왕전이 대나무 피리를 집어 들어 서복 머리를 친다.

"불로초를 어디에 뒀어?"

"있잖아요. 거기."

"어디?"

"그거라구요! 들고 있는 거."

서복은 왕전이 들고 있는 대나무 피리를 가리킨다.

왕전이 대나무 피리의 주둥아리를 빼갠다.

안에 녹색 가루가 보인다. 모시 조각에 털어 쏟으니 한 줌 정도 되는 소량이다. 왕전이 눈을 부라린다.

"이게 그거라고?"

서복이 고개를 끄덕인다.

"그냥 녹차 가루 같은데?"

"맞다구요. 불로초."

"증명해봐."

"놀라실 텐데요."

"이 새끼가."

"아, 알겠어요. 그거 잠시만 주시면."

왕전이 대나무 피리를 서복에게 건넨다.

"그럼 잘 보세요."

서복은 녹색 가루를 한 줌 집는다. 시커멓게 탄 석판 위에 놓인, 왕전이 깨끗하게 발라 먹고 뼈만 남은 옥돔의 눈깔에 뿌린다. 그러자 물고기가 뒤틀리며 괴수처럼 변하기 시작한다.

"으, 으아야."

왕전이 뒤로 물러난다.

물고기의 눈이 검은 진액을 뿜더니 곧 옹골지게 들어차고 등뼈와 가시 사이로 보랏빛 비늘과 살이 부푼다. 날카로운 이빨도 생겨난다. 그 괴물은 급기야 툭, 돗자리로 떨어지더니 수상한 진물을 퍼트리며 퍼덕거리기 시작한다.

"으아. 이, 이게 뭐다냐?"

왕전이 구석으로 물러나며 소리친다.

쿠엣, 쿠엣.

<u>그르르르.</u>

왕전은 바닥에 놓아둔 칠성검을 찾기 위해 손을 더듬는다. 괴수 물고기가 푸덕푸덕 기어오더니 왕전 엉덩이를 문다.

"으아악."

왕전이 엉덩이를 흔들자 물고기는 다시 떨어져 바닥에서 퍼덕거렸고 점점 더 커져만 간다.

우락부락해지는 괴수 물고기가 정강이를 물려고 방향을 틀자 왕전은 날렵하게 피하며 그것의 눈깔에다가 칠성검을 박아 넣는다. 괴수 물고기는 축 처졌고 꼬리를 몇 번 퍼덕거리다 잠잠해진다.

온몸에 땀이 흥건하다.

저쪽에서 서복이 피식 웃고 있다.

"웃어?"

"아, 증명해보라면서요."

자객은 가루를 유심히 본다.

"맙소사. 그럼 이게 진짜 불로초 가루라고?"

불로초가 진짜로 있긴 한 모양이다.

"그런데 양이 왜 이 모양이야."

"맷돌로 가니까 반 되 정도밖에 안 나왔는데요."

"이건 반 되도 안 되는데?"

서복은 입을 닫는다.

놈 귓불이 조금씩 벌게진다.

"너, 이 새끼. 설마?"

왕전이 겨누어보자 서복은 부끄럽다는 듯 고개를 끄덕인다.

반은 놈이 먹은 것이다.

왕전은 떠올린다.

서복이 진시황의 명을 받아 불로초를 구하러 갈 때 그의 나이가 예순두 살이라고 들었다. 그런데 지금 앞에 앉은 서복이라는 자는 고작 스물 안팎으로밖에 보이지 않는다.

탁, 서복 머리를 때린다.

"늙은 게 욕심을 부려도 적당히 부려야지. 얼마나 처먹었기에 얼굴이 이렇게 새파래진 게야?"

탁, 탁, 탁.

"나이 처먹고 욕심부리면 내리던 비가 거꾸로 솟아!"

서복이 머리를 흔들며 몸부림친다.

"아. 그만, 그만 좀 때려요. 이걸 먹는다고 어려지거나 젊어지는 건 아니에요. 그건─"

왕전은 서복의 말을 듣지도 않고 가루를 받친 모시 조각을 곱게 접고, 다시 말린 대나무 잎에 싸서 자신의 향낭 주머니에 넣는다.

"어쩔 수 없군. 이거라도 바치는 수밖에."

그는 한번 방귀를 뀌었다.

서복도 찾았고 불로초 가루로 챙겼으니 임무는 끝났다.

옆에 놓아둔 자신의 칼을 잡는다.

시퍼런 칠성검.

검신劍身이 좁고 자루가 짧은 한 척 정도의 단검으로 철이 좋은 조나라에서 만든 칼이다. 왕전이 가장 아끼는 검이기도 하다.

검을 보자 서복 눈이 동그래진다.

왕전이 씩 웃는다.

"뭐, 자네 목도 가져오랬으니까."

그는 다듬이 석돌에 서복의 머리를 대게 했다. 석돌에 뺨을 댄 서복이 눈을 찔끔 감는다.

왕전이 썰기 전에 묻는다.

"거鋸(톱)도 있는데, 아플 것 같으면 그걸로 할까?"

"……그냥 칼로 하시지 말입니다."

서복은 입술을 바르르 떨며 대답한다.

"그렇지? 칼날이 단번에 들어가는 게 낫겠지?"

"……아프지 않았으면 좋겠습니다."

"그래. 아프지 마. 그럼 썰게."

푹,

스르륵.

칼날이 서복의 목덜미에 깊숙이 박힌다.

칠성검의 날과 서복의 목덜미가 마주 댄 부분에서 피가 일자로 고이기 시작한다.

한 시간 후.

"아! 젠장맞을. 못 해먹겠네."

온몸에 피를 뒤집어쓴 왕전은 들고 있던 칠성검을 집어 던지며 방바닥에 널브러진다. 화로에 올려놓은 놋쇠 주전자에 담긴 물을 벌컥벌컥 마시다가 뜨거움을 느끼고 우에엑, 다시 뿜어낸다.

진나라 말로 온갖 욕을 해대는 왕전.

"이 개자식, 불로초를 얼마나 처먹었기에 잘라도 잘라도 뒈지지 않는 것이냐?"

서복은 몸을 일으켜 무릎을 꿇고 앉는다. 그는 피투성이가 된 목을 긁적이며 민망한 표정으로 눈을 껌벅이고 있다. 낡은 옷깃에는 피가 뚝뚝 떨어지고 있다.

"……죄송합니다."

그랬다.

서복의 몸은 근육에 손상이 가했을 때 줄기세포가 조직을 분화, 성체로 회복하는 빈도가 기하급수적으로 늘어 혈구와 피부가 빠르게 회복되었다. 그래서 칼날이 근육을 썰어도 금세 새살이 올라왔다.

왕전은 술 한 모금을 입에 넣고 갸르르, 입안을 헹군 다음, 꿀꺽 삼켰다.

"안 되겠다. 그냥 본국까지 가자."

"네……? 저를 데려가신다고요?"

서복이 놀라 되물었지만, 왕전은 오동나무 상자를 안쓰럽게 바라보며 "아 씨, 대가리를 절여 오랬는데" 하며 쩝쩝거릴 뿐이다.

왕전은 생각한다.

교지에 쓰인 임무는 서복의 목과 서복의 지참물을 가지고 돌아가

는 것이었다. 지참물이란 물론 불로초일 것이다. 뭐 어쩌랴. 목이 안
잘리는데. 살리든 죽이든 데리고 가기만 하면 되는 거지. 불로초 가
루까지 찾았으니 황명은 분명 수행한 것이다.

왕전은 에라, 모르겠다, 하고 드러눕는다.

내일 날이 밝으면 배를 타고 서모라를 벗어나 한반도 본토로 가야
한다. 거기서 말 두 필을 사서 달려야겠다고 생각한다.

여기서 배를 구해 서쪽 바다로 곧장 방향을 잡으면 시간을 수십 배
단축할 수 있지만, 이 시기의 바다는 고양이의 눈처럼 갈피를 잡을
수 없다. 늦여름의 풍랑은 유독 고약하니까. 말이 편해. 더 안전하고
말이지.

왕전은 눈을 감고 딸을 생각한다.

그 어린것을 두고 고향을 떠나온 지도 벌써 1년이 지났다. 딸의 웃
는 모습이 잘 그려지지 않는다. 이 임무만 잘 수행하면 황제로부터
작은 고을을 하나 얻을 수 있을 터였다. 고을을 준다면 왕전은 고향
을 다스리겠다고 주청할 참이다.

2

왕전은 벌떡 일어나 백사주와 좁쌀주 단지 마개를 연다. 녀석의
목을 자른다고 기운을 쓴 탓인지 목이 칼칼해졌다. 사발에 꿀을 넣

고 손으로 빙글빙글 말아서 단숨에 들이켠다.

"크하."

그렇게 두 항아리째를 비우자 서복이 쥐새끼처럼 기어 온다. 눈을 보니 무언가 할 말이 있는 모양이다.

"……저기, 자객님."

"왜?"

"너구리 한 마리 몰고 가시렵니까?"

"너구리?"

"네. 오동통한 너구리."

"육포로 떴냐? 너구리 고기는 말려도 누린내가 좀 날 텐데."

"노노노노. 국수 같은 겁니다."

"국수? 음. 도삭면刀削面이라면 좋지. 아, 양고기 국물도 있으면 좋은데."

"아, 그런 건 필요없습니다요."

서복은 일어나더니 천장 시렁에서 반짝반짝 빛나고 몹시 매끈거리는 붉은색 종이 쌈 한 개를 가지고 와서 자리에 앉는다. 왕전은 눈을 동그랗게 뜨고 서복이 들고 있는 그것을 바라본다.

처음 보는 오묘한 종이 쌈이다. 표면에는 그릇에 담긴 먹음직한 도삭면 그림이 그려져 있다. 놀라운 것은 그림이 몹시 사실적이라는 것이다.

입이 딱 벌어지겠다. 붓으로 그려도 이렇게 그릴 순 없다. 황제의 진용서眞容署 화사畫師들이 그린 건가? 그건 아닐 텐데. 바스락거리는 것을 보니 종이 안에 무언가가 들어 있다.

서복이 능숙하게 종이를 뜯는다.

안에는 말려놓은 딱딱하고 허옇고 둥근 면이 들어 있다. 손바닥보다 작은 쌈지 두 개가 들어 있다.

"앗!"

그때 서복 녀석이 놀라는 표정을 지었다.

놀란 왕전이 덥석, 칼을 잡았다.

"뭐냐? 무슨 일이냐?"

"자객님!"

"그래!"

"자객님은 오늘 운이 디빵 좋으십니다."

"운? 디빵?"

"네. 너구리에서 다시마가 두 개가 나왔습니다. 이것 보십시오."

서복은 말린 다시마 쪼가리 두 개를 내보인다.

작았다.

꼭 월나라 호패 정도 크기다.

"이게 두 개면 큰 행운인 거냐?"

"당연하죠. 너구리에 다시마 두 개는 좀처럼 만나기 힘든 행운입니다."

그는 주전자를 내리고 솥을 걸더니 다시마를 넣고 물을 끓인다.

"다시마가 두 개니까 국물도 필시 깊을 겁니다."

팔, 팔, 팔.

물이 끓자, 서복은 들고 있던 말린 면을 솥에 넣는다.

그러자 딱딱하고 꾸불꾸불한 것이 한 올 한 올 풀어지며 희한하게 국수가 되었다.

"오."

왕전이 감탄한다.

서복은 함께 들어 있던 작은 쌈지 두 개를 입으로 찢더니 그 안에 있는 빨갛고 검은 가루를 솥에 뿌렸다. 두 줌 정도 양이다. 면수가 순식간에 붉게 변한다. 매콤하고 기묘한, 생전 처음 맡는 향이 올라온다.

"이 놀라운 가루들은 뭔가?"

"수프라고 합니다."

"수프?"

서복은 김이 모락모락 나는 면을 접시에 담아 왕전 앞으로 내민다. 볼에 피딱지가 엉겨 붙은 서복이 천진난만하게 실실거린다.

"드세요."

왕전은 후루룩, 후루룩 흡입하듯 입에 넣고 오물거렸다.

"오오오."

맛이 기가 막힌다.

매콤하고 쫄깃쫄깃하고 구수하고 칼칼하기까지 하다.

"국물도 일품입니다. 특히 저 발효주와 먹으면 궁합이 끝내주죠. 하나 아쉬운 건, 파가 좀 있으면 좋은데…… 그건 없군요."

어느새 왕전은 면을 다 건져 먹고 조그만 잡다한 건더기를 씹고 있다.

공포와 허탈함, 윽박지름과 피 냄새가 난무하던 방 안은 순식간에 매콤한 김을 맡으며 불 앞에서 흥분하는 사내들의 정분으로 바뀌고 있다.

"오묘하군. 착착, 감기는 맛이 상당해."

"이히히. 자객님은 지금 너구리 한 마리를 몰고 가신 겁니다."

"그게 이 음식을 먹을 때 쓰는 표현이냐?"

"네."

"음. 덕분에 잘 몰고 갔다. 너구리."

"저도 한 입만 해도 될까요? 목이 잘린다고 하도 긴장을 해서 그런
지 배가 출출하네요."

"그래그래. 어서 들어."

서복은 왕전이 건네는 젓가락을 건네받고 얼마 남지 않은 국물을
휘젓는다.

국물뿐이다.

왕전이 미안해하는 표정을 짓는다.

"어떡하지? 내가 다 먹어버렸나 보네."

"아닙니다. 진짜는 가라앉은 요것들입니다. 요 건더기를 건져 먹
으면 최고로 맛나죠."

서복은 국물에 남은 건더기를 후루루룩, 흡입한다. 꿀꺽꿀꺽 넘어
가는 울대가 급하다. 하긴 아까 움막에 돌아오고부터 한 입도 못 먹
고 목이 썰리고 얻어터지기만 했다.

"더 없냐?"

"더 드시고 싶으세요?"

"나 말고 너 말이야. 쟁여둔 게 더 있으면 너도 한 마리 몰아. 그 가
라앉은 건더기를 긁어 마신다고 어디 배가 부르나?"

"……이제 없는데."

"없어?"

"한 개 남은 거 자객님 대접해드린 거예요."

그 말에 왕전은 더 미안해진다.

왕전은 포를 떠서 말린 꿩고기가 얼마쯤 남아 있는 것을 생각해내고 자신의 가방을 뒤적거렸다. 서복이 말린다.

"됐구요, 저도 술 한 잔만⋯⋯."

왕전은 술을 채워 건넨다.

조심스레 받아서 홀짝이는 서복이 귀엽고 천진난만하다.

요런 아들 하나 있으면 좋겠다고 생각하다가 아니지, 딸내미가 요렇게 훤하게 생긴 놈에게 시집가면 좋겠다고 생각하다가 아니다, 함양으로 데리고 가면 이놈은 처형당할 운명, 내가 이놈에게 왜 이러지, 하며 정붙이지 말자고 생각한다. 왕전은 죽일 대상에 대해 감정을 낭비하는 사람이 아니다. 게다가 이놈의 본래는 늙다리 노인이다.

왕전은 다시 무서운 눈을 하고 서복을 노려본다.

"황제께 받은 그 많은 금과 아이들은 어떻게 했느냐?"

갑작스러운 질문에 서복은 찔끔 놀라며 잔을 빨았다.

"말하라. 그간 무슨 일이 있었느냐?"

"⋯⋯."

"80척의 배와 3천 명이나 되는 아이들은 어디에 팔아먹고 이렇게 찌그러져 살고 있냐고! 이 늙은 구렁이 새끼야."

서복은 술을 적실 때와 다르게 입술을 묘하게 일그러트린다. 그리고 말한다.

"서복이 늙은이란 소문은 다 거짓이에요. 저는 늙어본 적이 없어요. 게다가 60척의 배라던가 3천 명의 동아라던가 하는 말도 다 구라구요."

"뭣이라?"

서복은 술잔을 내려놓았다.

"좋습니다. 다 말씀드릴게요."

"말해야지. 당연히!"

"전, 사실 미래에서 왔습니다, 자객님."

3

황제는 힘들게 통일한 땅을 스스로 통치하겠다는 의지가 분명했다. 그래서 종종 백관을 이끌고 지방을 순시하곤 했다.

구름이 꾸물꾸물하던 어느 날, 산동 교남 지방을 지나던 황제는 바닷가 언덕 낭야대에 오르게 된다. 낭야 일대는 통일 전에는 제나라 영토였고 여섯 국 중 가장 치열하게 흡수에 반발하던 곳이다. 그 이전에는 월나라 영토였다.

낭야 언덕에서 황제는 한 남자를 보는데 그가 바로 이 남자, 서복이다. 젊은 얼굴이었으니 왕전이 들었던 '서복이 예순 노인'이란 소문은 잘못된 것이다.

서복은 불을 피우고 무언가를 먹고 있었다. 붉은색으로 된 음식이

248

었다. 서복 옆에는 묘하게 생긴 어떤 사물이 놓여 있었는데 두 자 정도 되는 검은 발판이 있었고 세로로 박힌 몸체에는 양손잡이가 있었다. 손잡이 가운데에는 알 수 없는 문자가 그려진 네모난 판이 박혀 있다.

사물의 한쪽 귀퉁이에 기다란 대나무 장대를 하늘 높이 박아놓았는데 장대 끝에는 복잡한 선을 대롱대롱 달고 있었다. 구리선이었다. 구리선은 기묘한 그 사물에서부터 출발해서 장대 끄트머리까지 이어져 있었다. 구리선을 감은 장대는 흐린 하늘을 찌를 듯 뻗어 있었다.

서복은 이 사물을 고치다가 출출해져 잠시 쉬는 중이었다.

음식을 씹으며 간혹 목에 건 '랑야타이주'를 한 모금씩 마시는 그는 내내 기름 묻힌 이마를 찡그리고 있었다. 아무래도 일이 제대로 되지 않은 모양이다.

황차가 서고, 긴 행렬이 두런두런 움직일 때까지도, 그리고 황제가 무사들을 물리고 혼자 언덕에 올라올 때까지도 서복은 인기척을 느끼지 못하고 무언가를 곰곰이 생각하고 있었다. 다가온 황제가 쪼그리고 앉아 장대를 꽂은 묘하게 생긴 사물을 들여다보았다.

황제로서도 처음 보는 사물이었다.

"이게 다 무엇이냐?"

소리에 깜짝 놀란 서복.

그는 황제를 한번 보더니 목을 늘리고 저 아래에서 황제를 기다리는 긴 행렬을 바라보았다.

"꺼져라."

사내는 이 부분에서 자객에게 부연 설명을 진지하게 했다. 그는 '맹세코'라는 말을 정확하게 세 번 연이어 말했는데, 맹세코 그 행렬이 무엇인지도 몰랐고 자기 앞에 쪼그리고 있는 소박한 복장의 사내가 황제인 줄은 더더욱 몰랐다고 한다.

황제가 복잡한 것들이 엉켜 있는 사물의 내부를 들여다보며 다시 물었다.

"이게 어디에 쓰는 물건이냐고 물었다."

"꺼지라고 나도 말했다."

황제는 더는 묻지 않고 사물을 쓰다듬었다.

"묘하게 생긴 물건이로고."

"어허 건드리지 말라고! 감전되니까."

"감전? 감전이 무슨 말이냐?"

"아, 저리 안 가? 확 프라이드치킨으로 만들어버릴까 보다."

"이 긴 장대는 왜 세워두었나?"

"거기 손 안 떼? 그렇게 만지고 있다가 천둥이라도 치면 당신은 그냥 새까매져. 떨어지라니까. 휘이!"

저쪽으로 가서 대나무 장대를 살피던 황제는 다시 돌아와 앉더니 서복이 먹던 음식을 살폈다. 냄비에 꽂아놓은 허여스름하고 미쭉한 수저를 잡고 휘휘 젓더니 킁킁 냄새를 맡는다.

"음식이 어찌 이렇게 붉은고?"

황제는 붉은 양념이 묻어 있는 작은 떡 조각을 요리조리 살피더니 양념을 검지로 찍어 입에 넣고 오물거렸다.

"헛, 이렇게 오묘한 맛이!"

"아, 이 새끼가."

서복이 수저를 던지고 일어났다.

그는 기름 묻은 볼을 씰룩거리면서 황제의 덜미를 잡고 일으켰다.

서복은 주머니에 넣어두었던, 붉은 전선과 푸른 전선의 구리선이 나온 딱딱이로 황제의 옆구리를 푹 찔렀다.

딱.

따딱.

"으아아아!"

몸에 전기가 흐르자 황제는 거품을 물고 꼬꾸라졌다.

"이 음식 잘못 먹으면 넌 못 헤어나! 어디 겁대가리 없이!"

서복은 언덕 아래 무사들이 칼을 잡고 달려오는 것도 모른 채 황제의 목과 등과 발바닥에 전기를 딱, 딱, 딱 흘려보냈다.

이 딱딱이는 그가 테니스 라켓 모양의 전자 모기채를 개조해서 만든 전기 증폭기였다. 가스레인지에 불을 일으킬 때 붙어 있는 것과 크기가 같다.

딱. 딱. 따딱.

"안 가? 이래도 안 가? 안 그래도 열 받아 죽겠는데."

서복은 황제의 사타구니에다가 집중적으로 딱딱이 충격을 시전했다.

"내가 정력 증강 좀 해줄까? 엥?"

딱. 딱. 딱.

"으아아. 자, 잘못했어요!"

황제는 저도 모르게 존댓말을 했다.

서복은 멈추지 않았다. 딱딱거리는 소리가 날 때마다 황제는 허리를 튕기며 바동거렸다.

서복은 달려온 무사들에게 머리가 눌리고 머리 주변으로 박힌 수십 개의 칼이 그를 구속하고서야 그 사내가 고귀한 몸, 아니 지상에서 유일한, 지존인 것을 깨달았다고 한다. 칼날에 돋을새김한 무늬가 전부 황제를 가리키는 '皇' 자였기 때문이다.

황제는 무사들의 부축을 받고 일어났다.

무사 하나가 황제에게 마를 우린 꿀물을 대령했다. 목이 탄 황제는 꿀꺽꿀꺽 마셨다. 모진 전기 고문을 당했지만 황제는 관대했다. 아니, 서복을 살린 것은 황제의 호기심 때문이라고 봐야 옳다. 아닌 게 아니라 황제는 무릎 꿇은 서복 주변의 무사들을 멀리 물렸다.

"짐은 세상의 황제다."

서복은 놀라기는커녕 그저 "아하, 그러시군요"라고 한마디 했을 뿐이다.

황제는 자신을 공격한 딱딱거리는 무기에 관해서 물었다.

"모기채입니다."

"모기채?"

"전자 모기채에서 선을 빼서 딱딱이만 사용한 겁니다. 이렇게 스파크가 나게."

그가 딱딱이를 딱딱거렸다.

황제가 다시 움찔했다.

"저 장대를 왜 세워둔 거냐?"

"번개를 이용해서 전기를 모으고 있었습니다."

"전기가 무엇이냐?"

"전기라는 게 자유전자나 이온들이 움직이면서 생기는 에너지인데. 쩝. 설명해도 잘 모르실 텐데. 하여튼 양전기와 음전기가 서로 끌어당기면서 힘을 발휘하는 물질입니다."

"……음."

"그러니까 이 사물을 작동하려면 전기가 필요하다, 그 말입니다."

"이 사물이 대체 무엇이기에?"

"러닝머신입니다."

황제는 여전히 이해하지 못하는 표정을 지었다.

서복은 짜증이 밀려왔지만, 멀찍이 떨어진 무사들을 보자 곧 얼굴을 풀었다. 더 충직하게 대답해야 한다고 마음먹고 하나하나 설명하기 시작했다.

"이 물건은 사람들이 제자리에서 달릴 수 있도록 고안된 기계인데요, 달리려면 전기라는 물질이 있어야만 해요."

"음."

"여기 보시면 바닥에 이동식 벨트가 돌아가게 되어 있는데 벨트가 돌아가면 사람들이 제자리에 서서 계속 걸을 수 있어요. 그것으로 운동 효과를 보는 거예요."

서복은 작동이 멈춘 러닝머신을 아쉽게 바라보았다.

"이걸 작동시켜야 하는데 전기를 구하지 못하고 있어요."

그는 12볼트짜리 자동차용 미니 배터리가 방전된 이후 엿새째 이러고 있었다. 딱딱거리는 전기 증폭만으로는 커다란 러닝머신이 작동할 수 없었기에 새로운 방법을 찾아야만 했고 결국, 발전기를 분해해 전선을 감은 대나무를 세우고 하염없이 천둥이 치기를 기다리던 참이다.

"천둥이 대나무를 타고 번개가 내려와 발전기에 고이기만 하면, 이 기계에 전기를 공급할 수 있게 되고 그렇게만 되면 러닝머신이 작동됩니다."

서복은 마지막으로 이 러닝머신은 시간을 이동하는 장치라고 아뢰었다.

"시간, 뭐?"

"시간을 이동한다구요. 타임머신."

"도통 알 수 없는 말만 하는군."

"아, 그러니까 물어보지 마시라구요!"

황제는 마 우린 물을 마저 들이켜고는 마지막으로 궁금한 것을 물었다.

황제가 가리킨 것은 그가 먹고 있던 붉은 음식.

"아따, 참 궁금한 게 많으시네. 이건 떡볶이라고 해요."

"붉은 것은 어떤 양념이냐?"

"고추장 양념요."

"이 음식, 너한테 많으냐?"

"한 상자, 있긴 한데."

황제는 멀찍이 떨어져 있는 무사들을 바라보았다.

무사들이 달려와 서복을 포박했다. 서복은 저 기계를 두고 갈 수 없다고 꽥꽥 소리쳤지만 결국 끌려갔다.

황제는 그가 고치던 기계는 바다에 버리라고 명령했다. 전기 지짐을 당해서인지 꼴도 보기 싫었던 모양이다.

그 순간,

하늘에서 우르릉 쾅쾅, 천둥이 일었고 번개가 대나무 작대기를 맞고 배터리가 터져버렸다. 황제는 다시 쓰러졌다. 이번엔 전기가 아닌 소리에 놀랐기 때문이다.

4

"자. 잠깐."

왕전이 서복의 말을 끊는다.

"시간을 이동하는 장치라니?"

서복은 설명하기 귀찮다는 얼굴이었지만 왕전의 주먹을 흘깃 보고는 대답한다.

"러닝머신을 작동하면 미래에서 과거로, 또 과거에서 미래로 이동하거든요."

"그러니까 니가 진짜 미래에서 온 사람이란 뜻이냐?"

"자객님은 좀 이해하시네요. 머리가 좋으신가 봐요."

"흠."

"아까부터 말씀드리고 싶었는데 자객님 헤어스타일, 미래에서 꽤 유행하는 스타일이에요. 투 블록이라고. 그리고 자객님, 은근히 마동석 닮았어요."

"마동석?"

"아, 펀치 잘 날리는 사람 있어요."

"편지?"

"펀치요. 귀싸대기."

"음."

"뭐, 잊으세요. 쓸데없는 말이니까."

"그러니까 정리하면 미래인이 운동하는 기구가 있다, 그리고 전기라는 것을 집어넣으면 그 기구가 작동한다, 그치? 그리고……."

"네. 그리고 그 러닝머신은 시간을 거슬러 다른 시점으로 이동할 수 있구요."

"너는 그것을 이용해서 이곳에 온 미래인이고?"

"댓츠 포인트!"

"뭐라는 거야, 지금 욕했냐?"

"욕 아닙니다. 정확하다는 말입니다."

"러닝머신은 어떻게 생겼느냐? 머릿속에 형상이 안 그려진다."

서복은 종이를 펴서 붓으로 그림을 그리기 시작한다.

"음. 이렇게 생긴 기계였군. 그래, 이 기계에서 말 다리처럼 네 다리가 꿈틀꿈틀 튀어나와 미래로 달려가는 건가?"

그건 아니구요, 서복은 러닝머신 발판 위에 사람이 뛰어가는 모습을 그렸다.

"여기에 서서 이 버튼을 누르면 고무 바닥이 둘둘 돌아가요. 달리면 제자리 달리기가 되죠."

"바닥이 둘둘 돌아가?"

"더는 설명할 자신이 없군요."

"연기처럼 사라지나?"

"여기서 수치를 입력하고 달리면 어느샌가 저쪽의 러닝머신에서 달리고 있죠."

"저쪽이라니?"

"강남역 메리츠 빌딩 7층 세바스찬 헬스센터 네 번째 러닝머신요."

"그러니까 이 러닝머신을 달리고 있으면 미래의 다른 러닝머신으로 이동하게 된다 그 말인가?"

"네. 입력값을 적용하는 순간 세바스찬 헬스센터 네 번째 러닝머신을 달리고 있게 되어요."

왕전은 곰같이 생겼어도 똑똑한 사람이었다.

그는 귀곡자의 여러 제자 중 가장 먼저 인가印可를 받았고 스승의 최고 기술인 죽은 사람을 살리는 활시잔술을 전수한 몸이다.

"시간을 이동하는 장치 이야기는 그쯤 되었고, 계속 말해라. 황궁에 들어가서 어떤 일이 있었는지를. 무슨 농간을 부렸기에 그 많은 선단을 이끌고 불로초를 찾으러 가게 되었느냐?"

"사실 세간에 알려진 것과 달라요. 황제는 불로초를 찾아오라고 명령한 게 아니에요. 황제는 불로초 따윈 관심 없었어요."

"그럼?"

"제가 예전에 시공간을 왔다 갔다 하면서 찾아놓은 불로초가 있었는데 그걸 내보여도 황제는 거들떠보지 않았어요. 황제는 오로지 떡볶이만 찾으셨죠."

"네가 낭야 언덕에서 먹고 있던 그 음식 말이냐?"

"네. 매일 떡볶이만 드셨어요. 이 떡볶이 맛에 반해서 밤마다 자지도 않고 그걸 찾으셨죠. 어느 땐 손을 벌벌 떠시며 떡볶이를 가지고 오라고 소리 지르기도 했어요."

"그게 배 떠나는 것과 무슨 관계?"

"떡볶이가 남아나겠어요? 한 상자에 스물네 개밖에 안 들어 있거든요. 금방 바닥이 났죠."

"그래서?"

"러닝머신 배터리도 없는데 자꾸 미래로 돌아가서 그걸 가지고 오라고 하시잖아요."

"만들어 바칠 수는 없었냐? 음식 아니더냐."

"무리였어요. 떡은 구할 수 있었지만 문제는 양념이에요. 고추장 양념."

"고추장?"

"고추로 만드는 건데요, 미래인들은 이 고추가 아메리카 인디언들이 처음 먹었고 한반도에는 임진왜란 때 일본에서 들어왔다고 알고 있거든요. 그런데 인터넷을 좀 뒤져보니 고대 중국에서도 고추를 먹었다고는 하더라구요. 그런데 막상 와서는 구할 수가 없더라구요. 이곳 진나라에서는 사용하지 않는 모양이에요."

"고추라. 탕구트 쪽에서 먹으려나. 그쪽은 향신료가 엄청 많거든."

"어쨌든 그게 떡볶이의 핵심이에요. 단짠단짠, 맛있게 매워야 하거든요."

"단짠단짠?"

"달고 짜고라는 뜻이죠."

"음."

"배터리도 없는데 자꾸 즉석 떡볶이를 가지고 오라고 하시니 저는 불가능하다고 아뢰었죠. 그러자 황제는 좌도난정지율°을 적용해서 내 목을 자르라고 명령하지 뭐예요?"

왕전은 당연하다는 듯 고개를 끄덕였다.

"황제는 그런 분이야."

"다른 게 남아 있어서 살았어요."

"다른 거? 뭐?"

서복을 살린 것은 바로 너구리였다는 것.

"앗, 너구리? 그럼 황제께서도 너구리를 몰고 가셨단 말이냐?"

"그렇습니다. 잘 몰고 가셨죠. 그것 때문에 참수는 면했어요. 하지만 여전히 떡볶이의 맛을 그리워하셨죠. 떡볶이 한 상자를 혼자 드시고는 그만 홀딱 반하신 거예요."

왕전은 입술을 꼭 깨물었다.

"황제를 반하게 한 음식이라. 대체 어떤 음식일까나."

서복은 멍들어 퉁퉁 부은 눈을 지렁이처럼 꿈틀댄다.

문 쪽으로 힐끗거리다가 시렁 위로 흘끔거리고 고민하는 기색이다.

결국, 서복은 숨을 탁, 하고 내쉰다.

"에이. 그럽시다. 그까짓 거!"

● 左道亂正之律. 삿된 도로 세상을 어지럽힌 죄.

"뭐야. 그 태도는?"

"자객님은 먹을 복이 있으신가 봐요. 뭐, 해드리겠습니다. 나한테 즉석 떡볶이 한 팩이 남아 있거든요."

"그, 그게 여기 있다는 거냐?"

"네. 너구리보다 천배는 더 맛있어요. 내일이면 함양으로 끌려가 는데 아껴두면 뭐 합니까. 뭐, 지금 먹도록 하죠."

왕전은 서복을 노려본다.

"……달아나려고 수 쓰는 거 아니지?"

서복은 왕전을 곱게 흘겨본 후 으이차, 하고 일어서서 천장 시렁에 서 무언가를 꺼낸다.

그것은 아까 본 너구리와 비슷하지만, 더 네모난 형태의 종이 쌈 덩어리다. 그것의 표면에도 역시 너구리처럼 사실적인 그림이 그려 져 있다.

서복은 투명하고 미끈한 종이 쌈을 뜯고 안에 있던 내용물을 보여 준다.

"자, 마약 떡볶이 대령이요!"

"마약 떡볶이?"

"이게 편의점에서 파는 즉석 떡볶이라는 겁니다. 이 붉은 건 고추 장 소스이구요, 이 흰 것들이 다 떡이에요. 그리고 요것들은 말린 만 두 튀김이랑 김말이 튀김."

"오호."

"이 튀김들은 전자레인지가 있어야 하지만 뭐, 증기에 살짝 데워 도 됩니다. 좀 눅눅해지겠지만. 전자레인지 모르시죠? 모르셔도 되구요, 어쨌든 한번 먹으면 그 맛에 중독된다는 아주 무서운 음식입니다요. 한마디로 마, 약, 떡, 볶, 이!"

왕전은 그것들을 유심히 본다.

한번 먹으면 중독? 그렇게나 맛있나?

아까 먹은 너구리보다 천배는 더 맛있다?

대체 어떤 맛이기에. 너구리는 몹시도 흥미로운 맛이었는데, 이건 그것보다 더?

서복은 주전자를 내리고 솥을 걸더니 물을 끓인다.

"일단 떡을 좀 불려야 해요."

"그래그래."

왕전은 마치 황제가 된 기분이다.

서복은 항아리의 물을 조금 떠서 딱딱한 흰 떡을 불린다.

"하던 말을 계속해라. 떡이 불 때까지. 너구리로는 성이 안 찬 황제께 어떤 간교를 부린 게지?"

"간교라니요!"

서복은 소리를 높였다가 왕전이 부릅 눈을 뜨자 다시 긴 한숨을 쉰다.

"없는 떡볶이를 자꾸 내놓으라고 하시니 저는 황제께 떡볶이를 드시려면 배가 필요하다고 말했어요."

"배?"

"배터리를 충전해서 돌아가야만 해결될 문제였어요. 이건 편의점에서만 파는 거니까요. 지금은 유월, 남동에서 태풍이 오는 시기여서 배를 타고 떠다니다 보면 바다 한가운데서 천둥을 만날 가능성이 있거든요."

황제는 여섯 보짜리 누선 한 척을 구해주었다고 한다.

하나 며칠을 떠돌아다녀도 천둥은커녕 비도 구경하지 못했다.

그러자 황제가 대안을 제시했다고 한다.

"비를 내리게 하려면 하늘을 감복시켜야 할 터, 60척의 배와 거기에 가득 실을 금, 5천 명의 일행, 3천 명의 동남동녀, 각각 다른 분야의 장인들을 동반하라. 동남동녀들에게 삼위의 선을 익히게 하고 용왕신 앞에서 성스러운 교접 행위를 보이며 예를 올리도록 하라. 그래야만 하늘이 감복하실 것이다."

왕전은 그제야 전모를 이해한다.

스무 척이 넘는 선단이 출발했다거나 1만 명의 수부들과 남녀 아이 3천 명을 데리고 떠났다는 소문은 여기서 비롯된 것이다.

"전 반대했어요."

"뭐? 반대를?"

서복은 황제에게 춤 잘 추는 18세 미만 남녀 아이 스무 명 정도만 요구했다고 한다.

"그건 또 왜 그러냐? 왜 남녀 아이 스무 명이냐?"

아이들 수를 그렇게만 요구한 이유는 남자 열 명, 여자 열 명이 노래 단체를 만들 수 있는 최대 숫자라는 것. 서복은 그 단체를 '아이돌 연습생 팀'이라고 설명했다.

"노래 단체? 아이들?"

왕전은 처음엔 '아이들'이라고 발음하는 줄 알았다.

"실토할게요. 사실 그 아이들을 미래로 데리고 가려고 했어요. 황제가 준 아이들이 진짜 진짜 예뻤거든요."

"그 아이들을 어쩌려구?"

"잘 모르시겠지만, 미래 세상에서는 젊은 아이들이 춤추고 노래하는 것을 사람들이 아주 좋아해요. 그걸 아이돌이라고 불러요. 좀 반반하고 율동 감각 좋은 아이들을 굶겨서 삐쩍 마르게 만든 다음 눈꺼풀을 째고 코에 심을 박아 높여요. 그리고 노래를 외우게 하고 그 노래에 맞춰 단체 춤을 추게 하는 거예요."

왕전이 다시 검을 잡고 긴장한다.

"눈을 째고 코에 심을 넣는다는 건 사람을 죽인단 뜻이냐?"

"아, 또 오해하지 마세요. 필요하면 넣을 수도 있다는 말이에요. 어쨌든 그렇게 해야 돈이 꽤 벌리거든요. 제가 예전에 인기 트로트 가수 강소희 매니저 생활을 좀 했었거든요. 그때 연예 엔터테인먼트 사업을 해볼까 심각하게 고민한 적이 있었는데 학교에 가는 바람에. 어쨌든 이참에 잘되었다 싶었어요. 황제가 아리따운 아이들을 주었으니까요. 돌아가면 안 올 작정이었죠."

"음."

"남자 한 팀, 여자 한 팀으로 구성하면 빌보드 시장이나 텐센트 같은 중국 시장에서 대박이겠다 싶었죠. 유튜브에 올릴 수도 있고. 아, 그것도 잘 모르시겠구나. 어쨌든 미래의 사람들에게 아이들을 선보이면 돈을 많이 벌 수 있어요. 자객님에겐 돈이라는 말보다 금이라고 말해야 더 잘 이해하시겠네요. 뭐, 진나라에도 금병이나 은병이 유통되잖아요. 어쨌든 그런 게 다 돈이에요."

왕전은 참았던 이를 간다.

잡고 있던 칠성검을 바닥에 쾅, 박는다.

"그렇다면 네놈은 인신매매하려 했단 말이군. 여기 사람들을 미래로 데리고 가서 눈요깃거리로 삼으려 했어. 그것도 하찮은 돈 때문에!"

그러자 서복도 지지 않고 맞선다.

"하찮다니요? 미래 사회는 돈이 생명이에요. 돈 없으면 죽은 목숨이라구요. 자객님도 본인이 살기 위해 절 찾으러 온 거잖아요. 보아하니 황제의 시기를 받은 거죠? 권력자의 눈은 오뉴월의 비처럼 종잡을 수 없죠."

"시끄럽다. 아무것도 모르면서 나불거리지 마라."

"뭐, 그것도 다 자객님이 윗사람보다 잘나서 그렇겠죠. 이순신 장군도 백의종군하셨다잖아요."

"이순신? 이순신이 누구냐?"

"아."

서복은 또 설명하는 것이 짜증 난다는 듯 손을 내저어 됐다는 시늉을 보였다.

인신매매에 분노한 왕전을 의식한 탓인지 서복은 태도를 바꾸어 아이들이 미래에 가면 여기보다 더 행복하게 살 거라고 강조한다. 밥도 더 많이 먹을 것이고 좋은 옷도 입을 것이라고 했다.

왕전은 여전히 뿔이 나 있다.

들어보니 실상은 더 나쁜 놈 같다. 포악한 성정을 거리낌 없이 내보인다. 아이들의 눈을 째고 코에 무언가를 박아 넣는 시대에 살았던 놈이니.

"어쨌든 너는 황제를 속이고 아이들을 납치하려고 했단 말이지. 떡볶이를 구해 올 생각도 없었던 거고."

"자객님 같으면 돌아오겠어요?"

"천둥 한 번으로 우리 아이들을 싹 데리고 가겠다?"

"천둥 한 번 만났다고 다 이동할 순 없어요. 러닝머신 구조상 스무 명의 아이들은 한 번에 이동시킬 수 없거든요. 몇 명씩 나누어서 데려가야 해요. 왔다 갔다 해야 하는 거죠. 또 문제가 있는데 그건 바로 황제에게 받은 금이었어요. 금을 미래로 옮겨야 했는데 금이란 게 분자 요소가 인체와 달라서 그걸 저쪽으로 가지고 가려면 엄청난 파워, 아니 힘이 필요해요. 그러니 저 혼자 우선 돌아가서 배터리를 가지고 와야 하는 거죠. 어쨌든."

그러고는 서복이 쉿, 하듯 다가온다.

"중요한 건 지금부터예요. 배에서 수상한 일이 생겼거든요."

"수상한 일이라니?"

"선상에서 연쇄살인이 일어난 거예요."

"연쇄살인?"

그들은 황제로부터 배를 얻어서 동쪽으로 출발했다고 한다. 금은 좀 많이 받았고 아이들의 수는 스무 명, 그 외에 뱃일하는 수부들은 고작 열 명 정도였다. 그들은 황해 한가운데에서 용왕에게 제를 올릴 계획이었다.

5

처음엔 남자아이가 하나 죽었어요.

배를 아주 큰 것으로 받았기에 객실이 많았어요. 아이들은 두 명이 한방에서 잤어요. 물론 남녀 따로요. 나이 많은 아이는 독방을 썼죠.

아침에 일어나 보니 남자아이 하나가 사라졌더군요.

저는 아침마다 아이들을 모아놓고 국민체조를 시켰는데 그날 아이 하나가 나오지 않았어요.

국민체조가 뭐냐구요?

음. 어떻게 설명해야 좋을까요? 이를테면 황제가 백성들의 건강이 염려되어서 주목*을 시켜 춤을 개발하라고 지시해요. 그 춤에 어울리는 음악도 만들게 하구요. 백성들은 그 음악에 맞추어서 매일 아침 춤을 추지요. 그런 비슷한 거라고 보시면 돼요. JYP나 SM 같은 곳에서는, 아, 그것도 모르시겠구나. 어쨌든, 처음부터 빠른 음악에 적응하기엔 좀 무리가 있거든요. 춤에 소질이 없는 아이들을 배우로 돌려야 하고.

그래서 아침마다 갑판에 모이게 해서 단체 체조를 좀 시켜본 건데 아이 하나가 나타나지 않은 거예요.

배에서 사람이 없어지면 대부분 바다에 빠진 거예요.

몰래 술 마시고 갑판을 돌아다니다 발을 헛디뎠을 가능성이 크지

---

*州牧. 각 주의 장관 격인 자사들.

요. 아니면 식당에 짱박혀 있거나요.

그런데 아니었어요.

배를 뒤지게 했고 곧 아이는 배의 맨 아래에서 발견되었어요. 제사에 사용할 돼지들이 아이의 피를 핥고 있더군요. 머리가 없어진 채였어요. 목에는 날카로운 칼자국이 있었구요.

누군가에 의해 죽임을 당한 거지요. 아이 머리는 한참 동안 찾지 못하다가 돛대 맨 꼭대기에 걸려 있는 걸 수부가 발견했어요.

완전 의도적이었죠.

살해당한 거라고요.

가장 연장자였고 통솔력도 있던 아이였어요.

말이 빨라서 랩을 시키면 딱이었던 놈인데. 집이 가난해서 은병 스무 냥, 쌀 스무 말을 받고 동국으로 가는 배를 탄 아이였어요. 죽은 아이가 무리에서 원수진 일이 있었는가를 조사했지만, 얌전하고 착했다고 합니다. 내 눈에도 그렇게 보였어요.

그 일은 분위기를 꽤 가라앉게 했어요. 아이들은 아침에 갑판에 나와도 춤도 안 추고.

범인은 찾을 수 없었죠.

저는 초조했습니다.

숫자가 하나 비면 난감하거든요. 댄스 그룹은 짝이 제일 중요하거든요.

그날 뜬눈으로 밤을 지새우다 바람이라도 쏘일 겸 갑판에 나와보니 선미에서 어른거리는 세 그림자가 있었어요.

그들, 남자아이 둘과 여자아이 하나가 저지른 일이더군요.

이유가 뭔 줄 아세요?

바로 자객님이 드실 즉석 떡볶이 때문이었어요.

아하, 그렇게 물으실 줄 알았어요. 이게 왜 그때 남아 있었냐는 거죠?

황제가 떡볶이를 내놓으라고 했을 때 저는 너구리 다섯 개랑 떡볶이 열 팩은 내놓지 않고 끝까지 감추고 있었어요.

제가 먹으려고 한 건 아니구요, 만약을 대비한 거였죠. 배에서 러닝머신 작동이 실패하면 그것들을 내보이며 구해 왔다고 할 참이었어요. 일종의 보험 같은 거죠. 아, 보험도 무슨 말인지 모르시겠네.

어쨌든 저는 선실에 너구리와 즉석 떡볶이 각각 다섯 개를 숨겨두었는데 고것들이 그것을 빼 먹다가 서로 싸움이 일어난 모양이에요.

맛이 기가 막혔을 테니 그럴 만도 했죠.

음식 가지고 살인까지 저지르는 게 말이 안 된다구요?

아직 이 녀석 맛을 못 봐서 그런 겁니다. 이 떡볶이는 마약 떡볶이거든요. 한번 먹으면 계속 찾을 수밖에 없어요.

쩝, 아무리 그렇다고 해도 너무 심했죠. 어린것들이 서로 칼부림을 하고 목까지 잘라버리는 그런 기막힌 일을 저지르다니. 어떨 땐 과거인이 미래인보다 어떤 면에서 더 동물적이고 잔인하더군요. 아, 자객님을 두고 한 말은 아닙니다.

전 그 아이들을 불러 모았어요. 목에 칼을 대고 으름장을 놓았죠.

네?

그런 힘이 없을 것 같다구요?

보세요. 여기 내 팔뚝 봐요. 저도 한 근육 한다구요. 아, 등에 이거요? 이 용 그림은 헤헤, 그냥 못 본 척해주시고요. 저쪽에(미래에) 있을 때 그려 넣은 거예요. 어떻게 그렸냐구요? 먹 맞아요. 그걸로 새긴 거예요. 여기서도 노비들 이마에 글씨를 새기던데요? 어쨌든 저도 예전엔 꽤 빠른 놈이었단 거죠. 이쁘장하게 생겨서 안 그럴 것 같다구요? 헤헤. 그런 말도 듣긴 했죠.

저는 본색을 드러냈어요.

점잖게만 굴 순 없는 노릇이었죠. 저는 여자아이의 머리채도 잡고는 마구 흔들었죠. 사내 두 놈은 송곳니를 뽑아버렸구요.

그러자 아이들은 실토하더군요. 뭐 짐작한 대로였기에 새롭다 할 사실은 없었어요.

역시 마약 떡볶이 때문이었죠.

죽은 놈이랑 저한테 맞은 세 연놈들 중 키가 제일 작은 사내놈이 특히 많이 먹었더군요.

그 아이들을 꿇어 앉히고 저는 잠시 생각했어요. 이런 아이들을 미래로 데리고 가서 연예인을 시킨다는 게 무리인가 고민했죠. 나는 배에 있는 사람들 전부 바다에 빠뜨려 죽이고 혼자 떠날까를 잠시 고민했지요. 행사 뛰면서 내내 떡볶이만 먹으려 들면 안 되거든요.

아이들은 벌벌 떨면서 빌더군요.

마침 망을 보던 수부 하나가 무슨 일인가 싶어 내려오더군요. 저는 다짜고짜 그 사람을 밤바다에 던져버렸어요.

그렇게 그 일은 일단락되었지요.

다른 아이들에게는 죽은 아이는 사라진 수부의 짓이라고 둘러댔어요. 사실 나쁜 짓이긴 한데 누군가는 희생양이 되어야 했어요. 배잖아요. 출항한 배는 또 하나의 엄격한 세계라구요. 저는 수부가 빠진 바다에 술을 흘리고 얼마간 기도를 올리는 것으로 끝냈어요.

마침 배는 풍랑을 만나 항로를 이탈하고 있었고 방향을 잡는다는 게 의미 없을 만큼 정처 없이 흘러가고 있었어요.

며칠이 지났어요.

폭풍의 끝자락에 접어들었다고 할까. 하늘은 꾸릿꾸릿했고 먹빛으로 무겁게 가라앉아 바다와 하늘이 하나처럼 보이던 오후였어요. 멀리 구름 속에는 번개가 번뜩이고 있었죠.

일어나서 앉아 있는데 선실 문을 두드리는 소리가 들렸어요. 일하는 뱃놈 하나가 사색이 되어 있었어요.

기시감을 느낀 나는 갑판으로 달려나갔죠.

아이 머리가 또 걸려 있었어요.

이번에는 남자아이 하나 여자아이 하나씩이었어요.

두 개의 머리.

그들의 몸은 각자의 방에서 잠든 듯 누워 있더군요. 일전에 나한테 타박을 받은, 첫 번째 아이를 죽인 세 명 중 두 명이었어요.

범인은 키 작은 사내놈이었죠.

이걸 어찌 설명해야 할까요.

이것들이 떡볶이 맛을 잊지 못해 내 선실에 침입해서 즉석 떡볶이 네 팩을 훔치고는 또 지들끼리 칼부림한 거예요. 내 선실 선반을 뒤져보니 역시 말대로였어요. 겨우 떡볶이 한 팩만 남아 있었죠. 그것도 내 빨랫감 더미에 덮여 있어서 가져가지 않았던 거예요.

나는 범인인 그 아이를 지하에 묶어두었죠.

녀석은 떡볶이를 달라고 울부짖었어요. 나는 문을 잠가버렸죠.

이제 배 안 공기가 달라졌어요.

다른 아이들과 선원들은 사라진 수부의 짓이 아님을 알았지요. 범인이 여전히 배 안에 있다, 달아날 수 없는 배에서 누군가가 사람을 죽이고 있다, 이 배 안에 살인마가 타고 있다, 이렇게 생각했어요.

이제 내가 제어하기 힘들 지경이 된 거예요.

나는 한시라도 빨리 내가 살던 곳으로 돌아가고 싶었죠. 하루하루 갈수록 심연으로 떨어지는 기분이었어요. 저는 이제 혼자만이라도 돌아갔으면 좋겠다, 그렇게 생각했어요. 아이돌 그룹이고 나발이고 다 필요 없었어요.

꼴도 보기 싫었죠.

이게 다 뭔가 싶기도 하고, 연예 엔터테인먼트 사업을 해보겠답시고 과거 아이들을 납치한다는 발상도 웃기고 말이지요.

내일까지 천둥이 오지 않으면 그냥 함양으로 배를 돌려야겠다고 생각했어요. 황제에게 대충 둘러대고 하나 남은 떡볶이 팩을 던져줘 버릴 참이었어요. 뭐, 돌아갈 천둥은 육지에서도 기다리면 되니까요.

그때 망을 보던 선원이 '땅이 보인다'라고 소리쳤어요.

지도를 보니 서모라 서쪽 해안이더군요.

나는 서모라에 정박하기로 했어요.

서모라는 가운데 화산이 솟은 큰 섬이었어요. 네, 맞아요. 자객님이 계신 바로 이 땅이죠. 이것까지 아실 필요는 없겠지만 훗날 미래인들은 이 섬을 제주도라고 불러요.

와서 보니 꽤 반듯하고 넓은 터였고 왕국도 서너 개가 있더라구요. 다들 강한 사람들은 아니구요, 본토인 진(한반도)에서 쫓겨 온 몇 몇 부족이 모여 사는 마을이죠. 서쪽 연안에는 해적들도 몇 부락 살구요.

아이들과 수부들은 육지 땅을 밟으니 기분이 한결 나아지는 것 같았어요. 다행이다 싶었죠. 배에서 오래 있었으니 그럴 만도 하죠. 감수성이 예민한 아이들은 기분이 들쭉날쭉하니까요.

어쨌든 우리가 정박한 서모라 북쪽 마을 사람들은 순박했고 큰 배를 타고 온 우리를 잘 섬겨주었죠. 우리는 식수를 보충하고 고기와 채소를 금과 바꾸었어요. 죽은 아이들을 묻었고 배도 수리했구요.

지도를 보며 돌아갈 궁리를 하는데 갑판에서 수선스러운 소리가 들렸어요. 그간 인자하게 굴던 섬의 부족장이 군사들을 데리고 배를 습격한 거예요.

그들은 금을 노렸습니다. 마치 배의 어디에 금궤가 있는지 다 아는 듯 약탈해 갔어요.

고기와 물을 제공하던 전날의 선한 모습은 모두 거짓이었죠. 더 놀라운 것은 부족장의 군사들을 배 위로 들인 것은 아이들과 수부들이었어요.

선상 반란이 일어난 것이죠.

배 맨 아래 묶여 있던 키 작은 아이가 주범이었어요. 그 아이는 마지막 하나 남은 떡볶이 팩을 찾고 있었어요.

저는 배에서 달아났어요.

6

왕전은 눈을 커다랗게 뜨고 묻는다.

"러닝머신도 빼앗겼단 말이냐?"

"네. 아랫마을 사람들이 가지고 있어요. 지금은 그 살인범 녀석, 키 작은 사내놈이 부족의 두목이 되어 있어요. 배에 있던 금을 이용해서 서모라 사람들을 지배했죠. 앗, 자객님. 물이 다 끓었어요."

서복은 끓는 물에 떡들을 넣는다.

"이게 쌀떡이거든요. 그러니 소화도 잘되어요."

그는 물을 반쯤 들어내고 자작자작하게 남겨둔 후 손바닥만 한 맨들맨들하고 붉은 종이를 뜯어 걸쭉한 붉은 내용물을 넣는다.

"이게 그 고추장 양념이구나."

"네."

왕전은 가까이 코를 대고 손을 흔들어 냄새를 맡는다.

콤콤한 듯하나 몹시 달큰한 향이다. 서복은 거기다가 정체 모를 흰 가루를 가득 뿌려 넣는다. 곧 떡이 붉은 양념에 버무려져 끈적해진다. 물이 졸아갈수록 더욱 향긋하고 매콤한 향이 올라온다. 떡은 필시 쫀쫀하고 쫄깃할 것이다. 다만 저 붉은 양념이 어떤 맛을 낼지는 알 수가 없다.

대체 얼마나 맛있기에 황제가 손을 벌벌 떨고 아이들이 서로 칼부림하는 일까지 벌어지는 걸까.

서복이 말했다.

"자, 드세요. 다 익었어요."

왕전은 붉은 양념을 듬뿍 묻힌 떡을 조심스레 입에 넣는다. 뜨겁고 말랑거리는 그것이 치아 사이에서 요리조리 옮겨 다녔고 곧 혀 위에 안착해서 즙을 풍겨낸다. 서복은 왕전의 턱이 움직이는 대로 시선을 옮겨가며 얼굴을 아래로 내린다.

"어때요?"

찢어진 왕전의 눈이 커진다.

왕전은 서복을 한번 바라본 후 별 대꾸 없이 다시 냄비로 젓가락을 가져간다. 그 후 무섭도록 빠르게 그것들을 입에 넣고 오물거리기 시작한다. 몹시 흥분한 눈, 몹시 불룩거리는 광대, 몹시 오르락내리락하는 하관까지. 왕전의 표정을 다스리는 신경세포는 제멋대로 발광한다.

"정신없이 맛있죠?"

왕전은 서복 턱을 한 대 갈길 뻔했다.

누가 말 거는 것도 싫을 지경이었기 때문이다. 오직 이 양념을 음미하고 싶을 뿐. 젓가락 쥔 손을 흩뿌리듯 움직이며 말 걸지 말라는 시늉을 하고는 튀김들을 양념에 듬뿍 묻혀 씹어댄다. 왕전은 그것들을 허겁지겁 입에 넣고 삼키기 바빴다.

그러다가.

커다란 곰처럼 웅크린 그의 등이 서서히 기울어진다.

서복은 놀라며 자리를 피한다. 이쪽저쪽으로 자리를 바꾸며 왕전이 기울어지는 모습을 보며 어찌할 줄 몰라 한다.

쿵.

왕전은 솥을 쏟으며 꼬꾸라진다.

입에서 흘러내리는 침이 붉다. 피가 아니라 떡볶이 양념이다. 그러나 왕전은 점성 때문에 자꾸만 피라고 느끼고는 의식을 잃지 않으려 혀를 굴려댄다. 안타깝게도 혀는 말을 듣지 않고 점점 굳어만 간다. 왕전의 넓고 발그대대한 이마에 주름이 두툼해진다. 그것은 왕전의 몸에 흐르는 피가 머리 쪽으로 쏠리고 있다는 증거다. 왕전은 방금 먹은 떡볶이란 음식이 잘못되었음을 깨닫는다.

서복이 그것을 흥미롭게 바라본다.

서복은 후, 하고 촛불을 끈다.

몸이 마비된 왕전은 바쁘게 눈동자를 굴렸지만 캄캄한 어둠에 한 치의 움직임도 볼 수 없다.

소리가 들린다.

앞에서 서복이 차갑게 말하고 있다.

"황제는 왜 이 떡볶이를 그렇게 찾으셨나? 맛은 있지만 손을 벌벌 떨고 잠을 못 잘 만큼은 아닌데? 배에 아이들은 왜 서로 죽일 만큼 흥분해 있었는가? 그렇다면 이 떡볶이는 왜 그렇게 사람들을 홀리게 하는가? 그럴 리가요. 제가 약을 탔거든요. 내가 계속 말했잖아요. 이건 마약 떡볶이라고, 마약!"

우르르 쾅쾅, 천둥소리가 들리기 시작한다.

꾸무럭한 하늘이 드디어 터지려는 모양이다.

어둠 속 서복은 바닥에 볼을 비비며 웅크린 왕전의 귀에 숨을 몰아쉬며 가는 소리로 속삭인다.

"사실 미래에 있을 때 약을 좀 거래했어요. 그 약은 미래 사회에서는 유통할 수 없게 되어 있거든요. 그렇게 법으로 정해놨어요. 그런데 찾는 사람은 아주 많단 말이에요. 흰 가루인데, 그걸 어디 보관할 데가 있어야죠. 메리츠 빌딩 7층 세바스찬 헬스센터 네 번째 러닝머신이 과거로 가는 터널이라는 걸 알았을 때 저는 무릎을 탁, 쳤어요. 그래. 이 약들을 과거로 가서 숨겨두면 되겠다. 당장 즉석 떡볶이 팩에 그 약을 나눠 넣고 밀봉했지요. 그리고 틈틈이 몇 상자씩 가지고 과거로 왔던 거예요. 그러다가 배터리가 방전되고 나머지는 뭐, 자객님이 아는 상황 그대로구요. 중간에 마약 사업을 접고 연예 엔터테인먼트 사업으로 갈아타려고 했는데 그것도 여의치 않았고."

우르릉 쾅쾅.

"자객님이 드신 떡볶이 양념 속에는 순도 높은 펜타닐이 들어 있어요. 모르긴 몰라도 헤로인의 40배쯤 될걸요. 한 포를 다 넣었으니 뭐, 한 스무 명 정도가 사용할 양이죠. 황제나 아이들도 그 정도는 먹었어요. 그나저나 이 시대 사람들은 체력이 좋은가 봐요. 그 센 걸 그렇게 처먹어도 죽거나 하진 않네. 저 정도 양이면 치사량인데. 어라, 마침 딱 기다렸던 천둥이 치네요. 저는 이제 제가 있던 곳으로 돌아가럽니다. 자객님한테 끌려 황제한테 돌아갈 수 없어요."

어둠 속에서 덜컹 문이 열린다.

몸이 마비된 왕전은 그저 눈만 부릅뜬 채 서복이 밖으로 나가는 모습을 바라본다.

7

바람 소리가 초막을 흔들고 있었다. 왕전은 흥건하게 젖은 돗자리를 두 손으로 누르며 간신히 몸을 일으킨다.

더듬어 초를 켠다.

밝아지자 좁은 방은 마치 상자를 흔들어 내용물이 온통 엉망이 된 것처럼 어질러져 있다.

짐 보따리를 열어본 왕전이 탄성을 지른다.

왕전은 거의 굶은 쥐새끼처럼 머리를 부르르 떤다.

"불, 불로초 가루를 훔쳐 갔다!"

왕전은 동살널문을 활짝 열어젖히고 밖으로 나간다.

푸르스름한 하늘 녘에 구름이 가득 끼어 있다.

횃불을 켜고 뒷마당을 살핀다. 흙으로 만든 움집 안에서 연기가 피어오른다. 러닝머신이 파직파직, 푸른빛을 뿌리며 자르르 흔들리다 멈추고 있다.

그는 그 빛이 미래인이 말한 전기인가 싶었다.

그는 딸이 있는 고향으로 돌아갈까 아니면 여기서 천둥을 기다렸다가 러닝머신을 타고 놈을 쫓을까를 고민한다. 황명을 어길 수는 없는데. 그러면 딸이 죽는데.

결국, 그는 천둥을 기다리기로 한다.

황명을 수행해야 딸을 살릴 수 있기 때문이다.

비형도

鼻荊圖

1

반으로 자른 드럼통에 커다란 돼지가 걸려 있다. 그 모양새가 마치 하늘에서 돼지가 뚝 떨어져 드럼통에 거꾸로 박힌 형국이다. 드럼통 하단에는 그라인더로 네모난 구멍을 뚫어놓았고 안에는 장작이 맹렬히 타고 있었다. 부대원들은 이런 방식으로 고기를 얹혀두면 기름이 빠지면서 살코기의 질감이 좋아진다고 믿었다. 새벽에 3소대 막사로 대대 트럭이 올라와 꿀렁거리는 돼지 한 마리를 던져주고 갔다. 이 '돼지 회식'은 고된 가을 훈련 앞두고 부대원들을 잘 먹이겠다는 대대장의 의지가 반영된 행사였다. 소대원들은 내일 오후부터 일주일간 긴 매복을 서야 했다. 그래서 주말이 낀 오늘은 아침부터 소대가 들떠 있었다.

지빠귀 우는 소리가 들리고 바람이 숲을 더듬는 소리가 들리는 조용한 오후 한때였다. 곧 해가 넘어갈 테지만 아직은 환했다. 이곳은 7번 국도를 따라 이어진 동해안을 지키는 중대에 딸린 경계 소대였다. 이 산 아래에는 드문드문 민가들이 있지만 엄연히 군사 경계선 안이었다. 따라서 드러난 산길은 순찰로였고 주민들이 다니는 길은 따로 돌아서 나 있다. 이곳은 군인들이 발가벗고 돌아다녀도 될 만큼 인적이 없다. 콘크리트 막사 하나, 연병장 하나, 탄약고 하나가 있는 작은 소대에서 로빈슨 크루소처럼 모여 사는 서른 명 남짓한 병사들은 지금 식당에 모여 맥주를 마시고 있었다.

작은 연병장 구석에 세워놓은 돼지 걸린 드럼통 앞에 쪼그리고 앉은 조 상병은 장작 두 토막을 밀어 넣었다. 장작은 잘 타고 있었다. 이 상태라면 세 시간 뒤 육질이 흐물거리는 돼지 살을 뼈와 분리할 수 있었다. 조 상병은 국방색 러닝셔츠의 라운드 목 라인을 늘여 자신의 가슴팍을 바라보았다. 검은 멍이 왼쪽 젖꼭지부터 옆구리까지 선명하다. 마치 혜성이 지나간 것 같다. 군화로 옆차기를 당하면 이런 멍이 생긴다.

"개새끼들."

조 상병은 주먹으로 터진 입술을 닦았다.

쪼그리고 앉아 세운 무릎 사이에 머리를 파묻고 겨드랑이 너머로 저쪽을 살폈다. 연병장에는 서너 명의 이병과 일병이 맥주 상자를 식당으로 옮기고 있었다. 전부 조 상병보다 계급이 낮은 아이들이다. 드럼통의 불을 살피는 일도 원래 저들이 할 일이었다. 그들은 조 상병을 선임 대우하지 말라는 병장들의 지시를 받은 상태였다. 그랬다. 조 상병은 부대 내 왕따였다. 소대 내 선임들은 조 상병을 극도로 싫어했다. 그가 시야에 들어오면 괴롭히지 않을 수 없다고 말한다. 그래서 무리에서 멀리 벗어나 있는 게 그들로서도 조 상병으로서도 최선의 선택이었다. 훈련 전 회식날인 오늘도 그는 소대원 전부가 모여 있는 식당에 끼지 못하고 연병장에서 혼자 돼지 상태를 지키는 일을 하고 있었다.

조 상병은 소대 막사에서 10미터쯤 높은 터에 있는 식당 건물을 노려보았다. 떠드는 소리와 웃음소리가 들리고 있었다. 노래방 기계가 혼선되는 소리도 들린다. 저들 중에는 개머리판으로 자신의 턱을 내리친 놈도 있고, 다리미로 정수리를 지진 놈도 있다. 그쯤 하면 되었다고 와서 음식을 먹으라고 조 상병을 부르는 놈은 없었다.

조 상병은 불을 보며 마지막으로 무언가를 결심했고 얼마 후 자리에서 일어났다.

소대 상황실은 텅 비었다. 상황실에는 반드시 근무자가 있어야 했다. 상황실 근무는 철책 근무보다 편했기에 전역 말년 병장들이 돌아가며 맡는다. 오늘 같은 날 상황실에 앉아 있는 병장이 있다면 그도 필시 왕따이리라.

상황실 옆에 붙은 소대장 벙커에 들어가 군용 나이프를 챙겼다. 날은 잘 서 있다. 그는 다시 상황실로 나와 벽에 걸린 철제 선반을 열고 열쇠 두 개를 꺼낸 다음 연병장 끝에 있는 탄약고로 갔다.

자물쇠를 따고 문을 열자 냉기가 훅 밀려 나왔다. 4평 남짓한 공간으로 들어갔다. 먼저 보이는 철제 상자를 열고 수류탄 두 개를 건빵 주머니에 넣었다. 탄창 다섯 개가 한 세트로 들어 있는 캔 통이 보였다. 캔 통 전체를 가지고 갈까 하다가 탄창 하나만 뒷주머니에 챙겼다. 수류탄 두 개, 탄창 하나면 충분했다. 탄약고에서 나온 그는 담배를 꺼냈다. 연기를 마시면서 식당으로 가서 웃고 떠드는 놈들을 바로 갈길 것인지 무장한 채 조용히 부대를 떠날 것인지를 고민했다. 어젯밤까지는 후자 쪽이었다. 하지만 지금은 생각이 조금 바뀌었다. 들리는 저 웃음소리에 역겨움이 치밀어 오른다.

죽이자. 죽이고 떠나자. 씨팔.

K2 소총에 탄창을 끼웠다. 무선 이어폰을 끼고 스마트폰에서 음악을 검색했다. 신나는 음악을 들으면서 갈겨버려야지. 스마트폰 액

정을 휘휘 올려 드러그 처치 앨범 중 〈Grubby〉를 선택했다.

그때 뒤에서 발소리가 들렸다.

고개를 돌아보니 주임상사였다.

덩치가 커다란 그는 두꺼비처럼 굵은 턱을 부풀리며 조 상병을 내려다보고 있었다.

"뭐 하고 있냐, 혼자서?"

조 상병은 오금이 저렸다.

이 사내는 올해 50세가 되었고 석 달 전 이혼했다. 무슨 잘못을 했는지는 몰라도 전 재산과 연금을 전부 위자료로 지급했다고 한다.

보통 80여 명 정도의 병력을 거느리는 중대는 대위급의 중대장과 상사급의 선임하사가 관리한다. 작전은 중대장이 맡고 부대 살림은 주임상사의 일이다. 모든 부대가 그렇듯 오래 근무한 부사관들은 장교만큼 영향력이 큰 법. 병사들은 대대와 연대에 출입하느라 코빼기도 안 보이는 육사 출신 젊은 중대장보다 부식, 사병 관리, 병영 내 공사 작업 등을 총괄하는 주임상사를 더 무서워했다.

주임상사가 기거하는 독채는 여기서 500미터쯤 떨어진 중대 본부에 있었다. 조 상병은 이틀 전 그곳을 청소하러 갔다가 놀란 적이 있었다. 중대 창고에 보관되어야 할 맥주 박스를 천장까지 쌓아놓은 것은 이해가 갔지만(보급으로 나오는 맥주를 창고에 보관하면 늘 고참들의 표적이 되기 때문에 보통 간부가 자신의 숙소에 보관하는 일은 일반적이다) 벽 한 면을 가득 채우고 있는 책들은 정말이지 의외였다. 『해유록』, 『산해경』, 『삼국유사』, 『용재총화』 등 오래된 책들이 빼곡했다. 늘그막에 이혼당하고 이런 낡은 책에 파묻혀 인생을 허비하는 모양이라고 생각했다.

조 상병은 소총에 장착한 탄창을 얼른 빼내어 뒷주머니에 숨겼다.

"여기서 뭐 하고 있냐고? 다들 올라가서 술 먹는데."

조 상병은 늘 그랬듯 힘없이 턱을 내렸다.

"상황실 근무자는 어디 갔나?"

"잠시 화장실에 간 모양입니다."

대충 둘러댔다.

주임상사는 알 수 없는 말을 혼자 중얼거리더니 조 상병을 바라보았다. 철모도 엑스반도도 착용하지 않은 채 주머니에 수류탄을 불퉁하게 쑤셔 넣은 병사를 정상이라고 생각하는 간부는 없다.

그는 조 상병의 위아래를 훑었다.

"근무냐?"

"아닙니다."

"그럼, 나 따라와라."

조 상병은 꿀꺽 침을 삼켰다.

2

주임상사는 한 시간째 어두운 산길을 걷고 있었다.

철모를 쓰고 엑스반도 군장을 한 조 상병은 눈꺼풀 위로 줄줄 흐르는 땀을 닦을 수가 없었다. 그는 지금 어린아이만 한 크기의 돼지고기를 짊어지고 있었다. 배낭에는 커다란 됫병 정종 두 개가 쿨렁거린다. 접어서 뒤로 멘 K2 총구가 골반을 자꾸 쳐댄다.

'씨팔. 어디로 가는 거지?'

다행히 주임상사는 탄약고 앞에서 수상하게 서 있던 조 상병을 의심하지 않았다. 그는 뭔가를 골몰히 생각하는 데 정신이 없었고 결국 조 상병을 데리고 그가 생각한 바를 하기로 결심한 것 같았다. 연병장에는 커다란 고기 한 덩이와 술 두 병이 있었다. 주임상사는 조 상병에게 그것들을 짊어지고 자신을 따라오라고 명령했다. 주임상사는 짐꾼이 필요했던 것이다. 조 상병은 어쩔 수 없이 전투 배낭에 술병을 넣고 돼지고기를 어깨에 이었다. 훔친 탄창은 엑스반도 탄창낭에, 수류탄은 여전히 건빵 주머니에 들어 있었다.

자욱길은 오래전 만들어놓은 야간 진지를 지나 산 중턱으로 이어지고 있었다. 이 산의 길들은 전부 전술로였고 민간인들이 타지 않는다. 빽빽한 어둠이 내려앉았지만 경주 시내 쪽 하늘은 훤했다. 조 상병은 저도 모르게 신음을 냈다. 뒷짐 진 채 앞서가는 주임상사는 돌아보지 않은 채 툭 말을 던졌다.

"이놈아. 다 와간다. 그만 끙끙대라."

"대체 어딜 가십니까?"

"너희만 놀면 되겠냐?"

주임상사는 아무래도 내일 매복을 위해 진지 수리에 들어간 1소대 병력에게 술과 고기를 주러 가는 것이라 짐작했다. 중대 부식 관리는 그의 일이었으니까. 조 상병은 일이 꼬인 것인지, 되레 잘된 것인지를 생각했다. 1소대는 경주 시내로 가는 길목 검문소에 있었다. 1소대에 이 고기와 술을 가져다주면 주임상사는 분명 시내에 볼일이 있다며 혼자 돌아가라고 할 것이다. 어차피 탈영하려고 했으니 이참에 시내로 들어가버리면 되겠다고 생각했다.

주임상사는 편편하고 너른 들대에서 걸음을 멈췄다. 그곳에는 키가 큰 오동나무가 솟아 있었다. 무릎만 한 잡풀이 무성한 그 한적한 터는 조 상병 소대의 체력장보다 조금 큰 넓이였다.

과거에 사람 사는 집이 있었던 모양인지 디근 자 형태의 영역에만 풀의 키가 달랐다. 아닌 게 아니라 굴러다니는 석축 잔해가 이리저리 보였다. 둘레가 엄청나게 크고 키가 높은 오동나무는 터의 가운데 자리에 우뚝 서 있었다. 마치 산 중턱에 유일하게 세워놓은 전신주 같았다. 그 너머는 경주 시내가 보이는 벼랑이었다.

"여기서 담배 한 대 피우고 가자."

조 상병은 오동나무 밑으로 가서 지고 있던 고기를 내려놓았다.

"철모 벗어도 됩니까?"

상사는 그러라고 했다. 그는 벼랑에 서서 등을 돌린 채 반짝거리는 경주 시내를 바라보고 있었다.

조 상병은 담배를 꺼내 물고 라이터를 켰다. 담배 연기가 코안으로 들어가자 몸속 내장의 전부가 아래로 뚝 떨어지듯 흥분되었고 침을 한번 삼키니 금세 진정되었다.

저 사람 기다릴 것 없이 그냥 시작하자. 침을 한번 삼키니 금세 진정되었다.

철컥.

조 상병은 K2 소총에 탄창을 장착했다.

등을 보이며 연기를 피우는 주임상사 너머로, 하늘은 물로 씻은 듯 깨끗했다. 조 상병은 담배를 문 채 소총을 견착하고 한쪽 눈을 감았다. 일주일 전 야간 사격 때 발라놓은 형광펜 자국 너머 가늠쇠울을 통해 주임상사의 등을 겨누었다. 조정간을 점사로 돌리고 방아쇠에 검지를 걸었다.

이제 쏘면 되었다. 주임상사를.

3

택시에서 내릴 때만 해도 야트막한 산인 줄 알았는데 아니었다. 벌써 30분째 걷고 있었지만 좁고 마른 흙길은 끝없이 이어졌다. 그는 걸음을 멈추었다.

저쪽에서 까마귀 한 마리가 빛 받은 깃털을 반짝이며 날아갔다. 그 움직임을 따라가니 낡삭은 팻말이 보였다. 팻말이 있는 곳까지 발걸음을 놀렸다.

신라의 달밤 게스트하우스, 여기서 80m

"으아. 아직 한참을 더 올라가야 하네."

그렇다면 좀 쉬어야 할 것 같았다.

가방에서 신문을 꺼내 폈다. 고속버스터미널에서 부채 대신 산 것이었다. 산로山路 가장자리에 박힌 미끈하고 커다란 통바위에 신문을 붙이고 등을 기댔다. 열기 가득한 등허리가 바위 냉기에 식어간다. 그는 하늘을 바라보았다. 조용하다. 5월이었지만 더위가 일찌감치 내려앉아 있었다. 목이 말랐고 배도 고팠지만 무엇보다 담배가 제일 간절했다.

'게스트하우스에 가면 모든 게 해결되겠지.'

인기척이 났다.

배낭을 짊어진 두 사람이 올라오고 있었다.

50대 중반으로 보이는 사내와 30대 초반으로 보이는 여자였다. 둘다 청바지에 흰 운동화 차림이다. 두 사람은 무릎을 짚어가며 대여섯 걸음을 더 오른 뒤에야 바위에서 쉬고 있는 김현을 바라보았다. 고지식하게 생긴 남자는 그대로 지나가려 했으나 여자가 말렸다.

"우리도 좀 쉬었다 가요."

"금방 도착할 텐데 뭔 소리야. 그냥 가자고."

"그러시는 게 좋을 겁니다. 80미터나 더 올라가야 한답니다."

두 사람은 김현을 바라보다가 오르막 너머 푸른 하늘 아래까지 삐뚜름히 걸려 있는 산길을 노려보았다.

"두 분도 저 위에 있는 게스트하우스에 가시는 거죠?"

김현의 넉살스러운 질문에 여자는 웃었고 사내는 시선을 저쪽으로 가져가며 무시했다.

"혹시 담배 좀 있습니까?"

사내는 고개를 저었다.

"안 피워요."

김현은 여자를 보았다. 여자도 담배 같은 건 없다는 듯 어깨를 들썩했다. 김현은 김빠진 미소를 지어 보였다.

"어디서 오시는 길입니까?"

"저 아래, 신원사 터에서."

사내는 그렇게만 말하고 약병에서 알약 두 개를 꺼내 생수와 함께 들이켰다. 딱 보니 혈압 약 같다. 여자는 바위 옹두리에 주저앉더니 모자로 바람을 만들어 얼굴을 식혔다.

"지독한 더위네요? 그쵸?"

이번엔 여자도 웃지 않았다.

남녀는 같은 반지를 끼고 있었다. 역시 나이 차가 나는 부부이다. 김현은 사내가 내려놓은 배낭에 재봉틀로 곱게 휘갑치기한 배지를 보았다. 서울대학교 정장(正章). 그렇다면 유적 조사까지는 아니더라도 비슷한 연구차 경주에 내려온 교수?

"무슨 일로 오셨습니까? 여긴?"

김현이 묻자 사내가 삐쭉 노려보았다.

"그러는 당신은 이 산에 무슨 일로 왔소?"

"저는 사람을 좀 찾으러 왔어요. 저 위의 게스트하우스에 있다고 해서."

"우리도 뭘 찾으러 왔소."

"뭘요? 유적? 아니면 사람?"

"이봐, 물 마셔."

사내는 김현의 질문에 더는 대답하지 않겠다는 듯 여자한테 물병을 건넸다.

"미안합니다. 제가 쓸데없이 자꾸 물었네요."

"아니에요. 저 아래 신원사 터를 조사하러 왔어요, 우리."

여자가 물병을 받으며 말했다.

셋은 몇 분간 말없이 바람을 맞고 있었다. 김현이 슬슬 올라가자고 말했고 둘은 바위 그늘에서 등산로로 올라왔다. 셋은 길을 오르기 시작했다.

그들이 떠난 통바위의 그늘진 자리에는 김현이 젖은 등에 대고 있던 신문이 떨어져 있었다. 1991년 5월 17일자 신문이다. 1면에 군인들이 차량을 통제하는 흑백사진이 큼지막하게 보였고 군이 경주 인근 부대에서 무장한 탈영병을 이틀째 수색 중이라는 기사가 실려 있었다.

4

탁 트인 공간이 드러났고 10미터쯤 앞에 붉은색 슬레이트 지붕이 보였다. 그 집에서 흐르는 것인지 향냄새가 여기까지 진동했다. 다가가니 붉은색인 줄 알았던 지붕은 보라색이었다. 넓은 마당 한가운데에 오래된 나무 한 그루가 있고 그 아래 넓은 판상마루가 놓여 있었다.

세 사람은 사립문을 밀고 자갈이 깔린 마당으로 들어갔다.

지붕만 슬레이트로 교체한 오래된 한옥이다.

지붕의 반은 방수포로 칭칭 덮어놓았다. 디귿 자 형태의 집은 대충 수리한 흔적이 역력하다. 도도록한 몽돌로 바른 보말벽 사이로 네모난 방문들이 일렬로 박혀 있었다.

판상마루에 한 쌍의 남녀가 소니 워크맨 이어폰을 나눠 낀 채 음악을 듣고 있었다. 단발머리를 한 여자와 키가 큰 남자였다. 여자가 게스트하우스 마당으로 들어오는 김현과 두 사람을 보며 환하게 웃는다.

"어머, 손님들이 오시네."

"오늘 4시에 예약했습니다만." 김현이 말했다.

"하하. 우리도 손님이에요."

그렇게 말하는 단발머리 여자의 턱 아래에 보조개가 매력적으로 서렸다.

"주인은 어디 있습니까?" 교수가 물었다.

"금방 올 거예요. 손님 데리러 내려갔거든요."

"올라올 때는 못 봤는데."

"한참 전에 내려가셨어요. 남자 두 분은 이쪽 방을 쓰시면 되고, 여자분은 저기 마루 건너 두 번째 방을 쓰세요."

단발머리 보조개 여자는 마치 자신이 주인인 양 그들의 방을 배정했다.

"내가 이 사람이랑 함께?"

교수가 불만인 투로 말했다.

"남자 두 분 여자 한 분이 오실 거라면서 남자 두 분을 저 방으로 안내하라고 했어요, 주인이."

"우린 모르는 사이인데요."

김현도 어색한 웃음을 지었다.

"저는 주인이 시키는 대로 말했을 뿐이에요. 뭐 주인이 콕 집어 말했으니까 알아서 하세요."

주인이 그렇게 콕 집어 말했다는데 어찌할 방도가 없었다.

교수와 김현은 단발머리 여자가 가리키는 방의 문을 열었다. 방은 넓고 깨끗했다. 둘은 가방을 넣어두고 마당으로 나왔다.

교수가 마당 수돗가에서 목을 씻는 동안 김현은 커다란 판상마루에 앉았다. 단발머리 보조개 여자는 자신을 드라마 작가라고 소개했다. 그녀 옆에 접착제처럼 딱 붙어 있는 호리호리한 남자는 배우였다. 드라마 작가는 그가 발레를 전공했고 지금은 대학로에서 연극을 한다고 소개했다. 김현은 둘 사이가 궁금해졌다.

"두 분은 애인?"

"아닌데. 경주에 여행 와서 만났어요."

그녀가 그렇게 말하자 옆에 앉은 배우의 눈에서 섭섭함이 돌다 사라진다. 드라마 작가가 배우를 쳐다보며 "그런데 여행하는 동안 함께 있기로 했어요" 라고 말하자 배우의 눈에 다시 생기가 돌았다. 배우는 드라마 작가를 좋아하고 있는 듯하다. 여자는, 모르겠다. 김현은 여자가 남자를 어떻게 느끼는지 짐작할 수 없었다.

"젊음이 좋군요."

김현은 두 사람에게 찡긋, 윙크했다.

활달해 보이는 드라마 작가는 김현과 함께 온 두 사람이 궁금한 눈치였다. 김현은 세수하는 교수에게 턱을 던지며 아는 바를 말했다.

"교수님이시랍니다. 신원사 터인가 어딘가를 발굴차 오셨대요. 같이 온 여자분은 아내이구요, 그분도 남편을 돕기 위해 왔다네요. 올라오면서 거기까지만 들었습니다. 저요? 아. 저는 인테리어 하는 사람입니다. 내부 공사도 하고 미장도 하고. 경주 기림사 영산재靈山齋에 괘불이운•을 도와달래서 왔다가 숙소를 이곳에 잡았습니다."

"딱 보니 교수 같았어요."

단발머리 드라마 작가가 보조개를 패며 웃었다.

그때, 맨 끝방에서 두 번째 방의 방문이 열리며 젊은 승려가 수건을 들고 나왔다. 20대 후반의 깨끗한 얼굴이다. 그는 등을 보이며 댓돌에 가지런히 놓아둔 고무신을 신더니 드라마 작가와 연극배우와 김현을 보며 가볍게 합장한 후 건물 뒷쪽으로 사라졌다.

김현은 순간 그가 궁금해졌다.

'근처에 절도 많을 텐데 왜 이런 곳에?'

수다스럽던 드라마 작가도 스님에 대해서는 아는 바가 없다고 입을 삐죽거렸다.

"우린 어제 아침에 이 게스트하우스에 왔었는데요, 저 스님, 그때도 있었어요. 여기서 꽤 오래 머물렀나 봐요."

세수를 마치고 일어선 교수에게 김현이 소리쳤다.

"교수님! 먼저 들어가 쉬세요. 저는 천천히 짐을 풀겠습니다."

• 掛佛移運. 야외에 커다란 괘불을 거는 의식.

며칠이 될지 모르지만 머무르는 동안은 많은 것을 부대낄 남자다. 친근감을 보이는 것도 나쁠 건 없었다. 얼굴을 닦던 교수는 "뭐, 그러시오"라며 퉁명스럽게 답하고 방으로 들어갔다.

"나도 빨래가 말랐는지 가볼게요."

배우란 사내도 세탁실로 사라졌다.

김현은 찬찬히 게스트하우스를 살폈다. 주인이 기거하는 방을 빼고 마당을 둘러싼 디귿 자형 마루에는 총 여덟 개의 방문이 박혀 있었다. 그중 왼쪽 맨 끝 방은 자물쇠가 채워져 있었다. 댓돌을 보니 신발 같은 건 보이지 않는다. 그 옆방에서 승려가 나왔다.

자물쇠로 잠긴 방을 보며 김현은 이마를 찌푸렸다.

'뭐야. 남는 방이 있잖아.'

모두 독방을 사용하는 모양인데 자신만 교수와 방을 함께 써야 하는 것에 불만이 일었다. 물론 그와 교수가 배정받은 방은 그 게스트하우스에서 가장 넓은 방이었다. 문제는 방이 아니라 사람이다. 저런 무뚝뚝한 남자와 함께 잔다는 건 아무래도.

그러자 작가가 의미를 알고 웃었다.

"저 교수님, 코만 골면 끝장이겠네요. 그땐 주인한테 말해서 방을 바꾸세요."

"그러죠."

"그런데 저 방은 왜 채워져 있습니까? 예약한 분이 있나요?"

"몰라요."

아무래도 주인은 손님의 방을 예약한 순서대로 배정하는 것 같았다. 교수 부부와 자신은 공교롭게도 비슷한 시간에 예약했고 주인은 두 남자에게 큰 방을 쓰도록 결정한 것이리라.

어쩌면 저 잠긴 방을 쓸 손님이 곧 도착할 수도 있다.

"에이 몰라. 코만 골면 당장 바꿔버릴 테다!"

김현이 마루에 누웠다.

배를 내밀고 뒤로 늘어지게 기지개를 켰을 때 잠긴 방의 댓돌 아래에 떨어져 있는 구릿빛 열쇠를 본 것은 실로 우연이었다.

5

"이렇게 높은 곳에 있는 게스트하우스에 손님들이 찾아오긴 하나요?"

"그럼 당신은 어떻게 알고 오셨나요?"

드라마 작가가 웃으며 되물었다.

"아."

김현은 턱을 한번 끄덕였다.

"그래서 아는 사람만 온대요."

마루에서 보는 시야는 절경이었다.

푸른 보리가 흐르는 경주 들판 사이사이로 형산강이 구렁이처럼 굽어 돌고 있었다. 뒤에서 부는 바람이 등을 간지럽혔다. 이내 그 바람은 저 들판까지 뻗어간 것인지 멀리 있는 청보리가 일렁일렁

울었다.

디근 자 모양의 집 상부의 부엌이 딸린 독채는 주인이 쓰는 방이었다. 문이 열려 있었다. 김현은 으이차, 판상마루에서 일어나 그 방 앞으로 갔다. 안을 볼 수 없도록 대나무 발을 쳐놓았다. 발 너머 방 안에서 향냄새가 났다. 발 너머 사물들을 가늠하니 층층이 쌓아 올린 책들과 기괴한 모양의 나무 석상이 눈에 들어왔다. 잘 씻어놓은 다기茶器들과 막사발도 보인다. 니스로 반들반들하게 칠한 아라한 목상과 무당집에서나 볼 만한 산신 목상도 있었다.

마루에 엉덩이를 걸치고 방 입구를 가리고 있는 발을 젖혔다.

"남의 방을 왜 함부로 보고 그래요?"

판상에서 작가가 말했지만 김현은 대꾸하지 않고 방 안의 무언가를 유심히 바라보고 있었다.

방바닥에 펼쳐놓은 족자가 있었다.

말리려고 놓아둔 수건처럼 노란 비단 위에 그것을 펼쳐놓았다. 희한한 것은 족자의 그림 위로 붉은색 연기가 마구 피어오르고 있다는 것. 연기는 그림 위에서 어느 정도 휘돌다가 엉기며 사라지고 있었다. 그는 잘못 본 것처럼 머리를 흔들었다. 그림에서 연기가 날 턱이 없다.

향냄새 때문인가?

족자를 자세히 보기 위해 신발을 벗으려던 차에 사립문 너머에서 두런거리는 자갈 소리가 났다. 고개를 돌리자 남녀가 사립문을 열고 막 들어서고 있었다. 키가 몹시 큰 남자는 물방울무늬 두건을 썼는데 머리카락을 어깨까지 늘어뜨렸다. 깡말라서 후줄근한 청바지가 골반 아래에 겨우 걸려 있다. 줄에 걸린 빨래들을 제멋대로 젖혀대며 성큼성큼 다가오는 모습에서 그가 이 게스트하우스의 주인이라고 확신했다. 함께 온, 여행용 가방을 짚고 선 검은 뿔테 안경의 여자는 손님 같았다.

판상에 앉아 있던 드라마 작가가 그를 맞았다.

"이제 오셨네요. 안 계신 동안 손님 몇 분이 더 오셨어요."

"아, 그래요?"

주인은 김현을 보고 눈인사를 했다.

"짐은 푸셨죠?"

"네."

김현이 고개를 끄덕였다.

주인은 고개를 끄덕이고 뿔테 안경 여자를 돌아보았다.

"먼저 오신 분들과 인사 나누시죠."

주인은 드라마 작가와 김현에게 뿔테 안경 여자를 경주박물관에서 온 학예사라고 소개했다.

"그림부터 보여주세요."

학예사는 인사를 하는 둥 마는 둥 하고 주인에게 용건을 말했다.

주인은 아, 그럴까요라며 방으로 들어가더니 예의 그 족자를 두 팔에 펼치고 나왔다. 김현은 침을 꿀꺽 삼켰다.

판상마루에 그림이 펼쳐졌다.

그림은 종이가 아니라 격자형으로 꿰맨 자작나무 껍질에 그려진 것이었다. 너무 오래되어 가장자리는 삭았고 여백이 시커멨다. 녹색과 붉은색으로 표현한 커다란 꽃 한 송이를 품에 안은 젊은 청년을 그린 그림이다. 청년은 두 발로 커다랗고 흉측한 귀신 한 마리를 밟고 있다. 그런 그를 중심으로 작은 귀신들이 둥글게 둘러싸며 춤을 추고 있다. 묵직하게 밴 글씨와 먹선은 오래되어 갈변해 있었지만, 꽃은 배색이 화려하게 살아 있었다.

학예사는 정수리가 보일 만큼 얼굴을 그림에 갖다 대고 세심하게 살폈다.

"〈비형도〉가 맞군요."

"그럼 얼마나 오래된 그림인가요?" 주인이 물었다.

학예사는 어처구니없다는 표정으로 주인을 보았다.

"모르고 있었어요? 이게 발표되면 우리나라에 존재하는 가장 오래된 그림이 바뀌는 거예요. 이건 고대 신라의 사찰, 신원사 명부전에 걸려 있던 그림이니까요."

"신원사요?"

"신원사는 진평왕이 귀신을 부린다는 비형랑에게 다리를 놓게 한 곳에 있었다던 절이에요."

"이 그림 속 청년이 비형랑입니까?"

김현이 물었다.

"그렇게 보여요."

"그림도 펼쳐놓았으니 여기 이분들에게 소개 좀 해주시죠."

주인이 말했다.

"비형랑은 『삼국유사』 「기이」 편에 나오는 인물이에요. 바람둥이 진지왕이 도화녀라는 유부녀를 탐하려 했대요. 도화녀는 남편이 없다면 모를까, 엄연히 남편이 있으니 몸을 줄 수 없다고 거절했죠. 진지왕은 쿨하게 수긍하고 돌아가요. 세월이 지나 진지왕이 죽고 유부녀의 남편도 죽죠. 혼자 남은 유부녀에게 진지왕의 유령이 나타나서 이젠 한번 하자, 요구했고 도화녀는 응했어요. 그래서 낳은 아들이 바로 이 비형랑이에요. 귀신을 부리는 능력이 있어 매일 밤 귀신 무리를 데리고 황천 기슭에 가서 놀았다고 해요."

"발아래 깔린 이놈은 뭡니까?"

김현이 흉측한 귀신을 가리켰다.

"길달이에요. 비형랑이 부리던 귀신 중 하나인데 아주 똑똑했던 모양이에요. 비형랑의 천거로 왕에게 인간 벼슬까지 받았다고 하거든요. 『삼국유사』에는 그런 길달이 어떤 사고를 쳤고 여우로 둔갑해서 달아나다 비형랑에게 잡혀 죽었다고 나와요."

"사고? 어떤 사고?"

"그건 서술되어 있지 않아요. 하여튼 그때부터 귀신들은 비형의 이름만 들어도 달아난다고 하죠. 이 그림은 그 장면을 묘사한 것 같아요. 믿을 수 없네요. 전설로 전하던 〈비형도〉 원본을 보게 되다니."

학예사는 무표정했지만 목소리는 떨고 있었다.

드라마 작가와 김현은 굿 구경난 아이처럼 학예사와 주인 사이를 두리번거렸다.

드라마 작가가 물었다.

"이 그림을 보러 여기까지 오신 거예요?"

"제가 〈비형도〉에 관해 논문을 썼거든요."

"그럼 완전 전문가네."

"여기 보세요. 비형랑이 들고 있는 꽃, 철쭉이군요. 논문 쓸 때 저는 연꽃으로 추정했는데 아니었네요. 여기, 배접 비단 테두리가 자작나무거든요, 이 나무 샘플을 측정하면 연대가 바로 나오겠지만 얼핏 봐도 1,500년은 넘은 거예요."

"가져가진 못합니다."

"네?"

학예사가 어처구니없다는 듯 주인을 보았다.

"제가 박물관으로 가져가는 줄 알았는데요."

그림을 만났을 때는 미동도 없던 학예사 이마가 그 말에 일그러졌다.

게스트하우스 주인은 노란 비단에 족자를 둘둘 감더니 줄을 묶으며 웃었다.

"아니요. 이건 저쪽 방 스님께서 주신 겁니다. 외부로 내보낼 순 없다고 하셨습니다."

학예사는 못마땅한 눈치였다.

주인이 손뼉을 쳤다.

"자, 이제야 모든 방이 다 찼군요. 슬슬 저녁 준비를 할까요."

6

판상마루에 고기가 올랐다.

도마에 내온 것은 구이용 생고기였고 대나무 소쿠리에 담긴 것은 간장에 졸여낸 수육이었다.

승려를 제외한 모든 손님이 판상마루에 둘러앉았다.

"잘 익은 고기를 얻어 왔으니 맛있게 드세요."

음식을 보자 다들 눈이 동그래졌다.

"고기가 아주 잘 삶겼어요. 어떻게 삶은 거예요?"

"민가에서는 이런 음식, 좀처럼 구경하지 못하는데."

아닌 게 아니라 고기 맛이 일품이었다. 기름을 잘 뺀 돼지고기다. 하지만 표면에는 윤기가 살아 있다.

"약한 불에 고기를 걸고 서너 시간을 천천히 쬐여야 기름기를 유지한 채 담백해집니다. 이건 그렇게 조리된 겁니다."

쌈장도 향이 독특하다. 고기가 익자 향냄새는 약해졌다. 연기가 하늘로 펄펄 피어올랐다. 지글거리는 소리가 저 아래 경주 도심까지 들릴 것 같다.

"저기 맨 끝 방, 비어 있는 것 같던데 제가 써도 되지 않을까요?"

교수의 말이었다.

말투에 불만이 배어 있었다. 김현은 씹던 고기를 겨우 넘기며 술을 들이켰다. 교수가 자물쇠가 걸린 방을 노리고 있었다. 교수도 함께 방을 쓰는 것이 불만이었던 모양이다. 젠장맞을. 이야기를 해도 내가 해야지 지가 왜? 난 아직 그 방에 짐도 풀지 않았다고.

주인이 교수한테 물었다.

"지금 쓰는 방이 불편하세요?"

"뭐 그렇다기보다, 누가 옆에 있으면 잠을 못 자서."

김현은 교수의 아내를 흘깃 바라보았다. 그녀는 소주 잔을 가만히 바라보고 있을 뿐이다.

"죄송합니다. 그 방은 사용할 수 없는 방이에요. 그래서 두 분께 제일 큰 방을 드린 겁니다."

주인은 김현과 교수를 번갈아 보며 말했다.

교수는 가마우지처럼 뾰쪽한 입을 못마땅한 듯 오므렸지만 더는 요구하지 않았다.

나무에 걸린 사방등에 불이 들어왔다. 산 파리와 모기 들이 떠다녔고 바람 소리와 벌레 소리가 시끄러웠다. 취기가 올랐고 다들 분위기에 넋이 나간 얼굴이다.

"달이 장난 아닌데요."

"지금도 환하지만 가을이면, 달이요, 저기 형산강 들판이 서치라이트를 겨눈 것처럼 밝아요. 잠을 잘 수 없을 정도죠."

"그렇게나 밝아요?"

"경주라는 곳이 그런 곳이죠. 동쪽에 바다가 있고 남서쪽이 산지거든요. 낮 동안 묵직하게 고여 있던 공기가 밤엔 해풍의 영향으로 순식간에 한쪽으로 빠지죠. 그럼 빛 산란이 얇아져요. 고대 신라인들은 기왓장 추녀가 서로 맞닿아 있을 만큼 화려한 집들이 빽빽했다고 해요. 신라인들은 조선 시대에도 귀했던 숯을 펑펑 쓰고 지붕도 짚이 아닌 기와만을 사용했데요. 그렇게 대도시로 번창한 이유가 어쩌면 낮처럼 밝은 저 달 때문일지도 몰라요. 낮이고 밤이고 놀 수 있으니."

하늘에서 미스터리한 장면이 벌어지고 있었다. 수많은 별이 북극

성을 중심으로 빙빙 돌고 있었고 돌아가는 별들이 내뿜는 빛이 끝을 흐리며 둥근 흔적을 남기고 있다. 머리 위 늙은 나무가 울면서 내뿜은 바람에 마당의 흙이 파르르, 퍼진다.

김현이 말했다.

"신라 사람들은 저런 달을 보면서 살았군요. 그런데 지금 우리, 신라 시대로 들어온 느낌이 들지 않나요? 난 왠지 그런 느낌이 드는데. 저기 교수님, 교수님도 그런 느낌 안 드세요?"

"달이 밝다고 분위기에 젖지 마시오."

교수가 그의 극성스러움을 말렸다.

"저도 같은 생각이었어요."

드라마 작가가 김현의 말에 적극적으로 동의했다.

"신라가 어떤 풍경인지 한 번도 생각해본 적이 없는데 지금은 꼭 그곳에 들어앉아 있는 것이 당연할 것 같은 느낌이 들어요. 현실이 아닌 것 같기도 하고. 도시에서 떨어져 있어서 그런가?"

"제 말이 바로 그겁니다."

김현이 작가한테 잔을 내밀며 말했다. 두 사람은 소주 잔을 부딪치고 술을 입에 털어넣었다. 잔을 내려놓은 작가가 박수 치며 흥분했다.

"정말 신기하다. 우리가 전부 신라 사람이면 좋겠어요. 그 사람들, 왠지 신비로움이 있어요. 막 귀신도 부리고 한다잖아요. 헤헤."

내내 뚱해 있던 학예사가 벌게진 얼굴로 입을 열기 시작했다.

"꼭 그렇지만 않아요. 신라인들은 매우 과학적이고 현실적이었어요. 『삼국유사』에 불교를 전파하려다 죽은 이차돈의 목에서 우유가 뿜어 나왔다고 기술되어 있잖아요. 그건 실제로 일어났던 일이에요."

304

"에이, 말도 안 돼. 그게 어떻게 가능해요?"

"정액이죠. 이차돈은 승려였기 때문에 몸에 상당한 정액이 고여 있었을 테고 참수되는 순간 다량의 정액과 소변이 나와 하반신을 적셨다면 그걸 목격한 사람은 흰 피를 뿌리면서 죽는다고 표현할 수 있어요. 아니면 죽기 직전에 먹었던 죽이나 염소젖 같은 것이 잘린 면의 기도로 뿜어 나왔을 수도 있지요. 만약 이차돈이 고중성지방혈증 환자라면 묘사가 100퍼센트 정확한 거죠. 고중성지방혈증 환자의 혈장은 완전히 하얀색을 보이거든요."

"정말 그럴 수 있겠네요." 김현이 감탄했다.

"처용 설화도 아주 리얼리티한 이야기예요. 처용은 아내와 섹스한 역신을 너그러이 용서한 인물이잖아요. '여자가 바람 피우겠다는데 어쩌겠냐' 하며 쿨하게 행동했죠. 그런데 용서했다기보다 즐겼을지 모를 일이에요."

"즐겼다니요?"

"처용이 관음증 환자였거나 다른 남자와 섹스하는 아내를 보면서 쾌락을 느끼는 도착 증세를 가졌다면 설명이 가능하죠. 또 〈구지가〉 아시죠? 거북아, 거북아, 머리를 내놓아라. 수로 부인이 가파른 절벽에 핀 철쭉꽃을 보고 꺾어달라고 요구했지만 그 어떤 사내도 나서지 않았죠. 그런데 지나가던 소몰이 노인이 꺾어다 줬다는 거 아니에요. 그건 수로 부인이 노인 성애증을 가졌다고 분석하기도 해요. 『삼국유사』의 텍스트 행간을 살피면 그 노인에게서 남성미가 무척 넘치거든요."

김현이 고개를 갸웃했다.

"너무 현대적인 발상 아닌가요?"

"고대인이나 현대인이나 호르몬이 주는 영향은 똑같아요. 인간의 본성적 행위는 예전이나 지금이나 크게 달라진 게 없어요."

이번엔 주인이 나선다.

"어쨌든 우리가 지금 신라의 향취를 똑같이 느낀다는 것은 우리 무의식이 속세에서 멀어지고 싶어 그런 것일 겁니다. 아니면 이 순간 모두가 자발성 이론에 묶여 있을지도."

"자발성 이론? 그건 뭡니까?"

김현이 반문하자 고기 굽던 주인은 집게 잡은 손을 얼굴에 가져가 그을음 하나를 묻힌 뺨을 씰룩댔다.

"들어보지 못하셨나요? 사이코드라마나 단체 역할극을 심리 치료에 적용한 모레노라는 학자가 있어요. 그가 주창한 이론인데, 내용은 이렇습니다. 환자들을 집단으로 모아놓고 각자 역할을 주어요. 이를테면 아버지 역할, 어머니 역할, 동생 역할 등등. 그러면 그들의 무의식은 집단 발로를 일으키고 열린 우주로 이동하게 됩니다. 외부에서는 그렇게 보이지 않겠지만 참여한 환자들은 같은 의식을 공유하는 것이죠. 환자들은 서로가 맡은 역할을 행하면서 메인 환자의 문제점을 치료하죠. 그 분야에선 꽤 효과가 좋다고 하더라구요."

"의학에서 그런 미신을 치료법으로 써요?"

교수의 아내가 따지듯 물었다.

"미신이 아닙니다. 기존 물리학 법칙이 닫힌 세계를 설명한다면 양자역학이나 불확정성이론 같은 현대 물리학은 초자연을 인정하죠. 닫힌 우주와 열린 우주로 설명하기도 하는데요, 열린 우주에서는 불가능성을 전제로 자발적 요소가 살아 있는 의지적 공간의 존재가 가능해요. 다시 말해서 인간에게서 무의식이 의식을 넘게 되면 열린 우주가 실현되는 거예요. 거기서는 안 되는 게 없죠. 이곳에 있는 우리가 신라로 이동한 것 같다고 생각하는 건 자발성 이론에 따른 의식적 공유겠지요."

"모레노가 치료하는 환자 집단 같은?"

"그렇죠."

"융의 집단 무의식 같은?"

"비슷하고요."

그러자 옆에 있던 학예사가 말했다.

"음. 무의식이 의식을 넘는다고 하니 생각나는 게 있네요. 저, 대학원 때 논문 때문에 머리가 너무 아파 며칠간 입원한 적이 있었는데요, 퇴원하고 이상한 경험을 했어요. 어느 날 버스에서 내려 도로를 걸어가는데 트럭이 시커먼 매연을 펑펑 뿜으며 지나가는 거예요. 전 그 트럭에 짜증이 밀려왔어요. 삼거리 앞에서 저 트럭이 경찰차와 콱 박았으면 좋겠다고 상상했죠. 그런데 아니나 다를까, 그 생각이 끝나는 순간 트럭이 다른 쪽에서 오던 경찰차와 꽝 부딪히는 게 아니겠어요? 어찌나 신기하던지."

오,

모두 눈을 동그랗게 뜨고 학예사를 바라보았다.

"어머, 어머. 다른 차도 아니고 경찰차와 부딪혔다는 건 우연치고는 너무 똑같은데요."

작가의 호들갑에 학예사는 말이 빨라졌다. 입이 풀린 모양이다.

"그렇죠? 그런 일은 이후에도 종종 일어났어요. 제가 도착하면 횡단보도의 불이 딱 바뀌고, 제가 원하는 시험 문제가 다음 날 그대로 출제되었어요. 노려보고 생각하면 생각한 대로 저쪽 테이블 아이의 아이스크림이 바닥에 툭 떨어지죠. 세상이 모두 내 뜻대로 된다고 믿어서 사이비 종교라도 만들까 싶었다니까요."

김현이 물었다.

"지금도 그게 가능하나요?"

"아니요. 대학교 4학년 때 딱 2개월간 그랬어요."

그러자 주인이 맞장구를 쳤다.

"충분히 가능한 이야기입니다. 마음만 먹으면 누구도 가능합니다. 현실을 붕괴시키고 새로운 현실을 재배열할 수 있죠. 무의식이 의식을 넘을 땐 귀신의 영역이나 성불, 점술의 영역도 보입니다. 단, 매개체가 있으면 더 좋겠죠. 아마도 학예사님은 입원했을 때 접한 어떤 매개체를 퇴원하고도 계속 이용했었나 보군요."

"아, 그러고 보니 그때마다 껌을 씹고 있었던 것 같아요."

"그겁니다. 학예사님은 껌이 매개체였어요."

"허튼소리."

모두 교수를 돌아보았다.

"망상이야. 아가씨가 경험한 것은 전혀 신비로울 게 없소. 단지 시간의 흐름을 망각했을 뿐이지. 병원에서 준 약의 부작용이오. 당신이 어떤 상황을 자폐적으로 상상하고 있던 동안 외부에서는 의외로 많은 시간이 흘렀을 테고 때마침 우연이 그것을 보여준 거지. 그 트럭이 경찰차를 박았으면 좋겠다는 생각은 아주 오래전에 한 거였고 실제로 본 것은 생각을 마친 순간이 아니라 몇 달, 혹은 몇 년이 지나서였을 거요. 그것도 우연한 일이긴 하지. 하지만 당신의 의식은 그것을 편집에서 각인한 거지 사건의 인과성을 가진 게 아니란 뜻이오. 쉽게 말해 착각했다는 뜻이오."

"지금 나를 정신병자 취급하는 거예요?" 학예사가 따졌다.

"아아."

주인이 학예사의 흥분을 끊고 교수를 바라보았다.

"교수님, 그건 착각이 아니라 실제로 가능했던 겁니다. 의식이 한계에 도달했을 때 무의식의 내용이 활성화되고, 의식적 요구에 대응하는 무의식의 배열이 생깁니다. 그것이 시공의 한계를 넘는 거예요. 그렇게 되면 생각한 바가 현실 세계를 몰락시켜서 실제로 재현 가능합니다."

"그 이야긴 그만하세요. 너무 어려워요. 그냥 술이나 먹어요."

작가가 분위기를 바꾸기 위해 술잔을 들었지만 교수는 대뜸 자리에서 일어났다.

"먼저 일어나겠소. 약을 먹어야 해서. 당신 계속 있을 거야?"

교수가 아내를 보았다.

"조금만 더 있다가 잘게요."

"들어가라니까."

"당신, 밤에 다리 저리다고 인슐린을 여러 번 주사하면 안 돼요. 알았죠?"

교수는 아내를 쏘아보다가 몸을 옮겼다.

교수가 방에 들어간 뒤 한동안 말이 없다.

김현은 어색한 분위기를 깨기 위해 화제를 바꿨다.

"이 집에서 나는 향냄새가 아주 좋은데요. 뭐랄까, 마치 도원에 와 있는 것 같은 신비함을 줘요."

"과찬이십니다."

"아니요. 느낌이 묘해요. 진짜로."

주인이 고기를 뒤집으며 고개를 끄덕였다.

"인도 라다크 지방에서 만든 향이지요."

"혹시 향에 환각 작용 같은 게 있나요?"

김현의 물음에 주인은 눈을 동그랗게 떴다.

김현은 괜한 말을 했나 싶어 "아. 독특한 향이라서요" 라고 얼버무리고 말았다.

7

주인은 두툼한 생고기 한 덩이를 불판에 올렸다.

사립문 안, 마당에 들어와 있는 50대 여인을 제일 먼저 본 사람은 주인이었다. 얼굴에 웃음기 가득한 아름다운 여성이다. 그녀가 안고 있는 소쿠리에는 막 캐낸 우엉, 상추, 더덕, 두릅 등이 가득 담겨 있다.

놀란 주인이 그녀를 반기며 자리를 권했다.

"아이고. 선생님 오셨네요. 언제부터 계셨던 겁니까? 이리 오세요!"

"아이고, 젊은 사람들이 노는 곳에 제가 왜요."

둘은 잘 아는 사이인 듯했다.

주인이 여인의 손목을 잡아끌었다.

"자 자, 그러지 말고 이리로. 여러분, 소개할게요. 이 산에서, 아니 경주 내에서 가장 자애로운 분이세요."

"선생님은 무슨. 시간이 남아도는 아줌마지. 안녕하세요. 김순정이라고 해요."

모두 일어나 인사했다.

여인이 인자한 얼굴로 말했다. 가슴에 천으로 된 분홍색 꽃 장식이 박혀 있었다.

"나물이 싱싱해서 갖다주려고 올라왔어요."

여인은 그러고 수돗가로 가서 나물을 씻었다. 여인이 가지고 온 나물에서 단내 섞인 풀냄새가 진동했다.

"처음 보는 나물들이 많네요. 이런 풀들은 서울에선 못 봐."

다들 눈이 휘둥그레졌다.

막 깎은 더덕에서도 미네랄 향이 코를 찌른다. 고기와 곁들인 나물과 채소는 더없이 풍족했다. 여인은 주인에게 미안해하는 표정을 지어 보였다.

"저기, 그걸 가져갈까 하는데, 지금 주실 수 있겠어요?"

"물론이죠."

주인은 벌떡 일어나 방으로 가더니 노란 비단을 감은 족자를 가지고 나왔다. 철쭉을 든 비형랑의 그림. 족자가 그 여인에게 건네지는 것을 본 학예사의 입이 멍하게 벌어졌다. 뿔테 안경 너머 빠닥빠닥한 속눈썹이 불안하게 떨리는 것을 김현은 분명히 보았다. 여인은 족자를 펼쳐 그려진 철쭉꽃을 흡족하게 바라보더니 주인에게 그림을 빌려주어서 고맙다는 인사를 했다. 그때였다. 교수 아내가 족자를 낚아챘다.

족자 그림을 본 그녀는 믿을 수 없다는 듯 눈이 가늘어졌다.

"어머, 이건 신원사의 〈비형도〉잖아요. 이게 어떻게 여기서!"

주인이 학예사에게 그 그림을 보였을 때 교수 아내는 방에서 짐을 풀고 있었기에 그림의 존재를 이제야 알게 된 것이었다.

학예사는 이 그림을 아느냐고 물었고 교수 아내는 자신들이 오릉 근처에서 사라진 신원사 터를 발굴하고 있다고 말했다.

"맙소사, 우리 그이가 이게 존재한다는 사실을 알면 깜짝 놀랄 거예요."

"주십시오."

주인은 교수 아내까지 그림에 관심을 가지는 것이 불편했던 모양인지 족자를 빼앗아 여인에게 넘겼다. 그리고 여인에게 어서 내려가라고 재촉했다. 여인은 인자한 웃음과 미안해하는 웃음을 지으며 그림을 품에 꼭 안은 채 돌아갔다.

학예사가 주인에게 따졌다.

"아까는 밖으로 내보낼 수 없는 그림이라면서요?"

"아. 저분은 스님께 직접 허락받았어요. 나중에 학예사님이 그림을 분석할 수 있도록 기회를 만들어볼게요."

주인은 교수 아내와 학예사를 돌아보며 미안해하는 표정을 지었다.

교수 아내는 학예사가 보였던 태도와 달리 따지듯 말했다.

"당장 문화재관리위원회에 알리겠어요. 이게 진짜라면 우리나라에서 가장 오래된 그림일 텐데 국가가 보호하는 게 옳지요."

그녀는 억울해하는 표정을 지으며 마당 너머로 총총히 사라지는 여인을 노려보았다.

주인이 표정을 굳히며 말했다.

"마음대로 하십시오. 하지만 누가 와도 그림을 가져가지 못합니다. 주인이 있으니까요."

"저런 걸 당신들이 가지고 있으면 안 되는 거라구요."

주인이 고개를 절레절레 흔들었다.

삭막해진 분위기를 깬 것은 사립문 쪽에서 나는 소리였다.

모두 입구 쪽을 돌아보았다. 이번엔 군복 입은 사내가 서 있다. 주인은 집게를 놓고 그쪽으로 걸어갔다. 50대 중반으로 왼쪽 가슴에 붙은 계급장을 보니 상사였다. 주인과 상사는 불빛을 등지고 서서 한참을 대화했다. 상사가 손으로 왼쪽 산등성이를 가리켰고 주인은 턱을 만지며 고개를 끄덕였다. 상사가 잠시 이쪽을 바라보았고 이번에는 주인이 그에게 손님들의 신상을 설명했다. 상사는 그럴 때마다 하나하나를 바라보았다. 결국 상사는 크게 고개를 끄덕였고 주인도 미지근하게 웃었다.

상사가 경례하고 돌아가자 주인은 걸어와 가위와 집게를 잡았다.

"인근 부대에서 병사 한 명이 탈영했다고 하네요."

모두가 주인을 바라보았다.

방문이 열리고 교수도 얼굴을 내민다.

주인은 불을 조절하며 던지듯 말했다.

"군인들이 이 산을 수색하고 있는 모양이에요. 내일 오후 2시까지 이 산의 진입로와 등산로가 전부 봉쇄된다고 하니 다들 내일 오전에는 일정을 잡지 마세요."

"그럼 하루 반나절 동안 고립되는 거예요?"

취한 드라마 작가가 재미있겠다며 어깨를 흔들었지만 나머지의 얼굴에는 근심이 서린다. 주인은 수색 지역이 반대쪽 능선이라 크게 걱정할 필요가 없다고 사람들을 달랬다.

누군가가 소니 워크맨 플레이 버튼을 눌렀고 나무 위에 걸어놓은 작은 스피커에서 음악이 흘러나왔다.

아프로디테스 차일드의 〈Spring summer winter and fall〉이었다.

모두 흥에 겨워 몸을 끄덕이며 음악을 듣고 있지만 오직 학예사만 미동이 없었다. 그녀는 무언가를 골똘히 생각하고 있었다. 뿔테 안경이 걸린 콧등을 이따금 찌푸리긴 했다.

교수의 아내는 경주 벌판이 내려다보이는 뒤켠 화장실 앞에서 담배를 피우고 있었다. 김현은 그녀와 곁하고 섰다.

"나도 한 대 줄래?"

교수의 아내는 쳐다보지 않은 채 라이터와 담배를 내밀었다.

"그 작가님에게 빌린 담배니까 당신이 돌려줘요."

김현은 긴 연기를 뿜으며 하늘로 가득 찬 저 전경을 훑었다.

그녀가 긴 숨을 쉬며 말했다.

"남편이 이혼은 안 해주겠다고 하네."

짜증 밴 여자의 말에 김현은 끙 소리를 냈다.

"이제 와서 그런."

"죽어도 도장 안 찍겠다는데 나더러 어떡해."

김현이 그녀 쪽으로 완전히 몸을 돌렸다.

"나랑 살자며?"

"남편이 이혼해줘야 살지."

나흘 전, 이 여자는 신촌의 한 여관에서 남편과의 관계를 경주에서 깨끗하게 정리하겠다고 김현 앞에서 다짐했다. 김현과 함께 제주도로 가든 남해로 가든 아무도 모르는 곳에서 둘만의 인생을 사는 데 동의했다.

그런데 이제 와서 이렇게 뚱한 소릴 하고 있다.

김현의 전처와 이 여자, 교수의 아내는 고등학교 동창이었다. 보험사에 다니는 김현의 전처가 국립대 정교수로 임용된 동창의 남편에게 거액의 보험 상품을 제안하기 전부터 두 사람은 연인 사이였다. 물론 김현이 전처와 이혼한 것은 두 사람의 관계가 들통 나서가 아니다. 전처와는 1년 전 합의 이혼했다. 어쨌든 깨끗한 그와 달리 이쪽은 아직이다. 교수는 이혼을 요구하는 아내를 무시하고 있었다. 아내와 분류 관계를 맺고 있는 상대가 오늘 밤, 함께 방을 쓰는 남자라는 것도 모른다.

"그럼 내가 직접 하지."

"허튼짓하지 마."

여자가 김현을 노려보았다.

김현은 따로 생각이 있었다.

교수는 지독한 당뇨 질환을 앓고 있다. 당뇨 환자가 인슐린을 과다하게 복용하고 저혈당증으로 죽는 일은 부지기수다. 주로 환자가 혼자 있을 때, 이미 복용한 사실을 착각하고 두세 번 약을 더 사용하면 그런 사태가 벌어진다. 지금 여긴 방 하나가 빈다. 열쇠는 일찌감치 보아두었다. 오늘 밤 교수에게 고용량 인슐린을 투여하고 빈방에 눕혀놓는다면 의심받을 일은 없다. 다음 날 시체가 발견되더라도 경찰에게는 '글쎄요. 새벽에 뒤척거리다가 베개를 들고 나가시더라구요' 라고 진술하면 그만이다. 더군다나 교수는 사람들 앞에서 방을 따로 달라고 요구하기도 했다. 보호자인 아내도 남편이 자기 전에 인슐린을 또 복용한 것 같다고 언급하면 될 것이다. 일전에도 이 부부에겐 그런 일이 몇 번 있었다.

"내가 알아서 하지. 이 순간부터 당신 남편에게 말도 섞지 마. 오늘 이 남편과는 마지막이 될 거야. 그렇게 알고 있으면 돼."

여자는 고개를 끄덕였다.

여자도 안다. 남편을 죽이면 둘 앞으로 들었던 보험의 수혜가 고스란히 자신에게 돌아온다는 것을.

"미애, 사랑해."

김현이 여자의 목덜미를 쓸려 하자 그녀가 그의 손을 탁하고 쳤다.

여자는 꽁초를 바닥에 떨어뜨리고 발로 비볐다. 그녀는 김현의 어깨를 스치며 한마디 내뱉었다.

"그 작가 년한테 그따위 눈길, 한 번만 더 줘봐."

미애는 건물을 돌아 음악이 흐르는 마당으로 사라졌다.

그는 꽁초를 마저 피웠다. 푸른 어스름에 펼쳐진 벌판이 보랏빛을 띠어간다. 밤은 조용히 다가온 암살자같이 세상에 안착해 있다. 꽁초를 밟으며 몸을 틀자 화장실 문이 열리며 승려가 모습을 드러냈다.

김현은 꿀꺽 침을 삼켰다.

승려는 그에게 짧은 묵례를 하고 건물을 돌아 자신의 방으로 사라졌다.

'젠장맞을. 다 듣고 있었나?'

8

댓돌 밑에 있던 구리 열쇠는 예상한 대로 빈방 자물쇠와 일치했다. 김현은 문을 열기 전에 뒤를 돌아보았다. 마당은 눅눅하고 어두웠다. 달은 구름 속에 머무르고 있었다. 깨끗하게 정리된 판상마루 위로 퍼지는 벌레 소리가 유흥의 잔감을 깨운다. 우수수 나무가 한 번 울었다. 지금 저쪽 방에 누워 있는 교수는 쇼크 상태다. 숨은 아직 붙어 있었다. 베개를 높게 머리에 받혀두고 칼잠을 자는 형태를 만들어놓았기에 한두 시간 안에 심장이 멈출 것이다. 교수가 죽으면 이 빈방에 눕혀놓기만 하면 된다. 밤사이 뒤척이다 제멋대로 방을 옮긴 교수가 혼자서 저혈당으로 죽은 모양새가 된다.

그는 마당에 아무도 없음을 확인한 비어 있는 맨 끝방 앞에 섰다.

자물쇠를 걷어내고 방문을 열었다.

방 안을 본 순간,

훅 하고 끼친 비린내가 폭포처럼 정수리를 강타했다.

급히 코를 막았다.

'으흡. 이 무슨 냄새야?'

안은 텅 비어 있었다. 천장에서 늘어진 전구 하나, 윗목에 이불이 개켜져 있을 뿐이다. 방 안에 고인 알 수 없는 지독한 냄새를 이겨보려 했지만 도저히 견딜 수 없어 다급하게 방문을 닫고 말았다.

'지독하군.'

자꾸 헛구역질이 나왔다.

담배가 필요했다.

소리가 나지 않게 조심하며 자물쇠를 도로 채워놓고 신을 신고 마당에 섰다. 한참을 서성였다. 이 게스트하우스에서 담배를 가진 사람은 드라마 작가뿐이다. 헛구역질이 진정되자 작가의 방 앞 마루에 궁둥이를 붙이고 방문 너머로 살포시 귀를 기울였다. 안에는 아무 소리가 나지 않는다.

똑똑.

문을 연 작가의 눈은 흐릿했다.

술자리에서 입고 있던 흰 면티 차림 그대로다.

"담배를 좀……."

작가는 대답 대신 들어오라고 눈으로 말했다.

한 명이 누우면 알맞을 정도로 좁은 방은 담배 연기로 자욱했다. 이불이 깔렸고 머리맡에 켜진 스탠드 아래에는 네루다의 시집과 저녁에 나온 돼지고기 안주가 접시에 놓여 있다.

그는 고개를 삐쭉 내밀고 그녀가 허리 뒤로 감춘 소주병을 바라보았다.

"뭐야? 혼자 마시고 있었어요?"

그녀는 빙긋이 웃었다.

술잔이 김현의 코앞으로 나왔다. 취한 여자의 손이 흔들릴 때마다 병에 담긴 술이 위험하게 꿀렁거렸다.

드라마 작가가 흐느적거리며 말했다.

"학예사 말이 정말인가 봐요. 당신이 내 방에 들어올 거라고 상상했거든요."

작가가 다짜고짜 두 팔로 그의 목을 안으며 입술을 포갰다. 그는 그녀 혀를 거부감없이 받아들였다.

한참 만에 입술을 뗀 작가가 혀 꼬인 소리로 물었다.

"그런데 저 끝 방문은 왜 열어봤어요?"

순간 김현은 담배 생각이 사라졌다.

"다 봤어요. 딸국. 열쇠가 거기 있는 거 어떻게 알았어요?"

김현은 그녀에게서 주먹 크기만큼 몸을 뗐다. 그는 오랫동안 여자를 바라보았다. 여자의 취한 눈이 흔들렸다. 여자가 비트적거리며 뭔가를 말하려 할 때 그가 여자의 목덜미를 움켜잡았다.

둘은 이불 위로 쓰러졌다.

9

바지를 올려 입은 김현은 담배 한 개비를 뽑아 들고 고개를 돌렸다. 작가는 죽은 듯 잠들어 있다. 그 방에 불을 끈 다음 문을 열고 나왔다. 마당에 누군가가 있었다. 그는 판상마루에 앉아 하늘을 보고 있는 한 그림자를 보고 가슴이 철렁 내려앉았다.

연극을 한다던 작가의 애인.

김현은 헛기침하며 판상마루로 걸어갔다.

칙,

라이터에 불을 붙이며 옆에 앉았다. 그는 멍하게 앞을 보고 있었다. 구름에 숨었던 달이 온전히 모습을 드러냈고 허연 그의 얼굴은 더욱 창백하게 보였다.

"다 알고 있었습니까?"

배우는 대답이 없었다.

그것은 김현이 자신의 애인과 몸을 섞은 일을 알고 있다는 의미다.

"미안합니다."

김현은 연기를 뿜으며 사과했다.

배우는 고개를 돌려 김현을 바라본다. 축축하고 아련한 표정이다.

"어쩌겠습니까. 여자가 선택하면 도리 없는 일이죠."

배우는 그렇게 말하고 경주 벌판을 응시했다. 머리 위로 어둠을 품은 나무의 깊은 이파리들이 바람에 수선을 떨었다.

"그건 그렇고."

배우가 멍하고 굵은 소리로 입을 뗐다.

"저쪽 방, 문제가 좀 있는 것 같은데요."

그가 가리킨 곳은 스님이 묵은 방이었다. 댓돌 위에 가지런히 놓인 고무신에 액체가 고여 있었다. 가까이 가보았다. 달빛에 찰랑거리는 선명한 피. 그는 기척을 살핀 후 조심스레 문을 열었다.

승려의 잘린 머리가 누워 있는 승려의 두 발목 사이에 놓여 있었다.

김현은 문을 닫고 뒤를 돌았다. 배우가 다가와 물었다.

"왜 그러십니까?"

"보지 않는 것이 좋겠습니다."

"비켜봐요."

배우가 문을 열었다.

방 안은 온통 군화 발자국이다. 바닥은 물론 벽과 천장에도 찍혀 있다.

배우는 예상외로 침착했다.

"탈영병일까요?"

"그럴지도."

"사람들을 깨워야 합니다."

"탈영병이 저 방들 중 한 곳에 숨어 있다면?"

김현의 말에 배우는 고개를 끄덕였다.

그럴 수 있었다.

"그래도 사람들을 깨워야지요."

드라마 작가 방 앞에서 김현이 무춤거리자 배우가 어깨를 밀치고 문손잡이를 잡았다. 문이 열렸고 방 안으로 달빛이 쏟였다. 천장을 보고 반듯하게 누운 작가는 김현이 나올 때와 같은 모습이었다. 배우가 다가가 작가의 볼을 때렸다. 그는 가슴에 귀를 대보서야 작가의 심장이 뛰지 않는다는 것을 알았다. 배우는 이불을 끌어당겨 몸을 가려주고 일어났다.

"내, 내가 그런 것이 아니오."

김현이 말했다.

배우는 알았다며 고개를 끄덕였다.

"일단 시신을 그대로 둡시다. 어서 주인을 깨워야 해요."

주인은 방에 없었다.

방 안은 매캐한 향내만 진동했다. 전화기는 불통이었다. 그때 치지직, 잡음 소리가 들리더니 마당의 오동나무에 걸어놓은 스피커에서 음악이 흐른다. 누군가가 튼 게 분명한 그 음악은 아프로디테스 차일드의 〈Rain and Tears〉다.

비와 눈물은 같은 거예요

하지만 태양이 비칠 때는

게임을 해야만 하죠

음악 소리에 놀란 김현은 마당으로 튀어나와 교수 아내의 방문을 두드렸다.

"미애!"

반응이 없자 김현은 어깨로 문을 부수기 시작했다. 배우도 문을 차댔다. 문이 뜯기고 두 사람은 밀리듯 안으로 들어갔다. 교수의 아내는 엎드린 채 누워 있었다. 김현이 달려 들어가 머리를 들어 안았다.

"뭘 보고만 있나?"

그는 멍하게 서 있는 배우에게 다른 방 사람들을 깨우라고 소리쳤다. 배우는 옆방 학예사의 방문을 두드렸다. 문은 쉽게 열렸다. 학예사는 방에 없었다. 풀지 않은 여행용 가방만 덩그러니 보였다.

배우가 돌아오니 김현은 미애의 머리를 바닥에 눕히고 있었다. 김현은 뭔가 축축함을 느끼고 교수 아내의 상의를 젖혀 올렸다. 겨드랑이와 옆구리 사이에 손가락이 들어갈 만큼 빠끔하게 뚫린 총상들이 보인다. 이불을 젖히자 시트가 온통 질퍽하다. 배우는 김현의 겨드랑이에 팔을 밀어 넣고 그를 시체에서 억지로 떼어냈다.

"어서 빠져나가야 해요."

그때 마당 어딘가에서 쇠가 튕기는 소리가 울렸다.

탕, 타탕. 총소리다.

세 발이다.

둘은 방문을 닫고 바닥에 엎드렸다.

잠시 정적이 흐르더니 다시 유리창인지 장독인지 모를, 경도가 낮은 물건들이 투박하게 깨지는 소리가 났다. 자갈을 밟는 발소리도 들린다. 뿜어 나오는 숨을 억지로 삼키며 귀를 집중하고 있자니 쿵, 가구가 넘어지는 소리가 들렸다.

누군가 주인 방을 뒤지고 있었다.

그리고 이따금 들리는 무거운 군홧발 소리.

두 사람은 차마 밖으로 나가지 못한 채 미애 시신 옆에 엎드려 있었다.

덜컹.

밖에서 어느 방문이 열리는 소리가 났다. 그리고 끼익, 바로 닫히는 소리. 다시 덜컹. 방문이 열린다. 놈은 지금 방문을 하나하나 열어보는 중이었다. 첫 번째는 작가의 방문을 열었던 소리다. 두 번째는 김현과 교수가 함께 쓰는 방의 문을 여는 소리다.

잠시 뜸이 있었고 끼이익, 방문이 재미없이 닫혔다. 분명 김현이 잠든 것으로 위장해 눕혀놓은, 지금쯤 숨이 끊겼을 교수를 본 후 그 방에서 나온 것이리라.

덜컹, 다시 방문이 열린다.

이번에는 배우의 방이다. 김현은 옆에서 함께 엎드리고 있는 배우를 바라보았다. 배우는 창백한 얼굴로 침을 삼키고 있다.

배우의 방문이 닫히고 다음 방인 학예사의 방문이 열리는 소리가 들렸다. 그 방은 여행용 가방만 있을 뿐 사람은 없다.

바드득.

체중을 싣고 문지방 넘는 소리가 들린다. 놈은 학예사 방으로 들어갔다. 두 사람이 숨어 있는 이 방의 옆방이어서 그런지 놈이 움직이는 소리는 유난히 크다.

잠시 정적.

다시 마루를 밟는 체중 실린 소리와 함께 끼이익, 학예사 방의 문이 닫혔다.

"다음이 이 방이오."

배우가 김현에게 속삭였다.

"문이 열리면 바로 튀어 나갑시다."

김현은 고개를 끄덕였다.

발소리가 가까워지고 있었다. 소리가 문 앞에서 멈췄다.

방의 손잡이가 돌아가는 순간, 김현과 배우가 눈신호를 주고받고 곧바로 상체를 일으켰다.

"이야아아!"

덜컹, 문이 열렸다.

"여기서 뭐 하시는 거예요?"

문 앞에서 학예사가 동그란 눈으로 바라보고 있다. 그녀 입에서 은은한 꽃향기가 났다.

"누가 저 음악 좀 꺼요. 마당에 스피커를 안 껐나 봐요. 소리가…….."

그러다가 학예사는 입을 닫았다. 그녀는 김현과 배우의 손과 팔에 묻은 피를 보자 눈을 부릅떴다. 그리고 시선은 윗목에 늘어져 있는 지현을 바라본다.

"대체 무슨 일이 있었…….."

김현이 여자 입을 막으며 방 안으로 끌어들였다. 배우가 방문을 닫았다. 김현은 학예사의 귀에 대고 으르렁거렸다.

"어디 갔다 왔소?"

"잠이 안 와서…….. 요 앞에 산책 좀. 이 손 좀 치워줘요. 으악. 얼굴에 피가 묻었잖아."

학예사의 입에서 달큰한 향이 났다.

"어서 여길 빠져나가야 해요."

"왜요?"

학예사는 무슨 소리냐는 듯 고개를 갸우뚱했고 김현은 다짜고짜 학예사의 손목을 잡고 입을 막았다.

끼이익,

배우가 조심스레 문을 열었다. 마당에 달빛이 무섭게 내리쬐고 있었다. 오동나무에 걸린 조그만 스피커에서 알 수 없는 음악만 웅얼거린다. 셋은 거칠게 마당을 가로질렀다. 산길을 내달렸다. 얼마 못 가 학예사가 주저앉는다.

"잠깐만요!"

"일어나요. 어서 여기서 빠져나가야 해!"

"그, 그림을 가져가야 해요."

학예사는 꽃 그림을 가져가겠다고 고집을 부렸다.

"꽃 그림? 〈비형도〉 족자?"

"네."

"그건 그 아주머니가 가지고 갔잖아요?"

"내 방에…….."

그 순간 김현은 그녀의 산책이 무엇인지 깨달았다. 학예사는 몰래 산을 내려가 여인이 사는 집에서 족자를 훔쳐 온 것이다. 그 훔친 족자를 자신의 가방에 숨겨두고 서성대다가 그들에게 손목이 잡혀 여기까지 와버린 것이다.

"저길 다시 올라간다고? 지금 게스트하우스에는 탈영병이 살육을 저지르고 있다고요!"

김현이 무서운 눈빛을 보냈지만 그녀는 막무가내였다.

"금방 가지고 올게요."

"내가 올라갔다 오죠."

"싫어요. 내가 가요!"

배우가 그림을 찾아오겠다고 했지만 학예사는 자신이 직접 가겠다며 고집스레 몸을 돌린다. 김현과 배우가 어처구니없어하는 동안 그녀는 뒷굽이 뾰족한 구두를 요령 있게 움직이며 어느새 저만치 올라가버렸다. 거칠고 자갈이 가득한 산길을 마치 스케이팅하듯 딛고 사라졌다.

"따라가봐야 하지 않을까요?"

배우가 물었다.

김현이 어찌할까를 생각하면서 주먹으로 입을 한번 닦았다.

손등에 묻은 피 냄새가 점막에 스며들자, 김현은 중요한 것을 깨달았다.

"아."

"왜 그래요?"

배우가 영문 모르게 그를 바라보았고 김현은 눈을 굴리며 더듬더듬 "아카시아"라고 중얼거렸다.

"아카시아?"

그제야 배우도 짐작하고 경악하며 입을 막았다.

"맙소사."

학예사는 아까부터 내내 아카시아 향이 나는 껌을 씹고 있었다.

무의식이 의식을 침범했을 때 현실이 붕괴하고 열린 우주가 실현된다. 그것은 매개체가 있다―.

"모든 게 저 학예사의 의식 속에서 각인된 생각이라면?"

"오, 이런."

"이런 짓을 할 수 있는 건 그 여자밖에 없어."

애초에 탈영병 따윈 없었다. 이것은 열린 우주였다. 무의식이 시공의 한계를 넘은 것이다. 심리와 물리가 예기치 않은 병행성으로 구조화되어버렸다. 그 학예사가 의식으로 생각한 바가 무의식으로 넘어가며 현실을 몰락시키고 시공의 한계를 비집고 새로운 상상이 재현실화된 것이다.

학예사는 그 옛날 트럭에 그랬던 것처럼 그림을 손에 넣기 위해 껌을 씹었다. 그리고 자신의 무의식을 발동했다. 탈영병이라는 환상을 만들어내고 그림의 주인인 승려도, 그림을 탐내는 미애도 작가도 죽였다. 마당에서 영문 없이 음악이 흐르는 것은 아마도 뇌 조절을 제대로 하지 못해서일 것이다.

"서, 설마 그렇다면……."

김현은 거기까지 말하고는 믿을 수 없다는 듯 얼굴을 흔들었다.

어쩌면 자신이 교수를 죽이려 한 결심도 학예사의 의도였을지 모른다. 미애가 족자를 본 순간부터다.

"이게 존재한다는 사실을 우리 그이가 알면 깜짝 놀랄 거예요."

미애는 그렇게 말했다.

신원사 복원 책임자인 교수가 신원사 명부전에 있던 그 그림의 존재를 알면 학예사로서는 복잡해진다.

자각한 배우가 자신의 손등을 펴보며 중얼거렸다.

"지금은? 지금도 우린 여자의 의식 안에 있는 건가요?"

"아니. 이건 현실이오. 현실은 분명하나 그 여자의 무의식이 작동하면 여자의 상상대로 벌어진다는 게 문제요."

김현은 그날 밤에 있었던 사건들을 복기했다.

주임상사가 찾아왔을 때까지는 진짜 현실이었을 것이다. 그 이후부터 교수를 죽였던 것도, 빈방을 열었던 것도, 작가와 섹스한 것도, 점철된 살인들까지, 또 셋이 게스트하우스에서 달아나 산 중턱까지 내려왔다가 도로 학예사가 뒷굽이 뾰족한 구두로 한 번도 비틀거리지 않고 되돌아갔을 때까지, 전부 학예사가 만든 현실이다.

그리고 지금 학예사의 가상을 깨달은 둘의 모습도 엄연한 현실이다.

"이걸 어떻게 정상화하죠?"

배우가 물었다.

"정상화될 리 없죠. 우리가 무슨 행동을 해도 그 여자의 생각에 따라 움직일 테니. 일단 게스트하우스로 돌아갑시다."

"왜요?"

"그 여자를 만나야 합니다. 무의식 너머로 사라진 학예사 의식을 되돌려야 해요."

두 사람은 게스트하우스로 올라갔다.

달빛 서린 빈 마당은 자갈이 알알이 빛을 내고 있을 뿐 아무도 없다. 향냄새는 더 지독하다.

"잠깐, 잠깐만."

김현이 배우 어깨를 잡으며 그를 세웠다.

턱으로 부엌을 가리켰다. 두 사람은 부엌으로 들어가 쓸 만한 도

구를 찾았다. 배우는 찬탁 안에서 커다란 식칼을 찾아 들었고 김현에게는 도끼를 건넸다. 배우가 커다란 물 항아리를 지나다가 그만 무언가에 철퍼덕 미끄러지고 말았다. 보이는 것은 항아리에 기대고 앉아 눈을 부릅뜬 여자였다.

"맙소사."

주인에게서 꽃 그림 족자를 얻어 간 여인이다. 인자하고 후덕한 모습은 온데간데없고 공포에 사로잡혀 고통을 바라보다가 멈춘 표정이었다.

"어서 학예사를 찾아야 해!"

부엌을 나와 마당에 들어선 두 사람은 누가 먼저랄 것 없이 늙은 오동나무를 바라볼 수밖에 없었다.

사방등이 걸린 굵은 가지에 어스레한 그림자가 매달려 있었다.

둘은 대롱거리는 학예사 발치로 다가갔다.

여자 턱에서 침이 뚝뚝 떨어졌다. 검은 구두 한 짝만이 걸린 학예사의 발은 간헐적으로 자르르 떤다.

족자는 치마 벨트에 꽂혀 있었다.

김현이 허탈해하며 주변을 둘러보았다.

인기척은 없다.

누군가가 학예사를 죽였다면 지금 이 상황은 학예사의 무의식이 아니었나?

그렇다면 정말 탈영병 짓인가?

목이 꺾인 학예사는 두 눈을 부릅뜨고 두 사람을 내려다보고 있다.

학예사를 응시하던 배우의 눈이 점차 몽롱해져갔다. 김현은 아차

싶었다. 갑자기 학예사 가슴이 쿨럭, 요동쳤고 학예사의 어깨가 열렸다가 돌아왔다. 그 반동으로 학예사 몸이 빙글 돌았다. 다시 돌아온 학예사 얼굴이 일그러지고 있었다. 학예사는 숨이 붙어 있었다. 그녀는 얼굴에 몰린 압력을 이겨가며 동공을 움직여 올려다보고 있는 배우에게 무언가를 지시하는 중이었다. 김현은 깨달았다. 아직 세계는 이 여자 무의식 안이란 것을. 여자는 자기가 만든 무의식에서 자기가 만든 군인에게 당한 것이었다.

"안 돼. 그 여자를 보지 마!"

김현이 배우를 옆으로 밀었지만 배우의 단단한 몸은 꿈쩍도 하지 않았다. 김현은 되레 튕겨 나가 쓰러졌다.

학예사를 올려다보던 배우는 취한 듯 몇 번 고개를 끄덕이더니 천천히 김현 쪽으로 돌아섰다. 배우가 김현을 노려보며 말했다.

"……이 모든 게 당신의 무의식이지?"

"그게 무슨 소리야. 이건 저 여자의 무의식이라고. 이봐요. 그 칼 놔요!"

배우가 중얼거리며 다가왔다.

"……학예사가 아니야. 이건…… 당신 무의식이야."

배우가 입술을 실룩이며 칼을 쥔 손으로 김현의 목을 그었다. 김현이 얼굴을 돌렸기에 얇은 생채기만 낸 배우는 다시 칼을 쳐들었다. 김현이 그 손목을 비틀며 버텼다. 두 사람의 힘 싸움이 시작되었다.

배우는 약한 사내가 아니었다. 배우와 김현은 긴 달그림자를 늘어뜨리며 도깨비처럼 서로의 목과 어깨를 움켜잡은 채 힘겨루기를 했다. 둘은 껑충껑충 튀고 멀어졌다 다시 붙으며 마치 춤을 추듯 서로를 밀고 당겼다.

투탁거리며 한참을 뒹군 후 정신을 차리니 김현은 배우의 가랑이 사이에 깔린 채 목이 졸리고 있었다.

"켁, 켁…… 제발 정신 차려…… 내가…… 아니라 학예사라고!"

김현의 숨이 넘어갈 때쯤, 건물의 지붕에서 후두둑 소리가 났다.

슬레이트 지붕을 빠르게 이동하는 군홧발 소리.

두 사람의 힘겨루기가 뚝 멈췄다.

김현과 배우는 한 몸이라도 된 듯 지붕을 바라보며 귀를 기울였다.

"타, 탈영병이…… 지붕 위에…… 있어……. 이러다간 우리 둘 다 죽어……."

깔린 김현이 끙끙대며 말했다.

"……모르겠어. 이제 아무것도 모르겠어."

배우가 중얼거렸다. 배우가 힘을 뺐을 때를 기다린 김현이 상체를 세우더니 그의 배에 칼을 찔러 넣었다. 배우가 간신히 일어섰다. 배우는 버르적버르적 걸으려다 저쪽에서 쓰러졌다. 김현은 먼지를 털며 일어났다. 김현은 판상 위로 올라가 대롱거리는 학예사의 몸에서 족자를 뽑아냈다.

김현은 족자를 자신의 셔츠 아래 숨겨 넣고 마당을 살폈다.

마당에 깔린 자갈에 점점이 선명한 피가 저쪽으로 이어져 있었다. 피는 자물쇠로 잠가놓은 방 앞 댓돌에서 끊겨 있다.

김현은 그쪽으로 걸어갔다.

주머니를 더듬었다. 구리 열쇠로 자물쇠를 풀었다. 손잡이를 돌려 방문을 열었다.

더운 비린내가 풍기며 노란 불이 환하게 켜진 방의 내부가 드러난다.

김현은 앞니를 핥았다.

방구석에 누군가가 웅크린 채 앉아 있었다. 철모를 부여안고 있는 조 상병이었다. 탄창 빠진 K2 소총은 발치 아래 놓여 있고 터지지 않은 두 개의 수류탄도 발치에서 굴러다닌다. 김현을 바라보는 조 상병은 울음을 꾸역꾸역 삼키며 착란을 일으키고 있는 중이었다. 이미 포기한 듯 빡빡 민 머리를 쓸거나 이마를 무릎에 찧으면서 어찌할 줄 몰라 했다. 조 상병은 방을 벗어나는 방법을 알지 못해 그저 어깨만 떨었다. 조 상병을 바라보는 김현의 눈이 퍼렇게 변하면서 팽창했다.

김현은 조 상병을 노려보며 문지방 너머로 한 발을 넣었다.

"……탈영병이 너구나."

김현의 입에서 침이 줄줄 샜다. 김현을 본 조 상병은 더 밀릴 곳 없는 벽을 등으로 밀며 울부짖었다.

그때 뒤에서 나는 소리.

"들어가면 가만두지 않겠다."

김현이 휙, 돌았다.

문 앞에 게스트하우스 주인과 주임상사가 나란히 서 있었다.

비와 눈물은 양쪽 다 똑같습니다
그러나 내 가슴에 별이 없다는 겁니다
비와 눈물은 똑같―

오동나무에 걸어둔 스피커에서 음악이 뚝 끊겼다.

김현은 게스트하우스 주인을 보자 금세 풀이 죽은 듯 등을 움츠렸다. 마치 주인 밥상을 뒤엎고 끙끙대며 벽을 긁는 반려견 같다.

툭, 김현의 품에서 족자가 떨어졌다.

"그거 이리 가져와."

김현은 덜덜 떨리는 손으로 족자를 주워 게스트하우스 주인에게 내밀었다.

주인은 둘둘 말린 족자를 받아 들고 김현의 머리를 쿵쿵 쳤다.

"자꾸 족자 밖으로 나올 거냐?"

김현의 두 손은 오그라든 채 꼬여 있고 가슴이 심하게 부풀어 오른다. 시커메진 코언저리가 튀어나오고 귀가 뾰쪽 솟아오른다. 김현의 모습은 점점 여우의 형상으로 변하고 있었다. 김현은 이리저리 쿵쿵쿵 냄새를 맡기 시작한다.

게스트하우스 주인이 상사에게 말했다.

"이놈이 꽤 영악해서 제가 잡힌 내용을 그린 이 족자를 태우려고 애쓴답니다. 남에게 보여주기라도 하면 더욱 길길이 날뛰죠."

뒷짐을 지고 있던 주임상사는 입맛을 다셨다.

주임상사는 방 안에 웅크린 조 상병을 살폈다.

"이놈아, 너는 괜찮냐?"

조 상병이 방으로 나오려 하자 주임상사가 소리친다.

"꼼짝 말고 가만있어. 그 방에서 나오면 안 돼."

주임상사는 게스트하우스 주인을 바라보며 정중하게 고개를 숙였다.

"별 이상 없는 것 같으니 그만 데리고 돌아가겠습니다."

"그러시지요."

"소란을 피워 죄송합니다."

"이 일 때문에 우리도 꽤 혼란스러웠습니다. 저 방으로 인간이 들어올 줄은 꿈에도 몰랐습니다. 이 길달 놈은 코가 아주 민감해서 조금이라도 인간 냄새를 맡으면 이렇게 사고를 칩니다."

"우리 잘못입니다. 다음부턴 이런 일이 없도록 주의하겠습니다."

"아니요. 저희에게 고기를 갖다주러 오시다 일어난 일인데요 뭐. 덕분에 다른 녀석들도 각자 한 역할씩 맡으며 잘 놀았네요. 처용도 이차돈도 재미있는 게임을 했다고 생각할 겁니다. 다만 수로부인께서 부엌에 저리 널브러져 있으니 난처합니다. 어서 깨워 정중하게 사죄드려야겠습니다."

"그분들에게 미안하다고 전해주십시오."

주임상사가 방으로 들어가기 위해 댓돌 위로 올라섰다. 게스트하우스 주인은 주둥이를 쳐들고 엉거주춤하게 서 있는 길달을 향해 손바닥을 뻗었다.

"너도 이제 그림으로 들어가거라."

10

달이 구름 사이로 나왔다.

두 사람은 손을 뻗으면 닿을 거리였다.

담배를 입에 문 조 상병이 총구를 겨눈 채 서 있다. 주임상사는 조 상병의 총열 덮개를 움켜잡더니 와락 총을 빼앗았다. 순식간에 손이 허무해진 조 상병이 눈을 껌뻑거렸다. 주임상사는 조 상병의 소총에서 탄창을 빼 자신의 상의 주머니에 넣고 다시 손을 내밀었다.

"수류탄도 내놔."

조 상병은 멍하게 서 있자 상사가 그의 주머니를 뒤져 수류탄 두 개를 찾아냈다. 상사는 탄창 빠진 빈 총기를 바닥에 던지고 조 상병의 뺨을 한 차례 때렸다.

조 상병은 눈을 슴벅이며 어깨를 흔들었지만 경직된 등이 좀처럼 말을 듣지 않는다.

"이놈아. 너 여기가 어딘지 아냐?"

"……."

"우리가 서 있는 이 터가 어딘지 아느냐고!"

"제, 제가 뭘 본 겁니까?"

"여긴 귀신의 무덤 자리야. 사람이 아니라 귀신이 묻히는 자리. 귀신도 각자 관이 있고 무덤이 있어. 고대 신라 시대에 비형랑이 귀신들을 데리고 놀던 자리가 바로 이곳이야. 비형랑이 여우로 변해 달아나던 길달을 잡아 죽인 곳이라고. 이놈의 자식. 이 자리가 기운이 얼마나 센 줄도 모르고 함부로 총구를 들이대는 거야? 자칫 저쪽 세계로 완전히 넘어갈 뻔했잖아."

바닥에 내려놓은 돼지고기에서 물이 줄줄 흘렀다.

"이놈아. 오늘 나는 귀신에게 고기를 주러 온 거야. 그런데 네 놈이 귀신의 세상에 들어가버린 거라고. 이렇게 기가 강한 곳에서 칼이나 총 따위를 꺼내기만 해도 날선 차원 면에 틈이 벌어지고 순식간에 저쪽으로 빨려 들어간다. 네놈 찾는다고 내가 얼마나 고생한 줄 아느냐."

주임상사는 커다란 정종 댓 병을 따더니 주변에 콸콸 쏟으며 이리저리 걸어 다녔다. 나머지 한 병도 우뚝 서 있는 오동나무에 모조리 뿌렸다. 가슴 주머니에 넣어둔 향 한 묶음에 불을 붙여 그대로 바닥에 꽂는다.

주임상사의 배가 거위 가슴처럼 부풀어 오른다. 네모난 버클이 달빛에 반짝인다.

"철모 써라. 돌아가자."

주임상사가 획 등을 돌렸다.

조 상병은 주임상사가 뺨을 때릴 때 떨어진 담배를 바라보았다.

이 터에 와서 붙인 조 상병의 담배는 아직 반도 타들어가지 않고 있었다.

이중 선율

1

화물용 엘리베이터에서 내린 노인은 복도에 세워둔 크리스마스 소나무에 달린 장식용 금종을 어깨에 스치며 자동 유리 미닫이문으로 걸어갔다.

유리문 건너에서 지나가던 간호사가 노인을 알아보고는 신분증을 대어 문을 열어주었다.

노인은 안으로 들어가 두리번거렸다.

복도와 달리 차가운 공기가 코안을 싸하게 쪼인다. 천장에 줄지어 늘어선 백열등 사이로 배풍기가 규칙적으로 박혀 있다.

갑자기 팔락대며 자기 가슴께로 날아드는 무언가를 피하려던 노인은 그만 메고 있는 백팩을 어느 기계 모서리에 부딪히고 말았다.

삐―.

기계에서 묘한 소리가 났고 저쪽에서 간호사가 달려왔다. 간호사는 괜찮다고 손짓했고 기계 상단부에 부착된 버튼 몇 개를 바쁘게 눌렀다. 소리가 사라졌다. 노인은 고개를 한번 숙여 보이고는 안쪽으로 걸어갔다.

늘 느끼는 것이지만 중환자실이라고 불리는 이 집중치료실은 깨끗한 전쟁터 같기도 하고 복잡한 연구소 같기도 하다. 침대들마다 서너 개씩 모니터가 붙어 있고 무슨 역할을 하는지 모를 희고 붉은 호스들이 깨끗한 바닥에 줄줄 늘여져 있다. 얼핏 보면 어느 반도체

공장의 생산 설비 라인 같기도 하다.

침대들도 처량하기 이를 데 없다.

흰 시트마다 파묻히듯 잠겨 있는 민머리 두개골들은 하나같이 이쪽 아니면 저쪽으로 기울어져 있는데 마치 막 파낸 미라들을 옮겨다 놓은 것 같다.

"광주 가는 앰뷸런스죠?"

들리는 소리에 몸을 돌려 간호사를 바라보았다.

처음 보는 간호사였다. 노인은 몇 올 없는 반드레한 이마를 손으로 쓸며 그렇다고 말했다.

간호사는 더 말할 게 없다는 듯 기록철을 내밀었다. 몇 가지 서류에 사인한 노인은 그중 한 장을 받아 들고 간호사가 가리키는 유리 칸막이 방을 바라보았다.

"저 환자예요."

"고맙수다."

노인은 그쪽으로 허정허정 걸어갔다. 침대에는 이집트 미라처럼 온몸이 붕대로 칭칭 감긴 환자가 누워 있었다. 넘겨받은 서류에 쓰여있는 대로 화상 환자였다. 세 명의 가족들은 이미 다 울고 난 후였다. 어머니로 보이는 여인, 남동생 또는 오빠로 보이는 젊은 남자, 그리고 친구로 보이는 베이지색 코트에 페이즐리 스카프를 맨, 잘 차려입은 젊은 여자.

늘 그랬듯 공손하게 사망자를 이송하러 왔다고 말하자 사망자의 남동생이 노인을 맞이했다. 그는 비용을 물었다. 노인은 자신의 하루치 작업비를 말했고 그는 스마트폰을 꺼내 그 자리에서 곧장 금액을 이체했다. 부른 비용보다 10만 원이 더 들어온 것을 스마트폰으로 확인한 노인은 즉시 장갑을 끼고 일을 시작했다.

간호사한테 건네받은 서류와 사망자 형제한테서 받은 전남대 의료원 장례식장 서류를 함께 접어 뒷주머니에 꽂은 다음 사망한 이가 그간 입었던 옷가지를 보자기로 꽁꽁 싸 침대 아래에 쑤셔 넣었다. 다른 짐은 없었다.

"십자가나 단주 같은 건 없죠?"

그들은 고개를 끄덕였다.

"차 안에서 천수경이나 찬송가는 틀 수는 없습니다."

그가 백팩에서 꺼낸 일회용 방수 주머니 비닐을 뜯으며 말했다.

그들은 고개를 끄덕였다.

시신을 방수 주머니에 옮겨 담고는 지퍼를 올렸다. 그런 다음 노인은 능숙하게 전동 침대에 있던 시신을 간호사들이 이미 가져다 둔 이동용 철제 침대로 옮겼다.

노인은 바퀴 달린 제동 장치를 발로 들어 올린 다음 철제 침대의 양 모서리를 잡고는 화물용 엘리베이터 쪽으로 끌고 갔다.

"함께 가실 분은 있나요?"

엘리베이터 앞에서 묻자 뒤따라오던 세 사람은 뭔가를 상의했다. 결국 젊은 여자가 나섰다.

"나도 가마."

사망자의 동생이 나서려는 엄마를 가로막으며 말했다.

"어머니와 저는 아침에 따로 갈게요."

"그러시든지요."

흔한 일이다.

시신을 운전기사한테 덜렁 맡겨버리는 가족들은.

그들은 그간 짓이겼던 뇌압을 낮추는 시간이 필요할 것이다. 더 울던가, 더 싸우던가, 자던가. 또 누구는 정신을 차리고 밀린 정산을 하고 또 누구는 지인들한테 이 소식을 전해야 한다. 이 시신의 가족도 그러할 것이다.

하나 의아한 건 따라나서겠다는 이 젊은 여성이었다. 가족도 아닌데 시신과 함께 차에 오르겠다니 죽은 이와 여간 각별했던 게 아닌 모양이다.

"그럼, 침대 저쪽을 좀 잡아요. 나랑 함께 밀어야 하니까."

노인은 시신의 친구와 침대를 밀고 화물용 엘리베이터 안으로 들어갔다. 엘리베이터가 완전히 닫히기 전에 어머니와 남동생은 몸을 돌렸다.

엘리베이터는 지하 2층으로 내려갔다.

알루미늄 덕트가 이어진 천장의 좁은 복도를 지나 세탁실과 기계실이 있는 코너를 돌자 회전문이 나왔다. 그는 침대를 멈추고 걸어가 회전문을 고정하고 비상문을 열었다. 다시 돌아와 침대를 밀고 주차장으로 나갔다. 거기에 노란색 번호판을 단 흰색 스타렉스가 대기하고 있었다.

운구용 구급차였다.

노인은 침대에 끼워둔 옷 보자기를 여자한테 건넸다. 그리고 구급차 뒷문을 열고 먼저 들어가 침대를 잡아당겼다. 침대 철제 걸이가 홈에 걸리자 노인은 으이차, 시신 주머니를 들어 올렸다. 밖에서 여자가 뭔가를 해보려고 하자 노인은 손을 내저었다.

"나 혼자 할 테니 가만히, 아가씬 가만히 있어."

시신을 내부 들것에 눕히고 벨트로 단단히 고정했다.

"보자, 들고 있는 거 이리 주시구려."

노인이 옷 보따리를 받기 위해 손을 내밀었다.

사망자의 친구는 옷 보따리를 들고선 가만히 서 있었다.

여자의 베이지색 어깨와 잘 만진 긴 머리를 눈으로 흘기며 잠시 멍하게 있던 노인은 퍼뜩 정신을 차리고는 내민 손을 더 뻗었다.

"이리 주라니까."

여자는 여전히 머뭇거렸다.

어쩔 수 없이 다시 밖으로 나온 노인은 여자가 들고 있는 옷 보따리를 이어 받고는 시신이 누워 있는 침대 옆 처치 의자를 가리켰다.

"저기."

앉으라고 말했다. 여자는 물끄러미 구급차 내부를 바라보았다. 안에는 의료용 항균 시트와 수술용 마스크가 비치되어 있을 뿐 사람을 살리는 기계 장치 따윈 없다.

"이건 119차완 달라요. 운구용 구급차니까."

20대 중반쯤으로 보이는 그 여자는 새하얗게 질려서 고단한 숨을 쉬었다. 노인은 그녀가 차에 올라야 할지를 고민하는 중임을 안다.

"친했던 모양이구먼."

"네."

노인은 이런 것에도 익숙했다. 낯설겠지. 암. 어디 흔히 겪는 일인가. 아무리 가까운 사이어도 이 야밤에 도착지로 가는 동안 시신과 함께 있어야 하는 건 여간 망설여지는 일이 아닐 터이다.

노인은 별거 아니란 듯 웃어 보였다.

"친구가 곁에 있어줘야 고인도 불안하지 않지."

그래도 여자는 망설여지는 모양이다.

함께 가겠다며 중환자실 엘리베이터 앞에서 야무지게 끄떡이던 고개가 지금은 빳빳하게 굳어 있다.

"차에는 나도 있고 또 가다가 누군가를 태울지도 모르니 너무 겁내지 말고. 어서."

타라는 턱짓에 결국 그녀는 안으로 들어가 자리에 앉았다.

"좀 추울지도 몰라요. 이쪽엔 히터가 들어가지 않으니. 이해하시오."

시신이 있는 뒤쪽은 사정상 히터를 틀어줄 수 없다.

여자가 고개를 끄덕였다.

"벨트 꼭 매시고."

그는 문을 닫고 허정허정 걸어가 운전석에 올랐다.

시동을 걸자 차는 시끄러운 엔진 음을 뽑아냈다.

노인은 사설 구급차를 운영하고 있었다. 주로 타지에서 사망한 사람을 본적지로 이송하는 일을 한다. 고객들은 주로 고속도로에서 교통사고로 사망한 시신이나, 지병을 치료하기 위해 서울의 큰 병원에 머물다가 결국 유명을 달리한 환자들이다.

이번에 이송하는 사망자도 그랬다.

직장은 서울이었지만 고향은 광주였다. 화재 현장에서 혼수상태로 혜화동 서울대학교병원 응급실로 실려 왔고 중환자실로 옮기자

마자 사망했다.

노인은 평소 시신의 사망 연유에는 관심을 두지 않지만, 이번은 꽤 놀랍고 안타까운 죽음이었다. 이 사람을 죽인 사건이 오전부터 떠들썩하게 뉴스를 차지하고 있으니 말이다.

오전에 성북구의 한 대형 마트에서 불이 났는데 피해가 몹시 컸다. 마트의 지하 기계실에서 발화한 불은 한 건물인 주상복합 25층까지 옮겨붙었다. 불은 쉬 잡히지 않았고 오후 나절 동안 강북의 하늘을 여름 장마철처럼 시커멓게 만들었다.

죽거나 다친 사람들은 대부분 마트와 이어진 주상복합 상가에 있던 사람들이었다. 오면서 뉴스를 들어보니 집계 수치가 만만치 않았다. 상가 3층에 세 들어 있던 소아청소년과 병원에서 어린아이를 포함 남녀 여덟 명이 사망했고 함께 운영하던 심리상담센터에 있던 의사와 환자 한 명도 사망했다.

불은 같은 층에 있던 도서관에도 옮겨붙어 관내를 전소시켰는데 그곳에 있던 대학생과 시민 열일곱 명이 전원 사망했다. 그들 외에도 출동한 성북소방서 소속 소방관 다섯 명도 사망했다.

사망자, 부상자, 의식 잃은 소방관들은 고대병원과 서울대병원으로 각기 나뉘어 이송되었고 노인의 구급차 뒷자리에 탄 사망자도 그들 중 하나였다.

노인은 기어를 넣기 전에 뒤를 한번 돌아보았다.

사망자의 친구가 이동용 주머니로 감싼 시신을 물끄러미 보고 있었다. 다소곳이 모은 두 손에 작은 십자가를 쥐고 있다. 어둑발에 스카프를 두른 여인의 등이 몹시 휘었다.

"어허, 저 아가씨, 벨트도 안 매고."

이제 차가 출발하면 저 아가씬 십자가를 잡고 있을 경황도, 저렇게 다소곳이 앉아 있을 수도 없다. 시퍼렇던 얼굴은 백지장처럼 하얘지겠지. 질주하는 구급차의 흔들림은 그저 총알택시가 덜컹거리는 것과는 수준이 다를 테니까.

"벨트를 매요, 아가씨!"

노인은 뒤에 대고 소리 질렀다.

여자는 노인의 말을 못 들었는지 무시했다.

"벨트 매라고, 벨트!"

여자는 그저 꼭 잡은 십자가를 이마에 대며 고개를 숙이고 있었다.

허, 참 내.

노인은 주로 고속도로로 이동한다.

시신 실은 구급차는 그 어떤 차보다 빨라야 한다. 밤에는 더욱 그렇다. 미신을 믿는 혹자는 이런 차가 느릿느릿하면 온갖 잡귀가 들어오니 그걸 막기 위해서라도 빨라야 한다고 말한다. 차에 귀신이 붙으면 반드시 무슨 일이 생긴다는 것.

노인이 시간과 싸우는 것은 그런 이유가 아니다. 또 다른 고객을 받아야 해서도 아니다. 빠른 이송은 노인의 이익 때문이 아닌 유족을 배려하기 위해서다. 사망한 시각에서부터 3일 동안 치러지는 한국의 장례 풍습에서, 조문받는 시간은 길면 길수록 좋다. 이동한답시고 반나절을 지체하면 그만큼 장례를 치를 시간이 짧아진다.

오늘처럼 새벽에 사망한 경우, 조문자는 낮이 지나 저녁부터 들어올 터, 그러면 망자가 손님을 맞이할 시간은 하루와 반나절이 전부

다. 노인은 자신이 빠르면 빠를수록 병풍이 일찍 선다는 것을 안다. 평균 서울에서 대구까지는 세 시간, 광주까지는 세 시간 반이 걸린다. 오늘 도착지인 화순전남대병원 장례식장에는 적어도 아침이 되기 전에 도착해야 했다.

뒷자리 여자는 벨트를 맬 생각을 하지 않았다.

'못 들은 건가? 들었는데 일부러 대답을 안 하는 건가?'

냅두라지.

마음 단단히 잡숴요. 공간과 시간의 변화를 감당하느라 슬픔을 가눌 새도 없을 것이니. 흔들리고 뒹굴어도 나는 몰라.

노인은 그렇게 치부하고 출발하려 했으나, 그럴 수 없었다.

"그럼 아가씨. 나한테 할 말이 있거들랑 이 유리막에 얼굴을 대고 말해요. 알았소? 내, 아가씨 말을 들을 테니."

노인이 운전하는 공간과 시신이 누워 있는 공간은 단단한 칸막이로 구분되어 있었다. 운전석에서 뒷공간을 볼 수 있는 방법은 칸막이에 박힌 담배 보루만 한 크기의 직사각형 유리막이 전부다.

벽에는 수십 개의 작은 스피커 구멍들이 있어 소리를 전달할 수 있게 해놓았다. 시신이 누운 뒷자리에 있는 사람이 운전자와 이야기할 땐 유리막을 툭툭 두드리고 그 스피커 구멍으로 대화하면 된다. 80년대 만들어진 구급용 차량에서 흔히 볼 수 있는 구조다.

힐끗 뒤를 보았다.

여자는 긴 머리를 늘어뜨리고 구부정하게 앉아 있다.

"그럼 출발하리다."

노인은 어퍼컷을 먹이듯 기어를 잡은 주먹을 비틀었다. 일을 시작할 때의 버릇이었다.

부르릉.

시동이 걸렸다.

2

구급차가 성북소방서 주차장에 멈추자 왈칵, 조수석 문이 열리고 클립보드 서류판을 든 119 대원이 얼굴을 내밀었다.

"전남대 병원으로 가는 차죠?"

20대 중반으로 보이는 짧은 커트 머리 여자다.

노인은 끄덕이며 그녀가 편히 앉을 수 있도록 조수석에 놓아둔 보온병과 도시락 가방을 등받이 너머로 던지듯 감췄다.

웃차.

오르는 바람에 실려 주황색 119 구조대 유니폼에서 큼큼한 불 냄새가 밀려 들어왔다.

히터 바람에 훈훈했던 운전석에 찬 기운을 가진 존재가 불쑥 들어오자 노인의 팔뚝에 살갗이 오소소 일어난다.

노인은 품을 뒤적거려 간호사한테 받은 문서를 대원한테 내밀었다. 대원은 노인이 건네준 종이와 들고 있던 서류판에 끼워둔 서류를 찬찬히 비교했다. 볼펜으로 몇 가지를 체크하고는 스마트폰을 꺼내 시간을 확인했다.

　명찰을 보니 조보람이라는 이름이 선명하다.

　대원은 채점 다 한 선생님처럼 자신의 클립보드 서류판을 기분 좋게 덮었다.

　"맞네요. 출발하세요."

　그녀는 화재 현장에서 사망한 시신과 함께 광주까지 동행할 소방관이었다.

　대원이 안전띠를 매는 것을 확인한 노인은 시동을 걸었다.

　조보람이 물었다.

　"광주까지 몇 시간 걸리죠?"

　"빨리 가면 두 시간하고 삼사십 분쯤?"

　"우와, 진짜 그것밖에 안 걸려요?"

　"틈틈이 과속도 하지."

　"할아버지. 저, 신발 좀 벗을게요."

　조보람은 검은색 단화를 벗고 등받이를 뒤로 기울였다. 그리고 양반다리 자세로 조수석에 푹 기댔다.

　"야근 타임인가?"

　그녀는 대답 대신 긴 한숨을 뿜어냈다.

　"날을 잘못 잡았군."

　"그러게요. 하필 오늘 불이 나다니."

　"큰불이었지."

　대시보드 게이지 판넬에 박힌 전자시계는 2시 25분을 가리키고 있었다.

"그래, 화재는 다 잡혔나?"

노인은 오늘, 아니 어제저녁에 있었던 화재 이야기를 꺼냈다.

"아휴. 말도 마세요."

성북소방서는 이번 화재의 주무 소방서였다. 워낙 큰불이었기에 주무 소방서만으로 감당이 안 되었단다. 강북구, 성북구는 물론이고 노원구와 중구의 소방차까지 출동했고 안암로와 길음역 서쪽 구간, 종암로 사거리, 정릉으로 올라가는 내부순환로 입구가 전부 통제되었다고 한다.

"불은 지하에서 시작되었고 2층 도서관에서 본격적으로 커졌는데 지하층의 방화 댐퍼가 전부 오작동이 나서 그런 거였어요. 그게 있어야 에어덕트가 자동으로 막혀서 연기를 뽑아내는데 말이에요."

기계실이 있던 지하에서 상가 1층까지는 불이 근실근실 화력 없이 이동만 하다가 2층에서부터 본격적으로 커진 모양이다. 그래서 지하 마트의 사람들은 피해가 없었다는 것.

건조한 날씨 때문에 불길은 전혀 잡히지 않고 50층까지 붙었다. 조보람 대원이 근무하는 성북소방서는 화재 현장에서 400미터도 떨어져 있지 않아 소방 지휘통제실을 그곳으로 삼았다고 한다.

"참말로 정신이 없었겠군."

"고층 건물에 붙은 불은 진화하기가 여간 힘든 게 아니거든요. 으하. 내 머리에도 온통 재다. 아직도 이렇게 털면……."

그녀가 머리를 털자 머리카락을 태우는 것 같은 큼큼한 현장 냄새가 피어올랐다.

"앗, 죄송해요. 할아버지 차에. 으, 근데 머리가 뻑뻑해서 미치겠어요. 이러고 또 광주까지 가야 한다니."

"아무튼, 고생 많았네."

"저야 현장에서 곧장 이리로 온 거라서 뭐, 한 것도 없지만 우리 팀이랑 다른 센터 선배들이 정말 고생 많이 했죠. 와, 근데 할아버지, 불 오르는 거 보셨어요? 장난 아니었거든요. 난 무슨 이무기가 벽을 타고 오르는 줄 알았어요. 우리 진압대장님도 그렇게 큰불은 처음이었대요. 헬기도 세 대가 떴어요. 서울 시내에서 펌프 차랑 물탱크 차가 그렇게 많이 모인 것도 처음이었구요."

"큰불이었지. 서울 하늘 반이 시커메졌으니까. 파주에서도 보였다더군. 인명 피해도 근래 일어난 대형 사고 중 가장 많았다지."

어둠 한가운데로 접어든 도심은 차갑고 무거웠다. 딸깍, 딸깍, 노인은 방향지시등을 넣고 북부간선도로로 차를 올렸다.

차는 한 길로 달리기 시작했다.

밤은 기묘하다. 암흑은 늘 침묵을 부르는데 가끔은 묘한 것을 동반하기도 한다. 노인은 방향도 없고 알맹이도 없는 존재가 주변에 있는 것을 느꼈다. 그리고 또 다른 존재, 스산하고 헐벗은 존재가 겨울 공기를 엿가락처럼 늘이며 웅크리는 것도 느꼈다. 차 안에는 묘한 시간의 고독까지 감돌았다. 전부 밤이 가지고 온 것들이었다.

둘은 한동안 말없이 밖만 바라보았다.

노인은 앞으로, 여자는 옆으로.

밤 가로등이 대원의 옆 얼굴에 환등기 영사물처럼 휙휙 지나갔다.

구리인터체인지를 지나자 밖은 느닷없는 어둠으로 가득했다. 도시는 이미 저 뒤로 가버렸고 이제 검푸르접접한 하늘에 배채背彩된

까무레한 산등성이가 끊임없이 이어져 따라왔다.

구급차는 본격적으로 속력을 냈다. 제한시속은 120킬로미터까지이지만 시작부터 150킬로미터까지 냅다 밟았다. 물론 속도위반이다.

그녀가 창틀 손잡이를 두 손으로 잡았다.

"너무 밟으시는 거 아녜요?"

"그래야 하는 차야."

"이러다간 고속도로 순찰대에게 잡혀요."

"몇 번 잡히기도 했지."

"장례 때문에 서두르시는 거죠?"

노인은 웃을 뿐이었다.

조보람은 눈으로 카세트테이프가 들어가는 구형 센터페이셔를 훑었다. 라디오를 켜봤자 들릴 것 같지 않았다.

"정비는 하신 거죠?"

"왜? 바퀴가 터져 차가 도로에 빙빙 돌 것 같은가?"

"풋."

"걱정하지 말게. 약속하지. 이 차는 안전해. 이 일을 40년 동안이나 했어. 게다가 터널에선 속도를 줄이는걸."

"휴게소에 들를 거죠?"

"아니."

"정말요? 나 커피 마셔야 하는데."

"곧장 갈 거야. 그런데 커피를 먹겠다고?"

"……네. 커피 마시고 싶은데. 다음이 양평휴게소죠? 거기 김치수

제비도 맛있는데."

어림없다. 김치수제비라니.

"안 돼."

"으아악. 할아버지이이!"

그때 머리 위, 구급차 루프 패널에서 묘한 소리가 났다. 작은 것들이 딱딱한 것과 부딪히며 터질 때 나는 소리. 비는 아니다.

"눈 조각이야."

놀라는 조보람한테 노인이 말했다.

"어? 밖에 눈 와요? 안 오는데?"

"하지만 공기에 섞여 있지. 차에 부딪히면서 결정이 생기는 거야."

눈 조각 섞인 강풍이 시속 140킬로미터 이상으로 달리는 차체를 때리면 꼭 저런 소리가 난다.

스르르르,

눈발이 앞 유리에 부딪히면서 모래가 흩어지는 소리가 났다. 운전석 내부를 가득 채운 바람 소리와 엔진 소리에 비하면 터무니없이 작은 소리였지만 차가 흔들려서 그런지, 몹시 기묘하게 들렸다. 운전석 내부는 그것 외에도 수상한 시선과 수상한 소리로 가득했다.

노인은 문득 뒤를 흘끔거렸다.

시선이 유리막 뒤로 사라졌다. 아마 뒷자리의 여성도 수상한 소리에 놀란 모양이다.

몇십 년을 이 차와 한 몸처럼 움직인 노인은 지금 자신과 차가 맞닥뜨리는 이 거친 밤의 내부와 외부 환경을 속속들이 가늠하고 있었다.

"그런데 할아버지, 아까부터 저한테 왜 말 놓으세요?"

"허, 그랬나?"

"나이 많으시다고 젊은 사람들한테 함부로 말 놓으심 꼰대란 소리 들어요."

"미안하네. 딸 같기도 하고. 해서."

그러자 조보람은 어깨를 부르르 떨며 노인을 흘겨보았다.

"더 큰일 날 말씀을 하시네요. 딸 같다는 말, 그거 완전 위험한 말인 거 아시죠? 꼰대 아저씨들이 하는 정통 언어라구요. 직장에서 상사가 부하 직원을 더듬을 때 하는 소리가 딱 그 소리거든요! 흥, 자기 딸 몸도 그렇게 만지나 보죠."

"요즘 젊은 사람들이 먹는 커피가 아니어도 괜찮아?"

노인은 흥분하는 조보람의 말을 기분 좋게 무시했다.

"앗. 차에 커피가 있어요?"

어이쿠, 금세 화가 풀리는군.

노인은 등받이 뒤에서 도시락 가방을 찾으라고 했다. 조보람은 몸을 돌려 등받이 뒷공간을 빼꼼히 들여다보았다.

"거기 보온병이 두 개 있을 텐데, 붉은색 보온병이 커피야."

조보람은 붉은 보온병을 잡고 돌아앉았다.

"이햐. 할머니가 이렇게 챙겨주시나 보다."

"그런 사람 없네."

그녀는 또 노인을 바라보았고, 어깨를 한번 으쓱하고는 보온병 뚜껑에 커피를 따랐다.

김이 모락모락 올라왔다.

"드실래요?"

"자네나 들게. 운전 중이라 안 돼."

후루룩. 후루룩.

조보람은 커피를 음미했다.

"입맛에 맞아?"

"나쁘지 않아요. 그런데 차에 누가 또 있네요?"

조보람은 뒤를 흘깃 보며 물었다. 보온병을 집으면서 유리막 너머를 본 모양이다.

"망자의 친구라네. 병원에서부터 함께 탔지."

"춥겠네. 뒤에는 히터 안 들어오죠?"

"저 사람은 괜찮을 거야. 그런데 계급이 소방사지?"

"어? 잘 아시네요?"

노인은 대원이 올라탈 때 어깨에 박힌 육각수 두 개를 일찌감치 보아두었다.

"소방사 맞아요."

그는 그녀에게 조 소방사라고 부르겠다고 말했다.

"올해 몇 살이지?"

그녀는 대답 대신 뒤를 흘깃 보았다.

등받이 뒤 유리막 너머로 사망자의 친구는 두 손을 손잡이에 꼭 움켜쥔 채 검은 어둠을 바라보며 와들와들 떨고 있었다. 설핏 빛에 그려지는 얼굴은 과속하는 차에 올라탄 게 인생 최대의 실수라는 표정이다. 긴 머리카락은 헝클어져 엉망이 되었고 주먹에 낀 십자가 목걸이도 사정없이 흔들렸다.

조보람은 주황색 근무복을 바스락거리며 시선을 앞으로 돌렸다.

"근데, 뒤에 앉은 애, 엄청 쫀 것 같은데요."

"시신이랑 달리는 경험을 해본 사람은 드물지. 누구라도 겁이 나지."

"아니, 할아버지 과속 때문에 쫀 것 같다구요."

"그런가? 그건 어쩔 수 없다."

"아까 뭘 물으셨죠?"

"응? 아. 올해 몇 살이냐고. 조 소방사는."

조보람은 의자에 몸을 푹 묻으면서 이마를 찌푸렸다.

"아휴. 또 또 나이 얘기네요. 대체 나이 든 남자들이 젊은 사람한테 몇 살이냐고 묻는 이유가 뭐죠? 몇 살인지 알면? 뭐가 달라져요? 대체 그게 왜 궁금하시냐고요."

"허, 해서는 안 되는 질문이 너무 많구면."

"묻지 마세요, 나이."

"조 소방사는 이 차에 올라타는 거. 무섭지 않나?"

"전혀요. 왜요?"

"많이들 꺼리지. 시신이 탄 차라고."

"할아버진 어때요?"

"난 살 만큼 살았고, 또 죽은 사람도 많이 봤고. 그래서 죽음이란 게 낯설지 않아. 그냥 독감 주사를 접종한 사람, 군대 다녀온 사람, 결혼한 사람, 자식을 낳은 사람, 뭐 그런 사람들을 보는 것처럼 담담해. 뭐랄까 어떤 관례를 거친 사람을 보는 것 같달까."

"우리도 비슷해요. 죽은 사람 많이 보거든요."

"그렇군. 많이 본다니 그럼 하나 물어보자. 죽음이란 대체 어떤 건가?"

"아, 몰라요. 그런 재미없는 질문 하지 마세요. 중간에 휴게소에라도 들러요. 뒤에 저 사람한테 커피라도 사주게. 이봐요!"

조보람은 그렇게 말하며 유리막을 두드리며 여자를 불렀다. 뒷자리 여자는 미동도 하지 않았다. 흔들리는 몸을 가누며 그저 기도하듯 두 손을 모으고 있을 뿐이다. 어둠에 싸여서일까, 몸이 유달리 커 보였다.

"대단하지. 친구의 주검과 함께 질주하는 차에 탈 마음을 먹다니. 안 그래?"

"그러네요. 나는, 저렇게는 못 한다. 으."

"친구란 말야. 젊었을 때가 진짜여. 나처럼 나이 들면 친구가 없어. 친구였다고 믿었던 사람들만 있을 뿐이지."

"어랏, 근데 나이 들어서 남아 있는 친구가 진짜 친구 아니에요?"

노인은 고개를 저었다.

"사람이 나이가 들면 세상을 믿지 않지. 세상을 믿지 않는다는 건 사람을 믿지 않는다는 말일세. 친구란 것도 한갓 제 식구나 챙기고 제 돈이나 챙기는 주변인일 뿐이지. 하나 젊을 때 친구는 달라. 진짜야. 나를 위해 죽을 수도 있거든. 조폭 영화를 봐도 그렇잖아. 조폭 짓도 전부 젊은 애들이 하잖아."

"듣고 보니 틀린 말 같진 않네요."

거기서 또 말이 끊겼다.

갑자기 후회란 녀석이 노인의 정수리에서 이마로 쓸려 내려왔다.

"미안. 쓸데없이 말을 많이 했구먼."

조보람은 어깨를 한번 으쓱했다.

그때 실내에 기분 나쁜 빛이 가득 들어왔다.

뒤에서 진개 덤프트럭이 상향등을 점멸하고 있었다. 속도를 높이거나 길을 비켜달라는 뜻이다. 서울에서 벗어날 때부터 몇 번 시야에 들어왔던 트럭이었다.

노인은 사이드미러를 한번 힐끗거린 후 바짝 붙어 따라오는 트럭이 추월할 수 있도록 차선을 바꿔주었다.

"현장에서 직접 불 끄는 일을 하는가?"

"그럼요. 관창 보조사예요."

"관창 뭐?"

"관창 보조사요. 호스를 잡는 소방관 뒤에서 보조하는 일을 말해요. 호스는 힘이 세서 한 사람이 더 잡아줘야 하거든요."

"여자가 그런 일도 하다니, 놀랍군."

"삐! 경고! 그 말 나올 줄 알았다."

"아. 미안하네. 실수했군."

"오늘, 제가 알려드릴 게 많네요. 우리 소방서 센터장님이 딱 60대인데요, 그분이 그러셨어요. 노인이라고 다 노인이 아니다, 사이비 노인이 있다, 지금의 60대가 딱 그런 계층이다. 하나도 배울 게 없는 사람들이다, 라고."

"오호. 굉장히 파격적인 분이군."

"80년대에 젊은 시절을 보낸 사람들이 지금 60대가 넘은 나이가 되었는데, 한국 사회에서 그 연령대가 가장 도덕률이 낮다나요. 침

도 함부로 뱉고, 말도 함부로 하고, 여자도 제일 많이 때리고. 성매매
도 함부로 하고. 그 꼰대 아저씨들이 젊었을 땐 흥청망청의 시대였
대요. 신군부가 들어서고 유흥이 도처에 생겨나던 시대에 청춘을 보
냈다고. 경기 좋을 때 펑펑 놀고 나이 들자 젊은이들이 쓸 세금을 싹
챙겨 먹고. 앞뒤 세대에 벗겨먹을 건 다 벗겨먹고 있으면서 젊은 사
람들을 보면 패기가 없다느니 죽기 살기로 살지 않는다느니 평가질
만 한다고 우리 센터장님이 말했어요. 참고로 센터장님은 여성이에
요. 5공 때 딱 두 명 뽑힌 여성 소방관이셨거든요."

"알았어. 알았어. 흥분하지 말게. 나는 월남도, 사우디도 다녀왔던
내일모레 80인 의지의 한국인이라네. 흥청망청 놀아본 적 없다네.
아무튼, 미안하네."

조보람이 눈을 동그랗게 떴다.

"80이요? 그런데 연세가 그렇게 많으세요? 그렇게 안 보여요."

"그래? 곧 80이 되지."

"진짠데. 우리 아빠 나이처럼 보이세요. 우와."

"아버진 올해 몇인데?"

"예순넷인가? 근데 전에 돌아가셨어요."

"엥?"

"뭐, 살아 계심 그렇다는 거죠."

"싱겁긴. 아버지가 돌아가셨다면 지금 가족은 어떻게 되나?"

"엄마와 동생, 그리고 저, 이렇게 있어요."

"어서 마셔. 마시면서 말하라고."

후루룩. 후루룩.

듣기에 좋은 소리였다.

대원은 좀처럼 열기를 가시지 못했지만, 노인은 만족해하는 얼굴로 화사해지고 있었다.

젊은 친구와 어두운 밤차 안에서 대화를 나누는 것은 꽤 기분 좋은 일이다. 어둠이란 게 금세 정이 들게 하는 힘이 있다. 처음 차 안으로 들어올 때 보였던 허옇던 조보람의 기색이 점점 다르게 변하고 있었다. 군데군데 발그레한 홍조도 보인다. 그 나이에 맞게 틈틈이 부루퉁하고 적당히 시끄러운 것도 만족스럽다.

'건강한 청년이군.'

천장을 두들기는 눈 조각 소리는 어느새 사라졌다. 내부는 노인을 제외한 한 존재가 커피를 홀짝거리는 소리로 가득했다. 시속 150킬로미터로 나아가는 차 안에는 이렇게 달싹대는 소리가 고인 어둠이라니.

노인은 성탄절 날 동네 교회에서 난로 앞에 앉아 불을 보던 어린 시절이 떠올랐다.

전쟁이 끝난 지가 몇 년 되지 않았던 시기. 노인이 살았던 칠곡 산골은 피해가 없던 지역이어서 평범한 삶들만이 존재했다. 마을에 교회가 하나 있었는데 성탄절이면 산골 아이들이 난로 화열 가리개 앞에 모여 뭔가를 먹으며 밤을 새우곤 했다. 미군이 두고 간 초콜릿이나 캐러멜 같은 것들이었는데 그때 불가에서 오물거리는 소리가 지금 들리는 저 소리와 비슷했다.

좋은 기분이야. 나른하게 가라앉는구먼.

유리막 너머 뒤에서 사망자의 친구가 불안한 표정을 짓고 있는 게 좀 아쉽다만.

"재미난 이야기 하나 해줄까?"

노인은 흥이 나서 슬며시 말했다.

그녀는 보온병 뚜껑을 모아 쥐고 어깨를 움츠렸다.

"할아버지 개그는 안 듣고 싶은데."

"썰렁한 말을 할까 봐?"

"하세요."

"말하라고?"

"네. 들어드릴게요."

그녀는 들어보겠다는 듯 턱을 한번 흔들었다.

"……나 사실, 남이 못 보는 걸 봐."

순간, 조보람이 정색했다.

"할아버지, 나 무서운 거 싫어해요. 아재 개그는 참아도 귀신 이야기 못 참는다구요."

아아.

노인은 한 손을 운전대에서 떼고 앞을 휘휘 내저었다.

"귀신이라기보다…… 그 비슷한 거지. 나비야. 나비 이야기."

"나비요?"

"남들 눈에는 보이지 않는 나비가 내 눈에 보인다네. 어떻게, 한번 들어볼려?"

바라보는 조보람의 눈이 살짝 일그러졌지만, 노인은 무시하고 입을 열었다.

"사람한테는 누구나 나비가 붙어 있는데 나비가 몸에서 떨어지면 그 사람은 죽는 거야."

"앞차가 깜빡이를 켰어요."

조보람이 손으로 앞을 가리켰다.

구급차는 토루가 보이는 터널을 두 개째 지나고 있었다. 아까 뒤에서 길을 비켜달라던 진개 덤프트럭이 이번에는 앞에 있었다. 트럭은 비상등을 켜고 속도를 늦췄다. 정체가 일어나는 모양이었다.

딸깍, 딸깍.

노인도 비상등을 켜고 속도를 늦췄다.

진개 덤프트럭의 적재함 상층부를 덮은 방수포가 너덜거렸다. 끈한쪽이 풀려 있었다. 그 틈으로 실어놓은 커다란 화강암들이 얼핏 보였다. 골프장이나 아파트 조형에 사용됨 직한 커다란 돌덩이들이었다.

두 사람은 터널을 지나는 동안 조용히 앞만 바라보았다.

터널 안의 빛이 규칙적으로 두 사람의 볼을 긁어댔다.

구급차가 터널에서 나오자 노인은 입을 열었다.

"벌써 20년이 지난 일인데……."

3

가느다란 팔들에 칭칭 감긴 온갖 인위적인 장치를 볼 때마다 노인은 골몰했다. 태어날 때 받아놓은 수명을 저것들이 함부로 늘리는 건지, 아니면 저것들의 효능까지도 받은 수명에 포함되는 건지를.

중환자실에 들어갈 때면 늘 그 상념이 떠올라 여러 번 이마를 찡그리고 그 생각에 집중하곤 했다.

삶이란 참.

노인은, 인간은 누구나 자기 앞에 벌어지는 일을 문득 놀라워하며 관찰하게 되고, 그것이 어째서 그렇게 벌어졌는가를 고찰함으로써 삶의 힘을 저장한다고 믿었다. 또 그런 생각들이 모여 하나의 인격을 만들고, 그 인격이 세월에 염장되면 지혜나 깨달음, 품위 등으로 변해간다는 것을 안다. 어떨 땐 익살스러워진다는 것도. 그런 측면에서 노인은 꽤 똑똑한 사람이었다.

노인에게는 그만이 깨달은 오래된 진리 세 가지가 있었다. 전부 나비에 관한 것이었는데, 첫 번째는 인간에게는 누구나 수명을 관장하는 나비가 있고 나비가 몸에서 떨어지면 그 인간은 죽는다는 것이다.

인간과 나비가 연결되어 있다는 사실을 안 것은 일을 시작하고 20년쯤 흘렀을 때였다. 그러니까 어느 날 갑자기 노인의 눈에 나비가 보였다.

오늘 그가 이 시신을 넘겨받은 병원 중환자실에도 십수 마리의 나비가 존재했다. 호랑나비도 있었고, 남방오색나비도 있었고 표범나비, 부전나비, 흰나비도 있었다.

나비라니.

중환자실에.

그것도 여러 마리.

그것들은 뭔가를 주렁주렁 달고 누운 민머리 환자들의 이마나 손등, 엄지발가락 등에 앉아 있었는데 꼭 한 사람에 한 마리씩이다.

노인은 처음에, 어린 간호사들이 문구점에서 파는 데커레이션 소품을 환자의 몸에 붙여놓았나 싶었다. 꽃가게에 가면 화분 식물을 꾸미기 위해 정교하게 만들어진 무당벌레나 나비 모형을 이파리에 한두 마리 붙여놓지 않던가. 나비들은 딱 그런 모형과 닮아 있었다.

뭐 하는 짓이람. 중환자실에 나비라니. 식물원 비닐하우스도 아니고. 환자 기분이 좋아지라고 저런 걸 붙여놓나.

아니야, 이유가 있을 거야.

구분하기 위해서인가? 건강해질 기미가 보이는 환자들에게만 붙여놓는 건가?

처음에는 이런저런 생각으로 고개를 한참이나 갸웃했더랬다.

무슨 이유이든 간에 진짜로 살아 있는 나비 같군.

나비들이 소품이 아님을 알게 된 건 그로부터 얼마 지나지 않아서였다.

그것들이 허공에 뜰 때가 있었다. 간호사가 몸을 닦기 위해 환자를 모로 제치거나, 호스를 조절하고 맥박을 체크할 때면 나비들이 파락파락 환자 몸에서 떨어지다가 이내 원래 자리에 내려앉았다.

저 나비들이 전부 살아 있는 놈들이었어? 맙소사,

간호사들은 모른다. 보이지 않는 것이다. 누워 있는 환자들도 의식이 없기에 모른다. 오직 눈으로 나비를 쫓는 건 노인뿐이다.

나비가 어떤 역할을 하고 있음을 깨달은 것은 노인이 어느 젊은 고객을 만날 때였다.

그날도 연락받고 집중치료실에 들어왔는데 의사가 한 환자 몸에 올라타 풀어 헤쳐진 가슴을 정신없이 누르고 있었다. 환자는 스무 살 남짓한 남자였다. 들썩거리는 오른쪽 발등에 붙어 있던 모시나비는 삽시간에 천장으로 오르더니 홀연히 사라졌다. 그와 동시에 의사는 마사지를 멈추었고 환자 몸에서 내려왔다. 간호사가 기계 모니터를 전부 껐다.

띠이—.

노인은 그때 들리던 모니터 정지음이 지금도 귓가에 생생하다. 나비는 중요한 역할을 하고 있었다. 나비가 떠나면 환자의 수명은 다하는 것이다. 아니 환자가 죽어서 나비가 떠나는지도.

"아무튼 환자의 목숨은 나비와 관련 있다네. 이 이야길 꺼내는 이유는 조 소방사 생각을 한번 듣고 싶어서야."

"뭔데요? 물어보고 싶은 게."

"질문은 좀 이따가 하고. 거기, 서랍 열어서 사탕 하나 까주겠나?"

조보람이 글러브박스를 열었다.

청포도 맛 알사탕 봉지가 있었다. 그것 외에도 말린 고구마를 담은 봉지와 굵은 소금을 넣어둔 봉지도 있었다.

"이게 다 할아버지 간식이에요?"

"그렇지."

조보람은 건드리기 싫다는 듯 소금 봉지를 불편하게 밀어내고 사탕 봉지를 집어 들었다. 사탕 하나를 깠다. 노인이 장갑 낀 팔을 불안하게 내밀자 조보람은 '이힛' 웃으며 노인의 입에 직접 사탕을 넣어주었다. 자기 입에도 하나 넣었다.

"나비 이야기 계속하시는 거예요?"

노인이 알아낸 두 번째 진리는 바로,

나비가 죽은 이와 누군가를 연결해준다는 것.

"말했다시피 나는 나비를 자주 본다네. 그런데 말이야. 이상하게 도 떠나지 않는 나비가 있더라고."

재미있는 사실은 이미 죽은 환자의 나비가 한동안 떠나지 않는 일 도 있다는 것이다.

보통은 환자가 사망하면 그 환자만의 나비는 어디론가 사라진다. 그러나 어떤 나비는 시신이 실려 나갔음에도 불구하고 여전히 병실 에 남아 있었다.

"내가 물끄러미 봤는데 말이야, 환자가 쓰던 빈 침대 링거 꽂이대 에 저 혼자 앉아 있었어. 그런 나비가 중환자실에 몇 마리 더 있었지. 쓰레기통 안 버려진 비닐 팔찌에 앉아 있기도 하고. 환자 자리 천장 에 모기처럼 붙어 있기도 했어. 처음 나는 나비가 환자의 영혼이라고 생각했는데 그게 아니었어."

그럼 나비들은 언제 사라지느냐.

흔히 중환자실에 가족을 넣어둔 보호자들은 복도 밖 휴게실에서 자리를 깔고 대기한다. 환자가 언제 사망할지 모르니 생활용품을 두 고 노숙인처럼 지내는 것이다. 시설이 좋은 대형 종합병원이라도 그 모습은 한결같다. 어느 날이든, 어느 시간이든 간호사가 좋지 않은 표정으로 와서 보호자를 찾으면 그들은 때가 왔다고 느낀다. 휴게실 의자에서 텔레비전을 보던 가족은 간호사와 눈이 맞은 즉시 벌떡 신 발을 신고 일어나서는 '아, 이제 저세상으로 가려는구나'라고 마음을 다잡으며 간호사를 따라 들어가는 것이다.

그런데 가족이 없는 환자가 있다.

외국에 있거나 생업 때문에 늘 옆에서 대기할 수 없는 가족을 둔 환자가 홀로 숨을 거두면 나비는 바로 떠나지 않았다. 소식을 듣고 가족이 들이닥친 후에라야 비로소 천장으로 오르다가 빛처럼 사라졌다.

"환자가 꼭 만나야 하는 사람이 왔을 때라야 나비는 사라져. 대부분 가족이 되겠지."

주인은 죽어도 나비는 홀로 남아 사람을 기다린다는 것.

녀석들은 그리운 이가 올 때까지 제 편한 공간에 머문다. 중환자실 천장일 때도 있고 복도, 1층 로비, 병원 어디든 붙어 있다.

오늘도 그랬다. 노인이 막 열린 유리문 안으로 들어왔을 때 바퀴 달린 기계 모서리에 백팩을 부딪힌 것도 가슴께로 날아든 주인 없는 나비를 피하려다 그런 것이었다.

나비는 가족 누군가의 어깨에 앉아 장례식장으로 이동하기도 한다. 거기서 하루든, 이틀이든 또는 장례 동안 기다렸다가 그리운 이가 나타나면 그제야 스르륵, 사라지는 것이다.

"나비는 변호사 같은 거야. 죽음이 임박했음을 환자한테 알려주고, 또 환자와 가까운 이에게 환자의 임종을 전하는 존재지. 망자가 못내 그리워하는 것을 나비가 대신 처리해준다고."

직업으로 중환자실을 드나드는 노인은 이 두 가지를 철석같이 믿는다. 나비는 망자의 수명과 관련 있고 망자의 그리운 무언가를 해결해준다는 것.

가족에게 그런 말은 하지 않았다. 꺼냈다간 사위한테 노망난 영감으로, 딸한테는 일을 그만 쉬라는 핀잔만 받을 터였다. 친구들과 소주잔을 나누며 할 이야기도 아니다. 그는 스스로 엄숙한 태도를 지녀야 한다고 생각했다. 죽은 이를 흥밋거리로 거론해서도 안 된다. 그런 이야기는 인간끼리 나눌 만한 것이 아니다. 사실 저 나비들이 실재하는지, 아니면 자신의 상상이 만들어낸 것인지 노인도 잘 모른다.

노인은 자신의 믿음이 진짜이길 바랐다.

좋은 현상이라고 생각했다.

각박한 세상에 그런 환상 정도는 있어도 될 일 아닌가. 세상에는 알 수 없는 진리들이 참으로 많지 않은가 말이다.

"그만하세요."

119 대원은 단단한 이마를 밝히며 정면 어둠을 바라보고 있었다. 노인이 장갑 낀 오른손으로 이마를 긁으며 그녀를 힐끗 바라보았다.

"미안하네. 무서운 이야긴 아니라고 생각했는데."

"아뇨."

"……."

"무서운 게 아니라 슬퍼져서요."

오호.

무서워서 그런 게 아니었구먼. 그렇지. 나비 이야기가 무섭진 않지.

"더 해도 될까?"

조보람은 보온병을 꼭 안은 채 고개를 끄덕였다.

노인은 기침처럼 쿵쿵, 가래를 끌어 올렸고, 한 손으로 휴지를 뽑아 처리한 후 휴지를 숨겼다. 그리고 입을 닦으며 말했다.

"내 생각에는 해줄 말이 남아 있을 때 나비는 남아. 그리운 이가 오면 미처 건네지 못했던 말을 전하는 거지. 나비가. 기다렸다가."

"살아 있는 사람이 나비 말을 어떻게 알아들어요? 설마 나비가 귀에 대고 속삭인다고 생각하시는 건 아니죠?"

"마음이나 무의식을 이용하는 게 아닐까?"

"죽은 사람이 남기고 싶은 말을 마음에 심어준다? 텔레파시 같은 거?"

"잘 풀어서 말했어. 산 자들은 나비의 텔레파시를 전달받으면서, 아, 죽은 친구가 왠지 그런 뜻을 남긴 것 같아, 하고 되뇌는 거지. 어때?"

"음. 가능할 것 같아요. 우리도 돌아가신 아빠라면 이렇게 했을 거야, 하면서 논현동에서 남양주로 집을 옮겼거든요. 그리고 이사 간 집에서 일이 잘 풀렸어요. 저도 시험에 합격하고."

"그랬군."

"꼭 아빠가 우리에게 주신 선물 같았어요."

"텔레파시, 그런 게 가능하다면 말이야, 나비가 전달하는 대상이 꼭 살아 있는 사람이 아니어도 되는 거 아니겠어?"

"그건 또 무슨 말이죠?"

노인은 말하기 전에 시선을 멀리 가져갔다.

고속도로를 운전하면서 초점을 멀리 두는 것은 매우 위험한 일이었지만 그는 시선을 크게 두며 숨을 들이쉴 시간이 필요했다.

노인은 잠시 다른 말을 했다.

"묘한 이중성이 있다네. 지금 이 차 안에는 말이야."

달리는 구급차 안은 몹시 이중적인 공간이기도 하다. 왜 이중적이

냐면 우선 이렇게 빨리 달리는 차에서는 음악을 틀 수 없다. 엔진 소리와 노면과 바퀴가 맞닿는 소리, 시속 150킬로미터 이상으로 달리는 속도가 만드는 바람의 마찰 소리가 안에 갇혀 쩌렁쩌렁 울리기 때문이다. 아이러니하게도 그런 소리가 너무도 꽉 차 있어 구급차 내부는 오히려 고요하다.

노인은 그 가득한 이중적 정적을 '시적이고 종교적인 가락'이라고 이름 붙였다.

"어, 그거 리스트 피아노 곡 중에 그런 제목, 있는데!"

"그래?"

"네. 〈시적이고 종교적인 선율〉. 우리 소방서에 아는 언니가 무척 좋아하는 피아노 곡이었어요."

노인은 자신이 붙인 그 이름이 리스트인가 하는 작곡가의 피아노 곡 제목과 같을 줄은 꿈에도 몰랐다. 노인은 그저 시끄러운 바람 소리는 매우 시적으로 들렸고, 뒤에 죽은 이를 태우고 있으니 종교적이라고 생각했을 뿐이다. 노인의 나이쯤 되면 그렇게 들어맞는 일도 생기는 법 아니겠는가.

"그러면 그 정적을 '시적이고 종교적인 선율'이라고 해두지."

또 차 안이 이중적인 공간이 되는 중요한 다른 이유는—

그건 생각하지 않기로 했다.

노인이 숨을 크게 한번 들이쉬고는 전부 말해버리자, 그렇게 생각했다.

"조 소방사, 뒤를 봐."

갑작스러운 말에 조보람은 노인을 물끄러미 바라보았다.

"네?"

"뒤에 앉아 있는 아가씨를 봐보라고."

대원은 몸을 돌려 두꺼운 유리막에 눈을 갖다 댔다.

뒷자리는 운전석과 달리 검푸른 한기가 가득해 보였다. 구급차 내벽에 박힌 몇 개의 푸르스름한 비상 버튼에서 비치는 빛 때문에 시신의 덩어리도, 시신을 하염없이 바라보고 있는 긴 머리 여자의 모습도 마치 유약을 바른 사기 인형 같았다.

출발할 때만 해도 빛 같은 속도에 덜덜 떨던 여자는 이제 다른 모습이었다. 그녀는 죽음을 사실로 받아들이고 친구의 영혼을 신에게 온전히 맡기기로 한 듯 안정되어 보였다.

"보여?"

"뭐가요?"

"여자 어깨에 나비가 붙어 있는 거."

조보람은 입을 틀어막았다.

"안 보여?"

시신 앞에서 기도하듯 고개를 숙이고 있는 여자의 왼쪽 어깨에 정말로 나비가 붙어 있었다.

"어머 어머. 웬일이야. 네, 보여요."

"그래. 조 소방사 눈에도 보이는군."

"흰나비가 있어요."

"저 나비, 무슨 나비일까?"

유리막 너머를 보는 조보람은 눈을 크게 떴다.

"저 나비, 망자와 연결된 나비야."

"맙소사."

"그리고 거기 앉아 있는 여자 말이야……."

순간, 대원이 노인을 보았다.

노인이 운전대를 쓸며 말했다.

"귀신이야."

조보람이 이마를 찌푸렸다.

"죽은 이의 친구라며 이 구급차에 올라탄 저 머리 긴 여자, 사람이 아니라 귀신이라고. 저 시신의 가족들은 이 차에 타려고 하지 않았어. 대신 시신과 밀접한 이가, 시신보다 먼저 죽은 어떤 이가 함께 타려 했지. 나도 처음에는 사람인 줄 알았어. 그런데 출발할 때 보니까 어깨에 붙어 있더군. 나비가."

등받이 매트를 짚은 대원의 손이 바르르 떨었다.

"무서워하지 말게. 귀신은 우리가 눈치채고 있다는 걸 몰라."

"중간에 알아차리면요?"

"그럴 수 없어."

"왜요?"

"내가 말을 건다면 모를까, 그러지 않으면 저쪽은 몰라. 이 차 안에서 귀신은 내가 말을 걸 때만 나를 느껴. 같은 이치로 조 소방사도 저쪽에 말을 걸지 못해. 이유는 묻지 마. 아무튼 그래. 그간 이 차에 한두 귀신이 탄 게 아니니까."

"네에에에?"

"저 귀신은 우리를 의식할 여력이 없네. 보라고. 하염없이 시신만 바라보고 있잖아. 친분이 깊었던 모양이야. 이건 무서운 게 아니지.

둘 사이에는 분명 애처로운 이야기가 있어. 나는 저 귀신과 망자 사이에 무슨 일이 있었던 건지가 궁금해. 젊은 친구들이 저렇게 서로를 아끼며 슬퍼할 일이 요즘 있던가?"

"왜 없겠어요? 젊은 사람들도 깊은 상심을 느끼면 서로를 목숨처럼 위로한다구요. 궁금한 게 생겼어요. 할아버지."

"대답할 수 있는 건 해주지."

"나비 주인은 누구죠?"

"오늘 죽은 망자지. 이동용 주머니 안에 누워 있는."

"나비가 남아 있는 이유가 그럼……."

"말했잖아. 간절한 것을 만나면 나비는 금방 사라진다고. 주인이 죽었는데도 떠나지 않는 건 주인이 누군가를 아직 만나지 못했기 때문이야. 나비는 누워 있는 시신의 것이고, 그 나비가 저 귀신의 어깨에 앉아 있다는 건, 시신이 만나고 싶어 한 존재가 바로 저 귀신이라는 거야. 나비는 시신의 마음을 저 귀신한테 한창 전달하고 있을지 몰라."

조보람은 턱을 끄덕였다.

"그것도 모르고 괜히 휴게소에 들르자고 했네요."

"귀신은 귀신이고, 다시 우리 이야기나 하세. 그래, 일은 재미있나?"

"제 이야길 하자구요? 뒷자리에 귀신을 앉혀놓고요?"

"종종 있는 일이라니까."

유리막 너머를 한참 동안 바라보던 조 소방사는 자세를 바로 했다.

"할아버지도, 이 구급차도, 저 뒤에 있는 것들도 전부 이상해. 으아, 나, 아무래도 차를 잘못 탄 거 같아."

그녀는 양반다리를 한 채 스마트폰을 꺼내 시계를 보았다.

"도착하려면 두 시간이 더 남았네요."

"그렇지."

"두 시간 동안 귀신과 함께 있어야 하는 거네요."

"그런 셈이지. 왜? 무섭나?"

"음. 처음에는 그랬는데. 할아버지가 옆에 계시니……."

"그래. 무서워하지 마. 나는 늘 있는 일이고 이건 무서울 일이 아니야. 게다가 이 차 안은 때때로 이중적인 공간이 되니까 저 귀신은 자넬 느끼지 못해."

"그럼 안심이구요."

지나가는 차창 멀리 검은 논 너머로 어스레한 빛들이 고여 있었다. 그녀는 유리창을 때리며 휘날리는 눈송이들을 쓸쓸히 바라보았다.

"일은 어떤가?"

"그냥 그렇죠, 뭐."

"얼굴에 수심이 가득하더구먼."

"그렇게 보였어요? 할아버지 눈에도?"

"그렇게 보였어."

조보람은 한숨을 내쉬었다.

"사실 오늘 여간 힘들었던 게 아니에요."

"그랬을 테지."

"늘 힘들었어요. 오늘뿐 아니라."

"말해봐. 들어줄 테니까."

"근데요, 제 말을 저 귀신이 들을 수 있어요?"

"아니라니까."

"자네도 저 귀신의 말을 들을 수 없을 거야. 오직 나만 듣는다고."

"어? 어떻게 그래요?"

"나는 이 차의 주인이니까. 내가 말하는 '시적이고 종교적'인 그 공간은 말이야. 나만 제대로 느낀다고."

"무슨 말인지 하나도 모르겠네."

"말해봐. 고충을."

그녀는 보온병을 송풍구에 끼워둔 고리에 걸고는 무릎을 올려 두 팔로 감싸 안았다. 몸이 워낙 작고 아담해서 어스레한 조수석이 커다란 왕좌처럼 보였다.

갑자기 고속도로에 안개가 자욱해졌다.

4

"……저, 살해당했거든요."

노인은 듣고만 있었다.

"출동하다가요."

소리는 거기서 잠시 멈췄다.

구급차는 태안을 지나고 있었다.

뿌연 안개 속에서 검은 것들이 가라앉은 산등성이들은 저마다 밤의 절반을 견디기 위해 옹골차게 조용해지는 중이었다. 어쩌다 보이는 납작한 서녘의 지평선에는 몇 개의 용감한 불들이 겹치고 있었는데 그 작은 도시 또는 마을들에서 뿌리는 빛도 곧 안개에 굴복할 것 같았다.

"계속하게."

소리의 주인은 늘어진 머리를 쓸어 이마를 드러냈다.

"괜찮아. 나만 듣는 거니까."

5

옛날과 달리 지금은 여성을 많이 뽑아요. 뽑기는 하는데 여전히 화재진압보다는 내근이나 구급 쪽에 많이 배치되죠. 그 어린 친구는 구급이었어요. 처음에는 저랑 같이 화재진압반이었는데 바로 2층으로 옮겼어요. 소방센터에서 내근이랑 구급 부서는 2층이나 3층에 있고 화재진압 부서는 1층에 있거든요. 3층이면 구급, 1층이면 화재죠. 임용 동기인 우리 둘 중 하나는 올라가야 했어요. 대원 두 명이 전출 가서 구급 쪽에 인원이 모자랐거든요.

화재진압반에 있고 싶어 하는 여성 대원도 많아요. 하지만 곧 내근이나 구급으로 옮겨요. 그건 체력이나 실력의 차이라기보다는 위에서 그렇게 발령을 내버리기 때문이에요. 그러니까 윗사람들한테

378

는 여성이 불을 끄는 건 불안하다, 도움이 안 된다, 뭐 그런 시선이 있는 거죠. 그래도 우리 센터장님 말씀을 들어보면 옛날보다는 많이 나아진 거라고 해요. 참, 그 말을 안 했군요. 우리 센터장님은 여성분이세요. 우리나라 소방에 여성 소방관 1세대이시고 화재진압 경력도 전설이시죠.

저는 끝까지 화재진압반에서 일하겠다고 했죠. 남자 선배들이 많이 웃었어요. 왜 그런 눈빛들 있잖아요. 어디 1년을 넘기나 보자, 라는. 그렇다고 은따, 왕따 그런 건 없었어요, 남자 선배님들은 다 좋으세요. 그냥 체력이 안 될 걸, 하며 재미있어하는 시선이죠. 전 화재진압반에서 10년을 채우기로 마음먹고 이 일을 시작했고 센터장님도 그런 저를 무척 대견해했어요.

결국 저 대신 그 친구가 간 거죠. 나보다 어린 그 친구가 양보한 거예요. 센터장님도 1년만 있으면 다시 화재진압반으로 내려오게 하겠다고 약속했어요. 착했어요. 저보다 두 살 어려서 언니 언니 하며 친해진 친군데 내 의지를 눈치채고는 기꺼이 자기가 올라가겠다고 하더라구요. 그 친구는 화재진압반에서도 그랬듯이 2층 구급대에서도 사랑받았어요. 차량 점검도 잘했고 운전도 잘했고 서류 작업도 잘했어요. 당직도 잘 바꿔주고.

그렇게 2년이 지났죠.

센터장님은 그 친구를 1층으로 내리지 않았어요. 그 친구의 하나 단점이 있는데 바로 체력이 약했어요. 화재는 체력이 강해야 하거든요. 센터장님이 절대로 허락하지 않았죠.

그 친구는 1층에 있는 저한테 매일 찾아왔어요. 보면 여전히 화재진압반에서 일하고 싶은 눈빛이었어요. 그럴 때마다 구급이 힘든 모양이다, 하고 안타깝게 여겼지만 별다른 말을 해줄 수 없었어요. 넌, 구급에 있는 게 어울려. 그렇게 달랬죠.

화재진압반도 힘들지만, 구급반도 고충이 어마어마해요.

구급대원한테 가장 힘든 게 뭔지 아세요?

바로 주취자 신고예요. 나, 술에 취했다, 그래서 움직이기 힘들다, 와서 병원에 데리고 가라, 이런 신고자들이죠. 술자리에서 서로 싸워서 팔이나 어디 긁힌 걸루다 부르는 경우도 많은데 대부분 저 혼자 술 먹고 신고해요. 진짜, 롯데타워 꼭대기에 붙어 있는 벌집을 기어 올라가서 없애라면 그게 더 쉬워요.

아닌 게 아니라 주취자는 정말 대응하기 힘들어요. 이게 습관적이에요. 그냥 술 취해서 자길 병원에 데리고 가달라고. 환자를 처치하려면 적극적으로 다가가야 하는데 우리는 그게 두려워요. 욕은 기본이고, 성추행도 많이 해요. 폭행도 심하고. 술 깨면 기억하지 못해요.

그 친구가 상황실에서 수보를 받고 출동한 건 한 주취자를 병원에 데려다주기 위해서였어요.

60대 남자였어요.

한때 학교 교사였다고 하던데 주벽이 심했어요. 센터에서도 유명했어요. 저도 잘 알죠. 술만 먹으면 전화를 했으니까. 숨이 막히니 병원에 데려다 달라고 그러지 않나, 눈이 뽑힐 것 같다며 병원에 데려다 달라고 그러지 않나, 손목을 그었다고도 하고. 전부 술 먹고 건 거였어요. 이동하는 차 안에서는 민주화 운동 때 자신이 서울역에서 깃발을 들었다고 자랑하기도 했어요.

매번 구급차가 나갔고 그 친구는 그 사람을 병원에 실어다 줬어요. 어느 날 그 남자를 싣고 병원으로 가는데 그 술주정뱅이가 그 친구 엉덩이를 만지더래요. 딸 같아서 힘내라고 두들겨줬다나.

CCTV 확보하고 신고했죠, 물론.

그 사람은 6개월인가 형을 받았던 걸로 알고 있어요. 그런데 그게 다야. 실형을 살았는지, 벌금을 내고 나왔는지는 모르겠는데 6개월 뒤 또 센터로 전화한 거예요. 자길 병원에 데리고 가달라고. 술에 취해서.

이게 얼마나 어처구니가 없는지 아세요? 우린 성추행자를 구하러 또 가야 하는 거였어요.

안 가면 되지 않냐구요? 그게 말이 돼요? 선량한 주민이 도움을 청했는데 소방공무원들이 신고받고도 출동을 안 해요? 있을 수 있는 일이에요. 큰일 나죠, 또 만나고 그 난동을 참아야만 하죠.

메뉴얼이 없냐구요?

주취자가 난동을 부리면 이송 거부할 수는 있죠. 있는데, 그게 말처럼 쉬운 게 아니에요. 나중에 그 사람이 민원을 넣어버리면 난리가 나요. 위에서 센터장부터 호출하죠. 환자를 왜 병원으로 이송하지 않았느냐고. 공무원이 왜 국민을 받들지 않느냐고. 거기다 대고 뭐라고 해요. 가보니까 환자가 아니라 술주정뱅이더라, 그래서 내버려 뒀다, 이렇게 말해요? 그렇게 보고할 수 없어요. 아무튼, 술 먹고 난동을 부려도 그 사람은 무조건 환자가 되는 거예요.

웃긴 게 뭔지 아세요?

그런 사람들, 경찰이 오면 또 얼마나 고분고분한데요. 그럴 때면

아, 우린 진짜 약자구나. 절감해요.

우린 약자예요.

우리는 그런 무지막지한 사람들을 제압할 권한도 없고 구속할 권한도 없어요. 그래서 우리를 함부로 대해도 되는 줄 아는데 풋, 실제로 우리한테 함부로 해도 되는 구조예요. 네? 음. 구급대원 폭행을 막기 위해 광역수사대요? 흠. 어딘가에서 들어본 것 같긴 하네요. 모르긴 몰라도 전국에서 대원들이 자신이 당한 봉변을 신고한다면 광역수사대가 전부 처리하긴 힘들걸요.

우리는 출동 가서 이상한 사람들을 만나면 무조건 눈부터 깔아요. 시비 걸어도 마주 보지 않아요. 감정을 자극하지 않으려고요. 자극하면 우리가 당해요. 또 너무 외면하면 자극하는 거예요. 적당히 말 받고 적당히 마주 보지 않는 거죠.

마침 교육이 있어서 2층 구급 쪽의 팀장님과 베테랑 대원들은 전부 자리를 비웠고 1층에도 저만 있었어요. 그 친구가 얼굴이 새파래져 내려왔더라고요. 또 그 사람이 차를 불렀다고.

위에 누가 남았냐? 물으니 4개월짜리 신참 대원 두 명과 자기뿐이래요. 내가 갈게. 그 친구를 두고 신참 남자 대원들과 내가 출동했죠.

뻔하죠. 그 사람이 신고한 이유가. 그 친구한테 해코지하려는 거였어요. 자길 성추행범으로 신고했다고, 얼굴 한번 보고 싶다고. 딸같이 여겼는데 이럴 수 있냐고.

그 친구는 그날 출동하면 안 되었어요. 벌벌 떨며 어금니를 불안하게 가는데 무슨 일을 할 수 있겠어요.

당연히 내가 대신 가야 했죠.

예상대로 구급차 침대에 누운 그 사람은 주정을 부렸어요. 꽤 취했을 뿐 별다른 조치를 할 건 없었어요. 침대에 눕혀 병원으로 인계하면 되는 거였어요.

저는 못 들은 척하고 이송 준비를 했어요.

술주정뱅이는 계속 그 친구를 찾았어요. 대답하지 않았죠. 그 남자는 급기야 벨트를 풀고 일어나 앉았어요. 한 손으로 내 팔뚝을 움키고 목을 조르려는 시늉까지 했죠. 저는 구급차 천장을 가리키며 저기에 CCTV 카메라가 있다고 알려주고 당신 목소리가 전부 녹음된다고 말했어요. 그리고 편람대로 이송 거부 고지를 할 수 있으니 얌전하게 있어달라고 경고했어요. 그러자 이상하게도 얌전해지더라고요.

차가 출발하려는데 미러에 무언가가 보였어요. 차 뒤에 꼬맹이 두 명이 서 있더라구요. 구급차가 신기해서 다가온 것 같았어요. 유리막을 두드려 시동을 끄게 하고 차에서 내렸죠. 그 꼬맹이들은 쪼그리고 앉아 죽은 새를 보고 있었어요.

그 아이들을 안전한 곳으로 데려다 놓고 구급차에 올라 차를 출발시키려는데, 갑자기 몸 어딘가가 시원했어요. 시동을 걸면서 에어컨을 강하게 틀었나, 싶더라고요.

"씨팔년아. 내가 이렇게 아픈데 출발도 안 하고 뭐 하는 거야!"

술주정뱅이가 그런 말을 한 것 같은데 어머나, 내 가슴과 허벅지에 피가 뚝뚝 떨어지는 거 있죠. 보니 그 사람, 가위를 들고 있더라구요. 내 손에도 피가 흥건하고, 선홍색 피는 무겁고 빠르게 뚝 뚝 뚝, 내 시선이 닿는 곳이면 어디든 전부 떨어졌어요. 내 턱 아래가 갈라진 것이니까. 내 목에 벌어진 살 틈으로 피가 배어 나오고 있었어요.

그 사람을 바라보는데, 웃고 있었어요.

그때 이런 생각이 들더라구요.

'이 사람, 어쩌면 술에 취한 게 아닐지도 몰라.'

우리는 종종 아무 정보도 없이 현장에 가게 돼요. 분초를 다투며 사람을 살리겠다고 신고자 집으로 들어갔다가 정신질환자가 칼을 휘두르면 여지없이 당하는 거죠. 이 술주정뱅이가 정신질환자라면?

그 사람이 성추행으로 잡혔을 때 경찰은 그 사람이 가지고 있던 질환을 센터에는 알려주지 않았어요.

술주정뱅이는 피 묻은 가위 쥔 손을 자기 입술 언저리에 갖다 대고 키득키득 웃었어요.

아. 아. 어쩌면 우리는 일반인들보다 더 범죄에 취약한 사람들일지도 몰라요. 경찰이라면 총이라도 있지.

짚을 곳이 없어 그 사람 허벅지를 손으로 짚었어요.

그러자 그 인간이 눈을 부라리며 내 얼굴에 대고 소리쳤어요.

쓰러질 때 그 사람이 한 말, 아직도 선선해요.

"니들 월급이랑 연금, 누가 주는 줄 알아? 쌍년아! 어서 조보람이 데리고 와!"

술에 취하면 어떻고 정신질환이면 어때요. 저는 이미 당한걸요.

6

소리의 주인이 말했다.

"……나비가 알려줬어요. 미안하다고."

"자네 어깨에 앉은 나비는 앞에 누워 있는 망자의 나비가 맞지?"

"네. 그 아이의 나비예요."

"그 말이 전부이던가? 나비가 한 말이?"

"나 대신 열심히 살아보려고 했는데 그게 잘 안 되었다고도 했어요."

"음."

"늘 빚을 얻으며 사는 기분이라고."

"나비가 그렇게 말했다는 거지?"

"네. 맞아요."

"나비의 주인은 자네한테 이렇게 허무하게 죽어서 미안하다고 말하고 싶었던 거군."

"네."

"본인 잘못이 아니었잖아."

"맞아요. 그 아이 잘못이 아니죠."

"그 친구를 보호해주지 못한 건 외부 탓이었다고 봐도 무방하지."

"맞아요. 자기 대신 출동한 것도 제 의지였어요. 그러니까 그 친구 잘못은 전혀 없어요. 그 아이는 그저 겁이 났을 뿐이었어요. 그래도 이렇게 한창 예쁠 나이에 죽다니 너무 가슴이 아파요."

"불이 났던 상가 3층의 병원에서 심리 상담을 받고 있었던 거지? 망자가?"

"네. 제가 자기 때문에 죽었다고 늘 괴로워했으니까요."

"자넨 뭐라고 말했나?"

"어머, 모르셨어요?"

"뭘?"

"저는 나비한테 말할 수 없어요."

"역시 그렇군."

"저는 들을 뿐이에요."

"나비 주인의 뜻을 말이지?"

"네."

"그렇군."

"그나저나 할아버지, 아내 되시는 분이 매번 이렇게 잘 챙겨주시나 봐요."

"뭐가?"

"옆자리에 두신 도시락 가방과 보온병이 보이네요. 참 좋아 보여요. 도착하면 아침으로 드실 밥이네요. 평생 이렇게 도시락을 챙겨 받으시면서 운전하셨죠?"

"이보게. 나는 아내가 없네."

"그렇구나. 그런데 할아버지. 앞을 잘 보셔야 할 것 같아요. 안개가 너무 빡빡해요."

앞을 보며 운전대를 잡은 노인은 그 말이 이상했다.

"자네가 그걸 어떻게 아나? 그 자리에서 앞이 보이나?"

"저, 지금 유리막으로 할아버지 뒷모습을 보면서 이야기하는 중인걸요."

순간 노인은 뒤돌았다.

등받이 뒤의 유리막을 바라보았다.

유리막에는 시신과 함께 앉아 있던 여자가 빠끔히 운전석을 바라보고 있었다. 소리의 주인. 오는 내내 시신 옆에 앉아서 조근조근 자기 이야기를 속삭이는 줄 알았는데, 그게 아니었다. 여자는 몸을 옮겨 벽에 붙어 유리막으로 노인의 뒤를 보며 말했던 것이다.

내내 대화를 나눈 사이였지만 노인은 그런 모습을 보니 무서웠다. 얼굴을 바짝 댄 채 코와 볼을 유리막에 짓뭉개고는 마치 거기서 꺼내 달라는 듯한 텅 빈 눈을 굴리며 있었다니.

스카프 사이로 벌어진 붉은 살이 보인다.

유분기 가득한 유리막 표면 너머로 귀신이 말했다.

"할아버지. 앞에 차가…… 위험해요."

7

"할아버지, 어딜 보세요? 앞을 봐요! 앞! 으아악."

고개를 뒤로 돌려 등 뒤 유리막에 얼굴을 들이댄 귀신을 멍하게 보던 노인은 옆자리에 앉은 조보람이 경기를 일으키며 내지르는 쇳소리에 퍼뜩 정신을 차렸다.

노인은 시선을 앞으로 돌렸다.

짙은 안개 사이로 희끄무레한 깜빡이등이 어렴풋이 보인다.

이런.

노인도 상황을 파악하고 외마디 소리를 냈다.

진개 덤프트럭이었다.

옆 차선에 있던 트럭이 1차선으로 순식간에 들어오고 있었다.

뿌아아앙ㅡ.

구급차가 경적을 울렸다.

트럭은 무지막지한 덩치를 앞세우고 앞을 가로막더니 방수포 위에 고여 있던 눈가루를 구급차 앞으로 뿌려대기 시작했다.

옆자리의 조보람이 옹송그리고 몸을 말았다. 새카맣게 타버려 두 개골이 반쯤 드러난 조보람이 눈을 감았다. 유리막에 얼굴을 대고 있던 긴 머리의 귀신도 눈을 감았다.

저 빌어먹을 트럭.

아까부터 계속 내 주변을 알짱거리더라니.

화살같이 뻗어오는 안개 바람 사이에서 앞을 가로막은 트럭은 검은 마물 같았다. 그 마물이 머리 꼭대기에 덮어쓴 방수포는 마물의 혀처럼 요란하게 펄럭이고 있었다. 방수포가 점점 일어났다. 끈이란 끈은 죄다 풀리고 간신히 하나만 달려 있었다. 그것마저도 문적한 거미줄처럼 흐느적거리다가 순식간에 멀리 안개 어둠 속으로 날아 가버렸다. 노인의 시야에 둥글고 커다란 화강암들이 눈에 들어왔다. 앞에서 달리던 진개 덤프트럭은 뭔가를 잘못 밟았는지 한번 크게 덜컹거렸고 하단에서 허연 수증기를 피워댔다.

"어? 어!"

쿵.

트럭에서 화강암 덩어리 하나가 떨어졌다. 노인은 핸들을 왼쪽으로 반 바퀴씩 두 번을, 다시 오른쪽으로 한 바퀴 반을 크게 돌렸다.

화살 같은 안개가 빗발치는 공간을 뚫고 돌덩이가 돌진해오더니 순식간에 스쳐 사라졌다.

빠앙—.

경적이 빗발쳤다.

노인은 진개 덤프트럭과 멀어지려고 브레이크를 밟으며 사이드브레이크를 당겼고 다른 손으로는 핸들을 끝까지 꺾었다. 구급차는 다시 1차선으로 들어갔지만 이번에는 각도가 달라지고 있었다.

구급차는 고무 찢어지는 기이한 소리를 내며 안개 젖은 도로를 두 번 뱅그르르 돌고는 정지하지 못한 채 가드레일을 아슬아슬하게 피하며 계속 나아갔다. 깊은 야밤이라 주변에는 차가 없었다.

노인의 구급차는 중심이 오른쪽으로 쏠린 채 앞뒤의 왼쪽 바퀴가 바닥에서 떴다. 차는 뒤집히기 직전의 성냥갑 같았다. 노인의 도시락이 조수석 글러브 박스 아래로 단번에 처박혔다. 조보람이 걸어둔 보온병에서 커피가 반대쪽으로 쏟아졌다. 청포도 맛 사탕도 우르르 쏟아졌다. 크게 한 번 작게 한 번 안전벨트를 맨 노인의 엉덩이가 들썩였다.

긴박한 가운데 기운을 뿜는 노인의 힘 때문이었을까. 아니면 초월적인 정신의 힘 때문이었을까. 구급차의 이중적인 내부는 단번에 차원이 일그러졌다. 오는 내내 뒷자리 긴 머리의 귀신과 노인이 대화하던 내부는 어느새 옆자리 조보람과 노인의 내부로, 다시 노인과 조보람의 내부는 뒷자리 귀신과 노인의 내부로 마구 교차되었다.

또—

한 공간에서 두 귀신이 형태를 주고받기도 했다.

조수석에 앉은 조보람의 모습이 희미해지자 순식간에 직사각형 유리막 속에서 이쪽을 빤히 쳐다보는 귀신의 모습이 스며 오르듯 생겨났다. 둘은 각자가 자글거렸고 흔들렸으며 마치 시소처럼 반응했다. 하나가 뚜렷해지면 다른 하나는 느슨해졌다. 저쪽이 불안정해지면 이쪽은 뚜렷해졌다. 그것들은 그러면서 각자가 품고 있는 통증과 아쉬움과 그리움들을 쏴아아— 차 안에 흩뿌렸다.

오직 경이롭게 움직이는 건.

나비였다.

나비는 조수석에서 뒷공간으로 유리막을 뚫고 자유자재로 이동하며 춤을 췄다. 차라리 이렇게 된 거 서로가 더 가까워지라는 듯 파락파락 날아다녔다. 저 혼자만 흥에 겨운 채.

노인은 기울어진 차를 바로잡는 데에 열중했기에 이런 왜곡 현상, 두 존재의 공간이 제멋대로 교차되는 현상에는 신경 쓸 새가 없었다. 노인의 머리카락이 거의 없는 이마에는 푸른 핏줄이 바짝 도드라져 있었다.

노인은,

오는 내내 뒷자리의 페이즐리 스카프를 맨 여자의 말을 들어주던 노인도, 오는 내내 옆자리의 조보람 소방사의 말을 들어주던 노인도 아닌 오직 구급차를 혼자 운전하는 노인이 되어 온 정신을 집중했다.

구급차는 오른쪽 앞, 뒷바퀴만으로 가드레일을 따라 곡예하듯 질
주해 나아갔고 한참 만에 쿵, 하는 충격을 뿌리며 네 바퀴 모두 검은
땅에 안착했다.

노인의 기가 막힌 핸들 조작 때문이었다.

앞에 있던 진개 덤프트럭은 천천히 2차선으로 빠졌다.

구급차는 진개 덤프트럭과 멀어졌다.

8

구급차는 화순의 전남대병원 장례식장에 도착했다.

차에서 내린 노인은 허정허정 걸어가 뒷문을 열었다. 저쪽에서 장
례식장 직원이 걸어왔다. 노인은 품에서 서울대병원에서 준 사망진
단서와 시신의 형제가 준 장례식장 서류를 꺼내 그에게 건넸다.

직원은 서류를 살펴보고 스마트폰으로 어딘가에 전화를 했다.

곧이어 직원 두 명이 들것을 들고 나타났고 구급차에서 시신을 싣
고 건물 안으로 들어갔다. 서류를 받은 직원은 다시는 볼 일이 없다
는 듯 돌아섰다.

"어이."

노인이 직원을 불렀다. 직원이 돌아섰고 노인은 그에게 잠시만 기

다리라고 말했다. 노인은 열린 구급차 뒷문 안으로 상체를 밀어 넣었다. 노인은 어여차, 내부 침대 아래 끼워놓은 공단 보자기 꾸러미를 꺼냈다. 사망자 옷을 싼 꾸러미였다.

노인은 매어놓은 매듭이 느슨해진 것을 깨닫고 입으로 장갑을 물어 벗었다. 쭈글쭈글한 맨손으로 보자기를 풀었다. 거기에는 망자가 덮었던 담요와 청바지와 주황색 운동 셔츠와 그리고 주황색 119 대원의 유니폼이 제멋대로 개켜져 있었다.

노인이 헝클어진 옷들을 다시 갰다. 노인의 주름진 손 너머로 가슴팍에 박힌 이름표가 보인다. 조보람. 그녀는 성북동의 주상복합건물의 3층에서 진료를 받다가 질식해 죽은 소방대원이었다. 자기를 대신해 출동했다가 정신질환자에게 살해당한 죽은 동기의 사건으로 깊은 우울 증상을 앓고 있었다.

노인은 개킨 옷들을 차곡차곡 쌓아서 펼친 보자기의 가운데 자리에 올려놓고 보자기 천의 끝동을 잡고 동여매어서 매듭을 묶었다.

"망자의 옷일세. 함께 태우게."

커다란 인절미 모양이 된 꾸러미가 직원한테 건너갔다. 직원은 고개를 끄덕이며 두 손으로 그것을 받고는 돌아섰다. 그가 사라지는 것을 보던 노인은 가슴에서 청포도 맛 사탕을 꺼내며 뒤돌았다.

맑은 아침이었다. 겨울 공기는 노인의 코를 뻥 뚫리게 했다. 노인은 시큰한 코를 훌쩍이며 사탕을 까서 입에 넣고 굴렸다.

파락파락.

노인 머리 위로 흰나비가 날았다.

노인은 햇살에 눈이 부셔 나비가 어떻게 사라지는지 보지 못했다.

노인은 멀찍이 세워둔 자신의 구급차를 바라보았다. 조수석에서 조보람 소방사가 이쪽으로 보며 웃고 있었다. 뒷문이 열린 공간에 앉아 있는 머리에 스카프를 두른 박현지 소방사도 노인을 보며 웃고 있었다.

고된 밤이었다.

노인은 자신이 알아낸 세 번째 진리를 생각했다.

첫 번째 진리는 나비는 인간과 인간을 연결한다.

두 번째 진리는 나비는 못다 한 말을 상대한테 전한다.

그리고 나비는,

서로를 알아보지 못하게 한다.

시적으로 종교적인 선율 속에서는 나비의 주인과 상대는 서로를 알아보지 못하고 그저 나비에 의지한다.

노인이 깨달은 세 번째 진리는 그것이었다.

텅 빈 구급차에서 얼마쯤 떨어진 곳에서 햇살을 받고 서 있는 노인은 사탕을 달게 빨았다.

피, 소나기

1

소년은 개울가에서 소녀를 보자 곧 윤 초시네 증손녀라는 걸 알 수 있었다.

소녀는 개울에다 손을 잠그고 고기 새끼라도 잡을 양 연신 물을 움켜내고 있었다.

소년이 소녀를 본 것은 비단 오늘만이 아니었다.

그제는 강섶에서, 어제는 저쪽 마지막 징검돌 위에서 그러더니, 오늘은 징검다리로 놓은 돌들 한가운데에 쪼그려 앉아 저러고 있다.

징검다리가 시작되는 지점, 불뚝 튀어나온 바위 옹두라지에 무춤하게 서 있던 소년은 침을 한 번 삼키고 첫 징검돌에 발을 디디고 올라섰다.

소년은 불안한 손을 달래기 위해 바지 주머니에 넣어둔 호두 알을 움켜잡았다. 오랫동안 주머니 속에 들어 있었던 호두 알은 반들반들했다.

다가가야 한다. 말을 걸어야 한다.

그러려면 쥐고 있는 이 호두 알처럼 단단히 마음을 먹어야 한다.

작정하고 소녀를 노려보자 소년은 차분해지는 기분이 들었다.

'오늘은 어제처럼 망설이지 않을 테다.'

사실 어제는 너무도 한탄스러워 개울둑에 푹 퍼질러 앉아 소녀가 알아서 비킬 때까지 기다렸다. 소녀가 자신을 바라보기를 몹시 원했던 것 같기도 하다. 그렇게 앉아선 소녀를 내내 관찰했다. 한참 만에 소녀는 물속에서 불쑥 무언가를 잡더니 소년에게 던지고 사라졌다.

던진 것은 하얀 조약돌.

바보라는 말도 들은 것 같다.

소년이 꿈이 아니라고 확신한 것은 그때부터다. 조약돌이 튕긴 물 방울들이 볼에 닿자 정신이 번쩍 들었기 때문이다.

굳게 마음을 먹고 다음 징검돌로 한 걸음을 더 이동한 소년은 소녀를 노려보았다.

꿈이 아니야.

이건 분명한 사실이야. 오늘은 꼭 말을 걸 테다.

소년은 저쪽, 소녀를 노려보았다.

소녀의 얼굴은 하루쯤 묵힌, 툇마루에 놓아둔 홍시 같았다.

주름이 있는 부분, 예를 들면 아미에서 흘러내리는 눈초리라던가 웃을 때 팬 보조개라던가, 그런 부분에서 새로이 잡힌 주름들은 쉬 제자리로 돌아가지 않고 꾸덕꾸덕해졌다. 단발머리는 풀풀 거스러 미가 일어 오래된 종이 같다. 희미하게 된장 끓이는 냄새도 난다.

무엇보다 저 옷.

소녀가 입고 있는 저 분홍 스웨터 앞자락에는 검붉은 진흙물이 들어 있다.

그 옛날 소녀는,

소년에게 스웨터를 내보이며 '이게 무슨 물 같니?'라고 물은 적이 있었다. 소년이 물끄러미 스웨터 앞자락 얼룩을 바라보자 소녀는 이렇게 말했다.

"내, 생각해냈다. 그날 도랑 건널 때 내가 업힌 일 있지? 그때 네 등에서 옮은 물이다."

맞다. 저 얼룩은 그때 옮은 물이다.

그날, 소나기를 피하고 돌아오던 길에서 소년은 불어난 개울물을 건너기 위해 소녀를 업은 적이 있었다. 빛마저 붉은 흙탕물에서 중심을 잃고 한 번 휘청거린 적이 있었는데 소녀는 소년 목을 꼭 그러안았다. 스웨터에 진 얼룩은 그때 소년 옷에서 배어 나온 소금기 섞인 염료다.

지금 소녀는,

그날 입었던 스웨터를 입고 있다. 갈변되어 색이 누레진 것 외 다를 게 하나 없는 예전에 보았던 그 옷.

소년은 결심하고 징검돌을 불쑥불쑥 건너갔다.

소년이 다가가자 소녀가 기다렸다는 듯 쳐다봤다.

윗눈시울이 축 처진 틈 안 소녀의 동막은 공허했다. 무른 쪽빛이 어른거리기도 했다. 저런 눈은 비상을 잘못 먹고 아침에 죽어 있던 뒷집 삼돌이네 개한테서 본 적이 있다. 소녀 코에는 흰 솜이 박혀 있었다. 저건 고름이 흘러내리지 말라고 박아놓은 것이다. 목 아래로 몇 알의 종기도 튀어나와 있었다.

온 세상이 푸르른데 오직 소녀만 잿빛 사진 안에 들어가 있는 것 같았다.

쪼륵一.

소녀가 물을 털고 일어났다.

훅 끼치는 비린내.

소녀는 소년에게 다짜고짜 동전 세 닢을 내보였다.

"이게 뭔지 아니?"

'그거, 반함 때 넣는 동전이다'라는 말이 목구멍까지 치올라 왔지만, 소년은 간신히 참았다.

반함이란 관 뚜껑을 닫기 전 망자에게 마지막 음식을 올리는 절차다. 보통 죽은 사람의 입안에 불린 쌀과 동전 세 닢을 쑤셔 넣는데 이는 저승길 식량과 노자를 주는 것이다. 입에 넣어준 쌀은 어느 틈에 뱉었는지 소녀는 그 동전만 가지고 있었다.

"너 할래?"

소녀에게서 동전을 받아 호두 알이 든 주머니에 넣었다.

소녀가 벌 끝을 가리켰다.

"저 산 너머에 가본 일이 있니?"

"저 산 너머?"

"응. 저 산 너머."

소년은 역시 기억하지 못하고 있구나, 하고 생각했다.

둘은 이미 산 너머를 다녀왔다.

언덕을 달렸고 허수아비 줄도 잡아당겼고, 맵고 지린 무도 씹어보고, 들국화, 싸리꽃, 도라지꽃도 꺾고, 송아지 등에도 올라탔었다.

그리고 소나기를 만났다.

지금 소녀는 자신이 죽은 줄 모른다.

둘이 산에 다녀온 이후, 소녀와 소년은 한 번 더 만났었고 소녀가 소년에게 예의 그 스웨터 얼룩을 보여주었다. 그리고 며칠 뒤 소녀는 죽었다.

꼭 보름이 지난 일이다.

개울가를 다 건너기 전에 끊겼던 소나기, 하늘이 언제 그랬는가 싶게 구름 한 점 없이 쪽빛으로 퍼지던 그날 맞은 소나기로 인해 소녀의 병세는 크게 악화하였다고 한다.

아버지 말에 의하면 소녀는 잔망스럽게도 소나기를 맞았을 때 입었던 옷, 지금 이 아이가 입고 있는 스웨터를 함께 묻어달라고 했단다.

소년은 떠나는 상여를 바라볼 뿐 따라갈 용기가 없었다. 광에 숨어 혼자 몇 번 훌쩍거린 것 같기도 하다. 윤 초시 집 쪽으로 저무는 노을이 그즈음 왜 유난히 붉은가 멀뚱멀뚱하게 생각했을 뿐이다.

소년은 태어나서 처음으로 누군가의 죽음을 보았고, 또 죽은 이가 첫사랑임을 깨달았다.

인간은 언젠가 죽으며 죽음에는 두려움과 슬픔이 존재하고, 시간이 가깝고 먼 것의 차이에서 그 두려움과 슬픔을 잠시 또는 영원히 미루고 사는 존재임을 배웠다. 인생은 간단하고 협소하며 재빨리 날아간다는 것도 알았다.

죽은 지 꼭 보름이 지난 지금,

소녀가 돌아왔다.

어른들이 소녀 몸을 땅속에 묻었는데 소녀는 지금 땅 위로 나와 있다.

다시는 분홍 스웨터 얼룩과 파리한 입술을 벌리던 소녀의 말간 얼굴을 못 볼 거라고 생각했는데 이렇게 보고 있다.

이게 무슨 일일까?

하늘은 그때처럼 여전히 여름빛을 머금었고, 지금도 누군가가 뜨내기 북이라도 치면 툭 하고 소나기가 터질 것 같은데 거짓말처럼 죽은 소녀가 나타났다.

제 유언대로 제 할아버지가 입혀준 진흙물 밴 스웨터를 입고서.

"듣고 있어?"

소년은 생각을 멈추고 소녀를 바라보았다.

소녀는 핼쑥한 볼을 씰룩거리며 다시 묻는다. "저 산 너머에 가본 적이 있냐고?"

"아, 아니." 소년은 거짓말을 했다.

"우리 가볼래? 시골에 오니까 심심해서 혼자 못 견디겠다."

"저래 봬두 멀다."

소년은 벌써 이 말이 두 번째다.

그래서 속으로 '가봐서 알겠지만'이라고 덧붙였다.

"가보고 싶어." 소녀가 말했다.

"……가보고 싶다구?"

"응. 궁금해서 너무 가보고 싶다."

"…….."

"왜? 싫어?"

"그래. 가보자."

소녀가 웃는 것 같았지만 탁기濁氣 서린 볼은 편편했다.

"아 참, 그리고."

소년은 만지작거리던 호두 알 두 개를 주머니에서 꺼냈다.

"이거. 예전에 너 주려고 내가 따놓았던 건데, 니가 죽는 바람에……."

아차.

말실수를 깨닫고 황급히 입을 막았다.

소녀는 그 말도, 호두 알도 관심 없다는 듯 연신 자신의 어깨와 팔에 코를 대고 킁킁 냄새만 맡았다.

"그런데 내 몸에서 이상한 냄새가 자꾸 나. 흙냄새 같기도 하고. 달걀 썩은 냄새 같기도 하고."

소녀는 삭정이 같은 팔뚝을 내밀었고 소년은 마지못해 그 냄새를 맡았다.

"그러네."

"나한테서 나는 냄새 맞지?"

"응."

"무슨 냄샐까?"

"글쎄."

소녀는 나비질하듯 두 팔을 오르락내리락 흔들며 자기 몸에서 나는 냄새를 허공에 날렸다.

그러면 냄새가 사라질 것으로 생각하는 모양이었다.

2

원두막 위에서 소녀는 먼 곳을 쳐다보고 있었다.

매여 있는 송아지가 음매, 하고 한 번 울었다.

소년은 소녀가 말해주길 기다렸다. 한 번만이라도 '우리, 일전에 여기 한번 왔었지?'라며 함께한 시간을 기억해준다면 얼마나 좋을까.

하나 소녀는 저 너머를 바라볼 뿐 아무 말도 하지 않는다. 무슨 생각을 하는지 알 수 없는 누렁이 소처럼 멍하다. 소라면 등을 쳐줄 테지만.

소녀는 멀리 억새가 끝나는 지점에서 시작되는 구릉을 응시하고 있었다.

그곳은 공동묘지였다.

마을 소작농들뿐 아니라 난리 때 양평강 전투에서 죽은 사상자들, 거랑하다 길에서 죽은 사금쟁이들, 읍내 큰 병원 무연고자들이 묻혀 있다고 들었다.

기억으로 저 구릉 무덤가는 검은 흙이 가득했다. 저곳 흙은 늘 축축했고 장마철이 아닌 날에도 시큼한 비린내가 올라왔다. 어른들은 악지惡地라고 했다. 마르지 않은 자리에 집단 무덤을 쓰니 마을에 병이 자주 생긴다고 했다. 누구는 오래전 저수지를 메운 자리라고도 했다. 어쨌든 기분 나쁜 땅인 건 분명하다.

소년은 소녀 옆에 서서 무덤이 있는 그곳을 바라보았다.

막 떼를 올린 봉분 몇 기를 제외하면 마른 집세기와 도깨비풀, 화

404

산재 같은 흙이 뒤섞여 온 천지가 불탄 것 같다.

무덤가에는 호랑나비가 많이 난다는 옛말이 맞는지 손바닥만 한 호랑나비는 유독 그곳에서만 잡혔다. 간혹 나비를 잡으러 가면 젖은 흙이 발목까지 질척거렸고 다녀오면 옷이나 종아리에 든 검은 물이 쉬 지워지지 않았다. 삼돌이 놈은 그게 시쳇물이어서 안 빠지는 것이라고 말했다. 시쳇물이 살에 배이면 곧 시체가 된다고 했다. 그 말을 믿지 않았지만 기분이 안 좋은 건 사실이었다. 아무튼, 소년과 친구들은 채집 숙제가 있을 때 외에는 그곳에 얼씬거리지 않는다.

윤 초시네 선산은 여기서 한참 떨어진 금마산이라고 들었다. 소년은 소녀가 금마산이 아닌 저 공동묘지에 묻힌 것이 아닐까 생각했다. 요 며칠 소녀가 개울로 나오는 시간을 보면 그렇다.

징검돌 위에서 놀던 소녀는 해가 지면 스르르 일어나 어디론가 돌아갔는데, 자신이 묻힌 곳으로 돌아가는 것이라면 금마산은 너무 멀었다. 저 무덤 구릉이라면 거리상 딱 적당하다. 오늘 집에 돌아가면 아버지한테 소녀가 어디에 묻혔는지 물어볼 참이었다.

소년은 턱을 긁으며 흘깃 소녀를 훔쳐보았다.

소녀는 두 손으로 자신의 치마허리를 움켜쥐고 있었다.

자르르 떨림이 있다.

소녀가 이렇게 간절하게 저 구릉을 바라보는 이유는 뭘까?

자신의 무덤을 알려주려는 게 아닐까?

종종 찾아오라는 뜻이라면?

혼자 누워 있으니 외롭다는 뜻이라면?

죽기 전, 소녀는 서울에서 이곳으로 내려와 몹시 외롭다고 말했다. 입던 옷을 그대로 묻어달라고 했다니 소년과 소나기를 맞았던 일은 소녀에게는 무덤까지 가지고 갈 만큼 소중한 추억이었을 테다. 지금은 잊어버린 듯하지만.

그렇다. 소녀는 죽어서 외로운 것이다. 그래서 자신이 누운 자리를 알려주려는 것이다. 그런 생각에 이르자 소년은 슬퍼졌다.

먹장구름이 저 무덤 구릉까지 빼곡하게 들어찼다. 바람이 우수수 소리를 내며 억새를 훑었다. 삽시간에 주위가 보랏빛으로 변하기 시작했다.

이윽고 소녀가 돌아보며 말했다.

"우리 저쪽에 가보자."

"저쪽은 무덤가인데."

"가보자."

소년은 겁이 났다.

소나기가 올 것 같은 짓무른 하늘이다.

바람이 휘돌고 있고 거뭇한 억새 우는 소리가 크게 퍼진다.

"가지 말자."

"왜? 저기 가보자."

소녀가 슬프고 아련한 눈망울을 지으며 소년을 바라보았다.

소녀는 소년이 알고 있던 살폿한 보조개를 깊이 패며 부탁한다는 표정을 지었다. 낡았지만 그 표정이 소년에게는 무척 달았다.

망설이던 소년은 거부했다.

소녀가 묻힌 무덤 자리가 궁금했지만, 소나기가 올 것 같았다.

소녀에게 또 소나기를 맞히고 싶지 않았다.

소녀는 실망한 듯 고개를 숙였다. 안 된다니 아쉬운 표정을 짓는 것 같았다.

미안해진 소년이 달랬다.

"다음에 가자. 소나기가 안 올 때."

"흥, 썩어버리라지."

그 말에 소년은 놀라 입을 막았다.

"썩어버려. 너도 썩고 다 썩어버려. 썩으라고. 지금 당장!"

썩으라니. 그게 무슨 말일까.

소녀가 난데없이 질질 침을 흘렸다.

끼기긱.

끼기긱.

소녀가 각다귀처럼 턱과 어깨를 여러 번 마디 지어 꺾기 시작하자 소년은 몇 발짝 뒤로 물러났다.

소녀는 턱을 치들고 그 작은 얼굴을 돌아가지 않을 때까지 꺾으려 하고 있다. 마치 초 시곗바늘이 끊기며 불편하게 이동하는 그런 움직임. 턱을 움직이며 무덤 구릉을 바라보는 소녀 입꼬리가 묘하게 치솟고 그렇게 움직인 주름과 근육 들은 제자리를 찾는 데 오래 걸렸다. 그것은 소녀의 의지가 아닌 것 같았다.

푸슈, 푸슈.

소녀는 점차 등을 구부정하게 굽히더니 비트적비트적 소년 쪽으로 몸을 돌렸다.

꿀꺽, 소년은 침을 삼키면서 소녀를 지켜보았다.

나를 보겠다면 고개만 돌리면 쉬울 것을, 왜 저런 식으로 무섭게 움직이냐. 아까처럼 예쁘게 서 있지 왜 몸을 이상하게 만드냐. 저러다가 팔이 뚝 떨어지겠는데.

소녀는 몸을 다스리지 못하는 인형처럼 몸 전체를 경직시켜 방향을 틀었다.

"왜, 왜 이러냐?"

소녀가 새아학, 문풍지 새는 소리를 내며 입을 벌린다.

악취가 났다.

드러난 소녀의 긴 송곳니는 아까 웃을 땐 없었던 것이다.

사람 이가 어찌 고무줄처럼 늘어난단 말인가. 아니지. 이제 이 아이는 사람이 아니지. 그래도 죽었을 뿐 사람이다. 죽으면 이가 엿가락처럼 늘어나는 걸까?

날 물려는 것인가?

소녀 혀는 좀작살나무 열매를 따 먹은 것처럼 온통 시퍼런 보랏빛이다.

소년이 몇 걸음 물러나려다 그만 엉덩방아를 찧었다.

소녀의 한쪽 허벅지를 타고 오줌이 줄줄 흘렀다. 몸 어디에서 힘을 주고 있는지 모르겠지만 소녀는 있는 힘껏 악을 썼다. 목 언저리에 난 도톨도톨한 종기 망울에서 피가 송송 배어 나오고 있었다.

역시 시귀였어.

시귀는 사람을 못 알아본다던데.

난 이렇게 죽는 건가?

새하악—.

소녀는 비트적비트적 소년에게 걸어오더니 소년을 내려다보며 뜻

모를 소리를 중얼거렸다.

쓰무리 캬약—.

"뭐?"

싸무라 시타카—.

소년은 저 입에서 나오는 소리가 무슨 뜻인지 알 수 없었다.

소녀는 염불 외듯 수상한 말을 중얼거렸고 급기야 분홍 스웨터를 벗으려 했다. 옷이 몹시 거추장스럽고 답답한 듯했다. 몸을 감싼 천을 더듬다가 원피스 단추를 마구 뜯으려 한다.

결국, 맘대로 되지 않자 소녀는 마구 소리를 질러댔다.

주저앉아 있는 소년 눈에 원피스 자락 안 속옷이 보인다. 가느다란 허벅지와 툭 불거진 무릎노리는 온통 울혈이 고여 보랏빛으로 젖어 있다.

소년이 민망해져 고개를 돌렸다.

"그, 그러지 마. 옷은 입고 있어야 해."

점점 시귀가 되어가는 소녀에게 소년의 외침은 소용없었다.

소녀가 바람처럼 원두막을 뛰어내렸다.

"어디 가?"

소년이 뒤에서 소리쳤다.

음매.

시야에서 소녀가 사라진 후 바로 짐승 우는 소리가 났다.

소년은 기어가 원두막 아래를 내려다보았다.

소녀는 원두막 기둥에 묶어둔 송아지에 올라타 있었다.

송아지 목이 부드러워서 볼을 대고 있는 것처럼 보였지만 다시 보니 아니었다. 가죽을 파고 그 안 살점을 뜯어내려 한다. 처박은 머리를 마구 흔들고 있다. 송아지가 하늘을 향해 느리게 울부짖었다. 소년이 원두막을 뛰어내렸다. 소녀 팔목을 잡았다. 팔목은 뚝 부러질 듯했고 꾸덕꾸덕하고 거칠고 차갑고 가늘었다.

"그러지 마. 그러지 말라고."

캬아악—.

소녀가 소년의 팔을 물려고 했다. 소년은 데이기라도 하듯 팔을 뺐다.

뙤록 뜬 소녀 눈. 대화할 수 없는 눈이다.

동공이 고양이처럼 세로로 좁고 흰자는 온통 피로 물들어 있다.

두리번거리던 소년은 수숫단을 쌓아놓은 곳으로 달려가 단단한 수수 작대기를 가지고 돌아왔다. 송아지 위에 올라탄 소녀는 가죽을 한 점이나 뜯어내고 붉은 속살을 씹고 있었다. 소년이 기다란 수숫단으로 소녀 명치를 푹 찔렀다.

소녀가 송아지 옆으로 떨어졌다.

소녀가 떨어진 쪽으로 기울어지려던 송아지는 다리에 힘을 주며 허정허정 버티고 있었다. 소년은 소녀를 질질 끌어낸 다음 기둥에 묶인 줄을 풀고 송아지를 절뚝절뚝 걷게 하면서 반대편 기둥으로 옮겼다.

송아지는 목이 탄지 바닥에 고인 물을 빨아댔다. 소년은 휘청거리며 원두막을 흔드는 송아지와, 잠든 것처럼 기절한 소녀를 번갈아 보며 어찌해야 할지 몰랐다.

소녀 입가는 송아지 피가 붉게 물들어 있었다.

3

아버지가 달구지를 끌고 나가자 소년은 조용히 방에서 나와 닭장으로 갔다. 가장 살찐 놈으로 골랐다. 둥우리에서 졸고 있던 암탉은 소년의 힘에 저항하지 않았다.

소리가 나면 안 되기에 대가리에 천을 덮어씌우고 줄로 묶은 다음 목을 비틀었다. 늘어진 암탉은 살아 있을 때보다 더 묵직했다. 소 불알처럼 덜렁덜렁 처진 닭을 망태기에 넣고 새로 간 낫도 넣었다. 혹시 몰라 감자떡도 몇 개 챙겼다. 인간 음식이 그립다면 줄 생각이었다.

아직은 새벽.

마을 초가들 너머로 핏빛 구름이 타원을 지며 어스름을 훑어내고 있었다.

소년은 주머니를 한 번 더듬었다.

어머니 서랍에서 훔쳐 온 고약은 갱지에 잘 싸여 있었다. 고약은 소녀 목에 난 종기에 발라줄 참이었다.

뭐가 더 필요할까?

여동생이 즐겨 보던 서양 공주가 그려진 그림책을 챙길까. 뚝뚝 떨어지는 침과 새악거리는 소녀의 숨소리를 떠올리고는 단념했다. 아무래도 좋아하지 않을 것 같다. 이게 중요한 게 아니잖아. 소년은 그림책 따위를 고민하는 자신이 우스웠다.

그랬다. 소녀가 바라는 것은 그림책 따위가 아니었다.

소년은 어젯밤부터 내내 고민하던 그것에 대해서는 생각했다.

소녀가 바라는 것을 소년은 이미 알고 있었다.

아직 결정을 내리지 못했지만 그렇게 해줘야 할까?

소년은 결국 결심하고 삽을 챙겨 가기로 했다.

원두막에서 기다리고 있던 소녀는 죽은 닭을 물끄러미 바라보았다.

소년은 어떤 일이 벌어질 것인지 어림잡기라도 하듯 소녀 얼굴을 뚫어지게 바라보았다.

하루 동안 많이 달려져 있었다.

눈 주변에 멍이 점점 커진다. 징검다리에서 만났을 때만 해도 눈두덩 근처만 오목하게 서려 있던 멍은 이제 광대까지 시커멓게 내려왔다. 희미하게 보조개를 띄우는 것 빼고는 모든 게 시귀의 모습이다.

배고프지 않냐고 물어봐도 바람 빠지는 소리만 낼 뿐 말이 없다.

소녀는 점점 대화하는 법을 잊어가는 듯했다. 모든 것이 건조했지만 오직 입안만 축축했다.

소년이 낫으로 닭 대가리를 끊고 소녀 손바닥을 모으게 한 다음 피를 흘려주었다. 소녀는 혀를 내밀어서 손에 고인 닭 피를 핥았다. 곧 미친 듯이 먹어치우겠지. 시귀가 싱싱한 피를 원한다는 것쯤은 소년도 알고 있었다.

손바닥을 다 핥은 소녀는 예상대로 소년에게서 닭을 빼앗더니 얼굴을 파묻고 깃털을 뜯기 시작했다. 털이 사방으로 날렸다.

"내가 해줄게."

소년이 닭을 빼앗았다.

소녀는 내장까지 깨끗하게 먹어치웠다.

좀 떨어진 곳에 등을 돌린 채 앉은 소년은 오도독오도독, 뼈 씹는 소리를 들으며 먼 하늘을 바라보았다.

벌판은 두루두루 황금색으로 변하고 있었다.

참으로 기분 좋은 하늘이었다.

4

무덤이 시작되는 지점에서 소년과 소녀는 걸음을 멈추었다.

파도처럼 구불구불 퍼진 검은 습곡 지대에는 봉분이 여드름처럼 솟아 있다. 마치 세상의 끝에 온 것 같은 기분이었다.

소녀가 흙을 밟자 땅에서 물이 배어 나왔다.

소녀는 축축한 감촉이 마음에 들지 않는 듯 몸을 움츠렸다.

북쪽 하늘은 검은 구름으로 빡빡하게 덮이기 시작했다.

삽을 든 소년이 앞장섰고 소녀가 따라왔다.

소녀는 절뚝거리고 있었다. 소년이 보니 왼쪽 골반이 반쯤 무너진 것 같았다.

"다리 아파?"

소녀는 그저 봉분들만 노려보며 걷기만 했다.

소녀는 점점 뒤처졌다.

소년은 소녀를 업었다.

업고 더 깊이 들어갔다. 봉분들은 대부분 주인 없는 것들이었고, 도랑창마다 도깨비풀이 소년 키만큼 자라 있었다. 바닥을 밟을 때마다 알 수 없는 물이 깊어졌다.

소녀가 커다란 봉분 하나를 가리켰다.

그 봉분은 상석이 다른 것보다 두 배는 넓었다.

소년은 소녀를 그쪽으로 데리고 갔다.

반들거리는 상석에 올라선 소녀는 반반한 바닥이 기쁜지 아이처럼 통통 뛰어 보였다. 소녀는 예전처럼 하늘거리며 웃었다. 소년은 기뻤다. 죽지 않았다면 저렇게 웃으며 송아지를 타고 놀았을 텐데. 소년은 오늘 내내 저 아이가 웃으면 좋겠다고 생각했다. 원하던 곳에 왔으니 그랬으면 좋겠다.

소년은 반쯤 무너진 납작한 봉분 하나를 골라 파기 시작했다.

소녀는 상석에 웅크리고 앉아 소년을 바라보았다.

습기 젖은 땅은 삽날에 푹푹 잘도 패였다.

얼마쯤 파 내려가니 물에 만 밥처럼 흙이 질척거렸다. 드러난 관은 시커멨다. 물속에 잠긴 듯하다. 관 뚜껑을 손으로 비비니 떡처럼 물크러진다. 삽으로 뚜껑을 뜯어내자 관 속은 검은 물이 가득 차 있었다.

진흙인지 시신인지 모를 덩어리가 수채처럼 덩어리져 있다. 뱀 한 마리가 기어올라 어디론가 사라졌다.

소년은 관 속에 고인 진흙물에 손을 넣고 휘휘 저어 시신 머리를 꺼냈다.

두개골에는 걸쭉한 흙이 덕지덕지 붙어 있고 긴 머리카락이 엉켜 있었다.

소년은 흙을 털어내고 두개골을 이리저리 살폈다. 지난 동짓날 어
머니가 삶은 소머리에서 살을 찢어내던 일이 생각났다. 이 해골에는
그 정도는 아니지만, 소녀가 먹을 만한 살이 붙어 있었다.

소년은 그것을 삽에 올려 소녀가 있는 상석으로 가지고 갔다.

구저분한 두개골을 받아든 소녀는 물어뜯기 시작했다.

소년은 그게 지난날 소녀와 언덕에 올랐을 때 한입 베어 물던 무였
다면 얼마나 좋을까 생각했다.

"퉤."

소녀가 두개골을 던지고 주먹으로 입을 닦았다.

소년은 소녀가 다시 말을 했다는 것과 저쪽으로 굴러가는 두개골
을 잃어버리면 안 된다는 두 가지 생각에 마음에 몹시 혼란스러웠
다. 달려가 버덩이 아래로 굴러가는 두개골을 주워 들었다. 소녀는
심통이 난 얼굴로 보고 있었다.

"맛없어."

"너, 다시 말을 하는구나."

"너무 시큼해. 흙도 씹히구."

역시 소녀는 분명하게 말하고 있었다.

소년은 소녀의 의식이 왔다 갔다 한다는 걸 알았다.

소녀의 정신이 아득하게 사라지지 않은 것에 감사했다.

"맛없어? 꺼내달라며?"

"아흠…… 간이 먹고 싶어."

"간?"

"싱싱한 걸루다."

"간을 어디서."

"여기 막 올린 무덤이 있네."

소녀는 상석의 무덤을 가리켰다.

"막 올린 무덤은 단단해서 나 혼자는 파기 힘들어."

소년이 떼를 올린 봉분들을 쳐다보며 말했다.

소녀가 상석에서 일어선다.

"그럼 다른 곳으로 가보자."

"무덤을 이렇게 파헤쳐놓고 가면 안 돼. 원상태로 만들어놔야지."

"가자."

"벌 받아. 기다려."

소년은 서둘렀다. 두개골을 관에 넣고 뚜껑을 닫았다.

구덩이를 흙으로 메꿔 넣으면서 관 속에 고인 물은 도랑을 내어 다른 길로 흘러가게 했다. 애초부터 봉분은 낮았다. 높게 산을 쌓지 않고 평평하게 두어도 되겠다 싶었다.

미안합니다, 미안합니다. 소년은 삽질하며 망자에게 용서를 빌었다.

그때였다.

"너희 예서 뭣들 하느냐?"

농부 하나가 푸서리를 헤치며 내려왔다.

소년이 눈치를 주자 소녀가 상석에서 뛰어내렸다.

농부는 아랫마을 김 씨였다.

오른손에 낫을 들고 있는 것을 보아 부탁받은 봉분을 벌초하러 온 모양이었다. 그리고 보니 곧 추석이었다. 김 씨가 종종 이런 일들을

416

해주는 것을 소년은 잘 알고 있다. 마을에서 돈 되는 일은 모두 이 사람이 도맡아 했다.

농부 김 씨는 소년이 무덤을 파헤친 것을 눈치채지 못했다.

소년 앞에 비스듬한 경사가 있었고 파헤친 봉분은 도깨비풀 넝쿨이 더북하게 뒤엉켜 있어 농부 시선에서는 보이지 않았다.

김 씨가 풀을 헤치고 걸어왔다.

소년이 침을 꿀꺽 삼켰다. 소녀가 다시 상석에 올라섰다.

"야. 어서 내려와." 소년이 소녀에게 속삭였다.

"싫어. 신발이 없잖아."

소녀도 이때만큼은 몹시 긴장한 표정이었고 살아 있을 때와 똑같은 목소리를 내고 있었다.

김 씨는 둘 바로 앞까지 내려왔다.

"어서들 집으루 가거라. 소나기가 올라."

소년이 하늘을 보았다.

쿠르릉.

멀리 하늘에서 빛이 번뜩이며 겁주는 소리를 낸다.

먹장구름 한 장이 머리에도 와 있다. 갑자기 사면이 소란스러워진 것 같다.

바람이 우수수 소리를 내며 지나간다. 삽시간에 주위가 보랏빛으로 변한다.

"근데 너 여기서 뭐 하니?"

김 씨 물음에 소년은 입을 옴지락거렸다. "……그, 그게."

"네 아버지가 꼴 베는 지게가 없어졌다며 찾더라. 어?"

김 씨가 소년이 덮다 만 무덤을 바라본다.

그리고 소녀를 본다.

김 씨가 고개를 갸웃거린다.

보름 전 윤 초시네 초상날 마을에서 누구보다 일을 많이 한 사람이 바로 농부 김 씨였다.

소년이 소녀를 등 뒤로 감추었다.

그러나 상석 위에 올라선 소녀는 소년보다 두 자나 키가 컸다.

"저 아이는 누구냐?"

"아, 지금 내려갈 거예요."

소녀를 유심히 바라보는 농부 김 씨 양미간이 점점 쪼그라들었다. 점점 가늘어지는 눈에서 무언가를 기억해내는 것 같았다.

쏴아아—.

몰려오는 돌풍 소리가 주위에 울렸을 때, 김 씨는 다시 저 아이가 누구냐고 물었고 순간 소녀가 용수철처럼 튀어나와 김 씨의 목을 물었다.

농부가 넘어졌다.

소년은 질척질척 심줄 도리는 소리와 농부 김 씨가 커걱대는 소리, 소녀가 무언가를 씹는 소리, 철단색 피가 소녀 입술과 피부에서 미끄러지는 소리, 콜록, 농부가 깊게 한 번 기침하는 소리, 농부 발꿈치가 젖은 흙을 툭툭 치는 소리를 들으면서 멀리 꾸무리한 하늘만 바라보았다.

짓무른 구름 속에서 탁한 빛이 몇 번 번뜩였고 곧 소나기 방울이 소년의 정수리를 때렸다.

소년은 삽을 잡은 채 멍하게 소나기를 맞았다.

소녀는 빗장뼈 언저리의 근섬유를 숨겼다가 들어내며 김 씨 피를 마음껏 빨았다.

김 씨의 마른 다리가 점점 비틀어진다.

소녀 호흡은 빨라지고 농부 호흡은 사그라지고 있다.

비가 돌처럼 떨어진다.

농부 가슴에 머리를 박은 소녀의 푸석한 피부는 모처럼 번들거리며 생기가 돈다.

그것이 소나기 때문인지 사람 피를 먹어서인지 소년은 알 수 없다.

이윽고 소녀는 다리를 쭉 펴고 앉았다. 표독스럽던 눈이 다시 멍해졌다. 목덜미를 긁는 것이 꼭 누렁이 소 같다.

소년은 피투성이가 된 채 벌거벗은 농부 시신을 끌고 와 파던 무덤 구덩이에 밀어 넣었다. 농부가 들고 있던 낫도 구덩이에 던졌다.

소녀가 다가와 쪼그리고 앉더니 손으로 흙을 밀며 도우려 했다.

"저리 가!"

소년은 소녀를 화들짝 밀치고 신경질적으로 흙을 메웠다.

움직이는 소년 등에 소나기가 억수같이 쏟아졌다.

소녀는 비를 맞으며 흙을 메우는 소년을 보고 있었다.

소년은 소녀 손을 잡고 구릉을 올랐다.

무덤에서 벗어나 억새밭을 헤치고 원두막으로 돌아왔다.

"소나기가 그칠 때까지 여기서 기다리자."

원두막은 몸부림친 송아지 때문에 네 개의 기둥이 기울었고 지붕도 갈래갈래 찢어져 있었다. 둘은 원두막으로 올라갔다. 소년은 그런대로 비가 덜 새는 곳을 가려 소녀를 안으로 들였고 자신도 자리를 잡고 앉았다. 소녀는 어깨를 자꾸 떨었다. 소년은 자신의 무명 저고리를 벗어 소녀 어깨를 싸주었다. 소녀는 비에 젖은 눈을 들어 한 번 쳐다보았을 뿐, 소년이 하는 대로 잠자코 있었다.

천둥이 북쪽 하늘에서 우르릉댄다.

억새가 가라앉듯 비를 맞는다.

바닥에 빗방울이 총알처럼 박힌다.

둘은 한동안 비를 보며 앉아 있었다. 바람이 억새를 갈기갈기 쥐어뜯을 때마다 소년은 자신이 저지른 짓을 하나씩 머리에서 지우려 노력했다.

문득 소녀가 무슨 생각을 하고 있는지 궁금했다.

돌아보자 소녀는 소년의 무릎을 보고 있다.

무릎에는 농부를 물을 때 난 생채기가 불거져 있었다. 피를 보자 소녀 눈은 또 탁해졌다. 방금까지 그렇게 살을 뜯고서도 허기진 모양이었다.

"왜 그래?" 모른 척 물었다.

소녀는 윗니로 자신의 혓바닥을 긁어댔다. 빨지 못해 그 짓을 하는 강아지마냥.

"배고파?"

소녀가 고개를 끄덕였다.

"떡 있는데."

소녀가 고개를 저었다.

420

"하긴 감자떡은 슴슴하지."

소년은 자신 무릎노리를 들어 보였다.

상처를 보자 소녀 동공이 커진다. 생일날 커다란 과자를 얻은 듯 입이 벌어진다.

한참을 생각하던 소년은 "아, 맞다" 하며 망태기를 뒤져 어머니의 고약을 꺼냈다.

"이리 와봐."

소년은 소녀 머리를 끌어당겨 숙이게 했다. 소년은 소녀 목덜미에 난 오돌톨한 종기 망울에 고약을 발랐다. 소녀는 소년의 무릎을 빨았다.

"이번만이다."

소녀가 머리를 움직인다. 끄덕이는 것.

"아니, 남의 무덤 파는 건 이번만이라고."

소녀는 대답이 없다.

소녀 등에서 피어오르는 시큼한 악취가 소나기 물비린내와 섞여 코에 끼얹혔지만, 소년은 고개를 돌리지 않았다. 도리어 오물거리는 소녀 입술로 인해 떨리는 자신의 몸이 적이 누그러지는 느낌이었다.

빗소리가 사방을 가득 메웠다.

소년은 피가 그리웠다면 무덤을 파지 말고 그냥 내 피를 줄 걸, 하고 생각했다.

앞으로는 그래야겠다고도 생각했다.

5

고깃간 주인은 파리를 쫓을 생각이 없는 듯 칼을 갈기만 했다.

소년은 차양이 쳐진 커다란 판상 옆에 서서 진열된 곤자소니와 대창을 바라보았다.

"뭐냐. 뭘 사려고?"

주인이 물었다. 소년은 침을 한 번 삼켰다.

주인이 갈던 칼을 놓고 다가왔다.

"고기 사 오라더냐? 마침 달기살이 싱싱하다. 제사상에 올릴 거냐?"

"아. 아니에요."

소년은 저도 모르게 손사래를 쳤다.

"싱겁긴. 괜찮다, 원래 고기 심부름은 사내가 하는 법이다."

흘끔거리며 보니 널빤지꼴에 올려놓은 고기들은 내장보다 육살이 많았다.

"안찝은 없나요?"

"내장은 왜? 국 끓인다더냐?"

"아. 그게 아니고."

"심부름 온 게 아니냐? 뭘 사 오라던데?"

"간요. 생간요."

주인의 한쪽 눈썹이 올라갔다.

"생간은 없나요?"

주인은 귀찮은 표정으로 소 혓바닥을 싸놓았던 신문지를 풀어서 신문지만 들고 안으로 들어갔다.

소년은 고깃간 주인이 가지고 나온 윤기 없는 거무레한 간을 물끄러미 바라보았다.

"피 묻은 건 없나요?"

"없다."

"……피가 묻은 거라야 하는데."

"피 묻으면 음식에 냄새난다. 어차피 삶을 거 아니냐?"

"얼마예요?"

"얼마를 가져왔냐?"

소년은 소녀가 준 동전 세 닢을 보였다.

주인은 물끄러미 동전을 바라보았다.

"모자라나요? 그럼 이 돈만큼만 주세요."

주인은 말없이 간을 싸서 내밀었다.

소년은 주인의 때 묻고 번들거리는 손바닥에 동전을 떨어뜨렸다.

소년이 돌아서자 주인이 뒤에서 불렀다.

"이 동전 가져가거라."

"네?"

주인은 동전을 올린 손바닥을 내보인다.

"간은 그냥 주마. 그러니 이건 가져가."

소년은 아니에요, 라고 말하고 고깃간을 뛰어나왔다.

읍내 장터에는 사람이 많았다. 소년은 신문지를 싼 물컹거리는 그것을 주먹으로 누르며 달렸다. 소녀가 이것을 받아 들고 얼마나 즐거워할지를 생각하니 절로 웃음이 났다. 지그재그로 움직이는 자신의 두 다리가 축지법을 쓰듯 빨라지고 있었다.

　마을 어귀에 어른들이 모여 있었다.
　이장과 마을 청년들은 약속이나 한 듯 긴 간짓대를 들었고 작물을 망치는 멧돼지를 잡으러 갈 때 쓰는 각반을 착용하고 있었다.
　"다리목 너머 원두막?"
　"칠구가 논 매다가 그쪽으로 올라가는 걸 보았대요."
　"그리고 사흘 동안 내려오지 않았다?"
　"네. 그 집 지금 난리예요."
　"읍내 논다니 년과 어디서 기집질하고 있는 거 아냐? 원래 그 인간, 날탕이잖아."
　"아휴. 아니에요. 김 씨 아저씨, 아들이 감옥 간 뒤부터 그런 짓 안 해요."
　청년들 말에 이장은 음, 하고 고개를 끄덕였다.
　"그럼 올라가보세."
　"원두막부터 가보는 거죠?"
　"그쪽에서 없어졌다니까 그쪽부터 찾아봐야지."
　소년은 생간을 사 올 때보다 더 빨리 달렸다.

　원두막에는 소녀가 기다리고 있었다.
　소녀는 마타리꽃을 한 옴큼 안고 있었다. 피를 먹어서 그런지 소녀 볼은 생기가 돌고 있다. 소년은 다짜고짜 소녀가 들고 있는 꽃을 빼앗아 버리고 팔을 잡았다.

"가자!"

소녀가 희읍스름한 눈으로 소년을 바라보았다.

"어서 일어나! 가자니까!"

소년은 소녀 팔을 잡고 달렸다.

두 사람이 처음 만난 개울가에서 소년은 멈춰 섰다.

소년은 갈변된 소녀의 옷을 벗겼다. 분홍색 스웨터와 원피스가 바위에 떨어졌다. 소녀 몸은 군데군데마다 구들재처럼 검었다. 시퍼런 멍 사이로 진물이 흘러내렸다. 소녀는 자신의 옷을 벗기는 소년을 멀뚱멀뚱하게 보며 옆구리를 긁기만 했다.

소년은 입고 있던 잠방이와 동옷을 벗어 내밀었다.

"이거 입어!"

소녀는 입으려 하지 않았다. 소년은 강제로 입혔다.

시쿠타가.

"뭐라고?"

시투다리.

옷이 거추장스럽다고 말하는 것 같았다.

"내 말 잘 들어. 이 옷, 벗으면 안 돼. 발가벗은 시귀는 금방 눈에 띄니까."

소녀는 돌에 놓인 원피스 물끄러미 본다.

"저 옷은 잊어. 저 옷을 입고 있으면 사람들이 니가 누군지 금방 알아차릴 거야. 이제 넌 내 옷을 입는 거야. 내가 없더라도 절대로 옷을 벗으면 안 돼. 알겠지? 어서 알겠다고 말해!"

속옷 차림이 된 소년은 소녀의 어깨를 흔들며 대답을 요구했다.

소녀가 사내 옷을 입고 있으면 누군가의 눈에 띄더라도 그저 거지 아이가 돌아다니는 것으로 보일 수 있다고 생각했다.

무루사카라.

"좋아. 그럼 됐어."

강물은 불어나 있었다. 소년은 소녀를 업었다.

그때처럼 소년은 강을 건넜다. 그때처럼 소녀는 가슴을 소년 등에 기댔다.

그때처럼 소년의 속옷까지 물이 차올랐다.

몸에 물이 닿자 소녀는 크샤루악, 뜻 모를 소리를 지르며 소년 목을 감았다.

"강을 건너면 곧장 산을 넘어. 니가 있던 곳으로 가. 어떻게 나왔는지 모르겠지만 다시 땅을 파고 관으로 들어가. 다시는 마을에 오지 말라고."

등에서 싯싯거리는 시귀 숨소리가 들렸다.

거위걸음으로 살여울을 버티는 소년은 소녀가 땀에 번들거리는 자신의 목덜미 냄새를 맡고 있다는 것을 알았지만 고개를 돌리지 않았다.

소년은 이렇게라도 소녀를 다시 만날 수 있었던 것에 감사했다.

다시는 못 볼 것이다. 소녀는 자기가 나왔던 곳으로 곱게 돌아갈 것이다.

소년은 시귀가 되기 전 소녀의 흰 얼굴을 떠올렸다. 소녀 웃음을, 소녀 분홍 스웨터를, 안고 있던 꽃과 범벅이 되어 하나의 커다란 꽃

묶음 같았던 소녀 남색 치마를 생각했다. 소년은 소녀가 그 시절 소녀로 다시 돌아가주기를 바랐다. 인생은 간단하고 협소하며 재빨리 날아가는 것이니까.

소녀가 다시 관 속으로 돌아가면 그때의 소녀가 될 것이었다.

6

둘은 금마산 자락이 시작되는 국도변에서 마을 사람들에게 잡혔다.

7

소녀는 윤 초시네 마당에 묶인 채 사람들을 노려보며 싯싯거렸다.

소녀 목에 감긴 줄은 멀찍이 박아놓은 쇠정에 단단하게 감겨 있었다. 불김에 어른거리는 소녀의 석탄 같은 두 눈에는 두려움과 살기가 동시에 고여 있었다.

마을 사람들이 모여들었다. 그들은 천으로 코를 막고 서서 쭈뼛쭈뼛 소녀를 기웃거렸다. 겁 없는 아이 하나가 작대기를 들고 소녀에게 다가가자 아낙이 아이를 낚아채 사라졌다.

　마을 사람들은 소녀를 자세히 보기 위해 점점 밀려들었다.

　소녀가 누군가의 발을 물려고 엉덩이를 쳐들자 사람들이 우르르 뒤로 물러났다. 사실 소녀는 물 생각이 없었다. 그저 다가오는 그들에게 떨어져달라고 위협하는 것이었다.

　누군가가 장작이 활활 타고 있는 커다란 단지 화로를 쑤셨다. 김을 뿜으며 탄가루가 뭉게뭉게 하늘로 치솟았다. 저녁 어스름의 마을은 마치 잔칫날이라도 된 양 수선스럽다.

　낡은 대청 위에서 윤 초시가 마당을 보고 있었다.

　옆에 있던 마을 무당이 윤 초시에게 물었다.

　"증손녀가 맞지요?"

　"네. 맞습니다." 이장이 윤 초시 대신 대답했다.

　윤 초시는 가느다란 입술을 꼭 다문 채 마당에 웅크리고 있는 손녀딸을 바라보기만 했다.

　얼마 전까지만 해도 선비의 풍취가 고였던 널따란 마당은 손녀딸 상을 치른 후 급격히 쇠락한 듯 늘어선 회양목들마저 고개를 푹 숙이고 있었다. 이 밤, 그 마당은 난리에 전 불안함과 숙덜거리는 호기심, 모호한 냉기와 습기, 그리고 사악한 악취가 섞이며 부글부글 끓어오르고 있었다.

　윤 초시의 마른 시선으로도 이 사태는 좀처럼 이해되지 않는 것이었다.

　무당이 방울 부채로 소녀를 가리키며 말했다.

　"저건 시잔屍殘이오."

"시잔?" 이장이 놀란다.

"죽은 지 일주일이 넘지 않고 다시 살아온 시체를 말하지."

"그럼 저, 정말로 시체란 말이오?" 이장이 묻자 무당은 이장에게 눈길도 주지 않고 오직 윤 초시에게 희멀건 얼굴을 들이댄다.

"당장 목을 잘라야 해!"

목을 잘아야 한다는 말에 윤 초시는 몇 올 없는 수염 박힌 턱을 부르르 떨었다.

아니, 시체가 어떻게 다시 나왔데?

거 봐, 그때 부적을 쓰자고 했잖아.

아니야, 상을 하루 만에 치러서 그래.

아무리 아이라도 그렇지 하루 만에 상을 치르면 어떡하나 했지.

이장과 사람들이 숙덕거렸고 무당은 짜증 난 듯 이맛살을 찌푸리며 고함을 질렀다.

"다시 나온 게 아니라니까!"

이장이 눈을 동그랗게 떴다.

"그럼 뭐요?"

"자퀴나 청계 또는 뜬것들이 몸을 구하려 떠돌다 저 아이 몸에 들어간 것이야! 저건 허주요. 당장 머리를 베고 굿을 해야 해. 아니면 냄새가 더 진동할 것이고, 더 센 것들이 저 안에 있는 놈들을 밀쳐내고 몸에 들어갈 것이우다. 그땐 나도 어쩌지 못해! 이건 필시 하관살이 끼어서 그런 거야!"

"하관살?"

"지관 놈이 하관 시간을 맞추지 않고 관을 묻었어. 그래서 땅속에 있던 흉악한 기운이 올라온 게지. 시체가 하관살을 맞았다고. 끝까지 나한테 맡겼으면 상여가 나갈 때 허수아비 거적으로 속였을 텐데. 이게 다 유교식으로 매장해서 그래. 엥."

소녀가 죽었을 때 무당은 제멋대로 찾아와 굿을 했고 염할 때 즈음 쫓겨났었다.

"도통 뭔 소린지 하나도 못 알아듣겠구먼."

"당신들은 됐고, 윤 초시 어른. 얼른 결정하시오. 저 아이의 목을 베라고 말하시오!"

무당의 고함에 턱을 쳐들고 검은 언덕 위로 기우는 초승달을 바라보던 소녀는 불길이 퍼지지 않은 마당 어둠 속으로 황급하게 숨었다.

어서 죽이시오. 시큼시큼한 냄새가 고약하오!

마당의 누군가가 소리치며 소녀에게 잔돌을 던졌다.

카악―.

소녀가 돌을 던진 사내를 노려보며 보랏빛 진물을 토해냈다.

이마에 달라붙은 젖은 머리카락 사이로 빠끔하게 뚫린 소녀의 검은 눈이 붉게 변하는 것 같더니 이윽고 피가 맺혀 흘렀다. 소녀는 길고 날카로운 어금니를 드러내고 짐승처럼 컥컥댔다. 마치 검치호 같다. 그 모습에 잔돌을 던진 사내는 호기를 감추고 슬그머니 사람들 속에 숨어버렸다. 이장과 청년들, 사람들도 일제히 움찔거렸다.

저, 저것 보오.

오오메, 송곳니가 저렇게 긴 건 처음 봤다야!

짐승으로 변하려나 봐.

아낙 중 하나가 돌아서며 헛구역질을 했다.

무당이 부채를 씹으며 윤 초시 멱살을 잡았다.

"아니야! 저건 보름달이 떠서 그래. 완전한 시잔으로 탈변脫變하려는 행태야! 어서! 어서!"

무당 고함에도 윤 초시는 처참한 몰골의 증손녀를 말없이 바라보고만 있었다.

우에엑.

무당이 갑자기 구토했다. 입에서 나오는 게 걸쭉한 침밖에 없었지만, 무당은 마치 자기가 고통을 받는 듯 꽥꽥댔다.

어메. 귀신이 무당한테 접신하려나 보이. 이장과 사람들이 웅성거렸다.

그때였다.

"안 됩니다!"

사람들이 사립문 앞을 돌아보았다.

김 선생이 서 있었다.

그는 읍내 하나뿐인 소학교 선생이었다. 그는 흰 모시 두루마기를 늘어뜨리며 턱턱 걸어와 윤 초시 앞에 섰다. 주먹에는 나무 십자가가 달린 묵주가 감겨 있었다.

"병원에 데리고 가야 합니다."

이장이 물었다. "벼, 병원이라니? 귀신이라잖소."

"귀신? 귀신은 없습니다. 어서 병원으로 데리고 가서 몸을 살펴야 합니다."

시선이 선생에게 돌아가자 무당은 제 입에 손가락을 쑤셔 넣고 게워대는 소리를 높였지만 아무도 무당을 쳐다보지 않았다. 꾸에엑.

켁. 켁.

"으메, 씨. 더러워라." 이장이 한쪽 다리를 들었다.

김 선생은 무당을 노려보고 있었다. 무당도 선생을 노려본다.

앙숙 사이를 이장이 가로막았다.

"저렇게 말명처럼 싯싯거리는데 저게 귀신이지 어찌 사람이란 말이오? 슨생 코에는 저 냄새가 고약하지 않소?"

"눈을 떠보니 관 속에 갇혀 땅에 묻혔는데 이장님 같으면 제정신이겠습니까? 뭐 하십니까? 저 아이의 줄을 풀어주세요!"

누구도 소녀에게 다가가려 하지 않자 김 선생이 나섰다.

그는 십자가 묵주가 감긴 손으로 소녀 정수리에 손을 대려 했다. 십자가가 눈앞에서 대롱거리자 쿠아악, 소녀가 짐승처럼 이를 드러냈다.

"아가야. 걱정하지 말어라. 하나님이 너를 돌봐주실 거다. 하나님이 보호하사."

소녀가 그의 손날을 물었다.

으아아, 사람들이 놀라 뒷걸음쳤고 김 선생은 손을 빼려고 엉덩이에 힘을 주었다. 김 선생이 손을 잡아당기며 주변을 둘러보았지만, 누구도 그를 도우려 하지 않았다. 김 선생 손의 반이 소녀 입에 들어갔고 이가 파고든 자리에서 피가 질질 배어나고 있었다.

투투툭, 묵주 알갱이가 사방으로 흩어졌고 대롱거리던 십자가도 어두운 흙에 묻혔다. 얼마간 힘겨루기가 있었고 김 선생은 겨우 팔을 빼낼 수 있었다. 소매에 피가 흥건했지만 김 선생 손은 형태가 온전했다. 누군가가 그에게 붕대를 감아주었다.

무당이 회심의 미소를 지었다.

김 선생은 소녀의 발광에 차마 다가가지 못하고 주위를 둘러보았다.

"하, 하. 정신적 충격이 크군요. 안정을 취하면 괜찮을 겁니다. 뭣들 하시오! 어서 도와주시오! 줄을 풀란 말이오!"

지랄, 지도 못 하면서 누구더러 줄을 풀라 마라 해.

어디선가 김 선생을 비난하는 소리가 들린다.

김 선생은 오른손을 부여잡은 채 윤 초시에게 소리쳤다.

"증손녀 따님은 산 채로 묻힌 겁니다!"

무당이 소리 질렀다.

"저건 시잔이야! 굿을 해야 한다니까!"

그러자 윤 초시가 김 선생 말뜻을 물었다.

"산 채로 묻혔다니?"

"증손녀 따님이 앓았던 병이 골수종이라고 했지요? 당연히 그럴 수 있습니다. 그 병은 혼수상태가 되면 죽은 듯 며칠 동안 숨을 쉬지 않는다고 하니까요. 어른께서는 그걸 몰랐던 겁니다. 그래서 살아 있는 아이를 그만 장례 치른 거예요. 주님의 가호로 용케 땅을 파고 올라왔지만 그 충격은 어마어마했을 겁니다. 저 아이는 그 충격으로 기억을 잃어버렸을 뿐이지 귀신도, 시잔도 아닙니다. 그러니 자책 마시고 어서 병원에 데리고 가세요."

그제야 윤 초시가 분명하지 못한 소리로 소녀 이름을 웅얼거리며 마루에서 내려갔다.

소녀를 안으려는 것이다.

무당이 그런 윤 초시를 덜미를 잡고 끌어당겼다.

"미쳤소? 그러다 물리면 끝장나!"

"아니라니까!" 김 선생이 마루로 올라와 무당을 밀쳤다.

무당이 부채로 김 선생의 정수리를 때렸다.

김 선생은 무당의 방울 부채를 빼앗아 발로 지근지근 밟았다.

"이 예수쟁이, 마을이 결딴나는 걸 보려는 게야?"

"박수 새끼, 네놈한테 사기당한 사람이 마을의 반이야!"

"저 시귀, 네놈한테 붙여줄까?"

"네놈 입술에 바른 루주, 읍내 박 마담 거지?"

무당은 김 선생 목을 물었고 김 선생은 손에 묻은 피를 무당 얼굴에 처바르며 씨름질을 해대기 시작했다.

이장과 마을 사람들은 어찌할 줄 모르고 두리번거렸다.

소년이 끌려온 것은 한 시간 뒤였다.

소년은 어른들 질문에 어떤 말도 하지 않았다. 언제 처음 만났느냐? 무엇을 가져다주었느냐? 만났을 때 아이의 상태가 어떠하더냐? 아이가 무엇을 먹더냐?

소년은 땅만 바라보았다.

묻는 말에 대답해라, 이눔 새끼야. 소년 아버지가 커다란 손바닥으로 소년 머리를 두어 차례 때렸지만, 소년은 끝까지 입을 다물었다.

소년에게서 아무 답을 얻지 못한 이장과 사람들은 무당 말과 선생 말 사이에서 어찌할 바를 몰랐다.

윤 초시는 무당을 내치지도, 그렇다고 손녀딸을 품에 안지도 못했다. 글 읽는 윤 초시는 죽은 아이가 돌아온 것이 공맹의 이기理氣로

해석할 수 없는 일임을 알았지만 시잔은 고서에도 기록된 말이니 손녀딸이 시잔이 되었다는 사실 또한 믿는 모양이었다.

얼굴에 시뻘건 화장품 칠을 한 무당은 윤 초시를 겁박했다.

"결정하시오. 내 말을 따를 것인가? 아님 저 예수쟁이 놈 말을 따를 것인가?"

그러자 김 선생도 소리쳤다.

"그래요, 결정하세요. 보름 전 저 아이 상을 치렀을 때도 저 박수 놈이 북을 쳐주고 갔겠지요. 저놈 또 굿을 하고 돈을 받아낼 심산인 거요."

"이 자식이."

"이 자식이라니."

"저걸 데리고 읍내로 나갔다간 당장 난리가 날 것이오. 당신 손녀딸이 흉하게 주살되는 걸 기어이 봐야겠소? 마을 안에서 조용히 해결하는 게 옳다니깐."

"서울에 잘 아는 의사가 있습니다. 소개장을 드리지요."

결국, 윤 초시가 입을 뗐다.

"……상태를 분명히 알아야만 하겠지."

정확하게 소녀의 상태를 정의하란 뜻이었다.

무당과 선생은 각자 탄식을 뱉었다.

그때 멀리서 소리가 들렸다. "무당 말을 들어야 합니다!"

사람들이 돌아보자 고깃간 주인이 서 있었다.

고깃간 주인은 성큼성큼 마당을 가로질러 걸어오더니 섬돌 아래에 섰다.

그는 소년을 힐끔 본 후 윤 초시에게 동전 세 닢을 내보였다.

소년이 생간을 살 때 건넸던 동전이었다.

"생간을 달라고 했소."

모두 눈이 휘둥그래졌다.

"저 아이가 생간을 달라고 했단 말이오. 이 동전은 장의사들이 염할 때 쓰는 것이지 진짜 돈이 아니라고. 이걸로 엿가락 한 자루도 살 수 없소."

다들 소년을 노려보았다.

"생간이 왜 필요했냐?" 윤 초시가 소년에게 물었다.

이장이 거들었다. "묻는 말에 대답해라. 생간을 주니 먹더냐?"

소년은 눈을 찔끔 감았다.

무당이 튀어나오며 소리 질렀다.

"생간은 시잔이 제일 좋아하는 먹이요! 전국 시대 때 쓰인 《귀곡자》에도 그리 쓰여 있소!"

그제야 마을 사람들이 수군거렸다.

오호, 그럼 시잔이 맞군. 생간을 사주려고 했다면 도리 없지.

그렇지. 꼬맹이가 시장에 나와 생간을 사려고 하진 않지.

그럼 김 씨도 저것에게 당한 거야!

사람들을 헤치고 김 선생이 다가와 소년 앞에 쪼그리고 앉았다.

그는 붕대 감은 손으로 소년의 턱을 들었다.

"생간을 주니 먹더니?"

소년이 고개를 도리도리 저었다.

소년은 생간을 먹이지 못했다. 주려고 했지만, 어른들이 산으로 올라간다기에 버리고 달렸다.

"내 눈을 똑바로 봐라."

소년은 김 선생 눈을 바라보았다.

"마을에 잡일하는 김 씨 알지?"

소년은 고개를 끄덕였다.

"윤 초시 어른의 증손녀가 김 씨를 해쳤니?"

소년은 울먹이며 입술을 깨물었다.

"다시 묻겠다. 저 아이가 김 씨를 죽였니?"

결국, 소년이 고개를 끄덕였다.

사람들이 탄식했고 선생이 무표정하게 일어났다.

무당이 부채를 쫙 폈다.

"굿을 준비하시오!"

소녀는 시잔으로 정의되었지만, 누구도 윤 초시 증손녀를 함부로 건드릴 수 없었다. 시잔을 건드리고 싶은 사람은 없다.

사람들은 처분을 윤 초시 뜻에 맡기기로 했다.

윤 초시가 무당 팔을 헤치고 맨발 걸음으로 마당을 가로질러 소녀에게 다가갔다.

소녀는 푸르스름한 이마를 내리고 윤 초시 발만 노려보았다. 물곳을 찾는 중이었다. 윤 초시는 어깨를 부들부들 떨며 증손녀를 바라보았다. 윤 초시가 떨리는 두 손으로 소녀 얼굴을 부여잡았다.

샤크라야기!

소녀가 낮게 으르렁거렸다.

모두 예의 주시했지만, 소녀는 할아비를 물지 않았다.

찢어진 윤 초시 눈에 물이 고였다.

"……베시오."

결국, 윤 초시가 결심했다.

8

술시戌時가 되었다.

마당은 음식과 불빛으로 환했다.

병풍 양옆으로 태극기와 무구巫具들이 꽂혀 있다. 멍석 위에 북, 장구, 징들을 잡은 박수들이 앉아 있고 독경 외는 박수는 따로 앉았다.

돗자리 위에 서 있는 무당은 머리에 계수나무꽃을 꽂고 청사포를 입었다.

떨어진 곳에 부적 붙인 관이 하나 놓여 있었다. 끝나면 소녀를 담을 관이었다.

소녀는 두 손이 묶인 채 기역 자 형태의 나무틀에 대롱대롱 매달려 있었다. 두 발 아래에 커다란 항아리가 놓여 있다.

병풍 뒤에는 잡귀 가면을 쓴 사람들이 웅성거리고 있었다. 이들은 귀신 역을 해야 할 마을 사람들이었다. 소녀의 굿은 아주 큰 굿이었고 마을 사람들도 일정한 역할을 해야 했다.

이장이 고깃간 주인에 귀에 대고 속삭였다.

"증손녀 몸에 든 것을 빼내려면 잡귀들을 다 불러내야 한다는군."

고깃간 주인은 아무렴, 하듯 고개를 끄덕였다.

둥, 둥, 둥, 둥.

이윽고 징과 북이 울리고 무당이 뛰었다.

한바탕 놀이가 벌어진 후, 병풍에서 한량 귀신, 총각 귀신, 처녀 귀신, 곱사등 귀신 탈을 쓴 이들이 줄줄이 나왔다. 무당이 이들에게 술을 뿌리고 쌀을 던졌다. 무당이 한량 귀신과 총각 귀신과 어우러져 질펀하게 성행위 흉내를 냈다. 처녀 귀신이 아낙들에게 백설기를 얹자, 이들은 주섬주섬 퇴장했다. 병풍 너머에서 탈을 쓴 사람들이 순차를 헷갈리는 듯 웅성댔다.

잠시 진행이 끊기자 무당이 꽥 소리 질렀다.

"이노무 손들아! 숨어 있지 말고 다 나오너라!"

무당의 호통에 병풍에서 총 맞은 귀신, 임산부 귀신, 소동패 귀신, 벙어리 귀신, 목맨 귀신이 나왔다. 무당이 쌀을 퍼서 이들에게 던지듯 뿌린다. 무당이 커다란 칼로 이들을 벴다. 그들도 엉거주춤 무당의 법석에 휘말리다 사라졌다.

북소리가 커졌다.

무당이 술 한 동을 멈추지 않고 비웠다. 이제 무당의 독무대가 시작될 모양이다.

무당이 묶인 소녀에게 다가갔다.

야장(대장장이) 역할을 하는 박수가 커다란 삼지창을 들고 따라왔다.

매달린 채 접힌 듯 늘어져 있던 소녀가 어리둥절한 얼굴을 들었다.

무당이 소녀 앞에서 한바탕 춤을 췄다.

소녀는 이마를 찌푸리며 고통스럽게 소리를 질러댔다.

그것은 무당의 무기巫氣가 영향을 미친다는 뜻이었다.

북소리와 꽹과리 소리가 소녀의 괴성을 이겨야 한다는 듯 더 높아졌다.

결국 소녀가 단념하고 신음했다. 무당이 칼을 잡고 소녀의 어깨와 등에 이리저리 휘둘렀다. 무당이 칼을 건네주고 동도지•를 받았다. 무당은 동도지로 타작하듯 소녀 머리와 어깨를 때렸다.

쿠아카리!

소녀가 무당을 향해 묵 같은 걸쭉한 것을 뱉었다.

무당은 끄떡없었다. 얼굴에 묻은 그것을 손으로 긁어 닦고는 다시 주문을 외운다.

소녀의 신음이 커진다.

이 처녀 힘이 쇠약해 넘어지기 몇 번이던고

한 계집이 등장하니 이 또한 구천이리라

나와야 들어간다

나와야 들어간다

팔뚝 짓에 다리 짓에 대가리를 흔들고 나오너라

취발이가 칼 흔들면 목 떨어져 나오리라

소년은 귀를 막았다.

• 동쪽으로 뻗은 복숭아 나뭇가지.

440

바닥에 이마를 박고 자신 탓이라고 질책했다.

북소리가 울릴 때마다 머리통을 얻어맞는 기분이었고 심장은 마구 뛰었다. 저러다가 소녀가 죽으면 어쩌나 싶어 연신 마른침을 삼켰다.

무당이 숯불을 들고 와 소녀 아래에 놓인 항아리에 던졌다.

불이 치솟았다.

소녀 앞에서 퍼지는 주문이 높아만 갔고 소녀는 무당을 물기 위해 목을 이리저리 늘였다. 발아래에서 타오르는 불길에도 아랑곳없이 소녀의 몸은 흠뻑 젖어 있었다. 소녀는 잡아먹고야 말겠다는 듯 무당에게 기를 써댔다. 하나 무당은 자유로웠고 소녀는 구속되었다.

무당이 동도지로 소녀 머리를 강하게 내리쳤다.

소녀가 처졌다.

산 너머에서 늑대가 울었고 구름이 몰려왔다.

섬뜩하고 메마른 불길이 기절한 소녀를 핥아댔다.

챙그랑.

야장이 큰 삼지창으로 항아리를 깨뜨렸다.

불김이 흩어졌고 푸른 재가 밤하늘로 휘돌아 올랐다.

무당은 소녀를 죽일 때가 왔다며 고개를 끄덕였다.

"목을 따라."

야장은 무당으로부터 커다란 칼을 건네받았다. 고깃간 주인이 제공한, 날이 바짝 선 진짜 칼이었다.

줄이 당겨지고 소녀 턱이 들렸다.

야장은 길게 늘어난 소녀의 목을 베기 위해 어깨 위로 칼을 치들었다.

그때였다.

할……아……버……지.

소녀가 중얼거렸다.

작은 소리였지만 그 소리는 저쪽, 이장 무리에 둘러싸여 머리를 움켜쥐고 있던 윤 초시에게까지 들렸다.

할……아……버……지.

윤 초시가 벌떡 일어났다.

이장과 사내들도 벌떡 일어났다.

뭐야? 말을 했어?

소년도 퍼뜩 고개를 들었다.

소녀 눈은 두려움과 서러움에 젖은 채 찡그리고 있다. 살기가 사라진 모습이었다.

소녀는 강에서 건져진 아이처럼 머리를 도리도리 저으며 제 할아버지를 연신 불러댔다.

"아가야."

병풍을 넘어뜨리고 달려온 윤 초시는 야장을 밀쳐내고 소녀를 부둥켜안았다. 야장이 말렸지만 윤 초시 눈은 막무가내였다. 손녀딸의 볼을 부여잡고 얼굴 곳곳을 찌르듯 살핀다. 소녀는 그렁그렁한 눈으로 턱을 들었고 다시 윤 초시를 부른다.

"할아버지."

"그래, 할애비다."

"……무서워요."

윤 초시가 식칼로 줄을 끊었다.

소녀가 살아 있는 불 잿더미에 떨어졌다. 소녀는 뜨거운 것을 못 느끼는지 맨발로 잿더미를 비비며 흐느적거렸다. 윤 초시가 소녀를 부여잡고 통곡했다.

아가야. 아가야.

마을 사람들이 슬금슬금 주위로 몰려들었다.

위메, 정신이 돌아왔나 봐.

제 할아버지를 알아보자네.

다행이다. 다행이야.

윤 초시와 소녀는 바닥에 퍼질러 앉아 서로를 안은 채 흔들거린다. 윤 초시는 소녀 등과 소녀 팔을 연신 쓰다듬는다. 소녀의 젖은 등에서 풀풀 오르는 재가 불숲 사이로 흩어진다.

저쪽에서 버슷버슷하게 서 있던 이장과 사내들도 다가왔다.

그들은 무당을 밀어내고 윤 초시와 소녀를 둘러쌌다.

윤 초시가 칼로 소녀 몸에 감아놓은 줄을 마저 끊었다.

윤 초시가 손녀딸 얼굴을 다시 살폈다.

"우리 아기. 다친 덴 없고?"

"……추워요."

"그래, 그래. 어서 들어가자."

윤 초시는 소녀를 안아서 일어섰다.

소녀는 할아버지 목을 꼭 안고 있었다. 사내 하나가 자기가 업겠다고 나섰고 윤 초시는 고개를 저었다. 소녀는 윤 초시의 목에 이마를 파묻었다.

사람 하나가 모포를 가지고 오자 이장이 획 빼앗아 소녀 어깨에 덮어준다.

"이럴 줄 알았어. 난 처음부터 이 아이, 구신으로 생각 안 했다니께."

이장이 사람들 앞에 어깨를 편다. 사람들이 고개를 끄덕거린다. 모두 저마다 큰 꿈을 꾸었다는 듯 안도했다. 서로 어깨를 치며 다행이다, 다행이야, 그럼 그렇지, 하며 상대를 위로했다. 그것은 꽉 조여진 숨이 풀어지는 자연스러운 행동이었다.

"뭐냐, 이건. 치워라."

이장이 머쓱하게 서 있는 야장이 쥔 칼을 빼앗아 저쪽에 던진다.

윤 초시가 엉기적엉기적 마루로 이동하자 사람들도 줄줄 따랐다.

불쑥 누군가가 길을 막았고 윤 초시가 고개를 들었다.

무당이었다. 얼굴에는 시퍼런 살기가 서려 있다.

"시부럴. 다 끝나가는데 이게 뭐 하는 짓이야?"

윤 초시 뒤에서 이장이 용감하게 눈을 부라렸다.

"아, 애가 정신이 돌아왔잖소!"

"돌아온 게 아니야, 우릴 속이는 거라!"

"에라이. 저 눈을 보고도 그래? 윤 초시 어른에게 할아버지라고 했잖아! 시잔이 할아버지를 알아봐?"

무당은 이장을 죽일 듯 노려보다가 자신의 무리에게 소리쳤다.

"뭐 해? 어서 떼어내!"

우르르 박수들이 달려가 윤 초시를 둘러쌌다.

손에는 낫과 들장대, 몽치 등을 잡고 있었다.

"비켜라."

윤 초시가 낮게 말했지만 박수들은 끄떡없었다.

돗자리에 앉아 북을 둥둥 칠 때는 몰랐지만 지금 보니 박수들은 꽤 우람했고 떡대가 벌어졌다.

뒤에서 퍼지는 무당의 소리.

"시잔이 인간보다 백배는 영리해! 필경 위험해지니까 저리 연기하는 거라고! 뭐 하냐, 어서 다시 묶어!"

명령에 박수들이 소녀 목과 어깨를 잡았다.

윤 초시에게서 뜯어내려는 순간, 소녀 눈이 불잉걸처럼 새빨개졌다.

캐아악.

어금니가 다시 솟아올랐다.

담요를 잡고 있던 이장이 워메, 하며 물러났다. 사람들도 옴마야, 다시 흩어졌다.

박수 하나가 그럴 줄 알았다는 듯 소녀 울대를 잡고 조였다. 다른 커다란 손이 소녀 이마를 터트리듯 움켜잡았다.

소녀는 그 손을 물었다.

소녀는 제 할아비 품에서 용수철처럼 튀어 올랐고 훤한 달 너머로 조그만 몸을 드리우며 가슴을 폈다.

바닥에 착지한 소녀가 원숭이처럼 재주를 넘으며 박수 무리를 물어댔다.

그들은 시뻘게진 목을 움켜잡았다. 관이 깨지고 솥이 뒤집히고 상이 무너졌다. 소녀에게 물린 박수들은 하나같이 자맥질 후 물을 뿜어내듯 검은 피를 뿜어냈다.

병풍 뒤에서 김 선생과 고깃간 주인이 나왔다. 두 사람은 소녀를 보자 어쩌지 못하고 주춤거렸다.

소녀가 마당 한가운데 늑대처럼 웅크리고 있었다. 가까운 곳에서 무당이 피 뿜는 목을 부여잡고 혼이 나간 채 흥얼거리고 있었다. 소녀는 사람들을 경계하며 무당 쪽으로 기어가더니 무당의 목을 날름 날름 빨았다. 그 모습을 본 아낙 몇 명이 쓰러졌다. 소녀는 쓰러진 자들을 징검다리 건너듯 이리저리 올라타 같은 방식으로 피를 빨았다. 소녀 눈은 영락없는 시잔의 눈이었고 깊고 깊은 우물 같았다.

저벅저벅 고깃간 주인이 소녀에게 걸어갔다.

그는 자신이 간 칼을 잡고 있었다.

불김 서린 고깃간 주인의 어깨는 더욱 단단해 보였다. 고깃간 주인이 단번에 소녀의 머리채를 잡고 칼등으로 목덜미를 한 번 쳤다.

소녀는 기절하지 않았다. 다시 칼등이 내려왔고 소녀가 한번 짐승 소리를 냈다.

고깃간 주인은 소녀를 닭 잡는 도마 앞으로 질질 끌고 갔다.

소녀가 그의 팔목을 물었다.

그는 배어 나온 피를 한 번 보더니 던지듯 소녀를 놓았다. 나뒹군 소녀가 일어나려고 버르적댔다. 피를 본 고깃간 주인 눈이 돈 듯했다. 걸어가더니 소녀 몸 아무 곳을 향해 칼을 휘둘러댔다.

소녀는 어느새 그의 등에 올라타 있었다.

고깃간 주인 머리는 아무에게 인사라도 하는 양 떨궈진 채 덜렁거렸다.

소녀가 그의 목뼈를 통째로 씹었기 때문이다. 소녀는 고깃간 주인

등에서 뽑아낸 누런 힘줄을 카악, 뱉었다.

　이장과 사람들이 새파랗게 질려 윤 초시네 누마루 쪽 구석으로 달아나기 시작했다.

　엉망이 된 마당에는 목이 덜렁거리는 커다란 고깃간 주인만 우뚝 서 있었다.

　"우아아, 경찰 불러! 경찰이 와서 저년을 쏴버려야 해!"

　소리 지르던 이장이 소녀와 눈이 맞았다.

　고깃간 주인 몸에서 떨어진 소녀는 이장과 사람들에게로 천천히 걸어왔다.

　소녀는 모두를 죽일 작정이었다.

　그때였다.

　소년이 소녀를 막고 섰다.

　이장이 달려 나가려는 소년의 아버지를 붙잡았다.

　소년은 소녀를 마주 보았다.

　소녀 눈이 촉촉하게 젖은 것은 피를 먹었기 때문임을 소년은 잘 알고 있었다.

　"그러지 마."

　카라이무이.

　"……니가 있는 곳으로 돌아가."

　나쿠라샤무이.

　"제발."

　소년이 주먹으로 소녀 입술을 닦아주었다.

　소녀는 소년의 냄새를 맡았다. 소녀는 자신이 입고 있는 소년의 옷 냄새도 맡았다.

소년은 신고 있던 고무신을 벗었다.

소년은 무릎을 꿇고 앉아 소녀의 짓무른 발을 잡았다. 그런 다음 소녀 발바닥에 묻은 재를 정성스레 털고 신을 곱게 신겨주었다.

소년이 올려다보며 웃었다.

"우리, 산 너머에 갈까?"

소녀는 살기를 게우며 피가 뚝뚝 떨어지는 송곳니를 드러낸 채 소년을 보기만 했다.

"자."

소년은 돌아서더니 소녀에게 등을 보이고 쪼그리고 앉았다.

소녀가 업혔다.

소년은 소녀를 업고 다시 불가로 걸어갔다.

소녀는 소년 등에 아기처럼 볼을 댄 채 잠잠해지고 있었다.

소녀를 업은 소년은 광 앞에 몰려 있는 어른들을 한번 바라보았다. 겁에 질린 어른들은 좀처럼 소년 쪽으로 다가가려 하지 않았다.

소년은 한동안 이렇게 서 있자고 생각했다.

등에 업힌 소녀 숨이 잦아지는 것을 느꼈기 때문이다. 소녀는 소년 등이 편한 모양이었다.

소년은 소녀가 이상한 외국말 같은 소리 말고 조선말을 사용해서 어떤 말이든 해주기를 바랐다. 미타리꽃이라던가 도라지꽃이라던가, 개울가에서 잡은 조약돌이라던가, 아니면 이사 갔던 슬픈 이야기라도 좋았다. 아무 말이라도 예전처럼 속삭여주면 좋겠다고 생각했다. 소년의 바람은 이루어지지 않았다.

소녀는 말하지 않았고 소년은 더 바라지 않았다.

소년은 꺼무룩한 하늘을 보았다.

소나기가 내려서 마당에 홍건하게 퍼진 피와 저 기분 나쁜 불길들을 전부 없애주면 좋겠다고 생각했다. 또 빗물이 소년 등과 소녀 가슴 사이에 스며들어서 그 옛날 둘이 처음 강을 건널 때 맡았던 시큼하고 달큼한 도라지꽃 냄새를 만들어주면 좋겠다고 생각했다.

뒤는 새근새근했다. 소년은 가만히 있었다.

산 너머에서 늑대가 울었다.

음식과 피와 시체들로 엉망이 된 윤 초시네 앞마당에는 소녀를 업은 소년만 우뚝하게 서 있었다.

뚜벅뚜벅 칼을 들고 그 둘에게 다가오는 사람이 있었다.

소녀는 결국 김 선생이 휘두르는 칼에 목이 베였다.

9

"허, 참 세상일두."

모로 누워 있던 소년은 귀를 기울였다.

마을에 갔던 아버지가 언제 돌아왔는지, 어머니와 앉아 있었다.

"윤 초시네 집도 말이 아니여. 그 많던 전답도 팔고 악상까지 당했는데, 죽은 아이가 시잔으로 돌아와 억지로 다시 죽였으니."

남폿불 밑에서 바느질감을 안고 있던 어머니가 시큰둥하게 물었다.

　"증손이라곤 그 계집애 하나뿐이었지요?"

　"그렇지. 따지고 보면 크게 나쁜 일도 아니었는데 무당의 푸닥거리에 놀란 게지."

　"아니에요. 얼마나 무서웠다구요. 그 눈, 꿈에 나올까 아직도 겁나는구먼."

　"허 참, 요즘 세상에 시잔이 있다니. 별 희한한 일을 겪었어."

　"이번엔 제대로 묻었답니까?"

　"응. 회벽을 치고 관을 단단하게 밀봉했다는군. 글쎄 말이지, 시잔이라서 그런가. 목이 떨어져도 얼마간은 정신이 돌더라고. 그 아이, 목이 떨어지구서도 그렁그렁한 눈으로 제 할아버지를 노려보는데, 어찌나 애잔하던지. 그래도 어린것이 여간 잔망스럽지가 않아. 죽기 직전에 제 할아버지한테 자기가 죽거든 입었던 옷을 꼭 함께 묻어달라고."

삶에 집착할수록 죽음과 가까워지는 것일까요? 그렇다면 죽음을 정면으로 맞닥뜨리면 삶의 본질을 확인할 수 있을까요? 도무지 답이 없군요. 흔히 죽기 직전 삶이 무엇인지를 깨닫는다고 하지만 그러기에 시간은 너무도 미지의 것입니다. 죽음은 느닷없이 찾아오는 것이니까요. 혹종의 자세로 무언가를 탐미하는 사람들에게 저마다 방식이 있듯이 저도 '미스터리'라는 방식으로 삶과 죽음에 관해 고찰합니다. 결론은 아니고 언 듯 느낀 바만 언급하자면 삶과 죽음 사이에 휴머니티가 존재하는 것은 분명한 것 같습니다. '인간의 시선'이라고나 할까요. 스스로 바라보고 타인을 바라보는 시선들, 이 단편들은 그런 시선의 산물입니다. 조금은 미스터리한 시선 말이죠.

소설들은 풍랑을 표박하는 갈대 배처럼 불안한 이야기입니다. 파스텔색의 화사하고 따뜻한 이야기가 아니어서 죄송합니다. 하나 슬프고 무섭고 아련한 그 속에서 재미를 찾아주시면 좋겠습니다. 재미가 없으면 의미가 없다는 장르적 글쓰기의 자세를 저 또한 가장 중요하게 생각하고 있습니다. 전부 내놓기 부끄러운 것이지만 그래도 한 땀씩 바늘을 찔러 뽑듯 집중했던 추억이 있습니다.

저는 계단을 오르듯 살고 있습니다. 숨을 고르며 한 단 한 단 오르다 보면 언젠가는 내 죽음이 내 삶을 가르쳐주리라 생각합니다. 과거의 나를 생각해보면, 가엾고 불쌍하기 그지없는 처지에서 만든 작품들이지만 층계참에 서서 얼마나 올라왔는지 숨을 돌리는 기분으로 단편들을 정리합니다. 어떻게 글을 쓸 것인가를 늘 고민하는데 말이죠, 지면을 빌어 욕망을 이야기해보자면 저는 강하지도, 연약하지도 않고 색이 몹시도 짙은 글을 쓰고 싶습니다. 힘 있는 피아니스트의 강철 타건이 아닌 죽음에 앞둔 피아니스트가 적당하게 누르는, 그러나 강철 같은 영성이 깃든 작품 말입니다. 그리고 한국적인 소재를 사용해서 미스터리로 풀고 싶습니다. 이 땅에 살고 있고 인간의 삶은 곧 미스터리니까요. 앞으로도 그런 것들을 만들겠습니다.

버려진 기러기처럼 혼자 글을 쓰며 누구의 도움도 얻지 못하는 기구한 팔자라고 생각했는데 곰곰이 짚으면 저를 도운 분들이 너무도 많아 깜짝깜짝 놀랍니다. 실린 단편 중 「마포대교의 노파」 「비형도」 「아폴론 저축은행」은 문학동네 엘릭시르가 펴낸 잡지 「미스테리아」에 실린 작품들입니다. 엘릭시르 편집부에 감사함을 전합니다. 「그봄」은 소설가 김서령 님의 제안으로 한국작가회의에서 펴낸 문예지 「내일을 여는 작가」에 실린 단편입니다. 또 소설가 조영주 님의 기획 앤솔러지 『당신의 떡볶이로부터』에 참여하기 위해 「서모라의 밤」이 만들어졌습니다. 두 분께 사랑을 전합니다. 표지와 내부 디자인을 잡아주신 김경년 실장님께도 고맙다는 인사를 드립니다. 무엇보다 제 작품들을 지지하고 출간을 제안해준 도은숙 팀장님과 요다 출판사 편집자님들께 인사를 전합니다. 감사합니다. 아울러 응원해주신 연상호 감독님, 정세랑 작가님, 김동식 작가님께 지면을 빌어 고개를 숙입니다.

이 소설집을 기점으로 저는 다시 계단을 오릅니다. 다음 층계참에서 또 뵙겠습니다. 저의 발아래 계단이 있는 것처럼 당신의 발아래 늘 길이 있기를.

2022년 9월 1일. 통의동 백송터에서 차무진이 씁니다.

아폴론 저축은행

2022년 9월 20일 1판 1쇄 인쇄
2022년 10월 3일 1판 1쇄 발행

지은이　　차무진
펴낸이　　한기호
책임편집　도은숙
편 집　　정안나, 유태선, 염경원, 김미향, 김현구
마케팅　　윤수연
경영지원　국순근
펴낸곳　　요다
　　　　　　출판등록 2017년 9월 5일 제2017-000238호
　　　　　　주소 04029 서울시 마포구 동교로 12안길 14 삼성빌딩 A동 2층
　　　　　　전화 02-336-5675 팩스 02-337-5347
　　　　　　이메일 kpm@kpm21.co.kr

ISBN 979-11-90749-45-9 03810